BASTEI
LÜBBE
TASCHENBUCH

JOAQUÍN BERGES

GESTERN
ist ein
ferner
ORT

ROMAN

Aus dem Spanischen von
Sybille Martin

BASTEI
LÜBBE
TASCHENBUCH

BASTEI LÜBBE TASCHENBUCH
Band 17856

Dieser Titel ist auch als E-Book erschienen

Vollständige Taschenbuchausgabe

Deutsche Erstausgabe

Für die Originalausgabe:
Copyright © Joaquín Berges, 2017
Published by agreement with Tusquets Editores, Barcelona, Spain
Titel der spanischen Originalausgabe: »Una sola palabra«

Für die deutschsprachige Ausgabe:
Copyright © 2019 by Bastei Lübbe AG, Köln
Textredaktion: Ursula Bachhausen, Solingen
Titelillustration: © Elisabeth Ansley/Trevillion Images;
© STILLFX/shutterstock
Umschlaggestaltung: Christin Wilhelm, www.grafic4u.de
Satz: two-up, Düsseldorf
Gesetzt aus der Bembo
Druck und Verarbeitung: Druckerei C. H. Beck, Nördlingen
Printed in Germany
ISBN 978-3-404-17856-8

1 3 5 2 4

Sie finden uns im Internet unter www.luebbe.de
Bitte beachten Sie auch: www.lesejury.de

Für Bux
Für Marcos
Für Miguel

Für meine Mutter
Für meine Schwester

Wir sind unsere Erinnerungen,
dieses schimärische Museum wechselnder Formen,
ein Gebilde zerbrochener Spiegel.

JORGE LUIS BORGES

EINS

Eine Wohnung mit Terrasse

Die Frau steigt aus dem Taxi und blickt sich um, als befände sie sich auf einem anderen Planeten. Die Tür des Gebäudes ist ihr fremd. Sie erinnert sich nicht daran, dass sie seit ihrer Scheidung in diesem Haus lebt. Ihre Tochter reicht ihr den Arm und führt sie auf den Bürgersteig, während der Taxifahrer eine Tasche aus dem Kofferraum holt, die zu groß ist für eine Handtasche und zu klein für einen Koffer.

Vor dem Haus bleibt Paula stehen und blickt nach oben.

»Erinnerst du dich an deine Wohnung?«, fragt sie ihre Mutter.

Celia zögert.

»Ich erinnere mich an ein Haus, aber nicht an dieses.«

»Wie sieht es denn aus?«

»Es hat eine schmale Haustür mit vergittertem Fenster, und darüber steht in granatroter Farbe die Hausnummer vier.«

Paula überlegt kurz.

»Ich kann mich nicht daran erinnern, dass wir je in einem Haus mit dieser Nummer gewohnt haben.«

»Vielleicht war es eine Vierzehn oder eine Vierzig.«

»Auch nicht.«

Jemand öffnet die Tür. Die beiden fahren mit dem Fahrstuhl in die oberste Etage, wo Paula einen Schlüsselbund aus ihrer Handtasche zieht. Sie lässt ihre Mutter nicht aus den Augen, weil sie nicht weiß, woran diese sich erinnern kann und woran nicht. Der Schlüsselbund in ihrer Hand klirrt, vielleicht unabsichtlich, vielleicht will sie aber auch sehen, ob das Geräusch irgendeine Erinnerung in Celia wachruft.

»Ich zeige dir erst mal alles«, sagt sie beim Aufschließen der Wohnungstür. »Gleich hier rechts ist dein Arbeitszimmer. Die nächste Tür führt zu deinem Schlafzimmer. Dann kommt mein Zimmer. Gegenüber ist das Bad, daneben die Küche, und ganz hinten befindet sich das Wohnzimmer.«

Celia betritt die Wohnung. In ihrer ausdruckslosen Miene zeigt sich kein Erkennen. Sie öffnet die Tür zu ihrem Arbeitszimmer und blickt sich um. Auf dem Schreibtisch liegt ein Laptop, vor einem gut gefüllten Bücherregal stehen ein Ohrensessel und eine Stehlampe. Dann wirft sie einen Blick in ihr Schlafzimmer und seufzt. Gegenüber dem Bett befinden sich zwei geschlossene Türen. Paula macht keine Anstalten, sie zu öffnen. Ihre Mutter soll die Wohnung selbst erkunden.

Celia geht langsam und wortlos durch den Flur direkt ins Wohnzimmer, in dem es zwei Ebenen gibt. Auf der einen befindet sich eine Sitzgruppe aus Leder und auf der anderen eine Essecke, auf die von links das Tageslicht fällt.

»Du musst nicht um Erlaubnis fragen, wenn du auf die Terrasse willst«, sagt Paula, als ihre Mutter sie ansieht. »Du bist hier zu Hause.«

Zusammen gehen sie hinaus. Blumentöpfe stehen auf der Brüstung, in der Mitte der Dachterrasse steht ein Tisch mit vier Stühlen. Am Himmel ziehen weiße Wolken vorüber.

»Ich erinnere mich an eine Terrasse, von der aus man das Meer sehen kann«, sagt Celia.

»Das muss das Haus am Meer sein«, meint Paula. »Erinnerst du dich an etwas Spezielles?«

»Nur, dass man das Meer sehen kann. Und zwar von überall.«

Paula legt den Kopf schief.

»Eine riesige blau glitzernde Fläche«, fügt Celia hinzu. »Ganz egal, von wo aus du schaust.«

Sie setzt sich auf einen der Stühle.

»Möchtest du etwas trinken?«

»Was trinke ich denn normalerweise?«

»Ich hole dir ein Glas Wasser.«

Paula geht mit großen Schritten in die Wohnung zurück, als hätte sie es irgendwie eilig. Celia versteht ihr Verhalten nicht. Sie weiß nicht, ob sie etwas Unpassendes gesagt hat oder ob ihre Tochter immer so hektisch ist.

»Hier«, sagt Paula, als sie mit zwei Gläsern Wasser zurückkommt und sich mit dem Rücken zur Brüstung an den Tisch setzt. »Ich weiß nicht, ob es dir bewusst ist, aber du hast dich auf deinen Lieblingsstuhl gesetzt.«

Celia legt die Hände auf die Armlehnen und mustert neugierig den Stuhl.

»Mein Hintern hat offenbar ein besseres Gedächtnis als ich«, sagt sie.

Und bestätigt damit den Verdacht, den Paula hegt, seit ihre Mutter aus dem Koma erwacht ist. Den ihr eigenen Sarkasmus hat sie nicht verloren.

»Musst du nicht arbeiten?«, fragt Celia.

»Heute nicht. Man hat mir frei gegeben.«

»Was für ein Glück.«

Sie sehen sich nicht an. Beide fühlen sich unbehaglich, weil sie wissen, dass die Stunde der Wahrheit gekommen ist. Jetzt gibt es keine Ärzte, Schwestern oder Pfleger mehr, mit denen man über Banalitäten plaudern kann, auch keine Besucher, mit denen man typische Krankenhausgespräche führt. Sie sitzen sich allein gegenüber.

»Musst du dich nicht um deine Familie kümmern?«, fragt Celia weiter. »Oder haben sie dir zu Hause auch frei gegeben?«

Paula lächelt, doch ihr Blick bleibt ungerührt.

»So ist es«, sagt sie.

»Und was machen wir jetzt?«

»Wir müssen nichts machen. Wir können einfach in der Sonne sitzen.«

»Und wenn es dunkel wird?«

»Gehen wir rein und schauen fern oder lesen ein Weilchen. Ich möchte dir weiter vorlesen.«

Celia zieht die Augenbrauen hoch.

»Ich bin nicht blind«, sagt sie.

»Ich mache das gern«, erwidert Paula. »Und außerdem bin ich davon überzeugt, dass du dich viel schneller erholst, wenn du deine eigenen Worte hörst.«

»Das Buch ist so langweilig«, sagt Celia abschätzig. »Warum liest du ausgerechnet daraus?«

»Weil es dein erstes veröffentlichtes Buch ist.«

»Wie lautet der Titel?«

»Erster Kuss.«

Celia runzelt die Stirn und verzieht die Mundwinkel.

»Romantisch ist es aber nicht.«

»Es ist eine Sammlung von Artikeln, die du für die Sonntagsbeilage geschrieben hast. Soll ich dir ein paar vorlesen?«

Paula verschwindet im Wohnzimmer und kehrt mit dem Buch zurück.

»Das alles hast du mir schon vorgelesen?«, wundert sich Celia, als sie sieht, wie wenige Seiten hinter dem Lesezeichen noch übrig sind.

»Ich habe letzte Woche damit angefangen.« Paulas Miene verdüstert sich. »Immer nachmittags. Sag nicht, dass du dich nicht daran erinnern kannst.«

»Ich weiß, dass du mir vorgelesen hast, aber ich erinnere mich kaum an den Inhalt.«

Paula lässt die Buchseiten wie bei einem Daumenkino am Finger entlanggleiten.

»Es ist ganz normal, dass du dich nicht an alles erinnerst«, sagt sie, ohne vom Buch aufzublicken. »Du hast ja gehört, was die Ärzte gesagt haben.«

»Und wie kommst du darauf, dass ich mich daran erinnere, was die Ärzte gesagt haben?«

»Mama«, sagt Paula lächelnd. »Lass bitte die Spielchen.«

Celia trinkt einen Schluck Wasser und lehnt sich zurück, bereit, ihrer Tochter zuzuhören, aber Paula fängt nicht an zu lesen.

»An welche Artikel erinnerst du dich?«, will sie stattdessen wissen.

»An die, die ich im Augenblick nicht schreiben könnte.«

»Warum nicht?«

»Weil ich nichts von den Themen verstehe, von denen sie handeln.«

Paula würde gern wissen, von welchen Artikeln ihre Mutter spricht, will aber keinen Streit vom Zaun brechen. Sie wippt mit den Füßen und schenkt sich die Frage. Celia nickt und zuckt mit den Schultern. Dann kneift sie die Augen zusammen, als würde sie geblendet, legt eine Hand unters Kinn und starrt Paula ausdruckslos an. Es ist ein Dialog ohne Worte.

Paula rührt sich nicht. Vermutlich versucht das Gehirn ihrer Mutter, die Erinnerungen zu sortieren und einzuordnen. Die Kollegen im Krankenhaus haben ihr erklärt, dass dieser Prozess bald einsetzen würde, und betont, sie dürfe sie keinesfalls dabei stören.

»Ich möchte mich ein wenig hinlegen«, sagt Celia kurz darauf.

Paula steht auf, um ihr zu helfen. Im Krankenhaus hat man ihr auch gesagt, dass das Wiederfinden von Erinnerungen ein anstrengender Prozess sei, der viel Kraft koste, was das Schlafbedürfnis der Patienten steigere. Sie begleitet ihre Mutter ins Schlafzimmer, setzt sie aufs Bett und zieht ihr die Schuhe aus. An die Arme ihrer Tochter geklammert legt sich Celia auf das gemachte Bett und schläft sofort ein. Paula bleibt noch ein paar Minuten im Zimmer stehen. Obwohl sie weiß, dass es dem aktuellen mentalen Zustand ihrer Mutter geschuldet ist, kann sie einfach nicht glauben, dass sie den Inhalt ihrer Artikel vergessen hat.

Zwei Stunden später wacht Celia rundum erholt auf. Sie ist derart entspannt, dass sie Finger und Zehen bewegen muss, um sich zu vergewissern, dass sie ihr noch gehorchen. Sie erwacht oft mit der Angst, ihr Gedächtnis wiedererlangt zu haben und dafür invalide zu sein. Als sie feststellt, dass sie sich bewegen kann und nicht mehr an einem Tropf hängt, richtet sie sich auf und setzt sich auf die Bettkante. Sie ist nicht mehr im Krankenhaus.

Dann steht sie auf und öffnet eine der Türen gegenüber dem Bett. Sie führt in einen begehbaren Kleiderschrank, in dem automatisch das Licht angeht und der randvoll ist mit Kleidung, den passenden Accessoires sowie ordentlich aufgereihten Schuhpaaren. Celia streicht mit der Hand über die Kleidungsstücke, als würde sie einen Akkord auf einer Harfe spielen. Ihr Blick bleibt an einem Stapel sorgfältig zusammengelegter und nach Farben geordneter Strickjacken hängen. Sie zieht eine Schublade heraus, wühlt geistesabwesend in der Unterwäsche und erblickt sich auf einmal im Spiegel. Sie kann die Augen nicht abwenden. Sie tritt näher, reckt das Kinn und mustert ihr Spiegelbild neugierig von oben bis unten. Es kommt ihr fremd vor.

Ähnlich verwundert mustert ihre Tochter sie, als sie in einer Baumwollhose und einem T-Shirt mit großer silberfarbener Blumenstickerei auf die Terrasse tritt.

»Das sind meine Kleider in dem Schrank«, stellt Celia fest. Sie scheut sich, etwas derart Offensichtliches infrage zu stellen.

Paula traut sich nicht, darauf zu antworten.

»Nichts passt«, schimpft Celia. »Das hier ist das Einzige, was ich in meiner Größe gefunden habe.«

Sie schaut ihre Tochter an und wartet auf eine Erklärung.

»Du hast abgenommen«, sagt Paula.

Celia verschränkt die Arme vor der Brust. Die ausgiebige Siesta hat ihr den nötigen Energieschub verliehen, um von ihrer Tochter Klartext zu verlangen.

»Das habe ich dir doch schon erzählt«, sagt Paula schließlich. »Du warst zwei Monate im Krankenhaus und hast mehrere Kilo abgenommen.«

»Wie viele?«

»Zwölf.«

Celia betrachtet, der Reihe nach, ihre Arme, ihren Bauch und ihre Beine. Sie versucht zu schätzen, wie viel sie jetzt wiegt.

»Ich war wohl ziemlich dick«, lautet die Schlussfolgerung.

»Kann man so sagen, ja.«

»Habe ich zu viel gegessen oder mich nicht genug bewegt?«

»Du hast keinen Sport gemacht«, erwidert Paula und wechselt das Thema. »Ich habe uns was zu essen gemacht. Ich hoffe, es schmeckt dir.«

Sie steht auf und will hineingehen, doch Celia stellt sich ihr in den Weg.

»Setz dich. Ich muss dir was sagen.«

Paula gehorcht.

»Ich weiß nicht, was dir deine Freunde im Krankenhaus erzählt haben, aber ich möchte, dass du eins begreifst: Ich weiß ganz genau, wer ich bin.« Celia unterbricht sich und setzt sich auf denselben Stuhl wie zuvor. »Ich erinnere mich nur nicht daran, wie ich bin. Dafür brauche ich Hilfe. Du und all die anderen Menschen in meinem Leben, ihr müsst mir helfen, mich zu erinnern, wie ich mich gekleidet habe, wie ich in der Öffentlichkeit aufgetreten bin, was ich gern getan habe und welches mein Lieblingsessen ist.«

»Klar.«

»Es nützt mir nichts, wenn du mir meine Bücher vorliest, aber meine Fragen unbeantwortet lässt, also sag mir, warum war ich deiner Meinung nach so dick?«

Paula weiß nicht, wie sie sich verhalten soll. Ihre Kollegen aus der Neurologie haben ihr geraten, nachsichtig mit ihrer Mutter zu sein und ihr jegliche Aufregung oder Kummer zu ersparen.

»Ich verstehe nicht, warum du das wissen willst«, versucht sie, sich herauszureden.

»Irgendwo muss ich ja anfangen.«

Paula seufzt.

»Du hast einfach zu viel gegessen und zu wenig Sport gemacht«, sagt sie.

»Und was noch?«

»Du hast viel getrunken.«

Als wüsste sie selbst, dass Aufregung ihrer Genesung nicht zuträglich ist, schweigt Celia. Sie fragt nicht, warum sie so viel getrunken hat. Sie nickt nur und bedeutet Paula mit einem Wink, dass sie gehen kann.

»Ich habe einen Nudelsalat gemacht und ein bisschen Obst klein geschnitten«, sagt Paula, als sie mit einem Tablett aus der Küche zurückkehrt. »Du isst sehr gern Salat, obwohl ich glaube, dass du ihn normalerweise mit viel Mayonnaise oder anderen kalorienhaltigen Soßen zubereitet hast.« Scheinbar ergeben sieht Paula ihre Mutter an. »Dieser hier ist nur mit Essig und Öl angemacht«, fährt sie fort. »Bei deinem Bluthochdruck darfst du kein Salz essen.«

»Ich weiß«, antwortet Celia und schiebt, um Missverständnissen vorzubeugen, schnell hinterher: »Das liegt in der Familie. Mein Vater hatte Bluthochdruck und seine Geschwister auch.«

Paula deckt den Tisch.

»Du erinnerst dich an deinen Vater?«, fragt sie und verteilt den Salat.

Celia trinkt einen Schluck Wasser.

»Ich erinnere mich an meinen Vater, als er ungefähr so alt war wie ich jetzt.«

Dann verstummt sie, allerdings nur, um neue Kräfte zu sammeln und weiter zu bohren.

»Vermutlich ist er längst tot«, sagt sie.

Diesmal zögert Paula nicht, vielleicht hat sie Kommentare dieser Art erwartet.

»Seit über zehn Jahren.«

»An den Tod meiner Mutter kann ich mich noch erinnern«, erklärt Celia.

Paula wundert sich, dass ihre Mutter sich an den Tod der Großmutter, aber nicht an den des Großvaters erinnern kann, sagt aber nichts. Sie wagt es nicht, Fragen zu stellen oder mehr zu erzählen als nötig.

»Es ist alles sehr verwirrend«, sagt Celia, als Paula ihr Wasser nachschenkt. »Die Erinnerungen kommen und gehen, absolut chaotisch, als wäre in meinem Kopf eine Revolution ausgebrochen.«

»Das ist normal«, erwidert Paula. »Sie haben es dir doch erklärt. Es wird einige Zeit dauern, bis sich dein Gehirn regeneriert hat und du wieder alles chronologisch einordnen kannst.«

Celia nickt und stochert mit der Gabel im Salat herum.

»Wann kann ich mit deinem Bruder sprechen?«, fragt sie.

»Er hat gesagt, er würde morgen anrufen, aber verlass dich lieber nicht darauf. Er ist immer sehr beschäftigt. Außerdem ist da noch das Problem mit der Zeitverschiebung. Schmeckt dir der Salat nicht?«

»Ich habe keinen Appetit. Erzähl mir von deinem Bruder.«

»Was willst du wissen?«

»Du hast gesagt, dass er in Argentinien lebt. Was macht er da?«

Paula sieht ihre Mutter argwöhnisch an. Es kann doch nicht sein, dass alles, was sie ihr im Krankenhaus erzählt hat, schon wieder weg ist. Sie fühlt sich belauert, wie ein Häftling, der ständig sein Alibi wiederholen muss, um dessen Stichhaltigkeit zu beweisen.

»Er ist Journalist, wie du, und arbeitet für die Agentur EFE. Seit vier Jahren ist er Korrespondent in Buenos Aires und berichtet über alle möglichen Konflikte in Südamerika.«

»Aha.«

»Deshalb hat er dich kürzlich aus Kolumbien angerufen, denn an der Grenze zu Venezuela gibt es Probleme.«

»Ist er verheiratet? Liebt er seinen Job?«

Paula zuckt mit den Schultern.

»Er ist nicht verheiratet«, sagt sie und unterdrückt ein ungeduldiges Schnauben. »Und ja, vermutlich macht er seine Arbeit gern. Du kannst ihn ja selbst fragen, wenn er dich besuchen kommt.«

»Wann kommt er?«

»Keine Ahnung, aber sicher schon bald. Keine Sorge.«

Celia schweigt nachdenklich.

»Verstehen wir uns gut?«, fragt sie dann.

»Warum fragst du das?«

»Wenn wir beide Journalisten sind, ist es doch durchaus möglich, dass wir uns nicht gut verstehen. Du weißt schon, berufliche Konkurrenz.«

Paula holt tief Luft und schüttelt lächelnd den Kopf.

»Ihr versteht euch gut«, sagt sie nachsichtig. »Keine Sorge.«

Die herablassende Art ihrer Tochter gefällt Celia überhaupt nicht. Sie fühlt sich behandelt wie ein altes Mütterchen, eine Greisin, die nicht mehr selbstständig denken kann und der man immer recht geben muss. Ohne ein weiteres Wort isst sie ihren Salat auf. Anschließend pickt sie mit einem Zahnstocher ein paar Stückchen Ananas vom Obstteller und legt dann, zum Zeichen, dass sie fertig ist, die Serviette auf den Tisch.

»Das Gebräu soll ich trinken?«

Paula hat ihr eine dampfende Tasse hingestellt.

»Nach dem Abendessen trinkst du immer einen Kräutertee. Magst du ihn nicht?«

»Mit heißem Wasser habe ich es nicht so.«

»Du musst nicht, wenn du nicht magst«, sagt Paula. »Ich habe ihn gemacht, um dich an früher zu erinnern. Schließlich hast du mich darum gebeten.«

Celia folgt mit dem Blick den Dampfwölkchen, die aus der heißen Tasse aufsteigen.

»Haben die Ärzte das auch gesagt?«, fragt sie.

»Was?«

»Dass der Schlaganfall mich irgendwie verändert haben könnte.«

»Was soll ich sagen?«, antwortet Paula. »Wir haben über vieles gesprochen. Theoretisch leidest du nur an einer partiellen Amnesie. Ein Iktus muss keine organischen Folgen haben.«

Celia schüttelt entschieden den Kopf.

»Immerhin habe ich zwölf Kilo abgenommen.«

»Das ist was anderes.«

»Und ich begreife nicht, wie ich diese Artikel schreiben konnte, die du mir vorgelesen hast.«

Das weckt in Paula eine geradezu wissenschaftliche Neugier.

»Wie meinst du das?«

»Wer bin ich denn, dass ich meine Ansichten über politische Ideologien, wissenschaftliche Fortschritte, soziale Probleme, spirituelle Fragen oder geschichtliche Ereignisse äußere?«

Paula macht eine beschwichtigende Geste.

»Du bist Journalistin und hast für deine Artikel immer sorgfältig recherchiert.«

Celia begreift immer noch nicht.

»Und wie habe ich das gemacht?«

»Auf ganz unterschiedliche Art und Weise«, sagt Paula. »Du hast mit Leuten geredet, Bücher gewälzt, in Zeitungsarchiven geforscht und deine Schlüsse gezogen.« Ihre Wimpern flattern wie Fächer an einem heißen Tag. »Ich glaube, anders geht es nicht«, fügt sie hinzu.

»Vielleicht sollten wir nur über Dinge schreiben, die man nicht belegen muss«, entgegnet Celia.

»Du hast aber dein Leben lang etwas anderes getan.«

»Mein Leben lang?«

»Zumindest seit ich dich kenne.«

»Als du geboren wurdest, hatte ich schon einen guten Teil meines Lebens hinter mir.«

Paula beißt sich auf die Zunge. Sie würde gern wieder mit ihrer Mutter diskutieren, wie früher, als sie ein Teenager mit revolutionären Idealen war und ihre Mutter eine äußerst selbstbewusste Frau, der man kaum zu widersprechen wagte, aber sie weiß, dass sie sie nicht aufregen oder provozieren darf. Besser, sie steht einfach mit einem Lächeln auf und räumt den Tisch ab, als hätte sie es auf einmal furchtbar eilig.

Celia bleibt auf der Terrasse sitzen. Den Kopf in den Nacken gelegt, blickt sie in den Nachthimmel. An die Namen einiger Sternbilder, die über der Stadt zu sehen sind, erinnert sie sich. Urbane Sternbilder. Sie seufzt tief. Wie gern hätte sie sich weiter mit Paula unterhalten. Sie hat unzählige Fragen. An manches erinnert sie sich klar und deutlich, vielleicht sogar deutlicher als vor dem Schlaganfall. Doch sie hegt den Verdacht, dass sie Dinge vergessen hat, von denen sie das früher bestimmt nie gedacht hätte. Und dann sind da noch die Erinnerungen, die auftauchen und verschwinden, an die Oberfläche kommen und wieder versinken, als wäre ihr Geist eine brodelnde Flüssigkeit. Dazu die nächtlichen Träume und der morgendliche Nachhall daran, vermischt mit flüchtigen Erlebnissen aus der Vergangenheit.

Manchmal weiß sie beim Aufwachen nicht, ob das, woran sie sich erinnert, real oder nur geträumt ist, ob sie es vielleicht vor langer Zeit geträumt oder gelesen, gehört oder gedacht oder in einem Film gesehen hat. Sie weiß nicht einmal, ob Erinnerungen an einen Film als real oder als geträumt anzusehen sind.

»Willst du ein bisschen fernsehen?«

Paula ist wieder auf die Terrasse gekommen und reibt sich die Arme.

»Es wird frisch«, fügt sie hinzu. »Besser, du kommst rein.«

Celia rührt sich nicht. Ohne sich dessen bewusst zu sein, ist sie ganz sie selbst. Sie ist noch nie gern von einem Tisch aufgestanden, wenn sie nicht wusste, wohin sie wollte.

»Ich kann dir ein bisschen vorlesen«, schlägt Paula vor. »Oder vielleicht willst du ein Weilchen in deinem Arbeitszimmer in deinen Büchern und anderen Dingen stöbern.«

Celia sieht ihr in die Augen.

»Habe ich das sonst nach dem Abendessen getan?«

»Wir wohnen schon seit vielen Jahren nicht mehr zusammen«, antwortet Paula. »Deshalb weiß ich nicht, was du nach dem Abendessen machst. Außerdem isst du abends gewöhnlich nicht zu Hause.«

Celia lässt sich von ihrer Tochter aufhelfen. Ihr Gleichgewichtssinn ist gestört, und sie will nicht ins Straucheln geraten. Geschweige denn stürzen. Sie weiß, dass sie eine Last ist, und will es nicht noch verschlimmern. Also begibt sie sich in ihr Arbeitszimmer.

Paula schlägt ihr vor, sich in den Ohrensessel zu setzen.

»Ich lass dich jetzt allein«, sagt sie, als sie die Lampe neben dem Sessel einschaltet. »Ich gehe in mein Zimmer und lese. Wenn du dich hinlegen willst, ruf mich, und ich helfe dir ins Bett, einverstanden?«

Celias Blick schweift über das Regal. Es quillt über vor Büchern, Nachschlagewerken und Zeitschriften, die mit ihren Rücken Brett für Brett eine Art Mosaik bilden.

Sie steht nicht auf, verspürt aber eine gewisse Genugtuung, als sie einige Bücher erkennt, und zwar mehr, als sie erwartet hat. Wenn man die Grenzen des eigenen Gedächtnisses nicht kennt, ist dieses Gefühl wohl völlig normal. Sie erinnert sich an manche ihrer Lieblingsautoren, an den von ihr verehrten Borges, an Rulfo, Faulkner und die Nordamerikaner aus der ersten Hälfte des zwanzigsten Jahrhunderts. Sie erinnert sich an Figuren, Handlungen und Orte, die sie dank der Literatur

kennengelernt hat, ebenso wie an die Drucke in einigen Bild-
bänden, aber sie riskiert es lieber nicht, aufzustehen und zu
überprüfen, ob es diese Drucke auch tatsächlich gibt. Sie hat
Angst vor der Enttäuschung.

»Brauchst du etwas?«

Plötzlich steht Paula in der Tür. Sie trägt einen Schlafanzug
mit kurzen Ärmeln, ihr Haar ist offen.

»Es ist alles gut, danke.«

»Du solltest nicht so spät ins Bett gehen.«

»Jaja.«

Paula rührt sich nicht. Sie will noch etwas fragen, findet
aber nicht die richtigen Worte, um es spontan und natürlich
klingen zu lassen.

»Mama ...«, setzt sie an.

»Was?«

»Erinnerst du dich an mich?«

Celias Augen werden feucht, zum ersten Mal, seit sie aus
dem Koma erwacht ist.

»Natürlich«, flüstert sie überrascht, dass Paula ihr eine solche
Frage stellt.

Paula ist erleichtert, will es sich aber nicht anmerken lassen.
Ohne eine Miene zu verziehen, steht sie da wie eine Schau-
fensterpuppe. Oder eine Zimmerpflanze.

»Ich erinnere mich ganz genau, wie du als kleines Mädchen
warst.«

ZWEI

Dasselbe Wort

Es ist schon seit geraumer Zeit hell, und ihre Mutter schläft immer noch. Das überrascht Paula, denn im Krankenhaus ist sie stets im Morgengrauen aufgewacht. Sie war schon zweimal in ihrem Schlafzimmer, um sich zu vergewissern, dass sie auch wirklich schläft. Dass sie atmet und schläft. Das hat Erinnerungen in ihr geweckt: Als ihre Tochter noch klein war, ist Paula öfter in ihr Zimmer geschlichen, um genau das zu überprüfen.

Um Punkt neun Uhr treffen Rosario und Charlie ein. Der Hund beschnüffelt alles gründlich, geradezu argwöhnisch, als wäre etwas anders, fast als wäre er beleidigt, dass er die Nacht woanders verbringen musste. Paula fand, es sei besser, wenn die Wohnung bei der Heimkehr ihrer Mutter erst einmal leer wäre. Deshalb hatte sie Rosario gebeten, ihn über Nacht mitzunehmen.

Rosario schlüpft in ihren Arbeitskittel und fegt die Blätter von der Terrasse. Das tut sie jeden Tag, besonders wenn der Herbst naht. Anschließend wird sie die Bäder putzen und das Essen kochen. Sie hat grüne Bohnen und Fisch eingekauft, wie Paula ihr aufgetragen hat. Charlie legt sich vor Celias Schlafzimmertür. Das tut er sonst nicht. Normalerweise ist sein Platz vor der Wohnungstür. Sein Kopf liegt auf den Vorderpfoten, ein Ohr ist aufgestellt. Er weiß, dass sein Frauchen wieder da ist. Er weiß nur nicht, dass sein Frauchen gar nicht weiß, dass sie sein Frauchen ist.

Um kurz nach zehn klingelt das Telefon. Es ist Luisa. Sie

ruft eigentlich nie auf dem Festnetzapparat an, doch diesmal bleibt ihr nichts anderes übrig, weil Celias Mobiltelefon seit zwei Monaten ausgeschaltet ist. Sie hat ihre Freundin mehrmals im Krankenhaus besucht und möchte wissen, wie es ihr gefällt, wieder zu Hause zu sein.

Charlie steht auf, streckt sich und schnüffelt am unteren Rand der Tür, dann stößt er einen hohen und sehnsüchtigen Laut aus. Offenbar ist Celia aufgewacht. Paula öffnet die Tür, und der Hund stürmt ins Schlafzimmer.

»Hallo, mein Schatz.«

Celia krault mit beiden Händen den großen Hundeschädel.

»Du hast lange geschlafen«, sagt Paula, als sie ins Zimmer tritt.

»So lange auch wieder nicht.«

»Es ist schon nach zehn.«

»Ich bin sehr spät schlafen gegangen.«

Paula geht zum Nachttisch und sieht nach, ob der Plastikbecher leer ist.

»Ich habe meine Medikamente genommen, keine Sorge«, sagt ihre Mutter. »Ich war einfach nicht müde. Ich habe im Regal gestöbert und in ein paar Bücher reingelesen. Dabei ist mir so einiges eingefallen. Das hat mich wachgehalten.«

»Eine der Tabletten ist eine Schlaftablette«, sagt Paula.

Mit Unschuldsmiene bittet Celia sie, ihr aus dem Bett zu helfen.

»Manche Erinnerungen sind stärker als Tabletten«, flüstert sie ihrer Tochter ins Ohr.

Sie geht ins Bad, lehnt die Tür aber nur an. Sie möchte die Intimsphäre, die ihr zusteht, mehr nicht. Charlie wartet draußen auf sie.

»Erinnerst du dich an Rosario?«

Celia erscheint kurz darauf in derselben Kleidung wie am Vortag in der Küche.

»Nein, tut mir leid«, sagt Celia.

Dann geht sie zu ihrer Hausangestellten und streckt die Hand aus.

»Señorita.« Rosario ergreift ihre Hand und tritt dann näher, um sie mit den üblichen Wangenküssen zu begrüßen. »Ich freue mich sehr, dass es Ihnen besser geht.«

Rosario hat einen undefinierbaren mittelamerikanischen Akzent. Celia traut sich nicht, sie zu fragen, woher sie stammt.

»Ich serviere Ihnen das Frühstück auf der Terrasse«, sagt Rosario. »Dort frühstücken Sie gern.«

Celia nickt stumm, als würde sie das im Geiste notieren. Offensichtlich hat Paula die Hausangestellte instruiert. Sie geht auf die Terrasse und setzt sich auf ihren Stuhl. Charlie legt sich unter den Tisch, mit der Schnauze vor ihren Füßen.

»Orangensaft, Vollkorntoast, Haferkekse und Tee mit Zitrone«, zählt Rosario auf, was auf dem Tablett steht, das sie soeben auf den Tisch gestellt hat.

»Vielen Dank«, sagt Celia. »Aber ich hätte lieber einen Milchkaffee.«

»Das müssen Sie mit Ihrer Tochter besprechen.«

Die kommt gerade auf die Terrasse.

»Du darfst keinen Kaffee trinken«, erklärt sie. »Zumindest jetzt noch nicht. Beim Thema Ernährung sind die Ärzte sehr streng.«

Celia wendet sich an Rosario, die noch immer neben ihr steht: »Mach mir einen koffeinfreien Milchkaffee. Und nimm diese Tasse bitte wieder mit.«

Rosario wirft Paula einen Blick zu und verschwindet in der Wohnung.

»Ich habe dir doch gestern schon gesagt, dass ich kein heißes Wasser mag«, erklärt Celia, als Paula sich zu ihr an den Tisch setzt.

»Wir sollen dir doch helfen, dich daran zu erinnern, wie du früher warst.«

Celia möchte nicht streiten.

»Hast du schon gefrühstückt?«

»Vor einer Weile.«

»Musst du heute auch nicht arbeiten?«

»Keine Sorge. Ich habe noch ein paar Urlaubstage. Später fahre ich nach Hause, ziehe mich um und kümmere mich um die Kleine.«

Celia seufzt.

»Ich weiß nicht, was du vorhast, aber es ist nicht nötig, dass du hier einziehst. Mit Rosarios Hilfe und meinem kleinen Aufpasser komme ich gut allein zurecht.«

Paula hat keinen Hunger, nimmt aber einen Haferkeks und kaut darauf herum.

»Du warst zwei Monate im Krankenhaus, Mama.«

»Ich wurde entlassen.«

»Du wurdest entlassen, weil ich Ärztin bin und mich verpflichtet habe, mich um dich zu kümmern, zumindest die ersten Tage.«

Celia schnalzt mit der Zunge.

»Deshalb musst du aber nicht hier wohnen«, sagt sie. »Du kannst morgens und abends vorbeikommen. Oder anrufen.«

»Ich lasse dich nachts nicht allein.«

»Letzte Nacht hast du es getan.«

»Ich habe im Zimmer nebenan geschlafen.«

»Ich weiß. Und das so tief, dass du nicht einmal bemerkt hast, wie ich reingekommen bin und dich zugedeckt habe.«

Paula legt den angebissenen Keks auf den Teller.

»Es war kühl«, fügt Celia hinzu.

»Lass uns später weiterreden«, erwidert Paula und steht auf. »Ich muss jetzt einkaufen. Rosario bleibt bei dir. Wenn du etwas brauchst, kannst du sie rufen. Komm, Charlie.«

Widerstrebend steht der Hund auf. Er will sein Frauchen nicht allein lassen, aber er muss mal raus. Und irgendwie spürt er, dass sein Frauchen nicht mit ihm Gassi gehen kann.

Rosario kommt mit einer Tasse Milchkaffee zurück.

»Setz dich einen Moment zu mir«, bittet Celia sie.

Der Hausangestellten fällt es sichtlich schwer, der Bitte nachzukommen.

»Ich will dich etwas fragen.«

»Was Sie wollen.«

»Warum nennst du mich Señorita?«

Rosario ist eine fröhliche, unbefangene Frau, die gern lacht, aber auch ernst sein kann, wenn es erforderlich ist.

»Soll ich Sie anders ansprechen?«

Celia hebt die Augenbrauen.

»Das weiß ich noch nicht«, sagt sie.

»Ich nenne Sie so, weil Sie alleinstehend sind«, erklärt Rosario und starrt auf ihre Hände.

»Ich bin nicht alleinstehend. Ich bin geschieden.«

»Eben.«

Celia wischt sich den Mund mit der Serviette ab und legt sie auf den Tisch. Sie lässt den Blick über die Dächer und das Antennenmeer schweifen, das sich bis zum Horizont erstreckt.

»Arbeitest du schon lange für mich?«

»Seit drei Jahren, Señorita.«

»Woher kommst du?«

»Aus Guatemala.«

»Wo genau?«

»Aus Coatepeque, kennen Sie die Stadt?«

Celia schüttelt bedauernd den Kopf.

»Verzeih, dass ich dir so viele Fragen stelle«, sagt sie. »Ich muss mich schlaumachen, um wieder ganz die Alte zu werden.«

Rosario schaut sie nachsichtig an, als wüsste sie über alles Bescheid.

»Warum siehst du mich so an?«, fragt Celia.

»Ich habe Ihnen noch nie erzählt, woher ich stamme. Ich habe nur erwähnt, dass ich aus Guatemala bin. Mehr haben Sie mich auch nicht gefragt.«

Celia stützt ihren Kopf auf die linke Hand.

»Habe ich dir einmal erzählt, woher ich komme?«

Rosario überlegt einen Moment.

»Sie sind nicht aus Madrid?«

»Ich stamme aus Zaragoza, kennst du die Stadt?«

»Nein, aber ich weiß, wo sie liegt«, antwortet Rosario, bereits im Aufstehen begriffen. »Wenn Sie mich jetzt entschuldigen, ich habe viel zu tun.«

Celia hebt beschwichtigend die Hände.

»Tut mir leid, wenn ich dich aufgehalten habe«, sagt sie. »Nur eins muss ich noch wissen.«

»Ja?«

»Was tue ich morgens, wenn ich zu Hause bin?«

»Normalerweise sind Sie morgens nie zu Hause. Und wenn doch, dann ziehen Sie sich in Ihr Arbeitszimmer zurück, aber ich habe Sie auch schon hier lesen und schreiben gesehen, besonders, wenn die Sonne scheint.«

Celia nickt und winkt ihr nach. Sie möchte ihre Hausangestellte nicht weiter aufhalten. Sie möchte sich auch nicht merkwürdig verhalten. Vielleicht sollte sie in ihr Arbeitszimmer gehen und weiter die Bücher und Unterlagen in ihrem Regal sichten. Sie ist wieder zu Hause und muss so schnell wie möglich wieder die werden, die sie früher war, doch sie rührt sich nicht vom Fleck. Im Gegenteil, sie streckt die Beine aus, macht es sich in ihrem Stuhl bequem und schaut in den tiefblauen Himmel, der wirkt, als wäre er ein Meer, auf dem weiße Schaumkronen tanzen.

Dann schließt sie die Augen, aber nicht um zu schlafen. Wie im Gegenlicht ziehen hinter ihren Augenlidern flüchtige, unzusammenhängende Bilder vorüber, als würde sie träumen. Was sie keineswegs wundert. Die Ärzte haben ihr erklärt, dass ihr Gehirn jeden Moment der Ruhe nutzen würde, um sich zu regenerieren.

Kurz vor dem Mittagessen kehren Paula und Charlie zurück. Der Hund hat Durst und läuft sofort zum Wassernapf, der in einer Ecke der Terrasse steht. Dann trabt er zu seinem Frauchen und lässt sich den Kopf kraulen, genau an der Stelle, wo es ihm am meisten behagt, zwischen den Augen und der Schnauze. In der Küche räumt Paula die Einkäufe in Speisekammer und Kühlschrank.

»Rosario hat mir erzählt, dass du dich den ganzen Morgen nicht von der Stelle gerührt hast«, sagt sie, als sie mit einer Tischdecke in der Hand auf die Terrasse tritt.

Celia krault weiter den Hund und antwortet nicht.

»Vielleicht magst du lieber in der Küche essen?«, will Paula wissen. »Oder am Esstisch?«

»Es ist so ein schöner Tag.«

»Dann decke ich den Tisch hier draußen.«

»Wann ruft dein Bruder an?«, fragt Celia.

Paula wirft einen Blick auf ihre Armbanduhr.

»Jetzt dürfte er gerade aufgestanden sein«, erwidert sie. »Also ruft er bestimmt am Nachmittag an, keine Sorge. Nachher kommt Luisa zu Besuch, das wird dich ablenken. Hast du Hunger?«

»Eigentlich nicht.«

»Egal. Du musst regelmäßige Essenszeiten einhalten.«

»Auch, wenn ich keinen Hunger habe?«

»Auch dann.«

Celia schweigt. Sie sagt lieber nicht, was sie von ärztlichen Vorschriften hält. Stattdessen tastet sie nach Charlie, der ihr ausgiebig die Finger leckt. Die Gesellschaft des Hundes löst ein wohliges Gefühl in ihr aus.

»Rosario hat dir gedünstete grüne Bohnen mit Zwiebeln und gebratenem Fisch zubereitet«, sagt Paula, als sie das Tablett auf den Tisch stellt.

»Und du isst nichts?«

»Nur ein paar grüne Bohnen«, sagt Paula. »Ich habe keinen großen Hunger, und Fisch mag ich nicht, wie du weißt.«

»Das wusste ich nicht«, erwidert Celia, ohne den Blick von ihrem Teller zu heben. »Aber es wundert mich nicht, denn Fisch ist auch nicht gerade meine Leibspeise. Oder doch?«

Paula sieht sie seufzend an. Sie weiß genau, dass sie ihre Mutter nicht täuschen kann.

»Nein«, räumt sie gepresst ein. »Fisch mochtest du noch nie sonderlich.«

»Dann handelt es sich also um eine ärztliche Anweisung, nicht wahr?«

»Fisch enthält Nährstoffe, die deinem Organismus guttun.«

Celia rollt mit den Augen.

»Rosinen helfen dem Gedächtnis auf die Sprünge«, sagt sie genervt. »Oder Oliven. Aber Fisch nicht.«

Paula antwortet nicht. Ohne eine Miene zu verziehen, greift sie zur Gabel und beginnt zu essen. Rosario kommt mit einer Metallstange heraus und fährt die sandfarbene Markise aus, die ihnen Schatten spenden soll. Celia fragt sich, ob Rosario bereits gegessen hat, und will sich schon danach erkundigen, unterlässt es aber. Sie möchte auf keinen Fall den Eindruck vermitteln, ihre Krankheit habe sie irgendwie verändert, auch wenn sie selbst das Gefühl hat, ein neuer Mensch zu sein, ohne Vergangenheit, weil sie die schlicht vergessen hat. Wenn sich Rosario nicht zu ihnen an den Tisch setzt, dann hat sie das früher auch nicht getan.

»Wie findest du deine Bibliothek?«, fragt Paula, als sie sich Wasser nachschenkt.

»Es gibt viele gute Bücher.«

»Darauf warst du immer sehr stolz.«

»An einige erinnere ich mich sogar«, sagt Celia.

Paula sieht von ihrem Teller auf und versucht, sich ihre Sorge nicht anmerken zu lassen.

»Eigentlich erinnere ich mich an ziemlich viele«, fügt Celia hinzu. »Die anderen werde ich noch einmal lesen müssen.«

»Wenn du willst, kann ich dir helfen.«

Celia legt ihre Gabel auf den Teller.

»Wie stellst du dir das vor?«, fragt sie. »Du liest welche und fasst sie dann zusammen, damit ich Zeit spare?«

»Ich meine, ich könnte sie dir vorlesen.«

»Ich bin dir dankbar, dass du mir im Krankenhaus vorgelesen hast.« Celia greift erneut zu ihrer Gabel. »Aber jetzt kann ich wieder selbst lesen.«

»Wie du willst.«

Rosario bringt den Wolfsbarsch, der auf dem Teller aussieht wie die weißen Seiten eines aufgeschlagenen Buchs auf einem Buchständer. Paula serviert ihr eine Hälfte.

»Aber bei etwas anderem brauche ich Hilfe«, sagt Celia, als ihre Tochter fertig ist.

Paula hat sich fest vorgenommen, sich über nichts zu wundern, selbst wenn ihre Mutter sie darum bitten sollte, die Gräten zu entfernen.

»Gestern habe ich meinen Laptop auf dem Schreibtisch eingeschaltet.«

Paula weiß, dass es keinen weiteren Computer im Haus gibt.

»Ich habe einige Ordner geöffnet und viele Fotos, Titelbilder meiner Bücher, Satzfahnen und sogar Verträge mit meinem Agenten und meinem Verlag gesehen.«

»Du solltest es langsam angehen lassen«, sagt Paula.

»Ich weiß, aber es gibt ein Problem.«

»Und das wäre?«

»Es gibt einen Ordner mit dem Titel *Werke von CRA*, also meinen Initialen.«

»Das ist dein Kürzel«, erklärt Paula. »Alle deine Artikel sind mit diesen drei Buchstaben unterzeichnet.«

Celia kann sich nicht daran erinnern, aber es leuchtet ihr ein.

»Der Ordner enthält mehrere Unterordner mit einem Haufen Dateien, darin sind offensichtlich meine Artikel«, sagt sie. »Meine Rezensionen, Notizen und alle meine Bücher.«

Paula holt tief Luft.

»Und wo ist das Problem?«

»Dass ich nicht an die Dateien rankomme. Sie sind mit einem Passwort geschützt.«

Paula legt die Hand auf den Mund, als wollte sie vermeiden, etwas Unbedachtes zu sagen.

»Alle?«

»Ja, alle, die ich öffnen wollte«, sagt Celia seufzend. »Weißt du, wie mein Passwort lautet?«

Paula steht auf und macht ein paar Schritte in Richtung Wohnzimmer. Charlie beobachtet sie von seinem Platz unter dem Tisch aus.

»Ich habe keine Ahnung«, sagt sie schließlich und dreht sich zu ihrer Mutter um. »Aber ich weiß zumindest, dass es nur ein Wort ist.«

»Nur ein Wort?«

Paula geht auf sie zu.

»Du hast nur ein einziges Wort benutzt, um alle deine Dateien zu schützen.«

Verblüfft fährt Celia sich mit den Fingerspitzen über die Augenbrauen.

»Woher weißt du das?«, fragt sie und schaut zu Paula auf.

»Du hast es mir mal erzählt.«

»Und ich habe nicht erwähnt, wie dieses Wort lautet?«

»Du hast nur gesagt, dass du zum Schutz aller deiner Dateien dasselbe Wort benutzt. Du wolltest dich nicht an mehrere Passwörter erinnern müssen.«

Paula nimmt wieder Platz. Sie ist sich bewusst, wie heikel und lächerlich, in gewisser Weise sogar komisch die Situation ist.

»Zum Schutz vor wem?«, fragt Celia.

»Vielleicht vor mir. Oder Emilio. Oder Papa. Du hast deine Arbeit immer streng geheim gehalten.«

Celias Blick wandert zur Terrassentür. Manchmal beschleicht sie das Gefühl, Kandidatin der Fernsehsendung *Versteckte Ka-*

mera zu sein, und erwartet, dass gleich ihr Sohn Emilio mit einem Rosenstrauß auftaucht und sie um Verzeihung bittet.

»Hast du eine Idee, welches Wort es sein könnte?«, fragt Paula.

Celia muss der Versuchung widerstehen, aufzuspringen und ein Wörterbuch zu holen.

»Es wird etwas Spezielles sein«, mutmaßt Paula. »Der Name eines Menschen oder eines Ortes.«

»Warum?«

»Was soll es denn sonst sein?«

»Und wenn ich mir das Wort ausgedacht habe?«

»Was?«

»Ein Wort, das nicht im Wörterbuch steht.«

Paula schüttelt den Kopf.

»In dem Fall hättest du es besser irgendwo aufgeschrieben«, sagt sie ernst. »Hast du schon in deinen Schreibtischschubladen nachgesehen?«

»Wonach?«

»Hast du Tagebuch oder sowas geschrieben?«

»Ich weiß nicht«, erwidert Celia. »Habe ich?«

»Du hast nie etwas erwähnt.«

Paula legt die Hände vor das Gesicht. Sie weiß weder, wie sie ihrer Mutter helfen soll, noch, ob es ihr nicht vielleicht schaden könnte, wenn die Suche nach diesem Passwort zu einer fixen Idee würde.

»Such nach einem Heft, in dem du dir Notizen für deine Bücher gemacht hast«, schlägt sie vor und steht auf, um das Gespräch zu beenden. »Vielleicht hast du es dort notiert.«

»Gute Idee«, erwidert Celia und schnippt mit den Fingern. »Ich werde in meinem Adressbuch unter P wie Passwort nachschauen. Da finde ich es bestimmt.«

»Mama.«

»Vielleicht ist es ja auch mit einem Magneten an die Kühlschranktür gepinnt.«

DREI

Ein weit zurückliegender Albtraum

Es ist nach fünf, als Celia aus ihrem Mittagsschlaf erwacht. Zuerst wackelt sie mit den Zehen, um sich zu vergewissern, dass sie nicht gelähmt ist. Dann gähnt sie lautstark. Charlie trabt ins Zimmer und legt seinen Kopf auf die Bettdecke.

»Luisa ist da, sie sitzt im Wohnzimmer.«

In der Küche ist Paula gerade dabei, Gebäck auf einen Teller zu legen. Celia öffnet den Kühlschrank auf der Suche nach etwas Essbarem. Der Schlaf hat sie hungrig gemacht.

»Sie hat dich mehrmals im Krankenhaus besucht«, fügt Paula hinzu.

»Ich weiß«, erwidert Celia und schließt die Kühlschranktür. »Machst du mir einen Kaffee?«

»Natürlich. Möchtest du sonst noch was?«

»Kannst du mit Charlie rausgehen?«

Paula nickt verständnisvoll. Es ist normal, dass ihre Mutter mit einer ihrer besten Freundinnen allein sein will.

»Luisa.«

»Meine Liebe.«

Celia und Luisa schließen sich in die Arme, um dann voneinander abzurücken, ohne sich loszulassen. Als würden sie tanzen, denkt Paula, die mit dem Gebäck ins Wohnzimmer kommt.

»Du siehst fantastisch aus«, sagt Luisa, »und jünger.«

»Ich habe zwölf Kilo abgenommen, überall schlackert die Haut.«

»Du musst ein bisschen Sport machen, um wieder zu Kräften zu kommen.«

»Erst, wenn die Ärzte es mir erlauben«, sagt Celia mit einem Blick zu ihrer Tochter.

»Ach, Ärzte und ihre Verbote!«, ruft Luisa ironisch. »Setz dich zu mir.«

Luisa lässt Celias Hand nicht los. Die beiden nehmen auf dem Sofa Platz, während Paula Luisa eine Tasse Tee und ihrer Mutter eine Tasse Kaffee hinstellt.

»Kaffee um diese Zeit?«, wundert sich Luisa.

»Das ist koffeinfreier.«

»Sie mag kein heißes Wasser«, verkündet Paula.

Luisa lächelt verstohlen. Sie könnte jetzt argumentieren, dass Kaffee ebenfalls mit heißem Wasser gemacht wird, hält aber lieber den Mund. Celia spürt, dass beide Frauen irgendwie unter einer Decke stecken. Sie hatten im Krankenhaus ja genug Zeit, um sich abzusprechen. Wieder fühlt sie sich wie das unschuldige Opfer eines bösen Scherzes.

»Du trinkst nichts?«, fragt sie ihre Tochter.

»Ich muss mit Charlie raus«, antwortet die und zeigt in den Flur. »Er braucht Auslauf, und mir wird ein Spaziergang ebenfalls guttun. Ich werde kurz zu Hause vorbeischauen.«

Luisa lässt Celias Hand los, um Zucker in den Tee zu geben.

»Wie geht es dir?«, fragt sie, kaum, dass sie allein sind. »Sei ehrlich.«

»Was soll ich sagen?«

Aus dem Augenwinkel wirft Celia ihrer Freundin einen Blick zu. Sie spricht es nicht aus, aber sie hat sie jünger in Erinnerung, mit längerem Haar und weniger Altersflecken.

»Ich fühle mich, als würde ich in einem Albtraum leben«, sagt sie schließlich.

»Kann ich mir vorstellen.«

»Jedes Mal beim Aufwachen habe ich Angst, gelähmt zu sein.«

»Warum?«

»Als ich aus dem Koma erwachte, konnte ich anfangs die Beine nicht bewegen. Erst nach ein paar Stunden, deshalb bin ich erst beruhigt, wenn ich sie bewegen kann.«

»Das ist eine gute Art, den Tag zu beginnen.«

Celia trinkt einen Schluck Kaffee.

»Ich lebe wie auf einer Achterbahn«, sagt sie, als sie die Tasse hinstellt. »Das Auf und Ab ist schwindelerregend.«

»Erinnerst du dich daran, was passiert ist?«

»Ich weiß nur, dass ich eine Hirnblutung hatte.«

»Möchtest du die Einzelheiten erfahren?«

Celia zögert einen Augenblick und nickt schließlich.

»Du warst an dem Morgen in der Redaktion«, erzählt Luisa. »Wir hatten viel zu tun. Wir saßen mit Álex und Sonia zusammen und haben über den Inhalt der Kulturbeilage gesprochen. Dann wolltest du essen gehen, du bist in die Tiefgarage runter und hast dich in deinen Wagen gesetzt, aber starten konntest du ihn schon nicht mehr. Eine halbe Stunde später hat Álex dich gefunden. Er war ebenfalls auf dem Weg zum Mittagessen und wunderte sich, dass dein Auto noch dastand. Du lagst auf dem Beifahrersitz. Er wollte die Tür öffnen. Als das nicht klappte, hat er dich auf dem Handy angerufen. Weil du nicht reagiert hast, hat er die Seitenscheibe eingeschlagen und einen Krankenwagen gerufen.«

Celia fällt es schwer, dem Bericht zu folgen.

»Warum hat er mich auf dem Handy angerufen?«, fragt sie.

»Ich weiß nicht«, sagt Luisa. »Vermutlich, weil du auf sein Klopfen an die Scheibe nicht reagiert hast.«

Celia verzieht ungläubig das Gesicht.

»Was dachte er denn? Dass ich ein Nickerchen mache?«

Schweigend greift Luisa zu einem Keks und beißt hinein. Dann gibt sie schulterzuckend zu verstehen, dass sie mit vollem Mund nicht sprechen kann. Celia nutzt die Pause, um sich ebenfalls ein Stück Kuchen zu nehmen. Sie weiß, sie könnte ihre Freundin unter Druck setzen, damit sie ihr die Wahrheit sagt, verwirft den Gedanken aber sogleich wieder.

»Ich habe es dir erzählt, weil ich dir helfen möchte, dein Gedächtnis wiederzufinden«, sagt Luisa, nachdem sie einen Schluck Tee getrunken hat.

»Die Ärzte wissen nicht, ob ich es vollständig wiedererlange«, antwortet Celia.

»Ganz bestimmt. Ich helfe dir dabei.«

Celia nickt.

»Weißt du, ob ich ein Faible für ein spezielles Wort hatte?«

»Wie bitte?«

»Ein Lieblingswort, eine Beschwörung, etwas, das ich zu bestimmten Anlässen gesagt habe. Ich weiß nicht, wie ich es erklären soll.«

Luisa verzieht keine Miene.

»Warum willst du das wissen?«

»Weil ich mein Passwort vergessen habe, mit dem alle meine Computerdateien geschützt sind.«

Jetzt runzelt Luisa doch die Stirn. Ihr liegt eine abgedroschene Floskel auf der Zunge, was man halt so sagt, wenn man etwas nicht fassen kann, aber sie entscheidet sich für eine pragmatische Antwort.

»Normalerweise ist es dein Name oder der deiner Kinder«, sagt sie. »Oder dein Familienname. Oder eine Kombination aus deinem Namen und deinem Geburtsdatum.«

»Oder der Name des Hundes«, ergänzt Celia. »Oder der meines ersten Geliebten. Oder das Geburtsdatum meiner Kinder. Oder das Datum meiner Scheidung von ihrem Vater.«

»Hast du das alles schon ausprobiert?«

»Und noch mehr. Ich bin erst um halb fünf ins Bett.«

»Und du hattest kein Glück?«

Celia trinkt ihren Kaffee aus und schüttelt den Kopf.

»Sag bloß Paula nicht, dass ich so spät schlafen gegangen bin.«

In ihrem Alter klingt dieser Satz lächerlich. Doch in Luisas Gesellschaft fühlt sie sich wie ein Teenager, der in der Art von Nöten steckt, die später zu sentimentalen Anekdoten werden.

»Denk darüber nach, was ich gesagt habe, und wenn du dich an ein Wort erinnerst, das eine besondere Bedeutung für mich haben könnte, sag mir Bescheid.«

Luisa schließt kurz die Augen und nickt. Dann wechselt sie das Thema.

»Wann kommst du in die Redaktion? Die Kollegen fragen mich ständig nach dir und würden dich gern wiedersehen.«

»Weiß ich noch nicht.«

»Ich meine nicht zum Arbeiten, sondern zu einem Höflichkeitsbesuch.«

Celia schaut zur Wohnzimmertür. Sie vermisst Charlie.

»Ich komme vorbei, sobald man mich lässt«, sagt sie seufzend. »Die Ärzte dosieren mir die Gegenwart, als wäre sie eine giftige Substanz.«

Luisa nimmt wieder Celias Hand.

»Woran erinnerst du dich denn?«

Celia schaut sie irritiert an.

»Aus der Gegenwart«, präzisiert Luisa. »Was weißt du noch von deinem derzeitigen Leben?«

Celia drückt die Hand ihrer Freundin, bevor sie antwortet: »Nichts.«

»Im Ernst? Nicht an diese Wohnung? Auch nicht an die neue Zeitungsredaktion?«

»Nicht einmal an Charlie«, gesteht Celia. »Aber ich weiß, dass er mein Hund ist. Und er weiß ganz genau, dass ich sein Frauchen bin. An manche Dinge muss man sich nicht erinnern.«

Aufmunternd legt Luisa ihre andere Hand auf Celias. Dann wirft sie einen Blick auf ihre Armbanduhr. Es ist noch früh, und dennoch würde sie am liebsten verschwinden. Die Situation wird immer ungemütlicher. Sie darf mit ihrer Freundin weder über die Gegenwart sprechen noch ihren Erinnerungen auf den Grund gehen. Darum hat Paula sie ausdrücklich gebeten.

Celia kann nicht zulassen, dass Luisa schon wieder geht. Sie steht auf und schlägt vor, auf der Terrasse ein wenig frische Luft zu schnappen, es sei noch angenehm warm. Und sicher kämen auch Paula und Charlie bald zurück.

»Es gibt noch mehr, was mich irritiert«, sagt sie, als beide draußen Platz nehmen.

»Zum Beispiel?«

»Ist Carmen was zugestoßen?«

»Carmen?«

»Ja, unserer Carmen.«

Luisa schaut sich unbehaglich um.

»Luisa.«

»Hör mal, Celia«, sagt sie zögernd. »Die Ärzte haben auch mit mir gesprochen.«

»Ach ja? Und was haben sie gesagt?«

»Du musst es langsam angehen lassen. Du kannst nicht von heute auf morgen dein Leben zurückhaben. Mit der Zeit werden deine Erinnerungen zurückkehren.«

Celia presst die Lippen zusammen und nickt.

»Wie alt sind wir?«, fragt sie ihre Freundin.

Die beugt sich konzentriert vor, als müsste sie ein schwieriges Rätsel lösen.

»Nicht, dass ich es nicht wüsste. Deshalb frage ich nicht«, fügt Celia hinzu.

»Ich bin dreiundsechzig«, antwortet Luisa. »Du schon vierundsechzig.«

»Genau«, erwidert Celia. »Mir bleibt keine Zeit, um meine Erinnerungen Tag für Tag, Woche für Woche oder Monat für Monat neu zu durchleben. Ich bin zu alt, also muss mir jemand eine Zusammenfassung geben.«

Luisa nickt verständnisvoll.

»Warum fragst du nach Carmen?«, will sie wissen.

»Weil ich das Gefühl habe, dass ihr etwas passiert ist, aber ich weiß nicht, wie ich es erklären soll. Es ist nur ein vages Gefühl, wie das Echo eines weit zurückliegenden Albtraums.«

»Nächsten Monat ist sie schon vier Jahre tot«, sagt Luisa und schließt für einen Moment die Augen.

Celia schluckt. Sie räuspert sich.

»Woran ist sie gestorben?«, fragt sie.

»Drei Jahre zuvor wurde bei ihr Brustkrebs diagnostiziert.«

»Sie kam nach Paris, um mich abzuholen«, sagt Celia.

Luisa lächelt erleichtert.

»Ich war als Au-pair dort, um mein Französisch zu verbessern«, fährt Celia fort. »Ich weiß nicht, warum, aber an diese Jahre erinnere ich mich.«

»Vielleicht, weil es glückliche Jahre waren«, wagt sich Luisa vor.

Celia zuckt mit den Schultern. Die zeitliche Einordnung interessiert sie ebenso wenig wie solch küchenpsychologische Schlussfolgerungen.

»Noch jemand?«, fragt sie stattdessen und schaut Luisa an.

Die erwidert ihren Blick.

»Ist noch jemand gestorben?«, hakt Celia nach. »Du weißt schon, was ich meine: aus meinem heutigen Umfeld. Aus dieser Gegenwart, an die ich mich nicht erinnern kann.«

Luisa rutscht auf ihrem Stuhl herum und wagt nicht zu fragen, wo diese Gegenwart für Celia endet.

»Du kannst beruhigt sein«, wiegelt Celia ab. »Dass meine Eltern tot sind, weiß ich. Wenn es das ist, was dir Sorgen macht.«

»Nur Carmen«, sagt Luisa.

Celias Blick verliert sich über den Dächern, in einem endlos scheinenden Himmel, der zu dieser vorgerückten Stunde feuerrot entflammt ist. Sie weiß, dass sie das Vertrauen ihrer Freundin nicht überstrapazieren darf. Immerhin hat sie die Absicht, sie bei nächster Gelegenheit weiter auszufragen. Luisa hat sich entschieden, Paula gegenüber loyal zu sein. Celia kann ihr deshalb keinen Vorwurf machen.

Das Problem ist: Obwohl sie einen Mittagsschlaf gemacht hat, kann sie die Augen keine Minute länger offen halten. Ihr Atem wird ruhiger und klingt schon bald wie das Rauschen des Meeres.

»Wo ist Luisa?«

»Schon weg«, antwortet Paula.

Celia bückt sich, um Charlie zu kraulen.

»War es schön mit euch?«, fragt Paula betont locker, als hätte sie Luisa nicht ausgehorcht, bevor sie sie gehen ließ.

»Sehr schön«, antwortet Celia. »Wir haben von der Gegenwart gesprochen, ein faszinierendes Thema.«

Paula ist nicht bereit, auf die sarkastischen Anspielungen ihrer Mutter einzugehen.

»Ich bin ziemlich müde«, verkündet sie und macht sich auf den Weg in die Küche. »Du wirst mir helfen müssen, das Abendessen zuzubereiten.«

Kopfschüttelnd schaut Celia Charlie an. Alles kommt ihr vor wie gekünsteltes Theater. Es ist offensichtlich, dass Paula keine Hilfe bei der Zubereitung des Abendessens braucht. Ob sie versucht, sie einer Art Beschäftigungstherapie zu unterziehen? Vielleicht ist das der Grund, weshalb sie sie bittet, eine Packung vakuumverpackten Schinken zu öffnen und auf einen Teller zu legen. Celia drapiert die Scheiben rechtwinklig, als wollte sie beweisen, dass sie die räumlichen Maße noch beherrscht. Paula schneidet eine Tomate und eine Zwiebel für den Salat. Sie fügt schwarze Oliven, eine Prise Salz und einen ordentlichen Schuss Olivenöl hinzu.

»Schläfst du heute wieder hier?«, fragt Celia, als sie im Wohnzimmer am Esstisch Platz nimmt. »Dass das nicht nötig ist, habe ich dir ja gestern schon gesagt.«

Paula antwortet nicht. Sie möchte keinen Streit vom Zaun

brechen, hat aber die Absicht, den mit den Kollegen im Krankenhaus aufgestellten Plan bis aufs letzte i-Tüpfelchen umzusetzen.

»Wie geht es Alba?«

Celia zieht es vor, das Thema zu wechseln.

»Sehr gut«, antwortet Paula mit einem Lächeln. »Sie hat nach dir gefragt und will dich besuchen.«

Celia hat ebenfalls Lust, ihre Enkelin zu sehen.

»Und Jose?«, fragt sie weiter.

»Er lässt dich herzlich grüßen.«

»Ich würde die beiden auch gern besuchen.«

Paula hält ihrem Blick eine Zehntelsekunde länger stand als nötig.

»Natürlich«, sagt sie gepresst. »Spazieren zu gehen tut dir sicher gut, aber ich fürchte, unsere Wohnung ist zu weit weg.«

»Wo wohnt ihr denn?«

»In der Calle Fernando el Católico. Das ist zu Fuß eine halbe Stunde von hier.«

Genießerisch spürt Celia dem süßsauren Geschmack von Schinken und Tomate auf der Zunge nach.

»Das ist in Chamberí, und man nimmt die Calle Alberto Aguilera, stimmt's?«

»Genau«, bestätigt Paula, erfreut über den Orientierungssinn ihrer Mutter.

»Das Zentrum von Madrid hat sich kaum verändert, seit ich 1969 in die Stadt kam«, sagt Celia.

»Du erinnerst dich an deine eigene Adresse. Deshalb kennst du den Weg zu meiner Wohnung«, erwidert Paula.

Celia verzieht die Mundwinkel, ohne zu lächeln.

»Du hast sie dem Taxifahrer selbst genannt.«

»Wenn ich irgendwo am Stadtrand wohnen würde, bräuchte ich einen Stadtplan, um das Haus zu verlassen, aber in dem Teil von Madrid, den ich schon ein Leben lang kenne, finde ich mich bestens zurecht.«

Paula lässt sich nicht anmerken, wie erleichtert sie ist. Es würde ihr nicht behagen, wenn ihre Mutter nicht imstande wäre, die Wohnung allein zu verlassen. Sie möchte, dass sie wieder zu der unabhängigen und selbstständigen Frau wird, die sie immer war.

Nachdem sie den Tisch abgeräumt haben, ist es für einen Moment unklar, ob sie sich auf die Terrasse setzen, vorlesen oder fernsehen sollen. Da klingelt Paulas Mobiltelefon in ihrer Hosentasche. Paula grüßt den Anrufer kurz und reicht das Telefon an ihre Mutter weiter.

»Es ist Emilio«, sagt sie.

Celia nimmt auf dem Wohnzimmersofa Platz, bevor sie den Anruf annimmt. Sie misstraut ihrem Gleichgewichtssinn, und der befindet sich im Ohr, wie sie weiß. Gefolgt von Charlie, geht Paula in die Küche, damit ihre Mutter ungestört telefonieren kann. Sie räumt den restlichen Schinken weg, macht Ordnung im Kühlschrank und spült das Geschirr.

Dann setzt sie einen Kräutertee für sich und einen koffeinfreien Kaffee für ihre Mutter auf.

»Du hast schon aufgelegt?«, wundert sie sich, als sie ins Wohnzimmer zurückkehrt.

Celia starrt zur Terrassentür, als könnte sie von ihrem Platz aus den Horizont sehen.

»Wir wurden unterbrochen«, sagt sie.

»Hast du mit ihm gesprochen?«, fragt Paula.

Ihre Mutter nickt, ohne sie anzublicken.

»Er hat schon einen leichten argentinischen Akzent.«

»Das ist normal«, sagt Paula und stellt Tee und Kaffee auf den Tisch. »Er lebt seit vier Jahren dort. Was hat er erzählt?«

»Nichts Besonderes. Er wollte nur wissen, wie es mir geht.«

Paula setzt sich neben sie.

»Ich weiß nicht, ob er noch mal anruft«, fügt Celia hinzu. »Wahrscheinlich fragt er sich, ob ich mich noch an ihn erinnern kann.«

Charlie legt sich vor die Terrassentür und schaut zu seinem Frauchen auf.

»Erinnerst du dich an ihn auch als Kind?«, fragt Paula.

»Gewissermaßen«, sagt Celia. »Aber zwischen den Erinnerungen an dich und denen an deinen Bruder gibt es einen Unterschied.«

»Welchen?«

»Im Krankenhaus habe ich öfter von ihm geträumt. Aber von dir nicht.«

Paula nippt an ihrem Tee. Sie ist sich nicht sicher, ob Träume zu den Erinnerungen gehören.

»Vielleicht, weil du mich jeden Tag gesehen hast.«

»Möglich«, räumt Celia ein. »Aber das Seltsame ist, dass Emilio in meinen Träumen kein Kind war, sondern ein Erwachsener. Wenn ich wach bin, kann ich ihn mir nicht als erwachsenen Mann vorstellen, doch wenn ich schlafe, träume ich von ihm.«

Sie greift zur Kaffeetasse und schaut ihre Tochter mit solcher Entschlossenheit an, als wollte sie die gesamte Ärzteschaft herausfordern.

»Das kannst du deinem Freund, dem Neurologen, ruhig erzählen«, sagt sie.

»Da gibt's nichts zu erzählen«, wiegelt Paula ab. »Die Welt der Träume ist nicht zu erklären.«

Celia trinkt einen Schluck Kaffee und leckt sich die Lippen. Sie versteht nicht, was sie an einem Getränk finden konnte, dessen Geschmack sich größtenteils in einer Menge heißen Wassers verliert, wenn es doch etwas so Schmackhaftes wie Kaffee gibt, wenn auch in seiner koffeinfreien Variante.

»Ich träume jede Nacht«, gesteht sie, als sie die Tasse zurückstellt. »Ich weiß natürlich, dass alle Menschen jede Nacht träumen, aber ich bezweifle, dass ich mich früher so genau an meine Träume erinnern konnte wie heute.«

Paula zieht die Brauen hoch und schließt kurz die Augen.

Sie möchte weder zu großes Interesse zeigen noch in Binsenwahrheiten verfallen.

»Vielleicht liegt es an den Tabletten, die ich einnehme«, sinniert Celia. »Du hast gesagt, es ist auch eine Schlaftablette dabei.«

»Schlaftabletten helfen, in den Schlaf zu finden«, sagt Paula nach einer kurzen Pause. »Aber mit den Träumen haben sie nichts zu tun. Es gibt keine Tabletten zum Träumen.«

Celia will etwas erwidern, sie denkt an Drogen und Halluzinogene. Doch stattdessen trinkt sie lieber ihren Kaffee aus.

»Möchtest du wissen, was ich träume?«, fragt sie.

»Ich kann dir versichern, dass das aus klinischer Sicht keinerlei Relevanz hat.«

Celia lehnt sich zurück und seufzt vernehmlich.

»Habe ich früher geraucht?«, fragt sie.

»Wie bitte?«

»Ich habe das Gefühl, mir fehlt etwas, und bin mir ziemlich sicher, dass ich nach dem Essen eine Zigarette geraucht habe. Ist nur eine Frage, keine Sorge. Vermutlich werde ich ohnehin nie wieder rauchen dürfen.«

»Stimmt, nach dem Abendessen hast du meistens geraucht.«

Celia wirft ihrer Tochter einen verstohlenen Blick zu. Sie kann sich Paulas aseptisches, distanziertes Verhalten nicht erklären, doch es stört sie zunehmend.

»Erzähl mir, wovon du träumst«, sagt Paula und macht es sich ebenfalls auf dem Sofa bequem.

»Vom Regen«, antwortet Celia.

Die beiden Frauen sehen sich nicht an.

»Es regnet, es schüttet wie aus Eimern, und durch die Straßen fließt eine trübe Brühe.«

»Welche Straßen?«

»Das weiß ich nicht. Der Traum kehrt immer wieder, wie der von Emilio. Ich höre den Regen prasseln und beuge mich aus dem Fenster, voller Angst, dass der Wasserpegel bis zu mir ansteigt.«

Charlie steht auf und setzt sich seinem Frauchen gegenüber vor den Wohnzimmertisch.

»Du mochtest Wasser noch nie besonders«, versucht Paula zu scherzen.

»Ja, ich ziehe die Luft vor«, antwortet Celia im selben Tonfall. »Die ist weniger kompakt und lässt sich leichter atmen.«

Paula wirft einen Blick auf ihr Mobiltelefon.

»Es ist Schlafenszeit«, sagt sie. »Bist du nicht müde?«

Celia schüttelt den Kopf. Ihr Blick ruht auf ihrem Hund.

»Wer hat ihm den Namen Charlie gegeben?«

»Du.«

»Wie alt ist er?«

»Zehn.«

Charlie weiß genau, dass von ihm die Rede ist. Er umrundet den Tisch, damit sein Frauchen ihm den Kopf kraulen kann.

»Warum habe ich ihn so genannt?«

Paula streckt ihre Hand aus und lässt sie von dem Hund lecken.

»Weiß ich nicht«, sagt sie. »Vielleicht ist sein Name das Passwort, mit dem du an deine Dateien kommst.«

Celia schüttelt wieder stumm den Kopf.

»Wir können den Laptop in einen Computerladen bringen«, schlägt Paula vor. »Bestimmt gibt es irgendeine Möglichkeit, verschlüsselte Dateien zu öffnen.«

Charlie legt den Kopf schief und schaut Paula an, als könnte er die Gedanken seines Frauchens in eine Geste übersetzen.

»Ich habe nicht vor, das zu tun«, sagt Celia.

»Warum nicht?«

Celia seufzt. Es ärgert sie, sogar das Offensichtliche aussprechen zu müssen.

»Ich muss selbst auf dieses Wort kommen«, sagt sie leise.

Paula weiß, dass sie nicht über ein simples Passwort sprechen, mit dem Dateien geöffnet werden können. Ihre Mutter braucht nicht die Hilfe eines Informatikers, wenn überhaupt, dann die eines Psychologen.

»Mach, was du willst. Das ist dein gutes Recht«, sagt Paula schließlich. »Wenn ich dir dabei helfen kann, musst du es nur sagen. Ich gehe jetzt schlafen. Geh nicht zu spät ins Bett.«

Sie geben einander Gute-Nacht-Küsschen auf die Wange, als würde eine von beiden die Wohnung verlassen. Celia geht in ihr Arbeitszimmer, schaltet den Computer ein und probiert in den folgenden zwei Stunden verschiedene Passwörter aus, um ihre Dokumente öffnen zu können. Später wirft sie, wie am Abend zuvor, einen Blick in Paulas Zimmer. Die junge Frau schläft auf dem Bauch und atmet mit offenem Mund, wie sie es als kleines Mädchen getan hat. Ihre Freundin Carmen schlief auch in dieser Haltung, wodurch ihr röchelnder Atem bisweilen zu einem Schnarchen wurde.

Carmen war eine auffallend attraktive Frau, die man nur schwerlich vergessen konnte. In Gedanken bei der Freundin geht Celia ins Bett. Vor ihrem geistigen Auge sieht sie nicht die Carmen vor vier Jahren, sondern die junge Frau, die sie im September 1969 in einem Bus kennenlernte, der sie beide zu ihrem Journalistik-Studium nach Madrid brachte. Sie erinnert sich an ihre dunkelbraune Mähne und ihre Schlupflider. Ihre Züge hatten etwas exotisch Orientalisches. Sie saßen nebeneinander und kamen schon bald ins Gespräch. Celia wusste damals sofort, dass Carmen mit ihrer tiefen und ein wenig nasalen Stimme eine ausgezeichnete Radiomoderatorin abgeben würde. Und so kam es dann auch.

Wenn Celia sich früher nachts einsam fühlte, weil Fran auf Reisen war, oder später, als die Kinder schon aus dem Haus waren, schaltete sie oft das Radio ein, um Carmens Stimme zu hören. Dann war es, als stünde sie neben ihr und würde nur zu ihr sprechen.

Plötzlich vermisst sie dieses alte Transistorradio, das immer auf dem Nachttisch stand. Sie vermisst diesen ersten und den letzten Klang des Tages. Sie schließt die Augen und spürt ein dumpfes Stechen im Magen. Rasch greift sie zu ihren Tabletten.

Sie weiß, darunter ist eine, die ihr einschlafen hilft.

VIER

Der Klappentext deiner Bücher

Geduldig sitzt Celia in einem Wartesaal der Neurologie des Universitätsklinikums Gregorio Marañon, wo sie zwei Monate lang im Koma gelegen hat. Die Krankenschwestern haben sie erfreut begrüßt und mit Komplimenten überschüttet. Wie in einer solchen Situation üblich, hat Celia es mit einem verbindlichen Lächeln über sich ergehen lassen.

Paula hat sie ins Krankenhaus begleitet. Während der Fahrt hat Celia aus dem Fenster geschaut und das Madrid ihrer Erinnerung mit dem vor ihren Augen verglichen. Es hat sie überrascht, dass sie keine Veränderungen bemerken konnte.

Am Morgen hat Paula ihr beim Duschen geholfen. Manchmal tut sie es, manchmal Rosario. Celia braucht lediglich eine stützende Hand, um nicht auszurutschen, wenn sie in die Dusche steigt oder herauskommt.

Sie hat ihren Körper mit diesen bleichen, von dunklen Venen durchzogenen Beinen, diesem wabbeligen, an einen halb leeren Sandsack erinnernden Hängebauch, den formlosen Brüsten und den schlackernden Oberarmen nicht wiedererkannt. Es ist, als trüge sie die Haut einer anderen Frau mit einer anderen Kleidergröße. Ihr Körper fühlt sich an wie geliehen.

Nur die Sommersprossen, die sie schon immer im Ausschnitt hatte, sind ihr vertraut.

»Ich finde, du siehst sehr gut aus«, sagt der Arzt, nachdem er sich die Untersuchungsergebnisse angeschaut, ihren Gleichgewichtssinn getestet und ihr mehrere Fragen gestellt hat.

»Du auch, Ignacio«, erwidert Celia.

Er kennt diese Antworten von ihr schon.

»Du musst die Medikamente noch mindestens zwei Wochen einnehmen. Dann rede ich mit Paula und gebe ihr die nötigen Anweisungen, du kannst das Thema also getrost vergessen.«

»Im Vergessen bin ich sehr gut.«

»Den Ernährungsplan musst du einhalten wie bisher. Viel Gemüse, Obst, Fisch und gelegentlich einen fettarmen Joghurt. Kein fettes Essen, keinen Zucker und natürlich keinerlei Alkohol.«

»Ich trinke nur Säfte, Wasser und Kaffee«, erklärt Celia. »Oder darf ich auch keinen Kaffee trinken?«

»Morgens schon.«

»Glaubst du, dass ich mein Gedächtnis wiedererlange?«

Der Arzt seufzt laut und verschränkt die Arme. Offensichtlich ist Celia weder an einem detaillierten Ernährungsplan noch an ihrer Medikation interessiert.

»Du bist doch schon dabei«, versichert er, ganz der Experte. »Jeden Tag und vor allem jede Nacht verarbeitet dein Gehirn die verloren gegangenen Erinnerungen.«

Celia nickt wenig überzeugt.

»Ich kann dir keinen genauen Zeitpunkt nennen«, fährt der Arzt fort. »Ich kann dir nicht einmal versprechen, dass du dich wieder an alles erinnern wirst. Ich kann dir lediglich sagen, dass du nicht ungeduldig sein darfst. Das wäre kontraproduktiv. Entspann dich. Du musst gelassen bleiben und jegliche Form von Stress oder Angst meiden, hörst du?«

»Warst du dabei, als ich aus dem Koma erwacht bin?«, fragt Celia.

Ignacio sieht sie forschend an.

»Warum fragst du?«

»Warst du dabei oder nicht?«

»Ich war kurz, nachdem du die Augen aufgeschlagen hast, bei dir.«

»Was habe ich als Erstes gesagt?«

Wieder der forschende Blick, diesmal fast besorgt.

»Warum willst du das wissen?«

»Ich möchte wissen, ob ich etwas Seltsames gesagt habe, ob ich ein bestimmtes Wort gesagt habe. Etwas, das euch stutzig gemacht hat.«

Der Arzt steht auf, umrundet den Schreibtisch und setzt sich neben Celia.

»Stutzig macht mich, dass du das jetzt wissen willst«, sagt er.

»Es ist wichtig für mich.«

»Soweit ich weiß, hast du erst nach zwei oder drei Tagen überhaupt etwas gesagt, aber wenn du möchtest, schaue ich in deiner Krankenakte nach und rede mit den Schwestern.«

»Bitte, tu das.«

Paula wartet in einem kleinen Raum neben dem Sprechzimmer. Sie trägt keinen Kittel, immerhin ist sie heute nicht als Ärztin im Krankenhaus. Celia verabschiedet sich vom Stationspersonal, während Paula ein paar Worte mit dem Neurologen wechselt. Sie wirken nicht wie eine Familienangehörige im Gespräch mit einem Arzt, nicht einmal wie Kollegen. Sie sind eindeutig Freunde.

Vor der Klinik steht ein Taxi.

»Calle San Mateo, Ecke Mejía Lequerica.«

Celia nennt dem Fahrer die Adresse, hocherfreut, dass sie weiß, wo sie wohnt. Mehr sagt sie nicht, sie schaut die ganze Fahrt aus dem Fenster, bis das Taxi schließlich anhält.

»Wie war es, Señorita?«

Rosario steht an der Spüle und lässt den gekochten Reis abtropfen.

»Wo ist Charlie?«, fragt Celia. In ihrem Ton liegt eine gewisse Dringlichkeit, weil sie schon seit einer Weile spürt, dass sie die Nähe des Elsässer Schäferhundes braucht. Es irritiert sie, dass er sie nicht begrüßt hat.

»Er ist auf der Terrasse«, antwortet Rosario mit einer Kopfbewegung. »Er leistet Señorito Tobias Gesellschaft.«

»Tobias hat gestern Abend eine Nachricht geschickt«, erklärt Paula und sieht ihre Mutter an. »Ich habe vergessen, es dir zu sagen. Du willst ihn bestimmt sehen.«

Celia erwidert nichts. Sie weiß nicht, ob sie ihren Agenten sehen will. Sie erinnert sich an ihn, aber, wie an alle anderen, als einen jungen Mann.

»Ihr werdet viel zu besprechen haben«, sagt Paula.

Leise winselnd kommt Charlie angetrabt, als wollte er um Verzeihung bitten, dass er sie nicht angemessen begrüßt hat. Celia krault ihn am Kopf und tritt hinaus auf die Terrasse.

»Celia.«

Im Schatten der Markise breitet Tobias die Arme aus. Sein Haar ist schütter geworden, aber er hat nicht zugenommen. Wie immer trägt er eine Weste über dem Hemd. Celia lässt es über sich ergehen, dass Tobias ihr einen Kuss auf die Wange schmatzt. Sie erkennt den süßlichen Geruch seiner Rasierlotion.

Paula unterbricht die beiden. Sie ist auf dem Sprung und will Charlie mitnehmen.

»Ich lasse euch jetzt allein«, verabschiedet sie sich. »Rosario bringt euch gleich einen Kaffee.«

»Sie umsorgt mich wie eine Mutter«, sagt Celia, als ihre Tochter verschwunden ist.

»Weil du jetzt das Kind bist«, erwidert Tobias mit hörbar deutschem Akzent.

Celia lächelt. Angesichts der Tatsache, dass sie die letzten Jahre ihres Lebens vergessen hat, ist das wohl eine gute Beschreibung für sie.

»Ich konnte es kaum erwarten, dich endlich wiederzusehen«, sagt Tobias.

»Warst du nicht im Krankenhaus?«

»Paula hat es nicht erlaubt, weder mir noch deinen Kollegen aus der Redaktion. Nur Luisa durfte dich besuchen.«

»Sie war gestern hier.«

»Ich weiß. Wie geht es dir?«

Celia ist diese Frage langsam leid.

»Frag nicht«, sagt sie. »Es geht mir gut, aber ich kann mich an vieles nicht erinnern. Deshalb stelle lieber ich die Fragen.«

Tobias wirft einen flüchtigen Blick auf seine Ledertasche, die an einer Stuhllehne hängt. Er würde sich gern eine Zigarette anstecken, aber es ist ihm ausdrücklich verboten, in Celias Gegenwart zu rauchen.

»Waren wir beide schon mal allein auf dieser Terrasse?«, fragt Celia.

Tobias schaut sich um und schüttelt den Kopf.

»Aber wir haben uns als Agent und Schriftstellerin doch häufiger getroffen, oder nicht?«, hakt Celia nach.

»Meist haben wir telefoniert«, räumt er ein. »Vor allem, wenn du mit dem Auto unterwegs warst.«

»Fahre ich gern Auto?«

»Du hasst Autofahren. Deshalb telefonierst du unterwegs über die Freisprechanlage.«

Das Geschirr auf Rosarios Tablett klirrt, als sie auf die Terrasse tritt.

»Das ist koffeinfreier Kaffee«, sagt sie, als sie den beiden einschenkt.

»Der Arzt hat mir normalen Kaffee erlaubt«, protestiert Celia. »Das hat er eben erst gesagt.«

»Wir haben nur koffeinfreien«, erklärt Rosario.

»Dann musst du morgen welchen besorgen.«

»Um die Einkäufe kümmert sich Señora Paula.«

Mehr gibt es nicht zu sagen. Ein überraschtes Lächeln umspielt Celias Lippen, als Rosario an ihre Arbeit zurückkehrt. Obwohl sie die Einstellung ihrer Hausangestellten inzwischen kennt, amüsiert es sie, dass sie eine Señorita und ihre Tochter eine Señora ist. Sie verrührt einen Löffel Zucker in ihrer Tasse und trinkt.

»Findest du das nicht auch merkwürdig?«, sagt sie und starrt die Tasse an.

»Stimmt, du hast früher nie Kaffee getrunken«, räumt Tobias ein. »Hauptsächlich grünen Tee, in allen Geschmacksrichtungen, mit Pfefferminz, Eisenkraut oder Früchten. Oder pur mit einem Löffel Honig.«

»Ich weiß nicht, wie viel sich hier drin verändert hat«, sagt Celia und tippt sich an den Kopf.

»Ich hoffe, nicht allzu viel«, antwortet Tobias. »Deine Leserschaft macht sich große Sorgen. Wir haben einen Haufen Mails erhalten. Alle wollen wissen, wann die berühmte Celia Ruiz Álvarez wieder zurück ist.«

Celia hört ihm aufmerksam zu. Wie so häufig, wenn Menschen nicht in ihrer Muttersprache reden, bekommt bei Tobias alles einen tiefen, bedeutungsvollen Sinn. Wenn er verkündet, ihre Leser würden auf die bekannte Schriftstellerin warten, dann ist er nicht bereit zu akzeptieren, dass sie sich irgendwie verändert hat.

»Tobias.«

»Ja?«

»Ich erinnere mich an kein einziges Buch, das ich geschrieben habe.«

Celia trinkt ihren Kaffee aus und lehnt sich zurück, als wäre damit alles gesagt.

»Ich habe mit Paula gesprochen«, gesteht er. »Sie meint, dass deine Erinnerung nach und nach zurückkommen wird.«

Celia nickt, nicht sonderlich überzeugt.

»Gut möglich«, sagt sie. »Das Problem ist nur, dass niemand weiß, wie lange es dauern kann. Vielleicht wache ich morgen früh auf, und mein Gedächtnis ist wieder intakt, vielleicht brauche ich aber viel länger, womöglich noch mal so lang, wie es gedauert hat, diese Erinnerungen zu sammeln.«

»Liest du deine Bücher noch einmal?«, fragt Tobias unvermittelt.

»Paula hat mir Passagen aus dem *Ersten Kuss* vorgelesen«, antwortet Celia.

»Ich weiß. Das habe ich ihr vorgeschlagen. Du musst auch deine anderen Bücher lesen. Das wird dir helfen.«

Celia starrt an ihrem Agenten vorbei in den Himmel.

»*Erster Kuss, Zweite Chance, Dritter Tag, Vierte Gewalt, Fünfter Stock, Sechster Sinn* und *Siebter Himmel*«, zählt Tobias auf. »So lauten die Titel deiner sieben veröffentlichten Bücher.«

»Man kann sie unmöglich in einer anderen Reihenfolge aufzählen«, stellt Celia fest.

»Das mit den aufsteigenden Ordnungszahlen für die Titel hast du selbst bestimmt, damit sie leichter im Gedächtnis bleiben.«

»Und wie du siehst, hat es nichts genützt.«

Tobias runzelt die Stirn. Es war nicht seine Absicht, ihrem Spott Futter zu geben.

»Es sind Bücher über Erlebnisse, Anekdoten und Reflexionen aller Art. Du bist eine populäre Autorin, Celia, und die Leute lesen dich genauso wie die alten Philosophen, mit einer Mischung aus literarischem Anspruch, dem Wunsch nach guter Unterhaltung und dem Bedürfnis nach Selbsthilfe.«

Celia lässt den Arm hängen und tastet vergeblich nach Charlie.

»Erinnerst du dich an deine ersten Kolumnen für die Zeitung?«, fragt Tobias.

»Ich erinnere mich zumindest, dass ich sie geschrieben habe.«

»Deine Bücher basieren auf deinen Artikeln in der Sonntagsbeilage. Vom Beginn deiner Arbeit bei der Zeitung bis vor wenigen Jahren.«

»Wann habe ich bei der Zeitung angefangen?«

»Zweiundachtzig.«

»Warst du damals schon mein Agent?«

»Nein.«

»Woher weißt du es dann?«

Tobias steht auf.

»Vom Klappentext deiner Bücher«, sagt er.

Er holt sein Mobiltelefon aus der Hosentasche, tippt etwas ein und reicht es ihr dann, damit sie die biografischen Daten in den Verlagsangaben lesen kann.

Nachdenklich gibt Celia ihm das Telefon zurück.

»Da steht, dass ich die Kolumne für die Sonntagsbeilage seit 1999 nicht mehr schreibe. Warum habe ich aufgehört?«

Tobias setzt sich wieder.

»Keine Ahnung«, sagt er, ohne sie anzublicken. »Vielleicht mochtest du nicht mehr. Eine wöchentliche Kolumne zu schreiben kann stressig sein, vor allem, wenn man das analytische Niveau und die Vielfalt der behandelten Themen aufrechterhalten möchte.«

»Ich habe die letzte Kolumne 1999 geschrieben, und mein erstes Buch haben wir 2002 veröffentlicht.«

»Genau.«

»Und was habe ich in diesen drei Jahren getan?«

Tobias lässt sich seine Besorgnis nicht anmerken.

»Was meinst du damit? 2002 hatten wir die Idee, deine letzten Kolumnen in Buchform zu veröffentlichen. Das ist alles. Es war eine Art verlegerisches Experiment. Wir wollten wissen, ob die Leser auch an der Lektüre interessiert sind, wenn die Artikel in einem Sammelband erscheinen.«

»Und das waren sie.«

Tobias nickt und blickt abermals flüchtig auf seine Tasche.

»Es hat sich so gut verkauft, dass wir schon kurz darauf *Zweite Chance* herausgegeben haben, eine Sammlung weiterer Artikel aus der Wochenendbeilage sowie einiger unveröffentlichter Beiträge, die du extra für das Buch geschrieben hast.«

Trotz ihrer lückenhaften Erinnerung ist sich Celia nur zu bewusst, dass Tobias sich so vorsichtig ausdrückt, als würde er *Tabu* spielen. Sie nickt verständnisvoll.

»2004 folgte dann *Dritter Tag* und 2005 *Vierte Gewalt* nach demselben Muster, zum Teil bereits veröffentlichte und zum Teil unveröffentlichte Artikel. Die restlichen Bücher sind Originalfassungen und haben nichts mehr mit deinen Zeitungskolumnen zu tun.«

Tobias wartet vergeblich auf ein Zeichen der Zustimmung.

»2008 haben wir *Fünfter Stock* herausgebracht«, fährt er fort, »2010 *Sechster Sinn* und 2013 *Siebter Himmel*.«

Er zeigt wieder auf das Display seines Handys, damit sich Celia von den Titeln und Erscheinungsjahren überzeugen kann. Da erscheint Rosario auf der Terrasse.

»Bleibt der Herr zum Essen?«

»Nein, vielen Dank«, antwortet Tobias und schaut auf seinem Handy nach der Uhrzeit.

»Es ist schon spät, und ich bin noch zu einem Geschäftsessen verabredet.«

»Ich frage nur, weil Señorita Celia jetzt essen muss«, erklärt Rosario.

»Ich esse später«, erwidert Celia.

»Señora Paula hat mir aufgetragen, Ihnen Punkt halb zwei das Essen zu servieren«, beharrt Rosario. »Und es ist schon Viertel nach eins.«

Celia widerspricht nicht, was beweist, wie ernst ihr Zustand ist. Nie zuvor hätte sie einen derart starren Zeitplan zugelassen.

»Ich gehe gleich, keine Sorge«, sagt Tobias zu Rosario.

Aber er rührt sich nicht. Er wartet darauf, dass sie verschwindet. Er will mit seiner Autorin allein sein.

»Dann bereite ich jetzt das Essen vor«, erklärt Rosario bestimmt und verschwindet wieder in der Wohnung.

»Du musst entschuldigen«, sagt Tobias und schnalzt mit der Zunge. »Ich lass dich nicht gern allein essen.«

»Ich bin nicht allein.«

»Isst du mit Paula?«

»Rosario ist doch bei mir.«

Tobias lächelt matt.

»Bevor ich gehe, muss ich dir etwas sagen. Es handelt sich um *Achtes Gebot*, dein nächstes Buch.«

Celia wiederholt im Geiste ›mein nächstes Buch‹, schweigt aber.

»Es sollte im November rauskommen«, fährt Tobias fort. »Ich weiß nicht, ob du dich daran erinnerst.«

»*Achtes Gebot?*«, fragt sie. »Hast du es gelesen?«

Tobias fährt sich mit den Fingern über eine Augenbraue.

»Du lässt mich deine Manuskripte nie lesen, bevor du sie nicht ein letztes Mal überarbeitet hast. Weder mich noch sonst wen.«

»Das ist wohl mein gutes Recht.«

Tobias beugt sich zu Celia vor und flüstert: »Hör zu, Celia. Paula hat mich gebeten, nicht mit dir über die Arbeit zu reden, aber ich muss dich um das Manuskript bitten. Ich weiß, dass es fertig ist. Das hast du mir wenige Tage vor deinem Schlaganfall gesagt.«

»Warum habe ich es dir dann nicht schon gegeben?«

»Du wolltest es noch ein allerletztes Mal durchgehen.« Tobias seufzt. »Damit warst du immer sehr penibel, du hast deine Werke mehrmals überarbeitet, manchmal über Gebühr. Deshalb weiß ich, dass das Manuskript satzfertig ist und in den Druck kann.«

»Glaubst du?«

»Ich kann dich nicht bitten, einen letzten Blick darauf zu werfen, weil wir keine Zeit mehr haben.«

»Und außerdem hast du Paula versprochen, nicht mit mir über die Arbeit zu reden.«

»Genau. Aber ich kann dich bitten, mir das Manuskript wie üblich per Mail zuzuschicken.«

Celia wirft einen Blick zur Terrassentür. Gleich wird Rosario das Mittagessen auftragen.

»Es gibt da ein Problem«, sagt sie.

Tobias fragt nicht nach. Er schließt nur die Augen, als machte er sich auf das Schlimmste gefasst.

»Ich kann mich nicht an das Passwort erinnern, mit dem ich meine Dateien geschützt habe«, gesteht Celia.

»Was für ein Passwort?«

»Ich schütze alle meine Dokumente mit einem Passwort, habe ich dir das nie gesagt?«

»Ich glaube nicht.«

»Es ist aber so, und ich weiß nicht mehr, wie es lautet.«

»Dann kannst du also die Datei von *Achtes Gebot* nicht öffnen?«

»Weder die noch irgendeine andere«, räumt Celia ein. »Ich benutze für alles dasselbe Passwort.«

Tobias fährt sich abermals über die Augenbrauen.

»Egal«, sagt er, nun wieder in normaler Laustärke. »Schick sie mir trotzdem. Jemand aus der IT-Abteilung wird sie bestimmt öffnen können.«

Celia schaut ihren Agenten fest an.

»Ich möchte mich aber selbst an das Passwort erinnern können«, sagt sie.

»Dafür bleibt keine Zeit.«

»Warum nicht? Vielleicht erinnere ich mich ja schon morgen daran.«

»Oder es dauert Jahre, das hast du selbst gesagt.«

Rosario bringt ein Tischset und legt das Besteck darauf.

»Deine Leser warten schon sehnsüchtig, Celia«, wiederholt Tobias. »Wir dürfen sie nicht enttäuschen.«

»Ich werde dir das Manuskript zuschicken, sobald ich mich an das Passwort erinnere.«

»Warum ist dieses Passwort so wichtig für dich? Ich versichere dir, dass ich das Dokument öffnen kann und es dir sofort danach per Mail zuschicke, damit du es lesen kannst.«

»Du verstehst das nicht.«

Tobias nimmt seine Tasche und steht auf.

»Was verstehe ich nicht?«

»Es muss einen Grund dafür geben, dass ich es geschützt habe«, antwortet sie.

»Du hast es geschützt, um deine Privatsphäre zu wahren.«

Celia schaut zu ihm auf.

»Findest du das unwichtig?«

Rosario bringt einen Teller mit Gemüse und Reis, den sie vor Celia auf den Tisch stellt.

»Es ist halb zwei«, verkündet sie, bevor sie kehrtmacht. »Sie müssen jetzt essen.«

»Sei vernünftig, Celia«, sagt Tobias.

»Ich werde alles aufessen, keine Sorge.«

Mit einem ungeduldigen Seufzer lässt sich Tobias wieder auf den Stuhl sinken. Celia stochert im Reis herum und probiert eine Gabel voll.

»Schmeckt köstlich«, sagt sie zufrieden. »Möchtest du auch?«

»Was können wir tun?« Tobias wird lauter. »Du dürftest selbst das größte Interesse daran haben, das Buch zu veröffentlichen, immerhin hast du es geschrieben. Wir haben einen Vertrag und müssen Termine einhalten.«

Unbeirrt genießt Celia ihre Mahlzeit. Tobias' Hartnäckigkeit regt ihren Appetit an.

»Gib mir ein paar Tage«, sagt sie.

»Wie viele?«

»Ich weiß nicht. Zwei Wochen. Oder drei.«

Tobias schüttelt energisch den Kopf.

»Das geht nicht«, sagt er. »Wir haben Mitte September, und Ende Oktober muss das Manuskript in den Druck. Sonst ist es nicht zum Weihnachtsgeschäft in den Läden.«

Celia zuckt die Achseln.

»Wenn ich das Passwort bis dahin nicht habe, schicke ich dir die Datei, wie sie ist, versprochen.«

»Celia.«

»Ich bitte dich nur um ein paar Tage.«

Tobias steht erneut auf. Er hat das Bedürfnis, endlich zu verschwinden.

»Das ist doch sinnlos«, sagt er. »Ich werde mit Paula reden.«

»Dann erfährt sie, dass wir über die Arbeit gesprochen haben.«

»Ist mir egal.«

Tobias küsst Celia zum Abschied auf die Stirn.

»Entschuldige, wenn ich dir zu nahe getreten bin«, sagt er nach einem tiefen Seufzer des Bedauerns. »Aber ich habe keine andere Wahl. Hoffentlich erholst du dich schnell und erinnerst dich bald an dieses verdammte Passwort. Ich erwarte deinen Anruf.«

Celia tupft sich mit der Serviette den Mund ab und trinkt einen Schluck Wasser.

»Keine Sorge, ich rufe dich an«, sagt sie, als sie das Glas zurück auf den Tisch stellt. »Aber diesmal wohl nicht vom Wagen aus.«

»Warum nicht?«

»Wenn ich jetzt lieber Kaffee trinke, ist es genauso gut möglich, dass ich nun auch gern Auto fahre.«

FÜNF

Aus allen Ecken des Universums

Nach dem Essen liegt ein rätselhaftes Lächeln auf Celias Lippen, als hätte die Sache mit dem Passwort sie in gute Laune versetzt.

»Magst du Wortspiele?«, fragt sie Rosario, die den Tisch abräumt.

»Was für Spiele?«

»Kreuzworträtsel, Buchstabensuppe, etwas in der Art.«

»Darin bin ich nicht so geschickt«, antwortet Rosario. »Ich mag lieber Sudoku. Warum fragen Sie?«

»Weil ich auf der Suche nach einem bestimmten Wort bin.«

Rosario will sich auf das Spiel ihrer Señorita nicht einlassen. Es ist schon spät, sie will gehen.

»Wo wohnst du?«, fragt Celia.

»In der Ronda del Sur in Entrevías.«

»Hast du Familie?«

»Meine Familie ist in Guatemala.«

»Dann lebst du allein?«

»Ich wohne bei meiner Schwester und ihren drei Kindern.«

Celia erkundigt sich nach den Namen.

»Sie ist Witwe«, fügt Rosario hinzu. »Sobald Señora Paula zurück ist, muss ich los.«

»Hast du es eilig?«

»Um vier Uhr fange ich in einem anderen Haushalt an zu arbeiten.«

»Wo?«

»Nicht weit von hier, in Chamberí.«

Das ist genau in der entgegengesetzten Richtung ihrer Wohnung, denkt Celia, zufrieden, dass sie sich so gut in der Stadt orientieren kann.

»Nachmittags arbeite ich dort«, erklärt Rosario. »Und dann fahre ich nach Hause.«

»Bin ich sehr spät?«

Paulas Atem geht ebenso schnell wie der von Charlie, als sie zur Tür hereinhetzt.

»Die Señorita hat pünktlich um halb zwei gegessen«, verkündet Rosario.

»Ich weiß«, erwidert Paula. »Ich habe mit Tobias gesprochen.«

Obwohl es sie interessieren würde, fragt Celia nicht, ob die beiden sich persönlich getroffen oder telefoniert haben. Es ist Zeit für ihre Siesta, sie ist müde. Wie gewohnt legt sich Charlie im Flur vor die Schlafzimmertür und hält Wache. Während Rosario den Kittel auszieht und geht, isst Paula in der Küche rasch im Stehen eine Portion Gemüsereis.

Diesmal träumt Celia weder vom sintflutartigen Regen noch von etwas anderem, das mit Wasser zu tun hat, sondern von einem Mann, der mit ausländischem Akzent spricht. Tobias ist es nicht. Der Mann ist groß, dunkelhaarig und trägt am rechten Unterarm die Tätowierung einer kleinen Nixe. Beim Aufwachen ist sie verwirrt. Sie weiß nicht, wer der Mann ist, nicht einmal, ob es sich bei ihm um eine Erinnerung oder schlicht um ein Hirngespinst handelt, sondern nur, dass das Auftauchen dieses Mannes sie regelrecht ausgelaugt hat.

Wie üblich überprüft sie beim Aufwachen, ob sie ihre Zehen bewegen kann, und steht dann auf. Paula ist auf dem Wohnzimmersofa eingeschlafen. Charlie läuft voran und erwartet sein Frauchen an der Terrassentür. Draußen stützt sich Celia auf die Brüstung und schaut auf die Straßen hinunter. Die Stadt sieht aus wie ein Brettspiel, wie eines dieser Labyrinthe, aus denen man herausfinden muss, um frei zu sein.

»Hast du gut geschlafen?«

Mit der Sofadecke über den Schultern kommt Paula auf die Terrasse.

»Und du?«

»Einigermaßen. Möchtest du Alba sehen?«

Celia dreht sich zu ihrer Tochter um.

»Ich hole sie nachher zusammen mit Charlie von der Schule ab«, erklärt Paula.

»Ich kann sie auch abholen«, schlägt Celia vor. »Dann kannst du dich noch ein wenig ausruhen.«

»Das ist nicht nötig.«

»Wenn du fürchtest, ich würde mich in der Stadt verlaufen, kann ich dich beruhigen. Ich erinnere mich ganz genau, zumindest an den Teil, den man von hier oben sieht.«

Paula geht zur Brüstung und schaut über die Dächer.

»Das freut mich wirklich, aber es ist noch zu früh für dich, allein rauszugehen.«

Celia nimmt auf ihrem Stuhl Platz und streckt die Beine aus.

»Ist es etwa nicht sinnvoll, wenn ich mich bewege? Wäre es dir lieber, wenn ich den ganzen Tag im Bett verbringe?«

»Natürlich nicht.«

»Wovor hast du dann Angst? Ich habe dir doch gesagt, dass ich mich nicht verlaufen werde, schon gar nicht, wenn ich Charlie mitnehme.«

»Er ist ein großer Hund.«

»Ist das ein Kompliment?«

»Er ist ziemlich kräftig«, antwortet Paula. »Manchmal zieht er plötzlich an der Leine. Er könnte dich umreißen.«

Celia wendet sich an den Hund, der zu ihren Füßen liegt.

»Hast du das gehört, Charlie?«, flüstert sie ihm zu. »Du wurdest gerade als grob bezeichnet, ausgerechnet du, das sanfteste Wesen, das ich kenne.«

»Du musst dich mehr schonen als früher. Mehr als je zuvor«,

verteidigt sich Paula, als sie sich auf den Stuhl sinken lässt, auf dem Tobias gesessen hat.

»Ich bin doch nicht aus Zucker«, protestiert Celia.

»Das weiß ich doch.«

»Dann tu nicht so.«

Paula nimmt die Decke von den Schultern und legt sie auf den Tisch.

»Man hat dich auf meine Verantwortung aus der Klinik entlassen«, sagt sie. »Vergiss das nicht.«

»Wie könnte ich«, erwidert Celia. »Aber ich glaube nicht, dass du diese ganzen Vorsichtsmaßnahmen deshalb triffst.«

Paula runzelt die Stirn.

»Ich möchte wissen, warum du das machst«, fügt Celia hinzu.

»Du hast zwei Monate im Koma gelegen.«

»Du verhältst dich, als wäre ich noch immer nicht wieder ganz bei mir. Du sprichst mit meinen Freundinnen, mit meinem Agenten, mit Rosario. Du schreibst ihnen vor, was sie mir erzählen dürfen und was nicht. Wer weiß, ob du nicht auch Charlie ins Gebet genommen hast.«

»Mach keinen Aufstand, Mama.«

»Warum ruft mich niemand an? Warum ruft alle Welt dich an? Wo ist mein Handy?«

Paula presst die Lippen zusammen und schluckt.

»Ich habe es ausgeschaltet und den Akku herausgenommen«, sagt sie. »Ich wusste ja nicht, wie lange du in der Klinik bleiben würdest. Warte kurz.«

Sie kehrt mit ihrer Tasche zurück und holt das Handy heraus. Celia nimmt es vorsichtig entgegen und wiegt es in der Hand, als hätte sie es noch nie gesehen.

»Ich wollte es dir später geben«, sagt Paula. »Ich wusste ja nicht, dass du es vermisst. Als du nicht danach gefragt hast, habe ich gedacht, du wolltest noch ein paar Tage Ruhe haben, bevor du Anrufe entgegennimmst und Mails beantwortest oder so.«

»Gibt es deshalb keinen Internetzugang in der Wohnung?«

Paula zögert mit der Antwort. Sie weiß einfach nicht, wo die Grenzen der Erinnerung ihrer Mutter verlaufen.

»Ich habe viele Gedächtnislücken in Bezug auf meine Vergangenheit«, erklärt Celia. »Deshalb brauche ich einen Internetzugang.«

»Ich kann dir nicht sagen, warum«, antwortet Paula, »aber ich war mir ziemlich sicher, dass du das Internet vergessen hast.«

»Es ist schwer, etwas zu vergessen, von dem überall die Rede ist, sogar im Krankenhaus.«

Paula nickt seufzend.

»Ich habe nur den Router ausgeschaltet und ihn in eine deiner Schreibtischschubladen gelegt. Du kannst ihn jederzeit wieder anschließen.«

»Du weißt ganz genau, dass ich keine Ahnung habe, wie man irgendein Gerät im Haus anschließt«, sagt Celia resolut. »Und das hat nichts damit zu tun, was passiert ist. Ich konnte es noch nie.«

»Ich schließe ihn an, wenn ich zurück bin.«

Celia streckt die Hand nach ihrer Tochter aus, um ihren Worten durch den Körperkontakt Nachdruck zu verleihen.

»Du brauchst keine Angst zu haben«, sagt sie.

Paula holt vernehmlich Luft.

»Wovor sollte ich deiner Ansicht nach Angst haben?«, fragt sie gepresst.

»Dass ich alles herausfinde. Mich an all das erinnere, was du unbedingt vor mir verheimlichen willst.«

Paula sieht auf ihre Uhr und steht auf.

»Du wirst eine Stunde allein sein«, sagt sie ernst, ohne auf die Spitze ihrer Mutter einzugehen. »Das Telefon ist aufgeladen. Wenn du dich nicht gut fühlst oder etwas ist, ruf mich sofort an.«

Verärgert starrt Celia auf das Handy-Display. Ihre Tochter hat es ihr nicht etwa gegeben, weil sie sie darum gebeten hat.

Sie hätte es ihr so oder so zurückgegeben, und zwar nur, um sie kontrollieren zu können.

»Weißt du, wie es funktioniert?«

Stumm verdreht Celia die Augen, zum Zeichen, dass das Gespräch beendet ist. Als hätte sie es plötzlich sehr eilig, schnalzt Paula zweimal mit den Fingern nach Charlie, aber bevor sie geht, dreht sie sich noch einmal um, um sich zu vergewissern, dass alles in Ordnung ist. Sie sieht ihre Mutter an und hält sich Daumen und kleinen Finger ans Ohr, als würde sie telefonieren.

Celia winkt ihr zum Abschied. Oder aus Überdruss. Zum ersten Mal, seit sie aus dem Koma erwachte, ist sie allein. Ihr ist, als wäre sie wieder fünfzehn Jahre alt und im Begriff, die Freiheit zu entdecken. Sie starrt neugierig auf das Display des Handys, scheut aber davor zurück, es zu berühren. Vermutlich befinden sich in dem kleinen Apparat all ihre Kontakte, ihre Anruflisten und der Zugang zur restlichen Welt via Internet. Dieses Telefon ist ein Sinnbild des Aleph, das Borges beschrieben hat, daran erinnert sie sich noch gut, der Ort, an dem die Dinge unendlich sind, weil man sie aus allen Ecken des Universums sehen kann.

Sie legt es auf den Tisch, lehnt sich mit geschlossenen Augen zurück und wartet auf Paulas und Charlies Rückkehr. Sie würde sich gern entspannen, doch sie erträgt das Nichtstun nicht. Wenn zumindest Charlie da wäre, dann könnte sie ihm den Kopf kraulen und seine feuchte Schnauze spüren. Die Einsamkeit dröhnt in ihren Ohren wie ein Telefon, das nicht zu klingeln aufhört.

Schließlich richtet sie sich auf und nimmt das Smartphone zur Hand. Das Hintergrundbild auf dem Display zeigt ein weites, blaues Meer, auf dem die Icons der Apps angeordnet sind. Sie weiß nicht, wozu sie dienen, weshalb sie alle öffnet. Die letzten Anrufe stammen von Anfang Juli, dem Tag, an dem sie den Schlaganfall hatte. Sie sind von Tobias, Luisa, Paula und anderen Nummern, die nicht in der Kontaktliste stehen und nur als Zahlenreihen auftauchen. In der Rubrik Kontakte entdeckt sie ein ganzes Universum an Freunden, Kollegen und Familienmitgliedern.

Erleichtert atmet sie auf. Sie war davon ausgegangen, dass Paula sämtliche Kontakte und eingegangenen Anrufe gelöscht hätte. Sie wird das Gefühl nicht los, ihre Tochter würde gern die Welt um sie herum verändern, um ihre Genesung zu fördern. Dass in ihrem Telefon noch alle Informationen verfügbar sind, lässt sie an ihrem Misstrauen zweifeln. Vielleicht leidet sie an Verfolgungswahn. Das scheint unvermeidlich zu sein, wenn man das Gedächtnis verloren hat, mit dem man den Argwohn bekämpfen könnte.

Sie findet auch die Nummer ihres Sohnes Emilio und will ihn schon anrufen, unterlässt es aber, weil sie ihm im Grunde nichts zu sagen hat. Sie möchte nicht mit ihm telefonieren, sondern ihn leibhaftig vor sich haben, um mit eigenen Augen zu sehen, wie er jetzt aussieht. Sie möchte wissen, ob er noch seinem Vater Fran ähnelt wie als Kind oder ob er inzwischen eigene Züge entwickelt hat.

Sie entdeckt die Telefonnummern von Fran und des Seniorenheims, in dem ihre Mutter die letzten Jahre ihres Lebens verbrachte. Und die ihrer Cousine Isabel und ihres Cousins Carlos. Selbst Albas Nummer. Ihre ganze Welt steckt in dem Mobiltelefon, alphabetisch geordnet wie eine ihr gewidmete Enzyklopädie. Ihr persönliches Aleph.

Natürlich bleibt es nicht aus, dass ihr Gehirn versucht, Erinnerungen heraufzubeschwören, als könnten die alphabetische Ordnung zu einer chronologischen werden und die Erinnerungen den ihnen gebührenden Platz in der Zeit einnehmen. Vor Anstrengung sinkt ihr das Kinn auf die Brust.

»Oma!«

Als ihre Enkelin auf sie zugelaufen kommt, erwacht Celia

aus einem kurzen, lastenden Traum, der ihr einen grässlich trockenen Mund beschert hat.

»Ich bin's, Alba.«

»Ich weiß, wer du bist, mein Schatz.«

»Mama hat mir gesagt, dass du dich an bestimmte Dinge nicht erinnerst.«

Wortlos schließt Celia die Kleine fest in ihre Arme und küsst sie auf die Stirn. Charlie trottet auf sie zu, vielleicht ist er eifersüchtig. Paula erscheint kurz, um eine Flasche Wasser und zwei Gläser auf den Tisch zu stellen.

»Ich gehe in die vierte Klasse«, sagt Alba und setzt sich neben ihre Großmutter. »Meine besten Freundinnen heißen Claudia und Inés. Ich spiele Basketball und Gitarre.«

Celia schaut sie mit gespielter Strenge an.

»Hat deine Mutter dir gesagt, dass du mir das erzählen sollst?«, fragt sie.

Das Mädchen schüttelt den Kopf.

»Ich dachte, du würdest es gern wissen.«

»Ich würde gern noch viel mehr wissen.«

Alba reißt die Augen auf.

»Was ist deine Lieblingsfarbe?«, fragt Celia.

»Blau.«

»Und deine Lieblingszahl?«

»Neun.«

»Wann hast du Geburtstag?«

»Am 17. November.«

»Welches Wort magst du am liebsten?«

»Pause.«

»Was soll ich dir zum Geburtstag schenken?«

»Einen Schal von Paris Saint-Germain.«

Celia blinzelt irritiert und trinkt einen Schluck Wasser.

»Warum ausgerechnet diesen Schal?«

»Weil du mir von diesem Fußballclub erzählt hast, als ich noch klein war.«

»Was denn?«

»Dass es der einzige Club ist, der dich je interessiert hat.«

Nachdenklich schaut Celia in den Himmel. Die Erinnerungen flattern über ihrem Kopf wie Taubenschwärme, die sich nirgendwo niederlassen können.

»Das habe ich gesagt?«

Alba nickt mit kindlicher Überzeugung.

»Ich kann mich nicht erinnern, warum ich das gesagt habe«, gesteht Celia. »Aber ich weiß, dass ich eins meiner besten Jahre in Paris verbracht habe.«

»Vielleicht magst du Paris Saint-Germain deshalb.«

Celia beugt sich zu ihrer Enkelin vor.

»Kannst du mit so einem Handy umgehen?«, fragt sie und zeigt auf das Smartphone auf dem Tisch.

Alba schaut es kurz an und nickt, allerdings nicht mehr so überzeugt wie vorher.

»Klar«, sagt sie. »Ich nehme mein Handy für alles, auch zum Spielen.«

»Was spielst du denn?«

»Ich habe eine Farm. Möchtest du sie sehen?«

»Ich möchte, dass du mir zeigst, wie man im Internet surft«, erwidert Celia.

»Jetzt?«

»Ja, jetzt. Denn ich weiß nicht mehr, wie es geht, deshalb brauche ich deine Hilfe.«

Celia spürt die Nervosität des Mädchens. Offenkundig wurde sie von ihrer Mutter vor dem Besuch bei der Großmutter genauestens instruiert. Die beiden wechseln einen entschlossenen Blick, die eine bereit, ihre Tochter herauszufordern, die andere ihre Mutter. So konzentrieren sie sich eine geschlagene halbe Stunde mit solchem Ernst auf das Display des Mobiltelefons, als wären sie imstande, die Dinge aus allen Ecken des Universums zu betrachten.

SECHS

Zypressen wie diese

»Hast du das Passwort inzwischen gefunden?«

Paula trägt ihren Schlafanzug, als sie in der Tür zum Arbeitszimmer ihrer Mutter erscheint. Sie hat so schwere Lider, dass sich ihre Augen zu Schlitzen verengen.

»Ganz im Gegenteil«, erwidert Celia. »Ich habe soeben festgestellt, dass ich auch nicht in mein Mailprogramm komme. Wahrscheinlich ist es mit demselben Passwort geschützt.«

»Es kann auch ein anderes sein.«

»Glaube ich nicht.«

Celia schaut kurz zu ihrer Tochter hoch.

»Danke, dass du mir das Teil angeschlossen hast«, sagt sie und konzentriert sich wieder auf den Monitor.

»Zu viele Informationen sind im Moment nicht gut für dich, sonst hätte ich es längst getan«, erklärt Paula.

Celia zögert.

»Die Welt ertrinkt in Informationen«, sagt sie leise. »Nicht nur durch das Internet. Auch das Fernsehen, das Radio und die Presse. Und du und Rosario und Alba. Deine Versuche, mich zu schützen, sind sinnlos.«

Paula ringt um Geduld und nickt.

»Tante Alicia will dich morgen besuchen kommen«, sagt sie.

Celia schaut erneut zu ihrer Tochter auf. Diesmal hat sie es nicht eilig, sich wieder dem Monitor zuzuwenden.

»Sie hat mich gestern angerufen«, erklärt Paula betont unbefangen. »Ich weiß zwar nicht, ob du sie sehen willst, aber ich konnte ihr den Besuch nicht abschlagen. Sie ist deine einzige Schwester.«

»Warum glaubst du, dass ich sie nicht sehen will?«, fragt Celia und deutet mit dem Zeigefinger auf ihre Tochter.

Paula lehnt sich an den Türrahmen.

»Ihr redet seit Jahren nicht mehr miteinander«, sagt sie.

»Weißt du, warum?«

»Irgendwas ist zwischen euch vorgefallen. Aber ich habe nie erfahren, was.«

Celia legt die Hand vor den Mund.

»Ich erinnere mich daran«, sagt sie. Und da Paula keine Neugier zeigt, fühlt sie sich genötigt hinzuzufügen: »Willst du es nicht wissen?«

»Ich habe dich so oft danach gefragt, aber du wolltest es mir nicht sagen«, antwortet Paula gähnend. »Ich möchte deine momentane Situation nicht ausnutzen.«

»Befürchtest du, es könnte mir schaden oder mich unnötig aufregen, wenn ich es dir erzähle?«

Paula schüttelt den Kopf und starrt auf den Boden.

»Das ist es nicht. Ich will es einfach nicht wissen. Mach mir deswegen keinen Vorwurf. Du warst sehr krank, und ich muss dich beschützen.«

Celia presst resigniert die Lippen zusammen. Sie weiß, es bringt nichts, mit ihrer Tochter zu streiten. Paula hat schon immer eine gewisse Verbissenheit an den Tag gelegt.

»Brauchst du noch was?«, fragt die, bevor sie geht.

»Ich will meine Fotos«, erwidert Celia.

»Welche Fotos?«

»Ich habe überall nach meinen Fotoalben gesucht und sie nirgends gefunden.«

Paula fährt sich mit der Hand über die Augen.

»Die habe ich«, flüstert sie schuldbewusst. »Du musst dir Zeit lassen. Du darfst dein Gehirn keiner zu starken emotionalen

Belastung aussetzen. Und genau das würde passieren, wenn du deine Fotoalben anschaust.«

Celia hat keine Kraft mehr, um weiter zu streiten.

»Dann bring mir wenigstens ein Foto von deinem Bruder«, sagt sie, um die Sache zu beenden. »Ich würde gern sehen, wie er als Erwachsener aussieht.«

Celia probiert es mit allen Worten, die sie sich im Laufe des Tages gemerkt hat, aber keines davon ist das Passwort. Sie versucht es mit dem Namen ihrer Enkelin, deren Lieblingswort, den Namen ihrer besten Freundinnen und ihres favorisierten Fußballclubs, gibt den Namen ihrer Schwester und sogar den ihres Schwagers ein, dazu Flüche, Beleidigungen und Schimpfwörter, die sie früher benutzte, wie ihr eingefallen ist. Sie versucht es sogar mit »Aleph« und anderen scheinbar dem Wörterbuch entflohenen Geistesblitzen, die ihr wie Kamikaze durch den Kopf schießen.

Dann geht sie ins Internet, mit stockendem Atem, als fürchtete sie sich vor dem Unbekannten, ohne den Ursprung ihrer Angst benennen zu können. In der linken Hand hält sie einen Bleistift, und neben dem Computer liegt ein Notizbuch. Sie öffnet die Webseite der Zeitung, für die sie arbeitet, und klickt auf die digitale Ausgabe der Sonntagsbeilage.

Dort entdeckt sie einige ihrer Artikel, weiß aber weder welche noch wie viele es sind, denn sie macht sich nicht die Mühe, sie zu lesen. Nicht einmal die dazugehörigen Fotos schaut sie an. Sie überfliegt die Kolumnen nur, Absatz für Absatz, bis ihre Augen hier und da an einem Wort hängenbleiben, das aufgrund seiner außergewöhnlichen Silbenzahl, seiner Exotik, seines Klangs oder seiner Bedeutung ihre Aufmerksamkeit erregt. Eine so entmutigende wie vergebliche Liebesmüh, ähnlich der Suche nach der Stecknadel im Heuhaufen.

Charlie liegt derweil vor der Tür, ein Ohr aufgerichtet, der irdischen Schwerkraft trotzend. Seine Lider sind nicht ganz geschlossen, als wollte er nicht einschlafen, aber auch nicht wach bleiben. Hin und wieder entfährt ihm ein lautes Seufzen, das zu gleichen Teilen der Ungeduld, der Langeweile und dem Bemühen geschuldet ist, gegen den Schlaf anzukämpfen.

Kurz darauf geht Celia in ihr Schlafzimmer, nimmt die Tablette ein, die auf dem Nachttisch liegt, und legt sich hin, wie auf ein Lager aus unbekannten Wörtern, deren Laute unter dem Gewicht ihres Körpers ächzen. Im Unterschied zu Charlie schläft sie nicht sofort ein. Sie muss an ihre Schwester Alicia denken, an dieses dünne Mädchen, das nicht wuchs, weil es nichts essen wollte, ein nervöser Wildfang mit dem reizendsten Lächeln, das sie je gesehen hat. Und dann erinnert sie sich an ihre Mutter, die ständig mit irgendetwas Essbarem hinter ihrer Schwester herlief: einem Bocadillo, einer Magdalena, einer Banane, sogar einem Eisbecher, allem, was dazu verhelfen mochte, dass dieses widerspenstige dunkelhaarige Mädchen endlich wuchs und sich zur Einsicht bringen ließ.

Ein paar Stunden später wird sie durch Rosarios geschäftiges Treiben geweckt. Sie hat weder von dem Mann mit der Tätowierung noch von ihrer das Essen verweigernden Schwester geträumt, sondern von einem endlos scheinenden Meer, das weder glatt noch blau, sondern aufgewühlt und grau, fast braun war. Auf seiner Oberfläche spiegelte sich die Sonne in einem matten, dunklen, einem unwirklichen Flimmern, das aussah, als wäre es nicht von dieser Welt.

Sie frühstückt in der Küche bei Rosario, während diese die Waschmaschine befüllt. Paula ist in die Klinik gefahren, und Alicia will erst am frühen Nachmittag kommen. Celia schaut in das Licht, das durch die Terrassentür hereinfällt, und seufzt.

»Ist was mit Ihnen, Señorita?«, fragt Rosario.

»Ich habe keine Lust, schon wieder den ganzen Morgen da draußen zu sitzen.«

»Sie könnten ein bisschen fernsehen. Oder etwas lesen.«

»Ich möchte spazieren gehen.«

Ein Handtuch in den Händen, richtet sich Rosario auf.

»Sie sollen nicht allein rausgehen«, sagt sie. »Das wissen Sie doch.«

»Ich kann Charlie mitnehmen.«

Rosario wirft das Handtuch in den Korb mit der schmutzigen Wäsche und verschränkt die Arme vor der Brust.

»Señora Paula hat mich schon gewarnt, dass Sie das vorschlagen werden«, sagt sie und nickt.

»Ach, wirklich?«, entgegnet Celia. »Und was sollst du tun, wenn ich darauf bestehe, mit meinem Hund rauszugehen?«

»Ich soll Sie daran hindern. Notfalls, indem ich die Wohnungstür abschließe.«

Celia muss lächeln, als Rosario den Schlüssel aus der Kitteltasche zieht. Einen Moment lang starren sie sich an, bis beide schallend auflachen.

»Dann bin ich also eine Gefangene?«, fragt Celia.

»Eine Gefangene unter Hausarrest«, antwortet Rosario.

»Dann musst du mich eben begleiten.«

Rosario stopft die restliche Wäsche in die Maschine und stellt sie an.

»Nur für zwei Stündchen«, fügt Celia hinzu. »Wenn wir zurückkommen, ist die Maschine fertig, und ich helfe dir, die Wäsche aufzuhängen.«

Mit zusammengepressten Lippen schüttelt die Hausangestellte den Kopf, um zu verstehen zu geben, dass sie mit dem Vorschlag ganz und gar nicht einverstanden ist.

»Wer hat dich eingestellt?«, fragt Celia provozierend.

»Wie bitte?«

»Als du hier zu arbeiten angefangen hast«, erklärt Celia und spricht schneller als sonst. »Wer hat dich eingestellt: Señora Paula oder ich?«

»Sie«, antwortet Rosario und zeigt mit dem Finger auf ihre Arbeitgeberin.

»Erzähl mir, wie das ablief.«

»Sie haben beim Arbeitsamt angerufen und sich meine Unterlagen kommen lassen. Ich habe mich an einem Samstagmorgen vorgestellt, und Sie haben mir die Wohnung gezeigt. Sie haben mir erklärt, was zu tun ist und wie viele Stunden dafür nötig sind, und Sie haben mir einen Vertrag mit Sozialabgaben und Bezahlung von Überstunden angeboten.«

Celia steht auf und breitet die Arme aus, wie um das Offensichtliche zu unterstreichen.

»Dann gibt es nichts mehr zu sagen. Ich ziehe mich an, und dann machen wir uns auf den Weg.«

»Aber ich habe viel zu tun.«

»Das kannst du machen, wenn wir zurück sind.«

»Und was wird die Señorita zu Mittag essen?«

»Wir kaufen unterwegs etwas, keine Sorge.«

»Ich mache mir aber Sorgen«, entgegnet Rosario. »Wie soll ich das Señora Paula erklären?«

»Um Señora Paula kümmere ich mich«, antwortet Celia. »Schließlich bin ich ihre Mutter.«

Möglicherweise ist sie sich dessen gar nicht richtig bewusst, aber die Aussicht, das Haus zu verlassen, hat Celias frühere Vitalität geweckt. Charlie folgt ihr ins Schlafzimmer und schnüffelt neugierig herum. Er hat seit Monaten keinen Spaziergang mehr mit seinem Frauchen gemacht und ist sich nicht sicher, ob er diesmal mitgehen darf. Rosario legt nicht nur den Kittel ab, sondern schminkt sich die Lippen mit einem samtigen Rot und tuscht sich die Wimpern.

Als Celia das sieht, ist sie überrascht. Ihre Angestellte strahlt wie die Mittagssonne. Sie hingegen ist gar nicht auf die Idee gekommen, sich zu schminken, und hat das Erstbeste angezogen, was sie im Schrank gefunden hat. Rosario mustert sie von oben bis unten und bläst missbilligend die Backen auf.

»Wo gehen wir hin?«, fragt sie.

»In die Redaktion. Ich möchte meine Kollegen besuchen.«

Rosario nickt stumm und öffnet den Kleiderschrank. Sie wählt ein buntgemustertes Kleid, einen Gürtel, helle Strümpfe und ein Paar Schuhe mit flachem Absatz. Sie legt alles aufs Bett und führt Celia ins Bad. Dort setzt sie sie auf den Klodeckel und schminkt sie dezent, ungefähr so, wie Celia es vor ihrem Schlaganfall auch getan hat. Dann hilft sie ihr, sich anzukleiden.

»So haben Sie früher ausgesehen, Señorita«, sagt sie, als sich beide im Spiegel betrachten.

Celia mustert sich aufmerksam. Der Anblick ihres Oberkörpers und ihrer Hüften ist ihr fremd, die Beine und Strümpfe wirken schon vertrauter, auch die Füße. Kaum ist sie in die Schuhe geschlüpft, strafft sich ihre Haltung, und sie sieht die Welt wieder aus der gewohnten Perspektive.

»Rosario?«, fragt sie. »Glaubst du, dass Charlie im Taxi mitfahren darf?«

»Nein, Señorita.«

»Hast du gehört, Charlie?«, sagt sie zu ihm und geht in die Hocke. »Diesmal kannst du uns nicht begleiten, aber ich verspreche dir, wenn wir zurückkommen, gehe ich mit dir zur Plaza Villa de París, das ist ganz in der Nähe. Einverstanden?«

Der Hund dreht sich um und trabt schwerfällig in Richtung Küche. Rosario sucht eine Handtasche für ihre Señorita aus und packt einen Lippenstift, ein Päckchen Papiertaschentücher, eine Schachtel mit den Tabletten, die sie mittags einnehmen muss, sowie ihr Portemonnaie und ihr Handy ein. Celia steckt ihr Notizbuch dazu und hängt sich die Tasche über die linke Schulter.

Vor der Haustür steigen sie in ein Taxi und geben die Adresse an, die sich Celia am Abend notiert hat.

»Sollen wir die Calle Eduardo Dato oder lieber O'Donnell nehmen?«, fragt der Taxifahrer.

»O'Donnell«, antwortet Celia, ohne zu zögern.

Rosario strahlt sie an.

»Wir fahren am Retiro-Park und dem Almudena-Friedhof

vorbei«, sagt Celia mit kaum verhohlenem Stolz, dass sie den Weg kennt.

Während der Fahrt wechseln sie kein Wort. Celia schaut neugierig zum Fenster hinaus. Wie jemand, der sich durch die Fernsehsender zappt, lässt sie die Straßen an sich vorüberziehen, um der aufsteigenden inneren Unruhe zu entfliehen. Rosario weiß nicht, ob sie das Richtige tut oder ob die verrückte Idee der Señorita ihr Probleme mit deren Tochter einhandeln wird. Doch sie will sich von ihren Bedenken nicht den Ausflug mit dem Taxi verderben lassen, zumal die Komplizenschaft mit ihrer Señorita in ihr eine gewisse Rührung auslöst.

»Warum sind die Zypressen so unterschiedlich hoch?«, will Celia wissen, als das Taxi auf die Calle O'Donnell zufährt und auf der linken Seite die südliche Mauer von Madrids größtem Friedhof sichtbar wird. Der Taxifahrer wirft Celia durch den Rückspiegel einen Blick zu, um zu sehen, ob die Frage ihm gilt.

»Manche sind höher als die anderen«, fügt Celia hinzu, als Rosario nicht antwortet. »Schau mal, das ist doch merkwürdig. Die wurden bestimmt alle gleichzeitig gepflanzt.«

Rosario sucht im Rückspiegel den Blick des Taxifahrers. Dann schaut sie an ihrer Señorita vorbei aus dem Fenster und stellt fest, dass die Zypressen, die wegen der Geschwindigkeit des Wagens rasch an ihnen vorüberziehen, tatsächlich unterschiedlich hoch sind. Sie hat keine Antwort darauf. Sie runzelt die Stirn und denkt, dass es Hunderte Gründe dafür geben kann, warum das eine Lebende sich vom anderen unterscheidet.

Celia schließt die Augen. In ihrer Erinnerung hat sich etwas geregt, als hätte eine Brise der Vergangenheit sie angehaucht. Sie hat nicht zum ersten Mal Zypressen wie diese bemerkt, und sie hat diese Frage auch nicht zum ersten Mal gestellt.

»Celia Ruiz Álvarez.«

Ihr Name hallt im Raum nach, als beide die Redaktion der Sonntagsbeilage betreten. Celia hat sich bei Rosario eingehängt, als bräuchte sie eine Stütze, obwohl sie eher jemanden braucht, der ihr das Fremdeln ertragen hilft, das diese Gruppe Unbekannter bei ihr auslöst. Alle begrüßen sie mit einer Umarmung, Küsschen auf die Wangen und der Versicherung, wie sehr sie sich darüber freuen, dass es ihr sichtlich bessergeht.

Sie erkennt nur ihre Freundin Luisa und den Redaktionschef Álex, der sie etwas überstürzt in sein Büro bittet, vielleicht, um ihr über die offenkundige Verunsicherung hinwegzuhelfen.

»Ich warte hier auf Sie.«

Rosario nimmt mit der neuesten Ausgabe der Sonntagsbeilage auf einem Stuhl neben der Bürotür Platz.

»Rufen Sie, wenn Sie mich brauchen.«

Celia wird klar, wie sehr sie von anderen abhängig ist. Trotz ihrer Entschlossenheit, die Wohnung zu verlassen, hätte sie es ohne Rosarios Begleitung wohl niemals geschafft.

»Was möchtest du trinken?«

Nachdem Álex mit zwei Automatenkaffees zurückgekehrt ist, versuchen sie, das drohende ungemütliche Schweigen mit Höflichkeitsfloskeln zu umschiffen.

»Álex«, sagt Celia, als sie den leeren Becher auf den Tisch stellt. »Ich kann mich an keinen deiner Leute erinnern.«

Der Chefredakteur neigt den Kopf nach hinten, um einen letzten Schluck Kaffee zu trinken, und sieht sich Celias verblüfftem Blick gegenüber.

»Nur an Luisa«, fügt sie hinzu. »Und an dich natürlich.«

»Ich weiß Bescheid«, sagt Álex mit einer beschwichtigenden Handbewegung. »Ich habe mit Luisa gesprochen.«

»Und vermutlich auch mit meiner Tochter Paula.«

Álex nickt.

»Wir haben öfter telefoniert, ja.«

Celia blinzelt angestrengt. Sie ist enttäuscht. Sie hatte gehofft, jemanden zu treffen, der keine Instruktionen von ihrer Tochter erhalten hat. Jemanden, der ihr die Wahrheit sagen würde.

»Ich habe dir Kopien von allen Artikeln ziehen lassen, die du für die Sonntagsbeilage geschrieben hast.«

Álex legt einen USB-Stick auf den Tisch.

»Vielen Dank«, sagt Celia. »Aber die brauche ich nicht.«

»Luisa hat mir gesagt, dass du nicht an deine Dateien rankommst«, erwidert Álex.

Celia winkt ab.

»Meine Artikel kann ich auf der Website lesen und in den Büchern, die auf Tobias' Betreiben veröffentlicht wurden. Mir geht es um etwas anderes.«

Álex nimmt seine Brille ab und säubert sie mit einem Tuch.

»Du warst mein Chef«, sagt Celia. »Du hast mir gesagt, über welche Themen ich schreiben sollte oder nicht.«

»Mehr oder weniger.«

Celia beugt sich vor, dann fährt sie fort: »Jetzt möchte ich, dass du mir sagst, worüber du mit mir sprechen darfst und worüber nicht.«

Álex setzt die Brille wieder auf, geht um den Tisch herum und setzt sich zu Celia.

»Ich kann mit dir über alles reden, wozu ich Lust habe«, sagt er kumpelhaft.

Celia erwidert sein Lächeln mit der Gewissheit, dass das nicht stimmt. Wenn Álex nicht einmal den Versuch macht, ihrem Argwohn auf den Grund zu gehen, spielt er das Spiel wohl mit.

»Erzähl mir, wie ich hier angefangen habe.«

Der Chefredakteur überlegt kurz.

»Du hast hier schon lange vor mir gearbeitet«, sagt er. »Du warst zehn Jahre bei der Zeitung, bevor du in unsere Redaktion gekommen bist.«

»Hast du die Artikel, die ich in dieser Zeit geschrieben habe?«

»Ich kann sie dir besorgen.«

»In welchem Ressort war ich?«

Álex kratzt sich irritiert an der Stirn. Das kann Celia unmöglich vergessen haben.

»Beim Lokalteil, bei der Politik und im Kulturressort«, sagt er. »Daran erinnerst du dich aber noch, oder?«

Celia antwortet nicht, da sie nicht sicher ist, ob sie es wusste oder sich erst daran erinnert, als sie es hört.

»Du hast 1992 zur Sonntagsbeilage gewechselt«, fährt Álex fort. »Und du hattest eine ganze Seite für dich.«

»Von wann bis wann?«

Álex kann ihrem Blick kaum standhalten.

»Von zweiundneunzig bis neunundneunzig«, sagt er.

Celia hat diese Antwort erwartet.

»Da ich erst 2002 mein erstes Buch veröffentlich habe, frage ich mich, was ich von 1999 bis 2002 gemacht habe.«

Álex versteht nicht.

»Das fragst du mich?«, sagt er.

»Ja.«

»Ich weiß es nicht.«

»Lüg mich nicht an.«

»In der Sonntagsbeilage hast du jedenfalls nichts veröffentlicht, wenn es das ist, was du wissen willst.«

»Ich will wissen, warum.«

Álex wirkt plötzlich, als hätte er es unglaublich eilig. Er schaut auf die Uhr an der Wand gegenüber.

»In einer Viertelstunde habe ich ein wichtiges Meeting«, sagt er. »Warum gehen wir nicht zusammen mittagessen?«

»Ich bin schon verabredet«, erwidert sie.

»Wir könnten in aller Ruhe reden.«

»Sag mir nur noch eines.«

Álex sieht sie erwartungsvoll an.

»Warum hast du mich angerufen, als du mich am Tag meines Schlaganfalls im Wagen gefunden hast?«

Die Frage hallt in der Stille des Büros wider.

»Ich habe mehrmals an die Scheibe geklopft, aber du hast nicht reagiert«, antwortet er.

»Immerhin war ich ohnmächtig.«

»Ich dachte, du seist eingeschlafen.«

Celias Blick bohrt sich durch die Brillengläser in Álex' Augen. Sie will ihm sagen, dass sie eine vollständige Antwort verdient.

»Das ist öfter vorgekommen«, fährt Álex nach einem resignierten Seufzen fort. »Du bist im Wagen eingeschlafen, und ich habe dich auf dem Handy angerufen, um dich zu wecken, wenn du auf Klopfen nicht reagiert hast.«

»Ich bin im Wagen eingeschlafen?«, wiederholt Celia.

»Erinnerst du dich nicht daran?«

»Wegen dem Alkohol?«

Álex legt ihr die Hand aufs Knie und nickt.

»Und wegen der Medikamente.«

»Welche Medikamente?«

»Rede mit Paula, Celia, stell ihr diese Fragen«, sagt Álex bestimmt. »Mehr kann ich dir nicht sagen.«

Beide stehen gleichzeitig auf, doch Celia wird schwindelig, und sie muss sich wieder setzen. Sie sieht schlecht aus. Álex eilt aus dem Büro, um Hilfe zu holen, und kommt gleich darauf mit Luisa und Rosario zurück.

»Mir geht's gut«, sagt Celia. »Es war nichts weiter.«

Luisa bringt ihr ein Glas Wasser, und Rosario fächelt ihr mit dem Heft der Sonntagsbeilage Luft zu. Mit weichen Knien hievt sich Celia hoch.

»Einen Augenblick habe ich gedacht, ich werde ohnmächtig«, gesteht sie Rosario, als sie kurz darauf im Taxi sitzen.

»Señora Paula hatte recht«, antwortet die Hausangestellte.

Celia nickt.

»Das ist es ja«, sagt sie. »Wenn ich ohnmächtig geworden wäre, hätte Paula davon erfahren, und wir hätten das Haus nicht mehr verlassen dürfen.«

Rosario blickt sie streng an.

»Es ist ja nichts passiert«, wiegelt Celia ab und zieht den Kopf ein. »Mir war nur ein bisschen schwindelig, weil ich zu schnell aufgestanden bin. Das ist alles.«

»Sicher?«

Rosario ist sich bewusst, dass sie ihren Arbeitsplatz aufs Spiel setzt. Schön und gut, Señorita Celia hat sie eingestellt, aber das schließt nicht aus, dass ihre Tochter sie fristlos entlassen könnte.

»Halten Sie hier.«

Celia reicht Rosario ihr Portemonnaie, damit diese den Fahrer bezahlen kann. Sie hat das Taxi an der Plaza Santa Bárbara anhalten lassen, um in einem der Straßencafés zu Mittag zu essen. Rosario holt Charlie zu Hause ab und sitzt rechtzeitig zum Bestellen mit am Tisch. Der Hund macht es sich, wie üblich, zu den Füßen seines Frauchens gemütlich.

Celia ist alles andere als entscheidungsfreudig, selbst die Auswahl eines Gerichtes ist ihr zu viel. Sie sitzt im Schatten eines jungen Baumes, der das Sonnenlicht nicht ganz abhalten kann, und ist so müde, dass sie während der ganzen Mahlzeit kein Wort sagt. Doch das Schweigen zwischen den Frauen hat nichts Beklemmendes, keine von beiden fühlt sich genötigt, es mit Banalitäten zu füllen.

Schließlich bestellt Rosario einen Nachtisch und die Rechnung.

»Was isst man eigentlich in Coatepeque?«, erkundigt sich Celia, als ihre Lebensgeister zurückkehren.

»Alles Mögliche: Hühnchen-Eintopf, Paches, das ist Kartoffelmais im Bananenblatt, Tamalitos, also gefüllte Maistaschen, Enchiladas, Ceviche oder Bohnen.«

»Sind Enchiladas nicht mexikanisch?«

»Die essen wir in Guatemala auch«, erklärt Rosario. »Wir sind Nachbarländer, Señorita.«

»Hast du mir irgendwann einmal eines dieser Gerichte gekocht?«

»Nein, noch nie.«

»Könntest du eines zubereiten?«

»Ich werde das mit Señora Paula besprechen.«

Celia sagt nichts, amüsiert sich aber insgeheim. Es erheitert sie, dass Rosario sich strikt an Paulas Vorgaben für ihre Ernährung hält.

»Warst du schon lange nicht mehr zu Hause?«

»Zum letzten Mal im Sommer vor drei Jahren«, erklärt Rosario.

»Hast du dort noch Familie?«

»Drei meiner Geschwister leben dort.«

»Du bist nicht verheiratet?«

»Ich bin geschieden.«

Celia schaut überrascht auf. Sie hat sich bisher nie für Rosarios Familienstand interessiert.

»Hast du Kinder?«

»Nein, aber es ist, als hätte ich welche«, erwidert Rosario. »Ich bin die zweite von fünf Geschwistern. Als meine Mutter starb, musste ich mich um die drei kleinsten kümmern.«

»Und dein älterer Bruder?«

»Es ist eine Schwester. Sie hat sehr jung geheiratet und musste ihre eigenen Kinder versorgen.«

»Ist es die, bei der du in Entrevías wohnst?«

Rosario nickt. Offensichtlich bereitet es ihr Unbehagen, über ihre Familie zu sprechen, aber Celias Neugier ist noch nicht befriedigt.

»Und deine anderen Geschwister leben noch in Coatepeque?«

»Zwei ja, ein Bruder arbeitet in der Stadt.«

»In welcher Stadt?«

»In Guatemala-Stadt. Die beiden jüngsten wohnen in Coatepeque. Es sind ein Bruder und eine Schwester.«

»Arbeiten sie nicht?«

»Die Kleine hat vor drei Jahren geheiratet«, sagt Rosario und legt sich die Hand aufs Herz. »Zum Glück konnte ich bei der Hochzeitsfeier dabei sein. Mein Bruder hat keine feste Arbeit, aber mit dem Geld, das ich ihm jeden Monat schicke, schlägt er sich durch.«

»Vermisst du sie?«

»Wir haben regelmäßig Kontakt.«

»Telefoniert ihr?«

Rosario schüttelt den Kopf.

»Das nicht so oft«, sagt sie. »Aber wir schicken uns Fotos, Videos und Nachrichten über die sozialen Medien.«

Celia fragt sie nicht weiter aus. Rosario streicht Charlie über den Kopf, der sich, als sie verstummt ist, neben sie gesetzt hat, und zahlt. Langsam gehen die drei nach Hause, als müssten sie das Gesagte in sich nachklingen lassen. Zu Hause sinkt Celia todmüde aufs Bett. Sie macht sich nicht die Mühe, sich umzuziehen. Sie kann nicht eine Sekunde länger wach bleiben.

SIEBEN

Carmen 1969

Um fünf Uhr nachmittags klingelt es an der Tür. Als Paula öffnet, betritt Alicia die Wohnung ihrer Schwester zum ersten Mal. Paula küsst ihre Tante auf beide Wangen und streicht ihr mit den Händen über beide Oberarme, als wollte sie ihr Mut zusprechen, bevor sie ihrer Schwester nach all den Jahren gegenübertritt.

»Mama«, sagt sie. »Tante Alicia ist da.«

Celia sitzt auf der Terrasse. Ihr Blick verliert sich über den Dächern, als würde sie mit offenen Augen schlafen. Charlie begrüßt die fremde Frau mit neugierigem Schnüffeln.

»Setz dich zu mir«, sagt Celia, ohne sich zu rühren.

Alicia stellt ihre Handtasche auf den Tisch und setzt sich neben ihre große Schwester.

»Wie geht es dir?«

»Und dir?«, fragt Celia zurück.

»Ich bin ein bisschen nervös.«

»Warum?«

»Ich dachte, du würdest mich nicht reinlassen.«

Mit einem Lächeln wendet Celia sich ihr zu und mustert sie. Sie erblickt dieselben Augen, dasselbe Haar, Mund, Hals und Hände sind etwas faltiger. Die vertrauten Wangenknochen.

»Du bist älter geworden«, sagt sie noch immer lächelnd.

»Was hast du erwartet?«

»Aber du siehst blendend aus. Und du hast noch immer dieselbe gute Figur.«

»Ich treibe viel Sport.«

Paula nutzt das Schweigen, das diesen Worten folgt, um Charlie zu locken.

»Ich hole jetzt Alba von der Schule ab«, sagt sie zum Abschied. »Ich lasse euch allein. In der Küche stehen Bier, Erfrischungsgetränke, Kaffee und Tee, wenn ihr was trinken wollt.«

Minutenlang lauschen die beiden Schwestern schweigend dem Verkehrslärm.

»Hast du eine Zigarette?«, unterbricht Celia die Stille.

»Ich rauche nicht mehr.«

»Wie geht es den Kindern?«

»Welche Kinder?« Alicia lacht auf. »Enrique ist achtundzwanzig und Marta fünfundzwanzig.«

Celia findet es nicht witzig, dass ihre Nichte und ihr Neffe erwachsen geworden sind.

»Enrique ist Informatiker«, berichtet Alicia. »Und Marta hat den ADE-Abschluss gemacht.«

»Was ist das?«

»Ein Bachelor in BWL.«

»Und Quique? Bist du noch mit ihm verheiratet?«

Alicia nickt wie in Zeitlupe und verdreht die Augen.

»Er lässt dich herzlich grüßen.«

»Das hat mir gerade noch gefehlt.«

»Gedächtnislücken sind jedenfalls besser als körperliche Einschränkungen. Du hättest im Rollstuhl landen können.«

Als sie diese Worte hört, wackelt Celia unter dem Tisch mit den Zehen.

»Darüber denke ich lieber nicht nach.«

»Hast du viele Erinnerungslücken?«

»Ja, obwohl ich mich an Mama und Papa erinnere. Und an Großmutter Gloria. Und an Tante Paulina. An die Sommerferien bei ihr im Dorf, und dass wir mit ihr immer Radio-Serien hörten. Ich erinnere mich an meine Hochzeit, aber nicht an deine. An die Geburt meiner Kinder und an ihre ersten Schritte. Und an vieles, was ich mir ausgemalt oder auch geträumt habe, und an Texte, die ich gelesen, und Filme, die ich gesehen habe.«

Sie hält einen Moment inne und spricht dann weiter, als wäre das mit Abstand das Absurdeste: »Aber ich erinnere mich an keines meiner Bücher.«

Alicia schweigt, vielleicht ahnt sie, dass die Aufzählung noch nicht zu Ende ist.

»Allerdings«, fährt Celia fort, »muss ich dir gestehen, dass ich mich genau daran erinnere, was an jenem Silvester geschah. Das hast du dich bestimmt auch schon gefragt.«

»Celia.«

»Du willst dich doch jetzt nicht etwa entschuldigen, ich bitte dich.«

»Ich wollte sagen, dass ich nicht darüber reden will.«

Celia sieht ihre Schwester mit großen Augen an.

»Warum nicht?«, ruft sie. »Wenn ich mich schon mal an was erinnere …«

»Ich möchte nicht, dass du dich aufregst.«

Celia beugt sich vor und stützt ihr Kinn auf die Hand. Offenbar hat Paula auch ihre Tante instruiert.

»Ich rege mich nicht auf«, erwidert sie. »Im Gegenteil, ich freue mich über deinen Besuch.«

»Wir haben uns sehr lange nicht gesehen.«

»Das meine ich nicht. Selbst wenn wir uns noch am Tag vor dem Schlaganfall getroffen hätten, wüsste ich das nicht mehr. Ich konnte mich ja auch nicht an Rosario oder Charlie oder an diese erwachsene Frau erinnern, zu der meine Tochter geworden ist. Ich freue mich einfach, dich zu sehen.«

Für den Bruchteil einer Sekunde runzelt Alicia die Stirn. Sie ist sich nicht sicher, ob ihre Schwester es ernst meint oder nur Anlauf nimmt, um sie zu beschimpfen.

»Was gibt es in Zaragoza?«, fragt die.

»Zaragoza?«

»Wohnst du da nicht mehr?«

»Doch, natürlich wohne ich noch da, entschuldige«, stammelt Alicia. »In Zaragoza ist alles in Ordnung.«

Sie schweigt irritiert.

»Es gibt eine neue Straßenbahn.«

Celia antwortet nicht. Sie ist fest entschlossen, sobald wie möglich nach Zaragoza zu fahren, nicht nur, um ihre Schwester und deren Kinder zu besuchen, sondern weil sie das dringende Bedürfnis hat, Orte aufzusuchen, an die sie sich erinnert. Vielleicht, weil sie nicht riskieren möchte, sie erneut zu vergessen.

»Und das Dorf?«, fragt sie weiter. »Fährst du ab und zu ins Dorf?«

Zerknirscht schüttelt Alicia den Kopf.

»Nie?«, hakt Celia nach. »Nicht einmal zu Besuch?«

»Da ist niemand mehr, den man besuchen könnte«, sagt Alicia leise. »Tante Paulina ist vor Jahren gestorben.«

Celia schließt die Augen und nickt. Ihre Schwester soll wissen, dass sie die Erinnerung daran noch immer schmerzt.

»Und das Haus?«, fragt sie.

»Steht leer«, erwidert Alicia. »Die Einzige, die ab und zu hinfährt, ist unsere Cousine Isabel.«

Celias Neugier ist befriedigt.

»Wann fährst du wieder?«, fragt sie.

Alicia wirft einen Blick auf ihre Armbanduhr.

»Mein Zug geht um acht«, sagt sie.

»Dann haben wir genug Zeit.«

»Wozu?«

»Um zusammen zu schweigen.«

Bevor Alicia aufbricht, hat sie noch Gelegenheit, ihre Großnichte zu begrüßen. Sie hat das Mädchen lange nicht gesehen, wenn auch nicht so lange, wie Celia glaubt, denn Paula fährt regelmäßig nach Zaragoza, um sich mit Kollegen zu treffen, die im dortigen Hospital Clínico arbeiten, und nimmt Alba mit. Celia hingegen war nur noch selten in ihrer Geburtsstadt, nicht einmal aus beruflichen Gründen.

»Verstehst du was von den sozialen Medien?«

Celia und Alba haben es sich im Wohnzimmer gemütlich gemacht, während Paula in der Küche das Abendessen zubereitet.

»Ich habe einen Tuenti-Account bei Movistar.« Das Mädchen holt sein Handy aus der Hosentasche. »Und einen bei Google+. Möchtest du einen einrichten?«

»Ja, aber ich weiß nicht, wo oder wie«, erklärt Celia mit dem Smartphone in der Hand.

»Leute in deinem Alter nutzen gewöhnlich Facebook oder Twitter«, sagt Alba. »Oder beides.«

Celia gibt ihr das Telefon. Das Mädchen rückt an seine Großmutter heran, damit diese genau verfolgen kann, was sie macht. Als Erstes erstellt sie ihr einen neuen Mail-Account.

»Was für ein Passwort möchtest du haben?«, fragt Alba.

»Was für eines benutzt denn du?«

»Meine Initialen und mein Geburtsjahr.«

»Ich hätte lieber ein einziges Wort.«

»Früher hatte ich den Namen meiner besten Freundin, aber im letzten Schuljahr habe ich dreimal die beste Freundin gewechselt und fand es nervig, mich daran zu erinnern, wer es zu der Zeit war, als ich den Account eingerichtet habe.«

Celia lauscht aufmerksam dem Redeschwall ihrer Enkelin.

»Dann nimm Carmen«, sagt sie entschlossen.

»Wer ist Carmen?«

»Meine beste Freundin.«

»Das ist kein sicheres Passwort.«

»Warum nicht?«

»Das sagt das System, schau.« Das Mädchen zeigt auf das Display. »Sichere Passwörter bestehen aus Buchstaben und Zahlen.«

»Dann nimm Carmen1969.«

»Ist das ihr Geburtsjahr?«

»In dem Jahr habe ich sie kennengelernt.«

Paula kommt ins Wohnzimmer, sich die Hände an einem Küchenhandtuch abtrocknend.

»Pack deine Sachen, Alba«, sagt sie. »Wir müssen gleich los.«

»Du musst nachher nicht zurückkommen«, sagt Celia zu ihrer Tochter. »Ich kann problemlos allein bleiben.«

Paula verschränkt die Arme.

»Ich weiß, dass du heute Morgen fast ohnmächtig geworden bist«, sagt sie.

»Wer hat das gesagt?«

»Dein Chefredakteur.«

»Mein Chefredakteur übertreibt«, protestiert Celia. »So war er schon immer. Er bauscht gern alles auf, was um ihn herum geschieht. Berufskrankheit.«

Alba versteht nicht, was ihre Großmutter sagt, hört aber den ironischen Unterton und muss lächeln.

»Mir ist nicht nach Scherzen zumute, Mama.«

Schulterzuckend schaut das Mädchen seine Großmutter an, um ihr zu verstehen zu geben, dass sie jetzt besser den Mund halten sollte, ansonsten könnte ihre Mutter richtig sauer werden. Celia befolgt ihren Rat. Sie lässt die beiden mit Charlie ziehen, legt sich aufs Sofa und beschäftigt sich die nächsten anderthalb Stunden mit ihrem Handy.

»Ich habe deinen Facebook-Account gesehen.«

»Und ich deinen«, antwortet Paula, während sie den Tisch deckt und den vorab zubereiteten Reissalat verteilt. »Alba hat mir erzählt, dass sie dir geholfen hat, ihn einzurichten.«

»Von Emilio habe ich allerdings keinen gefunden.«

»Wundert dich das?« Paula verdreht die Augen. »Emilio hasst jeglichen Kontakt mit fremden Menschen. Mit den sozialen Medien hat er nichts am Hut, ganz im Gegenteil.«

»Aber er ist doch Journalist.«

»Ja und? Das bist du auch, und du wolltest ebenfalls nie in den sozialen Netzwerken auftauchen.«

Celia setzt sich an den Tisch und starrt gedankenverloren auf den Reissalat.

»Ich habe ein Profil mit meinem Namen, meiner Biografie und meinen Büchern gefunden«, sagt sie.

»Das hat dein Verlag eingerichtet«, antwortet Paula. »Ein Marketinginstrument, um mit deinen Lesern in Verbindung zu treten.«

Charlie, der auf der Terrasse aus seinem Napf getrunken hat, trottet mit tropfnasser Schnauze ins Wohnzimmer.

»Ich habe versucht, Emilio zu erreichen«, sagt Celia.

Paula setzt sich zu ihr.

»Ich habe seine Nummer in meinen Kontakten, aber ich konnte nicht mit ihm sprechen.«

»Weil du die Vorwahl von Argentinien wählen musst«, erwidert Paula und beginnt zu essen.

»Ich habe meine Anruferliste durchgesehen und keine Nummer mit argentinischer Vorwahl gefunden.«

Paula schneidet zwei Scheiben Brot ab.

»Ja und?«

»Habe ich meinen Sohn nie vom Handy aus angerufen?«

»Natürlich nicht.« Paula weist mit dem Blick in eine Zimmerecke. »Du hast ihn vom Festnetz aus angerufen. Mit dem Handy kostet es ein Vermögen, und die Verbindung ist oft miserabel.«

Celia betrachtet ihre Tochter, die seelenruhig weiterisst. Sie kann sich des Gefühls nicht erwehren, Opfer eines Täuschungsmanövers zu sein, aber sie entdeckt keinerlei Ungereimtheiten in ihrem Verhalten.

»Wo sind meine Eltern begraben?«

Paula schaut müde auf, als wollte sie angesichts der späten Stunde um Nachsicht bitten.

»In Zaragoza«, sagt sie. »Warum fragst du?«

»Heute Morgen sind wir am Almudena-Friedhof vorbeigekommen, und ich glaubte, mich an etwas zu erinnern.«

»Woran?«

»Einige Zypressen waren höher als andere.«

Paula seufzt derart ungehalten, als hätte sie einen Fall von seniler Demenz vor sich.

»Daran hast du dich erinnert?«

»Ich habe mich daran erinnert, dass ich das schon einmal gesehen habe.«

»Bestimmt bei der Beerdigung deiner Freundin Carmen«, sagt Paula.

Celia weißt nicht, ob sie nicken soll oder nicht. Gut möglich, dass ihre Tochter recht hat, auch wenn sie nur das Erstbeste gesagt hat, was ihr durch den Kopf gegangen ist.

»Wie geht es Jose?«, fragt sie.

Paula blickt von ihrem Teller auf.

»Gut«, sagt sie. »Wie immer.«

»Er hat mich noch nicht besucht.«

»Er fragt jeden Tag nach dir. Erinnerst du dich an ihn?«

»Ich glaube nicht.«

»Das liegt wohl daran, dass du ihn nie mochtest, obwohl er mit Emilio befreundet ist.«

Celia tupft sich mit der Serviette den Mund ab.

»Dein Mann ist ein Freund von Emilio?«

»Er hat uns einander vorgestellt.«

Celia verzieht keine Miene, obwohl es sie amüsiert, wie das Leben manchmal spielt.

»Mir ist egal, ob ich ihn mochte oder nicht«, sagt sie. »Das Wichtigste ist doch, dass er Alba ein guter Vater ist.«

»Er arbeitet viel und ist wenig zu Hause«, antwortet Paula missmutig.

»Was macht er beruflich?«

»Er ist Ingenieur.«

»Versteht ihr euch gut?«

Paula antwortet nicht. Sie ist es nicht gewöhnt, so intime Dinge mit ihrer Mutter zu besprechen.

»Keine Sorge, uns geht es gut«, sagt sie, um das Thema zu wechseln. »Worüber hast du denn mit Tante Alicia geredet?«

»Über mich.«

Paula legt das Besteck auf den Tisch und schaut ihre Mutter an.

»Sie hat mir viel erzählt, an manches kann ich mich erinnern, an anderes nicht«, sagt Celia kurzangebunden.

»Das tut dir aber gar nicht gut.«

Celia will ihre Tochter schon nachäffen, hält sich aber rechtzeitig zurück. Sie möchte sich nicht aufführen wie ein kleines Mädchen. Also beendet sie ihr Abendessen und begibt sich, gefolgt von Charlie, ins Arbeitszimmer. Sie muss in ihrem Computer noch ein paar Wörter ausprobieren, die sie sich während des Gesprächs mit ihrer Schwester gemerkt hat.

Wie jeden Abend steht Paula ein Weilchen später im Türrahmen. Diesmal will sie ihr keine gute Nacht wünschen, sondern hält ihr das Telefon hin.

»Es ist Emilio«, sagt sie.

ACHT

Auseinandergelebt

Celia telefoniert fünfzehn Minuten mit Emilio. Es ist ein banales Gespräch, gespickt mit Floskeln über die immer gleichen Themen, aber es beruhigt sie. Sie weiß, Paula verschweigt ihr etwas, aber allmählich denkt sie, dass es nicht wichtig ist, eine Bagatelle. Nach dem Telefonat probiert sie über eine Stunde lang mögliche Passwörter aus. Alles in allem über fünfzig.

Weit nach Mitternacht geht sie mit einem Buch zu Bett. Es ist keine Unterhaltungslektüre, sondern ein Ratgeber, in dem sie eine Weile blättert. Dann nimmt sie ihre Tabletten, löscht das Licht und schließt die Augen in der Hoffnung, wieder von dem Mann mit der Tätowierung auf dem Arm zu träumen.

Zum Frühstück bäckt ihr Rosario Maisfladen, auf die Celia eine dünne Schicht Erdbeermarmelade streicht. Dazu trinkt sie einen Becher Milchkaffee.

»Kennst du meinen Mann?«, fragt sie Rosario, während sie es sich schmecken lässt.

Die Hausangestellte schüttelt den Kopf, dreht sich aber nicht um. Sie hat Zucchini klein geschnitten und schält nun Kartoffeln für ein Püree.

»Er war ein sehr schöner Mann.«

Jetzt schaut Rosario doch auf.

»Ich sage ›war‹, weil ich nicht mehr weiß, wie er heute aussieht«, sagt Celia. »Deshalb habe ich dich gefragt.«

»Persönlich habe ich ihn nie kennengelernt«, antwortet Rosario. »Aber Señora Paula hat mir einmal ein Foto von ihm gezeigt.«

»Wann?«

»Als ich sagte, dass Sie beide sich nicht sehr ähnlich sehen.«

Celia beugt sich vor und stützt ihr Kinn auf die Hand.

»Findest du, dass er gut aussieht?«, fragt sie.

»Ja, sehr.«

»Hat er eine Glatze?«

»Ich weiß nicht. Er schien sich den Kopf rasiert zu haben.«

Celia nickt und zeigt mit dem Finger auf Rosario.

»Er hat sich die Haare abrasiert, weil er langsam eine Glatze bekommt«, sagt sie lächelnd. »Ich kenne ihn. Er ist ziemlich eitel.«

Rosario ist mit dem Kartoffelschälen fertig und wirft die Schalen in den Müll.

»Wie war dein Mann?«, fragt Celia.

»So gut sah er natürlich nicht aus«, antwortet Rosario. »Er war auch nicht so groß.«

»Wie lange warst du verheiratet?«

»Fünf Jahre.«

»Was ist passiert?«

Wortlos füllt Rosario einen Topf mit Wasser und stellt ihn auf den Herd.

»Verzeih«, flüstert Celia. »Ich wollte dir nicht zu nahe treten.«

»Das ist es nicht. Ich bin es nur nicht gewöhnt, über mein Privatleben zu sprechen.«

Celia holt tief Luft und seufzt. Aus ihr ist eine Frau geworden, die vor nichts zurückschreckt, eine Frau, die unpassende, ja sogar aufdringliche Fragen stellt, aber sie kann nicht anders. Sie muss eine große Leere füllen.

»Ich habe dich das vermutlich noch nie gefragt, oder?«

Rosario schnalzt mit der Zunge.

»Ich kann keine Kinder bekommen«, sagt sie leise.

Celia trinkt ihren Kaffee aus und steht auf, um die Tasse zur Spüle zu bringen.

»Das ist aber kein Grund für eine Trennung«, sagt sie, als sie neben Rosario steht.

»Mein Mann wollte keine Frau, sondern eine Familie«, erklärt die Hausangestellte.

Celia weiß nicht, was sie darauf sagen soll. Sie weiß nicht einmal, ob sie etwas sagen soll.

»Als er herausfand, dass ich ihm keinen Stammhalter schenken kann, ist er einfach abgehauen.«

»Und du hast ihn nie wiedergesehen?«

»Ich weiß nur, dass er nach Mexiko gegangen ist und dort eine andere Frau geheiratet hat. Das hat mir einer seiner Freunde erzählt, als er mir ein paar Dokumente zum Unterschreiben brachte.«

Celia ertappt sich dabei, nach einem Notizblock zu suchen. Rosarios Geschichte hat ihren Reporterinstinkt geweckt.

»Bist du deshalb nach Spanien gekommen?«

»Ich bin hier, um bei meinen Nichten und Neffen zu sein.«

Rosario spricht nur ungern über sich, aber sie will nicht unhöflich sein. Im Grunde schmeichelt ihr das Interesse ihrer Señorita sogar.

»Meine Schwester hatte schon ein Jahr in Madrid gearbeitet und alle nötigen Papiere zusammen, damit ihre Kinder nachkommen konnten«, erklärt sie. »Ich hatte mich in Coatepeque um die Kleinen gekümmert und mich dann entschieden, sie zu begleiten.«

»Als Urlaub sozusagen?«

»Genau.«

»Und warum bist du danach nicht zurückgekehrt?«

»Weil ich in Madrid eine gut bezahlte Arbeit gefunden habe, die mir erlaubte, meinen Geschwistern Geld zu schicken und sogar noch ein bisschen zu sparen.«

Rosario gibt die Kartoffeln und Zucchini zusammen mit

einer Prise Salz in das kochende Wasser. »Die Entscheidung ist mir nicht schwergefallen«, sagt sie und legt den Deckel auf den Topf.

»Was war das für eine Stelle?«, fragt Celia.

»Ich war Haushälterin in einem Gutshaus außerhalb von Madrid. Da habe ich auch gewohnt.«

»Und was hast du in Coatepeque gearbeitet?«

»Ich war Friseurin. Das habe ich gelernt, als ich meinen Geschwistern die Haare geschnitten habe.«

Celia fragt sich, was sie an Rosarios Stelle getan hätte, aber sie weiß noch nicht genug über sie.

»Wie alt bist du?«, fragt sie.

»Einundvierzig. Ich sehe älter aus, weil ich mir nicht das Haar färbe.«

Rosario zeigt auf ihren Mittelscheitel, wo erste graue Haare hervorblitzen.

»Was hast du heute zu tun?«, fragt Celia weiter.

»Wo?«

»Hier, in der Wohnung.«

Rosario überlegt kurz.

»Das Wohnzimmer putzen und das Mittagessen zubereiten«, sagt sie. »Señora Paula hat mich gebeten, Ihre Bettwäsche zu wechseln und die Wäsche einzuweichen.«

»Ich helfe dir.«

Rosario schaut sie argwöhnisch an, als würde sie so etwas zum ersten Mal hören. Aber Celia hat keine Lust, sich auf die Terrasse zu setzen. Ihr Körper verlangt nach einer Extraportion Aktivität.

»Welche Bettwäsche sollen wir nehmen?«

Rosario steht auf einem Hocker und sucht im oberen Regalfach des begehbaren Kleiderschranks, in dem große Plastikkisten gestapelt sind.

»Die erstbeste, die du finden kannst.«

Celia erinnert sich nicht daran, wie ihre Bettwäsche aussieht oder welche sie am liebsten mochte. Während sie Rosario hilft, das Bett zu beziehen, fällt ihr auf, wie sehr die Hausangestellte ihrer Tante Paulina ähnelt.

»Warum?«, fragt Rosario, als sie es ihr erzählt.

»Tante Paulina war klein und sehr fleißig, wie du«, sagt Celia, zufrieden, dass sie sich an etwas erinnert. »Sie war immer beschäftigt. Sie wusch per Hand, kochte, nähte und häkelte. Ich habe ihr oft geholfen, die Betten zu machen. Sie trug auch einen Zopf und hatte hohe, immer gerötete Wangen, als wäre sie geschminkt. Sie war ledig, und in meiner Erinnerung ist sie etwa in deinem Alter.«

Rosario lächelt, ohne ihre Señorita anzublicken, wie es schüchterne Menschen oft tun. Celia beobachtet sie schweigend. Tante Paulina lächelte genauso.

»War sie eine Schwester Ihrer Mutter?«

»Die Schwester meiner Großmutter«, antwortet Celia.

»Lebte sie in Zaragoza?«

»Sie wohnte in einem Dorf. Sie mochte Städte nicht.«

»Und sie hat nie geheiratet?«

»Sie war verlobt, aber ihr Bräutigam ist im Krieg gefallen.«

Celia verstummt. Zum ersten Mal kommt ihr der Gedanke, wie schmerzlich es für Tante Paulina gewesen sein musste, wegen eines Mannes, den sie wahrscheinlich irgendwann vergessen hatte, ein Leben lang Trauer zu tragen.

»Es waren andere Zeiten«, sagt Rosario verständnisvoll.

In Guatemala gab es auch einen Bürgerkrieg. Das weiß Celia noch, aber sie vertiefen das Thema nicht. Rosario verlässt das Schlafzimmer, um den Wohnzimmerteppich zu saugen, während Celia Staub wischt und den Glastisch zwischen den beiden Sofas poliert.

»Ich muss nur noch das Püree machen«, verkündet Rosario.

»Dann möchte ich, dass du mich frisierst«, sagt Celia, als

sie ihr Spiegelbild im Glastisch erblickt. »Dass du mir das Haar färbst und frisierst und mich schminkst.«

Rosario schaut sie ungläubig an.

»Ich bin mit meinem Ex zum Essen verabredet«, erklärt Celia.

»Und das Püree?«

»Essen wir heute Abend.«

»Und das Färbemittel?«

»Das Püree ist mir lieber«, scherzt Celia.

»Mit Püree kann ich Ihnen aber nicht das Haar färben«, kontert Rosario.

»Dann musst du runtergehen und Färbemittel kaufen.«

Wie vereinbart sitzt Fran im Schatten eines Baumes auf der Plaza de Santa Bárbara und trinkt ein Bier. Celia steuert auf ihn zu und hält Charlies Leine dabei so fest, als gäbe sie ihr Halt. Natürlich weiß sie, dass sie schon oft mit ihrem Hund Gassi gegangen ist, aber sie hat das Gefühl, als sei es das erste Mal.

Als er sie erblickt, steht Fran lächelnd auf.

»Und, wie sehe ich aus?«, fragt sie ihn.

Fran krault Charlie und zieht Celia einen Stuhl heran.

»Die neue Frisur steht dir ausgezeichnet«, antwortet er.

»Ich habe die Friseurin gewechselt.«

Er winkt dem Kellner.

»Und wie sehe ich aus?«, fragt er.

»Die Glatze steht dir gut«, antwortet Celia. »Du siehst aus wie Bruce Willis.«

»Seit sich mein Haar vor ein paar Jahren zu lichten begann, rasiere ich es mir ganz ab.«

Der Kellner tritt an ihren Tisch.

»Was möchtest du essen?«, fragt Fran.

»Gegrillten Fisch mit Salat.«

»Bist du auf Diät?«, fragt er und sieht Celia über den Rand

der Lesebrille an, die er aufgesetzt hat, um die Karte zu studieren.

»Deine Tochter Paula besteht darauf.«

»Dann nehme ich dasselbe. Trinkst du Wein?«

Celia zwinkert zögerlich.

»Lieber ein eiskaltes Wasser«, sagt sie dann.

Fran bestellt ein weiteres Bier.

»In deiner Erinnerung habe ich also noch Haare?«, fragt er Celia, als der Kellner verschwunden ist.

»Und einen dunkleren Teint.«

»Ich lege mich nur noch selten in die Sonne.«

»Wie das?«

Fran seufzt und blickt in die Baumkrone hinauf.

»Die Zeit hinterlässt ihre Spuren«, sagt er. »Mir wurden bereits zwei Karzinome entfernt. Sie waren nicht groß und haben auch nicht gestreut, aber sie waren eine Warnung.«

»Das hat dir bestimmt Paula gesagt.«

»Etwas in der Art.« Fran grinst. »Wir sind eben nicht mehr die Jüngsten.«

Der Kellner kehrt mit dem Bier und einer Flasche Mineralwasser zurück. Celia bittet ihn um einen Plastikteller für den Hund.

»Nein, das sind wir nicht«, stimmt sie Fran zu, als der Kellner geht. »Ehrlich gesagt, ich wackele jeden Morgen mit meinen Zehen, um mich zu überzeugen, dass ich nicht gelähmt bin.«

»Sag das bloß nicht Paula.«

»Bestimmt nicht.«

Der Kellner kehrt mit dem Plastikteller zurück.

»Woran erinnerst du dich noch?«, fragt Fran, nachdem er etwas Wasser in den Teller geschüttet und ihn auf den Boden gestellt hat.

»Ich bin mir nicht ganz sicher«, sagt Celia. Sie genießt es zunehmend, so offen sprechen zu können. »Ich habe große Gedächtnislücken. Nur zwei Dinge sind mir eindeutig klar.«

»Welche?«

»Ich erinnere mich heute besser an meine Kindheit als vor dem Schlaganfall.«

Verwundert runzelt Fran die Stirn. Er fragt sich, wie jemand, der einen Teil seines Gedächtnisses verloren hat und nicht mehr weiß, was vor dem Schlaganfall war, so etwas sagen kann.

»Aber die letzten Jahre habe ich praktisch vergessen«, fährt Celia fort.

»Ab wann?«

»Ich weiß es nicht. Jedenfalls hast du dir zu der Zeit noch keine Glatze rasiert.«

Fran trinkt einen Schluck Bier.

»Und was ist jetzt mit diesen Gedächtnislücken?«, fragt er. »Was sagen die Ärzte?«

»Das weiß niemand.« Celia tippt sich an die Stirn. »Meine Erinnerungen sind da drin, und vermutlich kommen sie wieder, aber da gibt es ein Problem.«

»Welches?«

»Ich bin mir nicht sicher, ob ich das will.«

Der Kellner bringt einen Korb mit Brot. Celia nimmt sich sogleich ein Stück und bricht es in der Mitte durch.

»Ich weiß nicht, warum«, sagt sie, nachdem sie abgebissen hat. »Aber ich fühle mich im Moment einfach wohl mit mir und habe Angst, dass gewisse Erinnerungen mir die Gegenwart versauern könnten.«

»Was glaubst du denn, was mit dir passiert ist?«

»Sag du es mir.«

Fran rutscht auf seinem Stuhl herum und nickt.

»Paula hat mich darauf vorbereitet«, sagt er ernst.

»Was hat sie gesagt?«

»Dass du die Erinnerungen so vieler Jahre nicht in einer Woche wiedererlangen kannst.«

»Warum nicht?«

»Weil es dir die Gegenwart vergällen könnte.«

Der Kellner bringt zwei große Teller mit Seezunge und gemischten Blattsalaten.

»Ich meine nicht, dass etwas Konkretes passiert ist«, fügt Fran hinzu, als der Kellner zum nächsten Tisch gerufen wird. »Es geht schlicht darum, was du emotional bewältigen kannst.«

Celia beginnt, übertrieben sorgfältig den Fisch zu zerlegen, als bräuchte sie plötzlich eine Ablenkung. Sie will sich nicht mit Fran streiten, schon gar nicht, seit sie weiß, dass auch er von Paula instruiert wurde.

»Hast du kürzlich Emilio gesehen?«, fragt sie.

»Darf ich dich daran erinnern, dass er in Argentinien ist?«

Celia zuckt vielsagend die Schultern.

»Du bist doch so ein Abenteurer und reist gern«, sagt sie und zeigt mit der Gabel auf ihn. »Du hättest ihn besuchen können.«

»Habe ich aber nicht.«

»Hast du ein Foto von ihm?«, fragt Celia.

»Von Emilio?«

Fran holt sein Mobiltelefon aus der Hosentasche.

»Ich weiß nicht«, sagt er zögerlich. »Was willst du damit?«

»Ich möchte ihn sehen. Ich erinnere mich an ihn als kleinen Jungen mit kurzem Haar und langem Pony und will wissen, wie er als erwachsener Mann aussieht.«

»Paula hat bestimmt ein Foto von ihm.«

Celia nickt wortlos. Paula hat alle ihre Fotos.

»Beschreib ihn mir.«

»Er sieht dir ähnlich«, sagt Fran. »Er hat deine tief liegenden Augen und deine breite Stirn. Einen Pony trägt er nicht mehr. Er ist schlank und noch immer so zerstreut wie früher.«

»Ich habe gestern Abend mit ihm telefoniert.«

»Das freut mich.«

»Und ich habe Alicia gesehen.«

Fran trinkt sein Bier aus und hebt die rechte Hand, um ein weiteres zu bestellen.

»Ich dachte, ihr redet nicht mehr miteinander«, wundert er sich.

»Sagen wir mal, ich habe ihr verziehen«, erwidert Celia.

Der Kellner räumt die Teller ab und bringt zusammen mit dem Bier die Karte für den Nachtisch.

»Dann erinnerst du dich also daran, was passiert ist«, stellt Fran fest.

»Es war wie eine Befreiung.«

»Vielleicht erinnerst du dich deshalb daran.«

Fran überfliegt die Dessertkarte.

»Ich nehme das Kokoseis mit heißer Schokolade und einen Kaffee mit Eiswürfeln«, sagt er.

»Und ich frische Ananas.«

»Warum, glaubst du, war es eine Befreiung?«

»Weil wir schon seit Jahren kein richtiges Paar mehr waren, Fran. Wir haben uns nur auf unsere Arbeit, unsere Hobbys und unsere Freunde konzentriert. Wir hatten uns auseinandergelebt, nur Paula und Emilio haben uns noch zusammengehalten.«

»So geht es den meisten Paaren, die ich kenne.«

»Mit dem Unterschied, dass der Mann nicht mit seiner Schwägerin vögelt.«

Fran holt Luft, um zu protestieren, aber Celia fällt ihm ins Wort.

»Schon gut«, sagt sie beschwichtigend. »Im Grunde freut es mich, dass ich euch erwischt habe.«

Der Kellner bringt den Nachtisch. Schweigend konzentriert sich Fran auf die Süße und den Kontrast zwischen heiß und kalt und hängt dabei seinen Gedanken nach. Dann schaut er Celia schelmisch an, als wollte er einen seiner charmant-ironischen Sprüche loslassen, aber ein plötzlicher Gedanke zwingt ihn, den Blick zu senken.

»Das war ein sehr angenehmes Treffen«, sagt er. »Hast du noch was auf dem Herzen?«

Celia macht das Victory-Zeichen und nickt.

»Zwei Dinge«, sagt sie, nachdem sie sich geräuspert hat. »Ich möchte, dass du nachdenkst, ob dir ein spezielles Wort einfällt, wenn du an mich und unsere gemeinsamen Jahre denkst.«

Verständnislos runzelt Fran die Stirn. Paula hat ihm nicht alles erzählt.

»Nicht, dass du denkst, ich sei exzentrisch geworden«, fügt Celia hinzu. »Zumindest nicht exzentrischer als früher. Tu einfach, worum ich dich bitte. Ich muss ein Wort finden.«

»Wozu?«

»Um mich daran zu erinnern, wer ich bin, verdammt noch mal.«

Fran nickt und verlangt fingerschnippend die Rechnung. Charlie hebt den Kopf.

»Und das zweite?«, fragt Fran.

»Gib mir die Adresse unserer Tochter.«

Zu Hause gönnt sich Celia ein erholsames Nickerchen, während Charlie vor ihrer Schlafzimmertür döst. Die beiden sind unzertrennlich geworden. Manchmal atmen sie sogar im Gleichklang, als würden sie sich irgendwie ergänzen. Wenn sie so weitermachen, werden sie schon bald nicht mehr ohneeinander schlafen können.

Als Celia aufsteht, ist Paula in der Küche gerade dabei, eine Kartoffeltortilla zuzubereiten.

»Wie gut das riecht!«, ruft sie noch in der Tür.

»Habe ich euch geweckt, dich und Charlie?«

»Was kochst du um diese Uhrzeit?«

»Das Abendessen«, klärt ihre Tochter sie auf.

Celia zeigt auf die Küchenuhr. »Es ist Viertel vor fünf.«

»Dann ist es fertig, wenn ich Alba von der Schule abhole. Ich bringe sie nach Hause, gehe einkaufen und komme dann zurück, einverstanden?«

»Du brauchst nicht wiederzukommen«, sagt Celia. »Es wird

Zeit, dass du wieder zu Hause bei deinem Mann und deiner Tochter bleibst.«

»Wie war's mit Papa?«

»Lenk nicht vom Thema ab.«

Paula hält einen Augenblick inne und dreht sich zu ihrer Mutter um.

»Ist ja gut, wie du willst«, sagt sie resigniert. »Nächste Woche lasse ich dich allein.«

»Nächste Woche?«

»Nach deinem nächsten Termin beim Neurologen.«

Celia sieht Charlie hilfesuchend an.

›Man kann einfach nicht mit ihr streiten‹, scheint sie ihm zu sagen. ›Und außerdem bin ich gar nicht allein, du bist ja bei mir.‹

Paula wirft ihr einen misstrauischen Blick zu, als wüsste sie, dass es bei dem stummen Zwiegespräch um sie geht.

»Dein Vater sieht ziemlich gut aus«, sagt Celia. »Er ist zwar kahl geworden, hat ein paar Kilo zugenommen und wirkt nicht mehr so dynamisch wie früher, aber ich finde, das steht ihm gut.«

»Hat er dir mit dem Passwort helfen können?«

»Ich habe ihn gebeten, darüber nachzudenken, welches Wort zu mir passt. Was immer ihm in den Sinn kommt, aber es muss etwas mit mir zu tun haben. Das könntest du auch machen.«

»Warum liest du in einem Wörterbuch?«, fragt Paula.

»Woher weißt du das?«

»Ich habe es auf deinem Nachttisch liegen sehen.«

»Wenn mein Passwort ein einzelnes Wort ist, muss es doch im Wörterbuch stehen, oder nicht?«

Paula trocknet sich die Hände ab.

»Wäre es nicht besser, einen Informatiker die Dateien entsperren zu lassen?«, fragt sie.

Celia verdreht die Augen und gibt einen Seufzer des Bedauerns von sich. Sie will sich nicht ärgern.

»Wenn du mit Tobias telefonierst«, sagt sie schließlich, »dann richte ihm aus, dass er meine Angelegenheiten direkt mit mir besprechen soll. Ich habe nur mein Gedächtnis verloren, nicht den Verstand.«

Ohne eine Antwort abzuwarten, holt sie das Wörterbuch, setzt sich auf die Terrasse und liest über eine Stunde darin, schweigsam und konzentriert, als säße sie in einer Freiluft-Bibliothek. Hin und wieder spricht sie ein bestimmtes Wort laut aus, damit Charlie es hören kann, als könnte der Hund es wiedererkennen.

»Kontraproduktiv.«

Und auch Kontrast, Kontrolle, kontrovers, Kontur, Konvaleszenz, Konvent, kosmopolitisch, Kosmos und ähnliche Worte, die ihre Aufmerksamkeit erregen, wohlwissend, dass keines davon das Passwort ist. Vielleicht sollte sie sich auf Eigennamen konzentrieren, doch dafür bräuchte sie kein Wörterbuch, sondern eine mehrbändige Enzyklopädie.

Letztlich legt sie das Wörterbuch beiseite. Das Spiel langweilt sie. Paula ist schon seit einer Weile fort, um Alba von der Schule abzuholen, jetzt dürfte sie einkaufen sein. Celia steht auf, und Charlie tut es ihr gleich. Auch wenn ihre Tochter es ihr strikt verboten hat, ist sie fest entschlossen, mit dem Hund Gassi zu gehen. Immerhin waren sie mittags schon auf der Plaza de Santa Bárbara, um sich mit Fran zum Essen zu treffen.

An der ersten Straßenecke biegen sie ab und gehen Richtung Calle de Sagasta. Aufgeregt hält Celia den Atem an, wie ein kleines Mädchen, das von zu Hause ausgerissen ist und sich furchtlos ins Abenteuer stürzt. Charlie stutzt. Das ist nicht sein gewohnter Weg.

Weiter geht es die Calle de Carranza entlang zur Metrostation San Bernardo. Charlie dreht sich immer wieder nach seinem Frauchen um, als wollte er sich vergewissern, dass sie noch da ist. Er weiß nicht, wohin es geht, und wird des ziellosen Spaziergangs bald überdrüssig. Bald darauf bleiben sie vor einer

Haustür mit einem schmiedeeisernen Gitter vor einer großen Glasscheibe stehen. Sie besteigen einen kleinen Fahrstuhl und fahren in die vierte Etage, wo sie an der rechten Wohnungstür klingeln.

Schritte sind zu hören, dann geht die Tür auf.

»Was machst du denn hier?«

NEUN

Ein Foto von uns dreien

»Ich passe auf die kleine Alba auf.«

Das Mädchen hinter Rosario ruft überrascht: »Oma! Wie schön, dass du da bist. Und Charlie auch.«

»Ist deine Mutter nicht zu Hause?«

»Sie ist einkaufen gegangen.«

»Hier, nimm.« Celia gibt dem Mädchen die Hundeleine. »Bring Charlie in die Küche und gib ihm Wasser.«

»Sie sind doch nicht etwa zu Fuß gekommen?«, fragt Rosario alarmiert.

Celia reagiert nicht darauf, sondern beginnt neugierig die Wohnung zu inspizieren, um zu sehen, ob sie sich an etwas erinnern kann. Der lang gestreckte, schmale Flur hat hohe Decken. Wände und Türen sind weiß gestrichen, auch ein paar Möbel sind weiß. Es hat etwas von einem Krankenhaus. In einem Raum mit einem Sofa sowie einem Schreibtisch mit zwei Stühlen zu beiden Seiten läuft ein Fernseher.

»Kannst du mir das erklären?«, fragt sie Rosario, die ihr gefolgt ist.

Diese greift zur Fernbedienung und schaltet den Fernseher aus.

»Da gibt es nichts zu erklären«, sagt sie knapp. »Ich passe auf Alba auf.«

»Warum?«

»Weil Señora Paula wegmusste und das Kind noch zu klein ist, um allein zu bleiben.«

»Kommst du öfter her?«

»Jeden Tag.«

Alba gesellt sich zu ihnen. Charlie legt sich lieber vor die Wohnungstür im Flur.

»Wo ist dein Vater?«, fragt Celia ihre Enkelin.

»Weiß ich nicht.«

»Wann kommt er nach Hause?«

»Das weiß ich auch nicht.«

»Ist er verreist?«

Rosario setzt sich neben ihre Señorita.

»Beruhigen Sie sich bitte«, sagt sie mit einem raschen Blick auf die Uhr neben dem Sofa. »Geben Sie mir Ihre Jacke.«

»Ich bin ganz ruhig, und warm ist mir auch nicht«, entgegnet Celia.

»Dein Gesicht ist rot wie eine Tomate«, sagt Alba.

»Das liegt an dem langen Spaziergang.«

»Möchten Sie ein Glas Wasser?«, fragt Rosario erneut.

»Ich möchte wissen, was hier los ist.«

Da springt Charlie auf und bellt. Gleich darauf ist zu hören, wie sich ein Schlüssel im Schloss dreht. Die Tür quietscht, Schritte nähern sich.

»Hol ein Glas Wasser«, sagt Paula zu Rosario und dann zu Alba: »Und du geh in dein Zimmer, Schatz.«

Dann setzt sie sich auf die Sofalehne zu ihrer Mutter.

»Wann hattest du vor, mir zu erzählen, dass dein Mann ausgezogen ist?«, fragt Celia.

»Er ist nicht ausgezogen. Wir nehmen uns nur ein wenig Zeit zum Nachdenken.«

Rosario bringt eine Karaffe mit Wasser und zwei Gläser.

»Seit wann?«

»Seit anderthalb Monaten. Als du im Krankenhaus warst.«

Celia trinkt in einem Zug das halbe Glas leer.

»Wie kannst du Alba in dieser schwierigen Zeit allein lassen und bei mir übernachten?«

»Rosario ist doch bei ihr.«

»Das habe ich mir schon gedacht.« Celia senkt die Stimme. »Aber das ist nicht dasselbe. Ich war davon ausgegangen, ihr Vater sei bei ihr.«

Paula schließt die Augen.

»Siehst du? Deshalb habe ich es dir nicht gesagt«, erklärt sie kopfschüttelnd. »Hättest du es gewusst, hättest du mich nicht bei dir übernachten lassen.«

»Was hast du mir noch verschwiegen?«

»Mama, verschon mich mit deinem Verfolgungswahn.«

»Vor dem Schlaganfall habe ich auch schon Medikamente genommen.«

»Alle Welt nimmt Medikamente.«

»Und ich habe getrunken«, fährt Celia fort. »Álex hat mir erzählt, dass er mehrfach gesehen hat, wie ich im Auto meinen Rausch ausgeschlafen habe.«

Paula schenkt ihrer Mutter Wasser nach. Sie muss an sich halten, um ihr nicht den Puls zu fühlen.

»Du hattest den Schlaganfall, weil du zu viel getrunken hast«, sagt sie. »Ich verstehe nicht, worüber du dich wunderst.«

»Ich kann mich nicht daran erinnern, jemals getrunken zu haben«, verteidigt sich Celia. »Zumindest nicht so viel, dass ich im Wagen eingeschlafen bin.«

»Du hattest eine schlechte Phase. Weiter nichts. Vielleicht war es nur eine vorübergehende Krise.«

Celias Augen funkeln voller Sarkasmus.

»Midlifecrisis mit sechzig?«, fragt sie.

»Warum nicht?«

Alba kommt mit einer spanischen Gitarre in der Hand herein.

»Kann ich Oma das Lied vorspielen, das ich gerade übe?«, fragt sie ihre Mutter.

»Natürlich«, antwortet Celia. »Welches ist es denn?«

»›Unter dem Meer‹ aus dem Film *Arielle, die kleine Meer-jungfrau*.«

Das Mädchen spielt ihr dieses und weitere drei Lieder vor, zwei aus Disney-Filmen und eines aus dem klassischen Reper-toire ihrer Musiklehrerin. Im ersten Moment befürchtet Paula, das Vorsingen würde nur stören, und will Alba schon in ihr Zimmer zurückschicken, doch als sie sieht, wie sich ihre Mut-ter mit einem zufriedenen Lächeln im Sofa zurücklehnt, unter-lässt sie es und beruhigt sich.

»Jetzt gehe ich wieder nach Hause«, verkündet Celia, als Alba fertig ist, und lässt sich von Rosario aufhelfen.

»Ich komme mit«, sagt Paula. Sie steht auf und eilt zur Tür, wo sie sich noch einmal umdreht. »Nach dem Termin beim Neurologen lasse ich dich in Ruhe. Versprochen.«

Celia kann sich nur mit Mühe beherrschen. Sie verschränkt die Arme und schnaubt: »Ist ja gut.«

»Ich ziehe mich nur rasch um und packe ein paar Sachen ein. Dauert keine fünf Minuten.«

Paula will in ihr Schlafzimmer eilen, aber Celia hält sie zu-rück.

»Rosario wird mich begleiten«, sagt sie streng. »Du bleibst hier bei Alba.«

Paula starrt betroffen zu Boden.

»Die Kleine braucht dich, nicht Rosario.« Celia zeigt auf ihre Hausangestellte. »Es ist doch Unsinn, dass sie bei ihr bleibt und du zu mir kommst, wenn es auch umgekehrt geht.«

Zögernd schaut Paula auf.

»Außerdem fühle ich mich in der Gesellschaft von Señorita Rosario sehr wohl«, fährt Celia fort.

Diese kann sich ein jugendlich-verschmitztes Grinsen kaum verkneifen.

»Was meinen Sie?«, wendet sich Paula an sie.

»Für Alba ist es besser, wenn ihre Mama bei ihr ist«, antwor-tet Rosario ernst.

»Wenn du dich schlecht fühlst, rufst du mich sofort an!«, schärft Paula ihrer Mutter ein.

»Dasselbe könnte ich auch sagen«, erwidert diese.

Paula lässt sich schwer aufs Sofa fallen und verbirgt das Gesicht in den Händen. Es ist ein Bild des Jammers. Celia geht zu ihr, allerdings nicht in der Absicht, sie zu trösten. Sie will sie nicht bevormunden.

»Glaubst du, dass er wiederkommt?«, fragt sie.

»Hoffentlich nicht.«

»So schlecht steht es um euch?«

»Ich weiß nicht, was dich daran so überrascht.« Paula sieht sie nicht an, als sie sagt: »Du hast dich doch auch von Papa getrennt.«

»Ich bin nicht überrascht«, erwidert Celia. »Ich kann mich schlicht nicht daran erinnern, ob es euch gut ging oder nicht.«

»Die meisten Paare, die ich kenne, ertragen sich irgendwann nicht mehr. Das eigentlich Überraschende ist doch, wie viele Ehepaare zusammenbleiben.«

In Paulas Worten schwingt der gleiche negative Grundton mit wie bei ihrem Vater.

»Das ist aber keine Garantie dafür, dass sie sich verstehen«, sagt Celia. Sie setzt sich zu ihrer Tochter und fährt fort: »Ich verstehe nicht, warum du mir das bisher verheimlicht hast.«

Paula zuckt die Schultern. Sie versteht es selbst nicht.

»Hattest du Angst, mein Blutdruck schießt in die Höhe, wenn ich es erfahre?«

»Es hat nicht nur mit dir zu tun«, erwidert sie. »Mein Blutdruck wäre genauso gestiegen, wenn ich es dir erzählt hätte.«

Celia nickt zufrieden. Das ist eine gute Antwort.

»Hast du dich an meine Adresse erinnert?«, fragt Paula.

»Dein Vater hat sie mir gesagt.«

»Und warum bist du wirklich gekommen?«

»Ich will meine Fotoalben zurückhaben.«

Ein Taxi setzt Rosario, Celia und Charlie an der Calle de San Mateo, Ecke Calle de Mejía Lequerica ab. Vermutlich hatte der Taxifahrer nichts dagegen einzuwenden, den Hund mitzunehmen, weil Celia mit ihrer Sonnenbrille wirkte wie eine Blinde. In der Wohnung bringt Rosario ihre Sachen in Paulas Zimmer und kommt dann mit einem Fotoalbum ins Wohnzimmer, wo Celia bereits am Esstisch Platz genommen hat.

»Señora Paula hat mir eingeschärft, ich sei für Ihre Fotoalben verantwortlich«, stellt sie klar, bevor sie es ihr aushändigt. »Sie hat mir aufgetragen, dass Sie jeden Tag eins der Alben anschauen dürfen, und nicht länger als eine Stunde.«

»Das ist doch absurd. Findest du das nicht auch völlig übertrieben?«, ruft Celia.

»Señora Paula ist Ärztin, Señorita.«

Celia blickt ihre Hausangestellte amüsiert an, aus deren Unterton anklingt, dass alle ärztlichen Anweisungen übertrieben und absurd sind.

»Und ich bin eine berühmte Publizistin, oder etwa nicht?«, pariert sie. »Meine Leser warten sehnsüchtig auf mein neues Buch.«

Rosario schweigt.

»Frag doch Señorito Tobias, wenn du mir nicht glaubst.«

Celia schlägt das Album auf, und Rosario erhebt sich, um sie allein zu lassen.

»Bitte bleib hier«, sagt Celia. »Ich sterbe vor Angst.«

Rosario wirft einen Blick auf Charlie.

»Der Hund kann mich nur vor realen Gefahren schützen«, sagt Celia.

In dem Album kleben Bilder aus ihrer Kindheit und Jugend, von ihrer Geburt bis zu Beginn ihrer Studienzeit. Manche der Schwarz-Weiß-Fotos haben Flecken, weil sie schon in anderen Alben klebten. Auf vielen sind Familienfeste, Hochzeitsfeiern, Taufen, Geburtstage verewigt, zumeist beim Nachtisch, wie halb leere Gläser neben Sektflaschen und Kaffeetassen auf dem Tisch vermuten lassen. Mal ist Weihnachten, mal Ostern oder Sommer. Andere Aufnahmen zeigen Schulfeste und Sonntagsausflüge. Das Moncayo-Massiv in Schwarz-Weiß, das verschneite Skigebiet Candanchú in Aragonien, das Castillo de Loarre und das Kloster Piedra.

Celia zeigt auf die Orte und Menschen, die sie erkennt. Ihre Großeltern vor der Haustür im Dorf, ihre Eltern in einem Seat 850, mit dem sie an den Strand fuhren, ihre Schwester Alicia als Robin Hood verkleidet zu Karneval, Tante Paulina an der Stickmaschine, Tante Merche und Onkel Augusto am Tag ihrer Hochzeit, ihre Cousins als Neugeborene und viele weitere Verwandte, an die sie sich schon vor dem Schlaganfall nicht erinnern konnte.

»Sie wissen aber noch eine ganze Menge«, ruft Rosario zufrieden.

Celia erwidert nichts. Sie ist sich nicht sicher, ob sie sich nur an die Bilder erinnert oder daran, diese Augenblicke erlebt zu haben. Vielleicht kommen ihr nur die Fotos bekannt vor, besonders eines, das sie aus dem Album nimmt und in die Jackentasche steckt.

»Hast du Kinderfotos von dir?«, fragt sie Rosario, um einer Frage zuvorzukommen.

»Als ich klein war, wurde nur an wirklich ganz besonderen Tagen fotografiert, deshalb habe ich nur ein Foto von meiner Kommunion. Es steht in Coatepeque im Schlafzimmer meiner Eltern neben den Fotos von meinen Geschwistern.«

»Lass uns ein Foto von uns dreien machen.«

»Jetzt?«

»Warum nicht?«

»Heute ist doch kein besonderer Tag.«

»Doch, viel mehr, als du denkst«, widerspricht Celia und steht auf, um ihr Smartphone zu holen. »Kannst du mit diesem Ding umgehen?«

Rosario frisiert erst ihre Señorita, dann fährt sie mit dem

Kamm durch ihren Pferdeschwanz und streicht über Charlies Fell. Anschließend holt sie eine Wurst aus dem Kühlschrank und geht damit hinaus auf die Terrasse.

»Wie stellen wir uns hin?«

»Du kommst auf diese Seite«, schlägt Celia vor. »Und Charlie auf die andere Seite, dann haben wir die Stadt im Hintergrund.«

Rosario gibt ihrer Señorita die Wurst, wählt die Kamera-App und streckt den Arm aus. Celia stützt sich mit dem linken Arm auf ihr ab und lockt Charlie mit der Wurst in ihrer rechten Hand.

»Lächeln.«

Die beiden Frauen lächeln, Charlie hechelt begierig darauf, endlich nach der Wurst zu schnappen.

»Wir sind richtig gut getroffen«, sagte Celia, als sie das Ergebnis betrachtet. »Ich werde es Alba schicken.«

Bevor sie ins Bett geht, füttert sie den Computer mit neuen Wörtern und Namen. Ein paar stammen aus dem Wörterbuch, in dem sie noch immer herumstöbert, andere aus dem Fotoalbum. Sie tippt die Namen ihrer Großeltern, ihrer Tanten und ihrer Cousins ein: Antonio, Angelines, Mercedes, auch Merche, Augusto, Isabel, Isabelita, Carlos, Carlitos. Sie probiert die Namen der Orte aus, an denen sie gelebt haben, und auch das eine oder andere Geburtsdatum in unterschiedlichen Formaten.

»Ich muss Sie mal was fragen.«

Rosario steckt den Kopf zur Tür herein. Ihr kurzes, tailliertes Nachthemd sieht aus wie ein luftiges Sommerkleid. Es gibt den Blick frei auf schöne Knie und straffe, gebräunte Beine. Sie wirkt viel hübscher als in dem blauen Kittel, den sie tagsüber trägt.

»Störe ich?«

»Keineswegs«, sagt Celia. »Komm rein.«

Rosario tritt ans Fußende des Bettes.

»Warum haben Sie mich vorhin Señorita Rosario genannt?«

»Ach das.« Celia lächelt. »Ist das nicht klar? Aus demselben Grund, warum du mich so nennst.«

Rosario nickt nachdenklich. Das klingt logisch.

»Und Ihr Agent?«, fragt sie weiter. »Ist der auch geschieden?«

Celia schüttelt den Kopf.

»Ich meine mich zu erinnern, dass er ledig ist«, sagt sie schmunzelnd. »Hätte er inzwischen geheiratet, hätte er mir das bestimmt gesagt.«

»Wie lange soll ich bei Ihnen wohnen?«

»Warum fragst du?«

»Ich möchte es wissen.«

Celia setzt sich auf, um die Beine ausstrecken zu können.

»Du brauchst nicht bei mir zu wohnen, wenn du dich nicht wohlfühlst«, sagt sie und legt ihre Brille auf den Nachttisch.

»Darum geht es nicht.«

»Worum dann?«

»Meine Schwester und ich teilen uns die Miete der Wohnung in Entrevías. Wenn ich hier wohne, könnte meine Schwester mein Zimmer vermieten.«

»Arbeitest du noch in einem anderen Haushalt?«, fragt Celia.

»Früher schon, aber seit Sie aus dem Krankenhaus entlassen wurden, nur noch für Sie und Ihre Tochter.«

»Bist du zufrieden mit dem, was wir dir bezahlen?«

Rosario nickt energisch.

»Macht es dir was aus, mit einem vierzig Kilo schweren Elsässer Schäferhund zusammenzuwohnen?«

»Natürlich nicht.«

Celia runzelt die Stirn und denkt einen Augenblick nach.

»In dem Fall sag deiner Schwester, dass sie das Zimmer vermieten kann.«

Rosario nickt und geht in Paulas Zimmer zurück, während Charlie sich auf seinem Stammplatz niederlässt, wenn auch nicht so entschlossen wie sonst. Wiederholt sieht er sich um, weil er spürt, dass sich etwas verändert hat. Celia nimmt ihre Brille, lehnt sich zurück und betrachtet im Schein der Nachttischlampe das Foto aus dem Album.

Charlie tappt zu Paulas Zimmer, schnüffelt an der Tür und legt sich dann wieder auf seinen Platz, wo er nun wirklich einschläft. Celia löscht das Licht und schließt die Augen. Sie verspürt eine große Erleichterung darüber, sich einen Teil ihrer Freiheit zurückerobert zu haben. An dieses Gefühl erinnert sie sich gut. So fühlte sie sich in der ersten Nacht, die sie in Paris verbrachte.

ZEHN

Koffer in der Badewanne

Beim Aufwachen bewegt Celia zuerst die Zehen, dann öffnet sie die Augen und schlägt das Laken zur Seite. Nichts scheint sich in der Wohnung verändert zu haben, und dennoch liegt ein anderer Geruch in der Luft. Der Wecker verrät ihr, dass es etwas später ist als üblich. Offenbar bewirkt Freiheit einen längeren und tieferen Schlaf als Gefangenschaft.

»Ich mache Enchiladas«, verkündet Rosario, nachdem sie ihrer Señorita einen guten Morgen gewünscht hat. »Und dazu gibt es eine Hühnersuppe.«

Celia ahnt diffus, dass sie Suppe nicht mag, weiß aber nicht, ob sie schon früher keine mochte oder ob es eine weitere sensorische Veränderung infolge des Schlaganfalls ist.

»Mit Charlie war ich schon draußen«, fährt Rosario fort. »Sie können also ganz in Ruhe frühstücken. Oder wollen Sie heute Morgen spazieren gehen?«

»Ich habe etwas zu erledigen. Deshalb wäre es mir lieber, wenn wir nachmittags rausgehen«, sagt Celia.

Rosario nickt lächelnd. Es gefällt ihr, dass ihre Señorita sie in ihre Pläne einbezieht.

»Wir könnten um den Block spazieren«, schlägt sie heiter vor. »Oder bis zur Plaza Villa de París.«

»Wir gehen zu Tante Merche.«

»Ist das die Tante, die wir gestern auf den Fotos gesehen haben?«

»Genau.«

»Und was müssen Sie vorher erledigen?«

»Ich muss ihre Adresse herausfinden.«

Celia setzt sich mit ihrem Notizbuch, ihrem Wörterbuch und einem Füller, den sie in ihrem Schreibtisch gefunden hat, auf die Terrasse und schlägt das Büchlein auf. Charlie legt sich neben sie, spitzt die Ohren und lauscht dem Kratzen der Feder auf dem Papier. Das Geräusch hat etwas Beruhigendes, der Geruch nach Tinte steigt ihm in die Nase und versetzt ihn in eine wohlige Schläfrigkeit.

»Was schreiben Sie denn?«

Rosario tritt mit Schaufel und Besen auf die Terrasse, um die hereingewehten Blätter zusammenzufegen.

»Nichts Wichtiges«, antwortet Celia. »Dinge, die ich nicht vergessen möchte.«

»Eine Art Tagebuch?«

»Ich notiere, was ich heute Nacht geträumt habe.«

»Und warum schreiben Sie den Traum nicht in den Computer?«

Celia blickt von ihren Notizen auf.

»Um es dann später nicht mehr lesen zu können?«, fragt sie und hebt den Stift. »Da halte ich es lieber mit dem guten alten Füller. Das ist sicherer. Ich glaube, das habe ich früher schon gern getan, obwohl ich wahrscheinlich länger keinen mehr in der Hand hatte.«

»Ich habe Sie immer nur am Computer schreiben sehen.«

»Wundert mich nicht.« Celia nickt bestätigend. »Das ist eben effektiver und schneller.«

»Und es wird automatisch korrigiert.«

»Was du nicht sagst!«

Im Wohnzimmer klingelt das Telefon.

»Es ist Señora Luisa«, verkündet Rosario, als sie auf die Terrasse zurückkehrt.

Celia verabredet sich mit ihrer Freundin für den nächsten Tag zum Kaffeetrinken. Und da sie das Telefon gerade in der

Hand hält, ruft sie ihre Schwester Alicia an und fragt sie nach Tante Merches Adresse. Danach schreibt sie weiter.

»Die müssen Sie vor dem Essen mit Alkohol abtupfen«, sagt Rosario mit Blick auf Celias tintenbefleckte Finger, als sie eine Weile später mit einem klirrenden Tablett herauskommt.

»Essen wir auf der Terrasse?«, fragt Celia.

»Wo Sie wollen.«

»Du hast aber nur ein Gedeck dabei.«

»Ich möchte Sie nicht stören.«

»Señorita Rosario«, sagt Celia und steht auf, um ins Bad zu gehen. »Du wohnst nicht mehr bei deiner Schwester, du bist jetzt meine Mitbewohnerin. Deshalb möchte ich dich bitten, dich auch so zu verhalten.«

Gedämpfter Verkehrslärm dringt zu ihnen herauf, als sie sich zum Essen niederlassen und die angenehme Wärme der Sonne genießen. Charlie rollt sich zu ihren Füßen ein.

»Schmecken Ihnen die Enchiladas?«

»Sie sind sehr lecker«, antwortet Celia. »Ich habe schon lange nichts mehr gegessen, das genau richtig gesalzen war. Hast du meine Tochter gefragt, ob du mir so etwas kochen darfst?«

»Um ehrlich zu sein, nein.«

»Gut gemacht. Sie hätte es dir nicht erlaubt.«

»Haben Sie herausgefunden, wo Ihre Tante Merche wohnt?«

Celia presst die Lippen zusammen.

»Tante Merche ist schon seit Jahren tot«, sagt sie nach einem kurzen Seufzen. »Das hätte ich mir eigentlich denken können. Sie war die große Schwester meiner Mutter.«

»Wir können woanders hingehen«, schlägt Rosario vor.

»Nein, wir gehen auf jeden Fall hin. In der Wohnung meiner Tante wohnt jetzt meine Cousine Isabel. Ich würde sie sehr gern wiedersehen.«

»Haben Sie sich lange nicht gesehen?«

»Ich habe keine Ahnung, aber das meinte ich nicht. Ich möchte die Wohnung wiedersehen.«

Rosario versteht noch immer nicht.

»Als ich nach Madrid kam, war diese Wohnung mein erstes Zuhause«, erklärt Celia. »Ich habe fast zwei Jahre bei meiner Tante, meinem Onkel und meinen Cousins in dieser Wohnung gelebt. Andernfalls hätte mir meine Mutter nicht erlaubt, so weit weg zu studieren.«

»Konnten Sie in Zaragoza nicht studieren?«

»Dort gab es den Studiengang Journalismus nicht. Ich hätte Philosophie und Sprachen studieren können wie einige meiner Freundinnen, aber das wollte ich nicht.«

»Es ist nicht dasselbe.«

»Und außerdem wollte ich von zu Hause weg.«

»Um dann bei anderen Familienmitgliedern zu wohnen?«

Celia nickt.

»Mit meiner Mutter habe ich mich nie gut verstanden«, erklärt sie. »Sie war sehr besitzergreifend und hat mich ständig kontrolliert. Darin ähnelt Paula ihr sehr, damit du dir eine Vorstellung machen kannst. Tante Merche war anders. Oder zumindest fand ich das. Sie hat sich nie in meine Angelegenheiten eingemischt. Sie hat lediglich von mir verlangt, mich an die Zeiten zu halten, die auch für meine Cousins galten. Ansonsten konnte ich kommen und gehen und mich mit Leuten treffen, wie es mir gefiel.«

»Verstehe.«

»Und ich war in Madrid, Rosario!« Celia macht eine ausladende Geste. »Nachdem ich achtzehn Jahre unter der Fuchtel meiner Mutter gestanden hatte, war ich endlich in der pulsierenden Großstadt und konnte mich frei bewegen.«

»Sind Sie mit Ihren Cousins und Cousinen ausgegangen?«

»Am Anfang nur mit meiner Freundin Carmen. Sie wohnte auch bei Verwandten. Wir stammen beide aus Zaragoza und verstanden uns hervorragend. Später gingen wir dann mit Kommilitonen aus. Einige von ihnen waren politisch aktiv. Das war Anfang der Siebziger, in ganz Spanien war die Stimmung bis zum Äußersten gespannt, alle warteten auf eine Veränderung. Ich weiß nicht, ob du verstehst, was ich meine.«

»Auf den Tod von General Franco.«

»Und das, was das bedeutete.«

Rosario sticht mit der Gabel in die Luft.

»Die Geschichte eines Landes sollte nicht vom Tod eines einzelnen Mannes abhängen«, sagt sie.

Celia schaut auf ihren Teller.

»Vielleicht nicht«, erwidert sie stirnrunzelnd, »aber das ist im Laufe der Geschichte andauernd passiert. Und passiert noch. Nichts sollte vom Tod abhängen, und tut es am Ende doch.«

Rosario schweigt erwartungsvoll, doch als Celia ihren Gedanken nicht weiter ausführt, fragt sie: »Wo wohnt Ihre Cousine Isabel?«

»In Aluche.«

»Hat Ihnen die Hühnersuppe geschmeckt?«

Doch Celia antwortet nicht mehr. Ihr fallen die Augen zu. Das Erinnern erschöpft sie über die Maßen, als wäre sie ein kleines Mädchen, das lange an der frischen Luft gespielt hat und jetzt müde in den Armen ihrer Mutter einschlafen will. Ihr bleibt nichts anderes übrig, als sich zu entschuldigen und hinzulegen. Inzwischen räumt Rosario den Tisch ab. Anschließend stellt sie den Geschirrspüler an, schaltet im Wohnzimmer den Fernseher ein und telefoniert mit ihrer Schwester.

»Mit deinem Besuch habe ich wirklich nicht gerechnet.«

Ihre Cousine Isabel sieht ihrer Mutter viel ähnlicher als früher, ähnlicher als je zuvor. Als sie die Tür öffnet, glaubt Celia, ihre Tante stünde vor ihr.

»Du weißt, was mir passiert ist?«

Sie nehmen im Wohnzimmer auf einem Sofa mit Samtbezug Platz. Celia erkennt den Raum nicht wieder.

»Paula hat mich angerufen, als du im Krankenhaus warst«, antwortet Isabel.

»Ich habe Gedächtnislücken.«

»Wer hat die nicht?«

»Bei mir ist es wirklich schlimm«, erwidert Celia und tippt sich an die Stirn. »Ich erinnere mich nicht mal an den Tod deiner Mutter. Wann war das?«

»Im Januar vor acht Jahren.«

»War ich beim Begräbnis?«

Isabel schüttelt den Kopf.

»Das muss dich nicht wundern«, sagt sie ernst. »Wir haben uns viele Jahre nicht gesehen.«

Celia streicht mit der Hand über das Sofa. Sie vermisst Charlie.

»Ist etwas zwischen uns vorgefallen?«, fragt sie.

Sie scheut sich nicht, ohne Umschweife zu fragen, weiß aber nicht, ob das auf ihren Beruf als Journalistin zurückgeht oder ob sie nur die gewisse Unantastbarkeit ausnutzt, die das Fehlen von Erinnerungen ihr beschert hat.

»Nichts Besonderes«, antwortet Isabel ebenso aufrichtig. »Du warst eine wichtige Persönlichkeit. Mit steigendem Bekanntheitsgrad ist dein Ego gewachsen, und darüber hast du vergessen, wo wir wohnen.«

Celia möchte sich weder verteidigen noch streiten.

»Ich habe nicht vergessen, wie ich das erste Mal in diese Wohnung kam«, sagt sie und blickt sich um. »Obwohl sich alles verändert hat.«

»Wir haben vor Jahren alles renoviert.«

»Das Wohnzimmer war kleiner.«

Isabel zeigt in den Raum.

»Als Carlos auszog, haben meine Eltern beschlossen, sein Zimmer mit dem Esszimmer zusammenzulegen, um das Wohnzimmer zu vergrößern. Sie haben auch die Küche und das Bad umgebaut.«

»Wo ist Carlos?«

»Er wohnt ganz in der Nähe, in Carabanchel.«

»Und was macht er?«

»Er ist Buchhalter in einer Firma, die Kunststoffe herstellt.«

»Ist er verheiratet?«

Isabel runzelt die Stirn.

»Er hat zwei Söhne. Erinnerst du dich nicht an sie?«

Celia blickt sie schweigend an.

»Sie sind inzwischen erwachsene Männer. Von dem Älteren bist du Patin«, fügt Isabel hinzu.

»Tut mir leid, es gibt Dinge, an die erinnere ich mich ganz genau, an andere hingegen …«

»Ich zeige dir besser ein Foto.«

Isabel geht hinaus und kommt mit ihrem Smartphone und einem Tablett zurück, auf dem eine Flasche Wasser und zwei Gläser stehen.

»Der Kleine sieht aus wie Carlos«, sagt Celia, als sie das Bild auf dem Display betrachtet.

»Und der Große ähnelt meinem Vater«, antwortet Isabel.

Nach dem will Celia schon die ganze Zeit fragen.

»Wo wohnt er?«

»In einem Seniorenheim in Zaragoza«, sagt Isabel und schenkt ihnen Wasser ein. »Wir hatten keine andere Wahl. Er ist gestürzt und hat sich die Hüfte gebrochen, seither kann er nicht mehr laufen. In dem Heim wird er gut versorgt und hat ein würdevolles Leben.«

»Warum habt ihr keinen Platz hier in Madrid gesucht?«

Isabel stöhnt ungehalten auf.

»Frag das ihn, wenn du ihn irgendwann siehst«, antwortet sie. »Wir konnten ihn einfach nicht dazu überreden, hierzubleiben. Als er in ein Seniorenheim umziehen sollte, war seine einzige Bedingung, dass es in Zaragoza sein müsste.«

Celia erinnert sich an Onkel Augustos Entschlossenheit.

»Hört er immer noch die Spiele von Real Zaragoza im Radio?«, fragt sie.

»Jedes Wochenende.«

»Ich weiß noch, wie er sonntagnachmittags immer dort drüben vor dem Transistorradio saß«, sagt Celia und zeigt zum Fenster.

»Das war das Größte für ihn«, bestätigt Isabel. »Im Sessel sitzen und Radio hören. Er fand immer, es sei das beste aller Medien, weil man nebenher andere Dinge tun kann und trotzdem informiert wird.«

Sie schweigt einen Moment nachdenklich, dann fügt sie hinzu: »Komisch ist nur, dass er nie etwas anderes gemacht hat, wenn er Radio hörte.«

»Er wollte immer, dass ich Radiosprecherin werde«, erinnert sich Celia. »Er sagte, es gäbe keine einzige Sportreporterin, das müsse sich eines Tages ändern.«

»Er hat auch gesagt, du solltest in den Abendnachrichten das Wetter präsentieren, weißt du noch?«

Celia nickt verhalten.

»Besuchst du ihn oft?«, fragt sie.

»Ich fahre ungefähr alle vierzehn Tage zu ihm, aber Alicia besucht ihn täglich.«

Celia kann ihre Überraschung nicht verbergen.

»Meine Schwester?«

»Sie hat es angeboten, als sie erfuhr, dass mein Vater darauf beharrte, in ein Seniorenheim in Zaragoza zu ziehen. Sie arbeitet nicht und hat Zeit.«

»Und du? Arbeitest du?«

»Ich bin gerade arbeitslos.«

Celia erinnert sich weder daran, was ihre Cousine studiert hat, noch, welchen Beruf sie ausübt.

»Ich habe fünfzehn Jahre in einem Maklerbüro gearbeitet, aber das musste wegen der Wirtschaftskrise schließen.«

»Bist du noch mit Félix verheiratet?«

Isabel kann ihre Verblüffung nicht verbergen.

»An ihn erinnerst du dich?«

»Er ist Carmens Cousin. Ich habe ihn dir vorgestellt.«

Celia senkt den Kopf und greift sich an die Schläfen.

»Alles in Ordnung mit dir?«, fragt Isabel.

»Es ist nichts weiter«, erwidert Celia und blickt auf. »Entschuldige. Aber bei manchen Erinnerungen überfällt mich große Wehmut.«

»Das ist normal. Carmen war deine beste Freundin. Ihr wart eine Zeit lang unzertrennlich.«

Celia trinkt einen Schluck und sieht ihre Cousine an. Auch wenn ihr Isabels Mimik nicht vertraut ist, kommt es ihr vor, als wäre sie eifersüchtig.

»In welchem Jahr habt ihr geheiratet, Félix und du?«

»1973. Wir waren sehr jung.«

»Ich erinnere mich, dass du schwanger warst.«

»Bei unserer Hochzeit war ich im vierten Monat«, bestätigt Isabel und sucht in ihrem Smartphone nach einem Foto.

»Das ist Mercedes.«

»Sie ähnelt Paula«, sagt Celia, als sie auf das Display schaut.

»Hast du ein Foto von ihr?«

Celia will schon ihr Mobiltelefon herausholen, hält dann aber inne.

»Nein, tut mir leid.«

Das einzige Foto, das sie hat, stammt von Rosario, Charlie und ihr.

»Sie ist schon über vierzig.« Isabel zeigt auf das Bild und verzieht das Gesicht.

»Bist du schon Großmutter?«

Isabel nickt amüsiert, als könnte sie es selbst nicht glauben. Sie sucht nach einem Foto ihres Enkels und zeigt es ihr.

»Er heißt Carlos, wie sein Onkel.«

Der Junge auf dem Bild hat den rechten Fuß auf einen Fußball gestellt.

»Ich habe auch eine Enkelin«, sagt Celia. »Paulas Tochter, Alba. Emilio hat keinen Nachwuchs, es sei denn, man hat es mir verschwiegen, um mich zu überraschen.«

Isabel steht auf und weist mit dem Kinn in Richtung Flur.

»Möchtest du die Küche und das Bad sehen?«, fragt sie.

»Ich möchte unser Zimmer sehen.«

Celia hat sich mit Rosario an einer Bushaltestelle nahe bei Isabels Wohnung verabredet, direkt vor einem Park, den es früher nicht gab. Die Hausangestellte kommt mit dem Taxi. Sie hat einen Koffer und zwei Taschen dabei, als wollte sie auf eine lange Reise gehen, dabei war sie nur bei ihrer Schwester, um ihre Sachen abzuholen. Das Taxi bringt die beiden Frauen nach Hause, wo Charlie sie schon sehnsüchtig erwartet.

»Hast du deine Schwester und deine Nichten und Neffen gesehen?«, fragt Celia beim Abendessen.

»Nur die Kinder«, antwortet Rosario. »Meine Schwester arbeitet.«

»Hat sie schon eine Untermieterin gefunden?«

Rosario nickt und hebt den rechten Daumen.

»Eine Guatemaltekin, die gerade nach Spanien gekommen ist«, sagt sie. »Sie ist absolut zuverlässig.«

Celia isst ihren Tomatensalat mit Thunfisch auf und schält sich einen Apfel.

»Und Sie?«, fragt Rosario. »Wie war es bei Ihrer Cousine?«

»Ich habe sie fast nicht wiedererkannt«, gesteht Celia. »Manchmal hatte ich das Gefühl, mit ihrer Mutter zu reden.«

»Und die Wohnung?«

»Auch nicht. Sie haben sie modernisiert, deshalb sieht sie jetzt ganz anders aus. Es fehlt etwas, Geräusche, Bewegung, Gerüche, Leben.«

Genau das, was es bei ihrer Schwester im Überfluss gibt, denkt Rosario.

»Früher war die Wohnung eng und düster«, erzählt Celia weiter. »Mit kleinen Fenstern und schmalen Türen, wie aus Pappe. Und sie war immer voller Menschen. Ständig war Verwandtschaft da, irgendwer aus dem Dorf oder aus Zaragoza, der eine Prüfung ablegen, zum Arzt gehen, Besorgungen machen oder jemanden treffen musste. Die ganze Familie kam in der Wohnung unter. Ich erinnere mich noch genau an die vielen Matratzen, überall waren Koffer, hinter den Türen, unter den Betten, hinter den Sofas. Einmal standen sogar Koffer in der Badewanne.«

Rosario weiß genau, wie es ist, so zu leben.

»Wir aßen nacheinander, zuerst die Kinder, dann die Erwachsenen. Beim Fernsehen saßen wir wie in einem Amphitheater, die Kleinen vor den Großen, damit wir uns nicht gegenseitig im Bild saßen. Wir schliefen oft zu zweit in einem achtzig Zentimeter breiten Bett. Und ich habe nicht die geringste Ahnung, wie wir uns mit nur einem Badezimmer arrangiert haben.«

»Jedenfalls ging es dabei nicht der Größe nach, vermute ich«, sagt Rosario.

Celia antwortet nicht. Sie ist sich bewusst, dass ihre Hausangestellte aus einer Welt stammt, in der es manche der Unannehmlichkeiten, über die sie geklagt hat, nicht einmal gibt.

»Bei mir zu Hause hatten wir das Problem nie.«

»Hattet ihr kein Bad?«, fragt Celia.

»Wir hatten keinen Fernseher.«

Rosario legt das Besteck nieder.

»Aber wir hatten ein Radio«, erzählt sie weiter. »Wir hörten jeden Abend zusammen Radio, und jeder war mit etwas anderem beschäftigt. Die einen lasen, die anderen putzten Schuhe oder nähten oder schälten das Gemüse für den nächsten Tag.«

»Gibt es in Coatepeque einen Fußballverein?«

»Ja, Señorita, den Deportivo. Eine ziemlich junge Mannschaft. Lange gibt es sie noch nicht, aber sie hat schon mehrere Saisons in der Nationalliga gespielt. Warum fragen Sie?«

»Mein Onkel Augusto verfolgt die Spiele von Real Zaragoza noch heute im Radio.«

»Das haben wir auch immer gemacht.«

Celia steht auf und räumt den Tisch ab.

»Heute Abend will ich mir kein Fotoalbum ansehen«, sagt sie. »Für heute hatte ich genug Erinnerungen.«

Rosario seufzt erleichtert.

»Wie Sie wünschen«, sagt sie.

»Ich bin sehr müde und muss ins Bett, aber vorher möchte ich, dass du noch etwas für mich erledigst.«

Rosario sieht Celia stirnrunzelnd an.

»Weißt du, wie man im Internet Fahrkarten kauft?«, fragt die.

»Fahrkarten, wohin?«

»Wir fahren nach Zaragoza.«

ELF

Ein Bildband über französische Malerei

Celia schließt die Augen und gibt sich dem sanften Rattern des Zuges hin. Sie ist müde, weil sie in der Nacht noch lange das Bild aus dem Album betrachtet hat. Das Gruppenfoto wurde vor knapp einem halben Jahrhundert im Dorf gemacht, es zeigt ihre Cousine Isabel, drei weitere Mädchen und Celia selbst, fünf Teenager, die an eine Mauer gelehnt auf dem Boden sitzen.

Sie ist lange mit den Fingerspitzen über das Bild gefahren, als wollte sie die jungen Mädchen streicheln und diese Jugendjahre heraufbeschwören, in denen sich alles um einen herum zu verändern scheint, während man in Wahrheit doch sich selbst verändert. Wie diese Mädchen, die sie vermutlich seit ihren Ferien damals in Dorf nicht mehr gesehen hat.

Obwohl … Gut möglich, dass sie sich noch mal getroffen haben, Celia sich aber nicht daran erinnern kann, wie sie sich an so viele wichtige Ereignisse von früher nicht erinnern kann. Vielleicht war sie zu ihren Hochzeiten oder den Taufen ihrer Kinder eingeladen, wenn sie denn welche haben. Wer weiß. Vielleicht hat sie die Freundinnen aus dem Dorf nur vergessen, so wie ihren Onkel Augusto, ihre Tante Merche und ihre Cousins und Cousinen.

Als sie aufwacht, ist sie allein. Draußen rast in einer höllischen Geschwindigkeit die Landschaft vorbei, ein Teppich aus bestellten Feldern und kaum erkennbaren Wegen, der ihren Blick sekundenlang fesselt und Erinnerungen an eine impressionistische Landschaft aus Brauntönen und weichen Linien in ihr weckt.

»Ich habe was zum Naschen mitgebracht.«

Rosario kehrt mit zwei Dosen Tonic und einer Tüte Trockenfrüchte an ihren Platz zurück. Celia füllt das Tonic in einen Plastikbecher.

»Wo sind wir?«, fragt sie.

»Gleich in Calatayud.«

Nachdem Celia einen großen Schluck getrunken hat, sieht sie Rosario an, aber diese erwidert ihren Blick nicht.

»Eins von beidem«, sagt sie stirnrunzelnd. »Entweder habe ich zu lange geschlafen, oder dieser Zug fährt sehr schnell.«

»Hatten Sie eine schlechte Nacht?«, fragt Rosario.

»Als ich aufgewacht bin, lag das Bettlaken zerknüllt am Fußende des Bettes. Ich weiß nicht, was passiert ist.«

»Hatten Sie einen Albtraum?«

Celia verneint. Schon seit Tagen träumt sie nichts Schreckliches mehr.

»Dann war es die Nervosität vor der Fahrt in die Heimat«, vermutet Rosario. »Als ich vor drei Jahren zur Hochzeit meiner Schwester heimgeflogen bin, hatte ich keinen Appetit und habe in der Nacht vor dem Abflug kaum ein Auge zugemacht. Keine Bange, sobald wir da sind, werden Sie sich besser fühlen, Sie werden schon sehen.«

Celia lehnt den Kopf zurück und starrt wieder aus dem Fenster. Rosario gelingt es unerklärlicherweise immer, sie zu beruhigen.

»Hast du Luisa angerufen, wie ich dir gesagt habe?«

»Ja, kurz bevor wir das Haus verlassen haben, keine Sorge. Ich habe ihr gesagt, dass wir nach Zaragoza fahren und Sie sie anrufen werden, wenn wir zurück sind.«

»Und Paula?«

»Señora Paula habe ich vor fünf Minuten vom Bistro aus angerufen, während ich die Zeitung durchgeblättert habe.«

»Was hat sie gesagt?«

»Dass sie gern mitgekommen wäre.«

»Fand sie nicht, dass wir eine Dummheit machen? Hat sie nicht gesagt, das sei ein zu großes Risiko für meine Gesundheit«

Rosario schüttelt den Kopf und starrt vor sich hin.

»Sie hat sich sofort beruhigt, als sie erfuhr, dass ich Sie begleite«, sagt sie mit einem Anflug von Stolz. »Denn sie hat befürchtet, Sie wären allein gefahren.«

»Und vermutlich hat sie dir genaueste Anweisungen gegeben«, erwidert Celia. »Willst du meinen Puls fühlen?«

»Das ist nicht nötig, aber wenn Sie sich schlecht fühlen, müssen Sie mir das sagen.«

»Hast du sie gebeten, sich um Charlie zu kümmern?«

Rosario nickt.

»Sie wird ihn heute Nachmittag zusammen mit Alba abholen und einen langen Spaziergang mit ihm machen«, sagt sie.

»Warum siehst du mich nicht an, wenn du mit mir sprichst?«

Rosario wirft ihr einen kurzen Blick zu.

»Weil mir sonst schlecht wird.«

Bis zur Ankunft des Zuges bleiben noch zwanzig Minuten. Celia holt ihre Brille, ihr Notizbuch und ihren Füller aus der Handtasche. Sie schreibt ein paar Worte auf, als würde sie ein unsichtbares Kreuzworträtsel lösen. Worte, die ihr im Gespräch mit ihrer Cousine Isabel aufgefallen und ihr beim Betrachten des Fotos der fünf Mädchen durch den Kopf gegangen sind.

Dann klappt sie das Buch zu und holt ihr Smartphone heraus.

»Was machen Sie da?«, fragt Rosario mit einem Seitenblick.

»Ich habe es dir noch nicht erzählt«, antwortet Celia. »Aber ich bin jetzt Farmerin. Schau mal.«

Auf dem Display ist ein buntes Haus inmitten von Feldern und Wäldern zu sehen, durch die sich ein tiefblauer Fluss schlängelt.

»Im Moment habe ich erst einen Hühnerstall, ein Stück Land für den Anbau von Getreide und einen kleinen Gemüsegarten nahe am Fluss.«

Rosario wundert sich nicht. Ihre Nichten und Neffen spielen auch ständig mit ihren Mobiltelefonen.

»Hat Ihnen das der Arzt empfohlen?«, fragt sie.

»Ärzte haben doch keine Ahnung vom Spielen«, entgegnet Celia empört. »Die nehmen das Leben viel zu ernst.«

Auf dem Weg zum Seniorenheim bleibt ihnen genug Zeit, um einen kleinen Abstecher durch die Stadtmitte zu machen. Celia sagt dem Taxifahrer, wo er hinfahren soll.

»Nehmen Sie die Calle Corona de Aragón, und biegen Sie dann in den Paseo Fernando el Católico ab. Dann fahren Sie bis zum Stadion La Romareda und zurück über die Vía Hispanidad.«

Es macht ihr Spaß, diese Anweisungen zu geben. Sie kann sich an die Innenstadt von Zaragoza genauso gut erinnern wie an das Zentrum von Madrid. Das Seniorenheim liegt ganz in der Nähe eines Einkaufzentrums, das ihr fremd vorkommt. Vor dem Eingang erwartet Alicia sie. Celia umarmt ihre Schwester, während Rosario das Taxi bezahlt.

»Hattet ihr eine gute Fahrt?«

»Es war unglaublich«, sagt Celia. »Als wäre ich zum ersten Mal mit einem Hochgeschwindigkeitszug gefahren.«

Rosario küsst Alicia zur Begrüßung auf die Wangen.

»Freut mich, Sie zu sehen, Señora.«

»Hör auf, mich zu siezen, Rosario«, antwortet Alicia. »Und nenn mich nie wieder Señora. Hierzulande reden wir nicht wie in einer Telenovela.«

Celia schaut an ihrer Schwester vorbei auf den Eingang des Gebäudes aus Beton, Stahl und Glas.

»Warst du schon drin?«, fragt sie und zeigt auf die Tür. »Hast du ihm gesagt, dass ich ihn besuchen komme?«

Alicia nickt augenzwinkernd.

»Er erwartet dich.«

Damit dreht sie sich um und macht sich auf den Weg zur Treppe, während Rosario Celia ihren Arm anbietet. Gemeinsam gehen sie in den zweiten Stock hinauf und dann einen spiegelblank gebohnerten Flur entlang, bis Alicia vor einer Tür stehen bleibt.

»Onkel Augusto.«

Unsicher betritt Celia den Raum, der so weiß ist, dass es in den Augen schmerzt. Es juckt ihr in den Fingern, die Sonnenbrille aufzusetzen. Vor dem Rollstuhl geht sie in die Hocke, um mit dem alten Mann auf Augenhöhe zu sein, dessen abwesender Blick sich im durch das Fenster hereinflutenden Licht verliert. Celia nutzt die Gelegenheit, sein Gesicht zu erforschen, und lächelt erleichtert.

Sie hat nicht befürchtet, dass ihr Onkel sie nicht wiedererkennen würde, sondern genau umgekehrt. Sie hatte Angst, sie erkenne ihn nicht wieder. Seine Augen liegen tief in den Höhlen, das Haar ist ausgefallen, und seine Lippen sind rissig, aber sie erkennt ihn.

»Was machst du hier, mein Kind?«, fragt er, als sich sein Blick von dem hellen Licht löst.

»Ich wollte dich besuchen.«

»Warum?«

Celia richtet sich auf und sieht erst ihre Schwester und dann Rosario an.

»Ich wollte dir etwas schenken«, sagt sie.

»Mir etwas schenken?«

Rosario holt etwas Gestricktes aus der Tasche.

»Sowas habe ich lange nicht mehr getragen«, sagt Onkel Augusto und legt sich den weiß-blauen Fan-Schal von Real Zaragoza um den Hals.

»Ich habe gehört, dass du noch immer die Fußballspiele im Radio hörst.«

Der Alte nickt und zeigt auf ein paar Stühle neben dem Bett. Rosario entschuldigt sich und verlässt den Raum auf der Suche nach einem Kaffeeautomaten.

»Du weißt sicher, dass die Mannschaft jetzt in der zweiten Liga spielt«, sagt Onkel Augusto, als er mit seinen Nichten allein ist.

Celia nickt, mit sich uneins, ob sie das wusste oder nicht, denn Fußball hat sie nie besonders interessiert.

»Sie sind vor einem Jahr abgestiegen«, erklärt Alicia. »Und obwohl der Club immer noch Kandidat für die erste Liga ist, hat er den Aufstieg bislang nicht geschafft.«

»Das wird er schon noch«, sagt Onkel Augusto.

»Ich fand Fußballübertragungen immer deprimierend«, gesteht Celia.

»Warum?«

»Vermutlich, weil sie bei mir immer so etwas wie ein Sonntagnachmittags-Syndrom auslösten.«

Celia fasst sich an die Wangen. Wie seltsam, sie ist errötet.

»Das war schon immer so«, fügt sie hinzu. »Wenn ich eine schnelle Abfolge von Pfiffen höre, weil auf irgendeinem Fußballfeld des Landes ein Tor geschossen wurde, habe ich das Gefühl, das Wochenende ist vorbei.«

»So geht es mir auch«, sagt Alicia.

»Und trotzdem denke ich gern an diese Nachmittage von früher zurück«, sagt Celia und versteht ihre Widersprüchlichkeit selbst nicht. »Damals, wenn ich mich bei euch in Aluche zu dir gesetzt habe, um die Spiele von Real Zaragoza zu hören.«

»Du hast immer in diesem Kunstband geblättert, der bei uns im Regal stand«, sagt Onkel Augusto.

Celia und Alicia sehen sich an.

»Weißt du das nicht mehr?« Onkel Augusto kann nicht glauben, dass sie das vergessen hat. »Es war ein Bildband über französische Malerei. Wenn ich Fußball hörte, hast du dich oft mit diesem Buch zu mir gesetzt. Ich erinnere mich ganz genau. Ich habe ihn einmal zum Geburtstag geschenkt bekommen. Möglicherweise steht er noch immer im Regal.«

Alicia wirft ihrer Schwester einen besorgten Blick zu. Sie weiß, dass sie angestrengt ihr Gedächtnis durchforstet. Aber das ist nicht gut für sie.

»Wann war das genau?«, fragt sie, um ihre Aufmerksamkeit auf sich zu lenken.

Celia holt tief Luft und rechnet nach.

»Siebzig oder einundsiebzig ungefähr.«

»Die Zeit von Violeta, Planas und Ocampos«, bestätigt Onkel Augusto.

Celia zieht ihr Notizbuch aus der Tasche und hält diese Namen fest.

»Welcher war denn mein Lieblingsspieler?«, fragt sie beim Schreiben.

Onkel Augusto denkt, seine Nichte mache ein Interview mit ihm.

»Du hattest einen Lieblingsspieler?«, fragt er und kratzt sich an der Stirn.

»Keine Ahnung, möglich. Ich habe es vergessen.«

»Der Torwart Nieves hat dir immer gefallen.«

»Nieves«, wiederholt Celia und schreibt den Namen auf.

»Noch wer?«

»Soweit ich mich erinnere, nicht. Warum bist du nie zum Radio gegangen?«

Auch daran erinnert sich Onkel Augusto.

»Ich weiß es nicht«, antwortet Celia achselzuckend. »Wahrscheinlich hat es sich nicht ergeben.«

»Wenn du es getan hättest, hättest du die Spiele von Real Zaragoza kommentieren können«, sagt der Alte. »Früher haben immer nur Männer die Fußballspiele kommentiert, aber seit ein paar Jahren hört man auch weibliche Moderatorinnen.«

»Vielleicht hatte ich nicht die richtige Stimme«, erwidert Celia.

Onkel Augusto klopft sich auf den Schenkel.

»Diese Freundin von dir, mit der du immer zusammen warst, die hatte eine tolle Stimme«, sagt er.

»Carmen.«

»Ja, Carmen hieß sie, die Cousine von Félix.« Der Alte schließt für einen Moment die Augen. »Was für ein hübsches Ding. Sie hat mich an deine Mutter erinnert, als sie jung war.«

Celia ist diese Ähnlichkeit nie aufgefallen.

»Ich fand eure Mutter immer sehr attraktiv«, gesteht der Alte seufzend. »Sie gefiel mir vom ersten Moment an.«

»Onkel Augusto!«

Alicia legt ihm die Hand auf den Arm.

»Keine Sorge, mein Kind.« Der Alte drückt ihre Hand. »Vor eurer Tante hätte ich das niemals laut ausgesprochen. Aber jetzt kann ich es ja.«

Die drei verfallen in Schweigen, jeder von ihnen hängt in Gedanken einem anderen Teil des Gesprächs nach.

»Wann kommt dein nächstes Buch heraus?«, fragt Onkel Augusto plötzlich und schaut seine Nichte erwartungsvoll an.

»Bald«, antwortet Celia. »Sobald ich ein kleines Problem gelöst habe.«

»Können wir dir dabei helfen?«

»Das tut ihr schon.«

Onkel Augusto stützt sich auf den Rollstuhl und verlagert sein Gewicht ein wenig nach hinten.

»Warst du schon in der Wohnung?«, fragt er.

Celia nickt.

»Und wie findest du sie?«

»Sie ist sehr schön, weiträumig und hell. Die Küche und das Marmorbad sind herrlich. Isabel hat sie mir kürzlich gezeigt.«

»Ich vermisse die alte Wohnung«, sagt Onkel Augusto.

»Gefällt dir die neue nicht?«

»Ich weiß nicht, ob sie mir gefällt oder nicht. Ich weiß nur, dass es jetzt nicht mehr meine Wohnung ist. Deine Tante Merche hat sich um die Renovierung gekümmert, als Carlos geheiratet hat. Ich hatte nichts dagegen einzuwenden, denn damals war sie schon krank, und ich konnte ihr nichts abschlagen. Aber jedes Mal, wenn Isabel oder Carlos mich zu sich holen, vermisse ich den Schwarz-Weiß-Fernseher, meinen Kunstledersessel und mein Transistorradio.«

»Sie wirkt jetzt geräumiger«, sagt Celia.

»Ja, weil weniger Menschen darin wohnen«, antwortet der Alte. »Aber ihr habt keine Ahnung, wie sehr ich diese Enge vermisse. Alle meine Kleidungsstücke passten auf eine Stange und in zwei Fächer im Schlafzimmerschrank. Die Schuhe standen unter dem Bett. Auf dem Esstisch war gerade genug Platz für meinen Teller, mein Glas und mein Besteck. Im Badezimmer hatte ich eine Schublade im Schränkchen neben dem Waschbecken, und auf die Galerie passten nur zwei Stühle, auf denen deine Tante und ich abends saßen und rauchten.«

Daran kann sich Celia erinnern. Eigentlich rauchte Tante Merche nicht, sie nahm jedoch den einen oder anderen Zug von der Zigarette ihres Mannes, ein Ritual, mit dem das Ehepaar abends den Tag beschloss.

»Jetzt habe ich einen riesigen Schrank für mich allein mit einem gigantischen Schuhregal, zwei Stangen für meine Hosen und Hemden und mehrere Regalfächer für die restlichen Kleidungsstücke. Die Tische im Speisesaal sind riesig. Oft liegt die aufgeschlagene Zeitung neben dem Teller, wenn ich zu Mittag oder Abend esse. Ich habe ein rollstuhlgerechtes Vollbad für mich allein und eine Terrasse, auf der vier Stühle um einen Tisch passen«, zählt Onkel Augusto kopfschüttelnd auf. »Viel zu viel Platz für mich. Und dann lassen sie mich nicht mal auf der Terrasse rauchen. Weder tagsüber noch abends.«

Er zwinkert wie ein Lausbub.

»Könnt ihr euch daran erinnern, wie wir die Türen ausgehängt und sie als Tische auf Böcke gelegt haben?«

»Aber nur zu Weihnachten«, sagt Celia.

»Immer, wenn es ein Familientreffen gab«, verbessert Onkel Augusto sie. »Auch bei den Kommunionfeiern eurer Cousins und Cousinen. Die Tafel war dann so lang, dass wir uns bei den Nachbarn Stühle ausleihen mussten.«

Der Alte sieht sich um.

»Jetzt ist die Welt genau umgekehrt«, sagt er wieder mit einem schiefen Grinsen. »Es gibt reichlich Stühle, aber es fehlen die Gäste.«

Alicia schenkt Celia ein verschwörerisches Lächeln und hofft, dass diese sich von der guten Laune des Onkels anstecken lässt. Schließlich brechen beide in übermütiges Gelächter aus. Jugendlicher Schalk blitzt in ihren Mienen auf, wie früher, als sie im selben Zimmer schliefen und nachts unter der Bettdecke kicherten.

»Wie geht es deinem Mann?«

Offenbar hat auch Onkel Augusto Erinnerungslücken.

»Celia ist nicht mehr verheiratet«, sagt Alicia.

»Verzeih, das wusste ich nicht«, entschuldigt sich der Alte. »Ich mochte ihn. Er hatte eine witzige, lebenslustige Art, die einem den Tag versüßen konnte.«

Alicia weicht dem Blick ihrer Schwester aus.

»Wir haben uns kürzlich getroffen, und ich kann dir versichern, dass er immer noch ein ganz besonderer Mann ist«, sagt Celia und winkt ab. »Paula geht es allerdings nicht so gut.«

»Was ist mit ihr?«

»Sie hat Eheprobleme.«

Alicia wirkt nicht überrascht.

»Ich weiß nicht, ob sie Kinder hat«, sagt Onkel Augusto.

»Eine achtjährige Tochter«, sagt Celia. »Ein außergewöhnliches Mädchen, sie ist ausgesprochen neugierig und steckt voller Überraschungen. Mein Sohn Emilio hat keine Kinder.«

Onkel Augusto hält dem Blick seiner Nichte stand, ohne eine Regung zu zeigen.

»Er lebt seit einiger Zeit in Argentinien«, fügt Celia hinzu. »Er ist Journalist wie ich.«

Der Blick des Alten flackert irritiert.

»Ich weiß nicht, ob du dich an ihn erinnerst«, sagt Celia bedauernd und faltet die Hände. »Und ich habe keine Ahnung, wann wir zum letzten Mal alle zusammen waren.«

»Ich auch nicht.«

ZWÖLF

Die zehn Sinne des menschlichen Körpers

Nach dem Besuch im Seniorenheim will Celia noch einen Spaziergang durch die Calle Delicias machen. Mit dem Taxi fahren sie zur Einmündung der Straße beim Sportzentrum Duquesa Villahermosa.

»Weißt du noch, was unser Vater immer über das Leben in einer Wohnung gesagt hat?«, fragt Celia ihre Schwester, als sie aus dem Taxi steigen.

Alicia kann sich nicht erinnern.

»Ein Wohnhaus sei wie ein Bienenstock.« Sie zeigt in Richtung des angrenzenden Viertels. »Sein Traum war es, dort drüben zu wohnen, in Ciudad Jardín, auf einer der Parzellen mit einem Gemüsegarten vor dem Haus. Er sagte, es gäbe kein größeres Gut als ein Stück Land mit Wasserzulauf.«

Es gefällt ihr, mit Alicia und Rosario in diesen wenigen Erinnerungen zu schwelgen. Sie wirkt wie ein Kind, das vor den Erwachsenen seine Talente zum Besten gibt, wie Alba mit ihrem Gitarrenspiel.

»Mein Vater hat stattdessen immer davon geträumt, in einem großen Haus zu leben«, sagt Rosario. »Aber nicht im Erdgeschoss und schon gar nicht im obersten Stockwerk.«

»Warum nicht?

»Er hatte die vielen Leckagen in den Dächern satt.«

»Möchtest du raufgehen?«

Alicia ist vor einer schmalen Haustür mit vergittertem Fenster und der granatroten Hausnummer 44 stehen geblieben.

»Hast du den Schlüssel?«, fragt Celia und betrachtet die beiden Vieren.

Sie weiß nicht, ob sie die Wohnung sehen will.

»Der Schlüssel liegt im Briefkasten«, sagt Alicia leise. »Und der schließt nicht richtig.«

Celia schüttelt energisch den Kopf, wie Charlie, wenn er aus dem Wasser kommt.

»Warum sollte ich die Wohnung nicht sehen wollen, in der ich meine Kindheit und Jugend verbracht habe?«, hinterfragt sie sich laut.

Vielleicht, um ihre Zweifel zu vertreiben.

»Ich meine nur … Weil sie doch im dritten Stock ist und es keinen Fahrstuhl gibt«, erklärt Alicia. »Ich weiß nicht, ob du dich daran erinnerst.«

»Ich hatte einen Schlaganfall und keinen Herzinfarkt«, erwidert Celia und sieht ihre Hausangestellte an. »Rosario wird mir helfen.«

»Seien Sie vorsichtig.«

Im Treppenhaus riecht es nach altem Papier, als würden sie ein Archiv oder eine Bibliothek betreten. Desgleichen in der Wohnung. Der Geruch ist Celia nicht vertraut, er ruft in ihr keine Erinnerungen wach. Alicia öffnet die Fenster im Wohnzimmer und in einem Schlafzimmer, um durchzulüften.

»Dein Zimmer ist da hinten links«, sagt sie zu ihrer Schwester.

»Und deines rechts.«

Celia hat über vierzehn Jahre hier gelebt, von der Kindergartenzeit bis zum Studium in Madrid. Wie am Tag zuvor in Aluche hat sie das Gefühl, dass sich die Proportionen der Wohnung verändert haben. Das Licht ist nicht dasselbe, und es fehlen die Stimmen, das Geräusch von Stühlen, die zurückgeschoben werden, der Geruch nach Eintopf, der auf dem Herd vor sich hin köchelt, das Summen des Kühlschranks, das Rauschen in den Wasserleitungen und das Knacken loser Bodenfliesen unter den Schritten.

In ihrem Zimmer geht sie direkt zum Fenster. Sie öffnet es und stellt fest, dass kaum Geräusche aus der Stadt zu hören sind. Als sie in diesem Zimmer wohnte, war die Calle Delicias noch keine Fußgängerzone, und der Verkehrslärm war praktisch ein Mitbewohner.

»Das war Ihr Zimmer?«

Rosario hat nach ihr den Raum betreten.

»An diesem Tisch habe ich bis zum Abitur gelernt«, sagt Celia und zeigt auf die Möbel. »Das war mein Kleiderschrank. Das mein Bett und mein Nachttisch.«

Sie setzt sich aufs Bett und schaut zum Fenster.

»Da drüben wohnte ein Junge, der mir sehr gefallen hat.«

Rosario folgt ihrem Blick.

»Genau gegenüber, im vierten Stock. Abends habe ich mir bei eingeschalteter Nachttischlampe den Pyjama angezogen, damit er mich sieht. Er hat immer am offenen Fenster geraucht, weil seine Mutter es nicht mochte, wenn das Zimmer nach Rauch stank.«

»Wie hieß er?«

Celia nickt stumm. Das fragt sie sich auch, seit sie das Fenster im vierten Stock erblickt hat.

»Ich kann mich an seinen Namen nicht erinnern.«

»Soll ich Señora Alicia fragen?«

»Auf keinen Fall.« Celia hebt alarmiert die Augenbrauen. »Es wird mir schon wieder einfallen.«

»War er Ihr Freund?«

»Ach was. Er war schon älter und ging mit einem sehr hübschen, blonden Mädchen. Er brachte sie manchmal mit nach Hause, vermutlich, wenn seine Eltern nicht da waren. Dann sind sie in sein Zimmer gegangen und haben das Licht ausgemacht.«

»Haben Sie sie beobachtet?«

Celia winkt ab.

»Das konnte ich nicht«, sagt sie. »Von hier aus kann man nicht in sein Zimmer sehen. Aber er konnte herüberschauen. Deshalb habe ich mich bei eingeschaltetem Licht rasiert oder mich vor diesem Spiegel umgezogen.«

»Señorita!«

»Hast du sowas nie gemacht?«

»Vor meinem Zimmerfenster gab es nur einen Kuhstall und Hühner.«

Celia lässt sich nicht beirren.

»Ich fand es erregend, ihn aus der Ferne zu verführen«, fährt sie fort. »Vielleicht, weil die Calle Delicias dazwischenlag und mir die nötige Sicherheit für dieses Spiel gab.«

»Und haben Sie es geschafft?«

Celia schnaubt geräuschvoll. Sie ist sich ziemlich sicher, dass sie das zum ersten Mal jemandem erzählt.

»Ich würde sagen, dass er mich schon bemerkt hat, denn ab und zu stand er am dunklen Fenster, als wollte er nicht gesehen werden, aber außer einem schlichten Gruß auf der Straße war nichts zwischen uns.«

Ohne den Blick vom Fenster abzuwenden, runzelt sie plötzlich die Stirn.

»In seinem Namen gab es ein F«, sagt sie.

»Alfredo, Alfonso.«

»Nein.«

»Onofre, Francisco.«

»Auch nicht.«

»Rafael.«

Celia holt ihr Notizbuch aus der Tasche.

»Rafael, so hieß er«, sagt sie und notiert den Namen. »Vielen Dank, Rosario. Wann fährt unser Zug?«

»Um zehn vor sieben.«

»Wie lange brauchen wir zum Bahnhof?«

»Er ist ganz in der Nähe.«

»Dann kann ich mich noch ein paar Minuten hinlegen.«

Rosario ist erstaunt, wie schnell ihre Señorita von einem Gespräch oder einer Tätigkeit in den Schlaf wechseln kann. Sie sieht ihr zu, wie sie sich auf dem Bett ihrer Kindheit und Jugend ausstreckt, ohne die Tagesdecke aufzuschlagen oder sich zuzudecken. Sie streift lediglich die Schuhe ab und macht es sich bequem.

Als Alicia losmuss, möchte sie ihre Schwester nicht wecken. Sie bittet Rosario, die Tür abzuschließen und den Schlüssel wieder in den Briefkasten zu legen.

»Wie geht es ihr, was meinst du?«, fragt sie, bevor sie geht.

»Ich habe keinen Vergleich«, antwortet Rosario. »Früher haben wir uns nur selten unterhalten. Wenn ich kam, war sie im Aufbruch oder schon fort. Ich habe sie kaum gekannt. Nur Charlie kenne ich gut. Und der ist noch derselbe wie immer.«

»Ich finde sie sehr verändert.«

»Sie haben einen Menschen vor sich, der sich nicht daran erinnert, wie er ist, und der Angst hat, sich natürlich zu verhalten, um nicht zu riskieren, jemand zu sein, der er nicht war.«

Alicia nickt zustimmend.

»Das Schlimmste ist nicht, dass sie ihr Gedächtnis verloren hat, sondern was passiert, wenn sie es wiederfindet«, flüstert sie mit besorgter Miene.

Stirnrunzelnd schüttelt Rosario den Kopf.

»Ich verstehe nicht, was Sie meinen.«

Alicia wirft ihr nur einen kurzen Blick zu und schweigt.

»Grüß sie von mir«, sagt sie schon an der Tür. »Und verpasst euren Zug nicht.«

Verwirrt wacht Celia auf. Es beunruhigt sie nicht etwa, dass sie auf ihrem alten Bett eingeschlafen ist, sondern dass sie wieder von dem sintflutartigen Regen geträumt hat. Sie verspürt den dringenden Wunsch, Rosario davon zu erzählen. Die

Calle Delicias war überflutet gewesen, und das Wasser drückte bereits durch die Fenster in die Wohnung. Sie fühlte sich sehr unwohl und wollte dringend raus, um nicht mitsamt dem Bett durch das Fenster hinauszutreiben. Doch sie konnte sich nicht rühren, sie konnte nicht einmal um Hilfe rufen.

»Ich wusste, dass ich träume. Deshalb konnte ich nicht vor der Gefahr weglaufen. Wäre ich wach gewesen, hätte ich keine Angst haben müssen. Ich wäre die Treppe zum Dachboden hinaufgerannt oder gar durch das Fenster ins Wasser gesprungen. Das Problem war, dass mich das Wasser im Schlaf überrascht hat und ich die Zehen nicht bewegen konnte.«

Rosario kann ihr nicht folgen.

»Das war nur ein böser Traum«, sagt sie mit einer wegwerfenden Handbewegung. »Wissen Sie, was mein Vater gemacht hat, wenn ich etwas Schlechtes geträumt habe?«

Celia sieht sie aufmerksam an.

»Er hat den Traum in allen Einzelheiten auf ein Blatt Papier geschrieben und es dann verbrannt. Er sagte, Feuer könne alles vernichten, selbst das, was gar nicht existiert.«

»Das ist eine gute Idee.«

»Er hat sehr gern geschrieben. Er hat alles, was ihm einfiel, in einem Heft notiert, so wie Sie.«

»Und ich tue es, um es nicht wieder zu vergessen«, erklärt Celia.

»Er auch. Er sagte, das Gedächtnis sei der zerbrechlichste Sinn des menschlichen Körpers, und so nahm er sich jeden Abend vor dem Schlafengehen ein wenig Zeit, um das aufzuschreiben, was er tagsüber gemacht hat. In seiner Freizeit las er dann manchmal in seinen älteren Notizen und konnte sich an alles erinnern.«

Celia streicht sich mit beiden Händen übers Haar.

»Das Gedächtnis ist kein Sinn des menschlichen Körpers«, sagt sie.

»Er glaubte das aber«, entgegnet Rosario. »Er war der Meinung, der menschliche Körper würde über zehn Sinne verfügen.«

»So viele?«

»Die fünf bekannten, dazu das Gleichgewicht, das Vorstellungsvermögen, die Fähigkeit zu träumen, das Gedächtnis und das Vergessen.«

»Das Gedächtnis und das Vergessen sollten ein und derselbe Sinn sein, findest du nicht?«

»Das sind verschiedene Dinge, wenn auch miteinander verbunden, ungefähr so wie der Geruchssinn und der Geschmack.«

Celia stöhnt auf.

»Hätte ich doch alles, was mir im Laufe meines Lebens widerfahren ist, in einem Tagebuch festgehalten.«

»Das haben Sie doch getan, oder etwa nicht?« Rosario blickt auf ihre Armbanduhr. »Sie haben Ihre Artikel und Ihre Bücher geschrieben.«

»Das ist nicht das Gleiche. Meine Bücher handeln nicht von mir.«

»Wovon denn dann?«

»Von aktuellen Themen.«

»Ja, aber aus Ihrem Blickwinkel.«

Celia steht auf.

»Es wird langsam Zeit«, sagt Rosario.

»Wo ist meine Schwester?«, fragt Celia, das Thema wechselnd.

»Schon gegangen.«

»Bleibt uns noch Zeit für einen Spaziergang?«

»Wir können zu Fuß zum Bahnhof gehen.«

Bei ihrem Schaufensterbummel durch die Calle Delicias erkennt Celia ein paar der Geschäfte wieder. Ihr kommt der Gedanke, ihrer Enkelin ein Geschenk zu kaufen, etwas zum Anziehen vielleicht, das man nicht in jeder Filiale einer Ladenkette findet. Damit hält sie sich länger auf als geplant, weshalb sie am Ende doch ein Taxi nehmen müssen, um ihren Zug nicht zu verpassen.

»Sie sind doch Celia Ruiz Álvarez, nicht wahr?«

Im Zug bleibt ein Unbekannter vor Celia und Rosario stehen. Er hält ein Buch in der Hand.

»Ich habe mich gefragt, ob Sie mir dieses Buch signieren würden«, fährt er fort. »Ich bin ein großer Bewunderer von Ihnen.«

Celia schaut Rosario an, als bräuchte sie ihr Einverständnis. Sie nimmt dem Mann das Buch aus der Hand und liest den Titel. *Siebter Himmel.*

»Hat es Ihnen gefallen?«, fragt sie, bevor sie es aufschlägt.

»Ja, sehr, Sie schreiben brillant, wie eine Chirurgin. Sie sezieren die aktuellen Probleme dieser Welt messerscharf, das ist sehr wohltuend. Ich freue mich schon auf Ihr nächstes Buch.«

Celia fühlt sich nicht geschmeichelt, unter anderem, weil sie nicht weiß, welche Probleme der Welt er meint. Sie schlägt das Buch auf, weiß aber nicht, auf welcher Seite sie signieren soll. Es gibt eine erste blütenweiße Seite, eine zweite mit dem Titel und dem Verlagslogo und eine dritte mit dem Titel und ihrem Namen. Auch wenn ihr klar ist, dass sie das schon tausend Male gemacht haben dürfte, kann sie sich an das Schreiben von Widmungen nicht erinnern.

»Ich heiße Toni.«

»Mit I oder mit Ypsilon?«

»Mit I bitte.«

Sie überblättert die erste Seite, um auf der zweiten mit dem Titel und dem Verlagslogo zu signieren. Sie überlegt, was sie früher in eine Widmung geschrieben hat. Sie kann sich nicht entsinnen, ob sie wortkarg oder witzig war, ob sie schöngeschrieben oder einfach nur gekritzelt hat. Deshalb schreibt sie schließlich: *Für Toni, herzlichst CRA.*

»Den wievielten haben wir heute, Rosario?«, fragt sie und ergänzt das Datum.

»Es tut mir sehr leid, was Ihnen passiert ist«, sagt Toni, als er das Buch wieder entgegennimmt.

»Vielen Dank«, antwortet Celia. »Zum Glück erhole ich mich ziemlich schnell.«

»Ich wünsche Ihnen alles Gute«, fügt er hinzu, schon im Begriff weiterzugehen. »Das haben Sie nach so einem Schicksalsschlag verdient.«

»Wollen Sie etwas trinken oder essen?«, erkundigt sich Rosario und steht auf.

»Mir schlafen die Beine ein«, klagt sie und massiert sich die Oberschenkel. »Ich könnte ins Restaurant gehen und Ihnen was holen. Oder wir gehen zusammen, wenn Sie sich auch etwas bewegen wollen.«

Celia hat weder Durst noch Hunger und auch keine Lust aufzustehen. Als Rosario verschwindet, bückt sie sich nach ihrer Tasche, holt ihr Smartphone heraus und ruft ihre Enkelin an.

»Hallo, mein Schatz.«

Alba möchte ihrer Großmutter den Walser *Über den Wellen* von Juventino Rosas vorspielen, den sie neu gelernt hat.

»Ist Rosario bei dir?«, fragt das Mädchen.

»Im Augenblick nicht.«

»Und Charlie?«

»Charlie ist zu Hause, wir sitzen im Zug.«

»Dann brauchst du nicht die Freisprecheinrichtung einzuschalten«, sagt das Mädchen.

»Was ist denn das?«

»Damit kann man über den Lautsprecher hören.«

Celia findet zwar, dass der Begriff eher zu politischen Aktivisten passt, hört aber andächtig zu, als Alba das Stück voller Elan, wenn auch mit ein paar Aussetzern spielt. Celia kommt es vor wie eine Radioübertragung mit Interferenzen.

»Das hast du sehr schön gespielt«, lobt sie die Kleine, als die Gitarre verstummt. »Glückwunsch.«

»Ich habe dir ein paar Muffins geschickt«, erwidert das Mädchen.

»Ein paar was?«

»Ein paar Magdalenas. Hast du sie bekommen?«

»Ich habe das Telefon mehrmals vibrieren hören, konnte mich aber noch nicht in meine Farm einloggen.«

Das Mädchen schnalzt mit der Zunge.

»Ich hätte dir auch gern eine Schokoladentorte gebacken, habe aber keine Eier mehr«, sagt sie.

»Was ist mit deinen Hühnern passiert?«

»Ich habe keinen Weizen mehr und konnte kein Futter herstellen, aber mach dir keine Sorgen. Ich habe alle meine Felder bestellt. Wenn du die Schokoladentorte willst, schick mir bitte sechs Eier.«

»Mach ich gleich.«

Als Rosario mit einer Tüte Kartoffelchips zurückkehrt, ist ihre Señorita genauso in ihr Smartphone vertieft wie die meisten Zuggäste auf der anderen Seite des Ganges, nur dass Celia doppelt so alt ist.

»Gibt es ein Problem?«

»Du hast keine Ahnung, wie viel Arbeit diese Farm macht«, erwidert Celia, ohne aufzublicken. »Ich muss Alba ein paar Eier schicken, das kann ich aber nicht, weil meine Scheune bis unters Dach voll ist und niemand meine Produkte kaufen will.«

Rosario setzt sich mit ernster Miene. Sie findet es besorgniserregend, dass Celia über das Spiel spricht, als handelte es sich um eine echte Farm.

»Ich kann auch die Ernte nicht einholen, weil ich nicht weiß, was ich mit dem Getreide machen soll.«

»Haben Sie keine Mühle?«

»Doch, habe ich, aber in der wird gerade das Futter für meine Kühe gemahlen.«

»Können Sie nicht verschenken, wovon Sie zu viel haben?«

Celia starrt auf das Display.

»Ich glaube, diese Möglichkeit gibt es nicht«, sagt sie zögerlich. »Rohmaterialien muss man verarbeiten, verkaufen oder in der Scheune lagern.«

»Bestimmt gibt es auch in diesem Spielchen einen bedürftigen Menschen«, sagt Rosario.

Celia angelt sich einen Kartoffelchip aus der Tüte.

»Sag mal, Rosario …«, setzt sie an.

Einen Moment lang befürchtet die Hausangestellte, Celia könnte ihr eine absurde Frage stellen, weil das Spiel sie verwirrt und sie die virtuelle Welt mit der Realität verwechselt.

»Glaubst du, eine Hirnblutung mit partiellem Gedächtnisverlust ist der schlimmste Schicksalsschlag, der einem Menschen widerfahren kann?«

DREIZEHN

Zwei beidseitig beschriebene Blätter

In der folgenden Nacht schläft Celia neun Stunden am Stück. Charlie hat sich diesmal nicht vor die Schlafzimmertür, sondern neben seinem Frauchen auf den Bettvorleger gelegt, als wollte er ihr mitteilen, dass er nicht gern allein zu Hause bleibt. Noch vor dem Schlafengehen hat Celia zwei Fotoalben aus ihrer Jugend und ihren ersten Ehejahren durchgeblättert.

Darin war ein Foto, auf dem Carmen, Luisa und andere Freunde aus der Studienzeit in der Calle Zurbano in Madrid posieren. Und eins von ihr mit einer Pilotenbrille mit verspiegelten Gläsern und schlohweiß gefärbtem Haar, wie es damals Mode war. Sie wirkt darauf wie eine andere. Sie hat Bilder ihrer beiden Kinder gesehen, als sie klein waren, im Pyjama, im Kinderwagen, in einem Tretauto, auf einem Pony oder bei einer Theatervorstellung in der Schule. Und Fran, der damals noch einen üppigen Haarschopf hatte.

Das Klingeln des Telefons weckt sie. Celia wackelt mit den Zehen und tätschelt dabei Charlies Schnauze.

»Guten Morgen, mein Schatz.«

Der Hund tappt in die Küche, als wollte er Rosario mitteilen, dass sie das Frühstück für sein Frauchen zubereiten kann.

»Señorito Tobias hat schon zwei Mal angerufen«, verkündet die Hausangestellte, als sich Celia an den Frühstückstisch setzt. »Er sagt, Sie gehen nicht an Ihr Handy.«

»Der Akku war leer, und ich habe gestern Abend vergessen, ihn aufzuladen«, antwortet Celia.

»Er hat mich gebeten, Ihnen auszurichten, dass er mit Ihnen sprechen möchte.«

»Kann ich mir denken.«

»Und Señora Paula erwartet uns um Punkt zwölf im Krankenhaus.«

Celia schaut Charlie mit spöttischer Miene an. Sie hat es noch nie gemocht, wenn jemand ihren Tagesablauf bestimmte.

»Wir sollten uns um Viertel nach elf auf den Weg machen«, erklärt Rosario.

»Kannst du mich frisieren?«, fragt Celia.

»Ich weiß nicht, ob ich noch Zeit dafür habe. Ich muss das Mittagessen zubereiten.«

»Wir essen unterwegs.«

»Señora Paula hat mir aufgetragen, Ihnen ein wenig Gemüse zu dünsten und Seeteufel zu braten.«

Celia nickt mit gespielter Begeisterung.

»Und zum Nachtisch?«, fragt sie, wieder ernst. »Vom Nachtisch hat sie nichts gesagt?«

»Ich weiß nicht.«

»Mach dir keine Sorgen, das können wir sie später im Krankenhaus fragen.«

Rosario wendet sich ab.

»Machen Sie sich nicht lustig«, murmelt sie trocken.

Celia legt den Löffel auf den Tisch. Sie verspürt einen Stich in der Brust.

»Verzeih mir«, sagt sie und steht auf. »Ich wollte dich nicht verletzen.«

Rosario dreht sich zu ihr um und schaut sie irritiert an. Celia legt einen Finger auf ihre Lippen.

»Wir essen in einem Restaurant, das sich auf gebratenen Seeteufel mit gedünstetem Gemüse spezialisiert hat«, sagt sie mit einem schelmischen Lächeln. »Sowas gibt es in Madrid bestimmt.«

»Wie fühlst du dich?«

Der Neurologe küsst sie zur Begrüßung auf beide Wangen, als wäre sie eine alte Freundin. Celia verkneift es sich, wie beim letzten Termin mit einer Gegenfrage zu antworten.

»Ich kann sprechen und mich bewegen, mein Hund schläft vor meinem Bett, Rosario frisiert und schminkt mich, und endlich hat mir jemand Kürbis und Paprika abgekauft, womit ich wieder Platz auf meiner Farm habe und das Getreide ernten kann. Also könnte ich sagen, ziemlich gut.«

Der Arzt tippt etwas in seinen Computer. Er weiß, dass sie eine eigenwillige, exzentrische Patientin ist, die sich wie ein aufmüpfiger, sechzigjähriger Teenager aufführt.

»Isst du gut?«

»Wie ein Scheunendrescher.«

»Schläfst du gut?«

»Wie ein Murmeltier.«

»Nimmst du deine Medikamente?«

»Pünktlich wie eine Schweizer Uhr.«

»Kommen die Erinnerungen zurück?«

Celia findet keinen passenden Vergleich.

»Ich weiß nicht, was ich dir sagen soll«, schnaubt sie. »Sie sind urplötzlich wieder da, ohne dass ich es gewahr werde, und gleich darauf frage ich mich, ob ich diese Erinnerungen wirklich vergessen hatte oder nicht.«

»Das ist normal.«

»Ich erinnere mich nicht an das, was ich vergessen habe.«

Der Arzt nickt lächelnd.

»Das wäre ein passender Titel für eines deiner Bücher.«

»Darf ich dich daran erinnern, dass meine Buchtitel aus geflügelten Worten mit Ordnungszahl bestehen?«

»Ich möchte, dass du dir nächste Woche Blut abnehmen lässt«, sagt er und übergeht ihre Bemerkung angelegentlich. »Ich werde nachher mit Paula darüber sprechen. Und danach machen wir eine CT.«

»Kann ich Sport treiben?«

»Welche Art Sport?«

»Ich weiß nicht.« Celia klopft sich auf den Bauch. »Etwas, das mir hilft, die Muskulatur zu stärken. Ich habe viel Gewicht verloren, und die Haut hängt an mir herab wie Wäsche, die man zum Trocknen auf mein Skelett gehängt hat.«

Ignacio steht auf, geht um den Tisch herum und setzt sich neben sie.

»Keine anstrengenden Übungen«, sagt er. »Noch nicht, also kann ich dir nur empfehlen zu walken. Das kannst du auf einem Laufband machen, damit lässt sich die Anstrengung besser dosieren. Wenn du willst, rede ich mit Paula, dass sie dir eines besorgt.«

»Das kannst du dir sparen«, erklärt Celia kategorisch. »Ich habe einen Hund.«

»Wir sehen uns in zehn Tagen wieder«, sagt der Arzt und steht auf.

»Weißt du inzwischen, wie das erste Wort lautete, das ich gesagt habe, als ich aus dem Koma erwacht bin?«

Ignacio runzelt die Stirn. Entweder kann er sich an Celias Bitte nicht erinnern, oder er hat gedacht, sie würde ihn nicht mehr darauf ansprechen.

»Nein, tut mir leid.«

»Du hast mir versprochen, die Krankenschwestern danach zu fragen.«

»Das habe ich völlig vergessen«, entschuldigt er sich.

»Na, vielleicht isst du nicht genügend Gemüse.«

Die beiden grinsen sich an.

»Ich verspreche dir, sie bis zu deinem nächsten Termin zu fragen.«

»Nehmen Sie heute wieder Fisch?«

Der Kellner des Lokals auf der Plaza de Santa Bárbara hat Celia an ihren Bestellungen erkannt.

»Ich frage, weil wir heute eine hervorragende Seezunge haben, ganz frisch vom Markt. Ich kann sie Ihnen gebraten, in Salzkruste oder mit einer Sauce zubereiten lassen.«

»Tut mir leid«, erwidert Celia zähneknirschend. »Heute muss ich gebratenen Seeteufel und als ersten Gang gedünstetes Gemüse essen.«

»Wie wäre es mit Brokkoli?«, fragt der Kellner, während er sich Notizen macht.

Celia zeigt mit dem Finger auf ihn.

»Jetzt bringen Sie mir erst mal ein alkoholfreies Bier und ein paar Oliven. Ich warte noch auf jemand.«

»Wie viele sind Sie?«

»Drei, aber einer davon hat bereits zu Hause gegessen, er wird sich mucksmäuschenstill auf den Boden legen und braucht nur eine Schüssel Wasser und Schatten.«

Nach der Untersuchung haben Rosario und Celia in der Calle O'Donnell ein Taxi genommen. Dann ist Celia zur Plaza geschlendert, und Rosario ist nach Hause gegangen, um Charlie zu holen.

»Tobias.«

Celia nutzt die Wartezeit, um ihren Agenten anzurufen.

»Wie fühlst du dich?«, fragt er.

»Ich habe gehört, dass du angerufen hast.«

»Ich wollte wissen, wie es dir geht.«

»Der Arzt sagt, gut. Ich komme gerade von ihm.«

»Das freut mich.«

»Und du?«, fragt Celia. »Wie geht es dir?«

»Ich bin ein wenig nervös, wozu es leugnen.«

»Was ist los mit dir? Isst du nicht genug?«

Tobias räuspert sich empört.

»Celia«, sagt er, wobei er das C wie ein S ausspricht. »Ich weiß nicht, ob du dich daran erinnerst, aber ich bin nicht nur dein Agent, sondern auch ein Freund. Hast du das Manuskript öffnen können?«

Celia trinkt einen Schluck Bier, bevor sie antwortet.

»Nein, noch nicht.«

»Schick es mir per Mail«, bittet Tobias. »Ich versichere dir, dass es nur von einer Person meines absoluten Vertrauens geöffnet wird.«

Celia nimmt sich wieder Zeit, diesmal isst sie eine Olive.

»Das kann ich nicht«, sagt sie.

»Warum nicht?«

»Weil ich auch nicht in mein Mailprogramm komme.«

Offenbar muss sich Tobias zusammenreißen, um nicht lauthals in seiner Muttersprache zu fluchen.

»Dann zieh mir eine Kopie auf einen USB-Stick, und ich hole ihn mir ab.«

»Ich weiß nicht, was ein USB-Stick ist.«

Das lang gezogene Seufzen am anderen Ende der Leitung klingt wie eine Störung in der Telefonverbindung.

»Ich habe eine Liste mit Worten angefertigt«, sagt Tobias schließlich gepresst. »Sie könnten dir etwas bedeuten, weil du sie öfter gesagt hast oder weil sie häufig in deinen Texten auftauchen.«

»Das hast du für mich getan?«

»Ich habe es für deine Leser gemacht«, präzisiert er. »Ich werde sie dir irgendwie zukommen lassen, ich weiß noch nicht, wie, aber vermutlich schicke ich sie dir per Post.«

»Kannst du sie mir nicht durchgeben?«

»Es sind zwei beidseitig beschriebene Blätter.«

Celia schlägt verblüfft die Hand vor den Mund. Der Eifer ihres Agenten löst ein wunderbares Gefühl von Befreiung in ihr aus, als könnte sie zum ersten Mal über sich selbst lachen.

»Ich muss jetzt auflegen.«

Charlie zieht an der Leine, als er sein Frauchen erblickt. Doch Rosario lässt ihn erst laufen, als sie die Straße überquert haben.

»Ich habe schon bestellt«, verkündet Celia.

Rosario lehnt die Karte ab, die ihr der Kellner hinhält.

»Ich nehme das Gleiche wie sie«, sagt sie.

Celia starrt sie neugierig an. Ihr ist nicht klar, ob Rosario das Gleiche bestellt, weil sie sich gesund ernähren will oder weil sie keine eigene Entscheidung treffen kann.

»Was hast du vorhin gelesen?«

Rosario erwidert ihren Blick.

»Als ich aus dem Sprechzimmer des Neurologen kam, hast du mit einem Buch im Wartezimmer gesessen«, fügt Celia erklärend hinzu.

»Eine Biografie über Emily Brontë«, antwortet Rosario. »Ich habe sie mir aus Ihrem Bücherregal ausgeliehen, wie Sie gesagt haben.«

Um ihre Überraschung zu überspielen, trinkt Celia einen Schluck Bier. Sie hat nicht damit gerechnet, dass sich Rosario für die Lebensgeschichte einer Schriftstellerin interessiert.

»Tut mir leid, dass ich keines Ihrer Bücher ausgeliehen habe«, fährt Rosario fort, die das Schweigen am Tisch missversteht.

»Interessierst du dich für Emily Brontë?«

»Ich lese gern Biografien großer Frauen.«

Der Kellner bringt ein Tablett mit einem Plastikteller, einem Korb mit Brot und für jede von ihnen einen Teller gedünsteten Brokkoli. Dann füllt er etwas Wasser in den Plastikteller und stellt ihn auf den Boden. Celia lächelt ihn dankbar an. Er ist genau im richtigen Moment aufgetaucht, damit sie ihre Verblüffung verbergen kann.

»Liest du die Biografien großer Frauen, um neidisch zu werden?«, fragt sie und pustet auf ein Stück Brokkoli.

»Ich lese sie, um von ihnen zu lernen.«

»Früher hat man über das Leben von Heiligen gelesen, wenn man sich weiterbilden wollte.«

»Das hat mein Vater gemacht«, erklärt Rosario. »Er wollte vermutlich auch dazulernen.«

Celia greift zu dem Ölfläschchen und gießt mit kreisförmigen, fast schon andächtigen Bewegungen Öl über den Brokkoli, während Charlie unter dem Tisch seufzt und die Augen schließt.

»Und du?«, fragt sie, als sie das Fläschchen wieder abstellt. »Hast du auch was über das Leben von Heiligen gelesen?«

»Ich habe eine Biografie der heiligen Agüeda und eine der heiligen Teresa de Jesús gelesen«, antwortet Rosario, ohne von ihrem Teller aufzublicken. »Und die von Rigoberta Menchú, falls sie eines Tages heiliggesprochen werden sollte. Ich spiele gern mal Kassandra.«

Celia lacht über den Scherz und fragt sich, wie leichtgläubig Rosario in religiösen Themen ist. Sie wirkt nicht einfältig, aber Celia weiß, dass man den Menschen ihre Einstellung zum Glauben nicht unbedingt ansehen kann.

»Ich verspreche Ihnen, dass ich eines Ihrer Bücher lesen werde, sobald ich mit der Biografie über Emily Brontë fertig bin«, sagt Rosario, als der Kellner die Teller der Vorspeise abgeräumt und den Seeteufel serviert hat.

»Ich kann mich nicht daran erinnern, über was ich geschrieben habe«, gesteht Celia. »Und ich werde meine Bücher nicht lesen.«

»Warum nicht?«

Schulterzuckend schüttelt Celia den Kopf und kaut weiter. Sie sieht aus, als suchte sie nach einer Antwort, dabei überbrückt sie nur ihr Schweigen.

»Es ist doch Ihr literarisches Werk, das Sie zur Schriftstellerin macht«, fährt Rosario fort, als sie ihr Besteck auf den Teller legt. »Ich bin mir sicher, dass Ihre Bücher Ihnen helfen werden, sich zu erinnern.«

»Genau das macht mir ja Sorgen.«

Der Kellner räumt ab und fragt, was sie zum Nachtisch wünschen. Doch die beiden sind so satt, dass sie nur Kaffee mit Eiswürfeln und die Rechnung bestellen.

»Wollen Sie sich nicht erinnern?«

»Ich weiß es nicht.«

»Wie, Sie wissen es nicht?«, fragt Rosario kopfschüttelnd.

»Ich habe Angst.«

»Wovor?«

»Mich zu erinnern.«

Der Kellner bringt den Kaffee und zwei Gläser mit Eiswürfeln.

»Wir haben Ihre Arbeitskollegen besucht«, zählt Rosario auf. »Sie haben sich mit Ihrem Exmann getroffen und mit Ihrer Cousine Isabel. Wir haben Ihren Onkel Augusto in Zaragoza besucht. Wozu haben wir all das gemacht, wenn Sie sich nicht erinnern wollen?«

»Die Erinnerung an früher macht mir nichts aus«, antwortet Celia und legt Charlie die Hand auf den Rücken. »Im Gegenteil, ich finde sie konstruktiv und sehr stimulierend. Was mir Angst macht, ist die jüngere Vergangenheit, als ich anfing, Bücher zu veröffentlichen.«

»Erinnern Sie sich an irgendetwas aus dieser Zeit?«

»An nichts.«

»Also?«

»Ich ahne, dass etwas Schlimmes passiert ist. Schau, mich nicht so an, mein Schatz. Alles in Ordnung.«

Charlie spürt, dass sein Frauchen ihn braucht. Er setzt sich neben sie und lässt sich streicheln.

»Weißt du, was ich meine?«

Die Frage trifft Rosario so unverhofft, dass sie errötet und irgendwie ertappt wirkt.

»Ich arbeite erst seit drei Jahren für Sie, Señorita«, sagt sie ernst. »Und ich kann Ihnen versichern, dass in dieser Zeit nichts Schlimmes passiert ist.«

»Es muss davor gewesen sein.«

»Wann?«

»Anfang 2000. In dem Jahr habe ich aufgehört, für die Wochenendausgabe zu schreiben, und habe erst drei Jahre später wieder etwas veröffentlicht.«

Rosario schaut sich um, als benötigte sie fremde Hilfe, um überzeugend zu klingen.

»Das heißt doch gar nichts«, sagt sie. »Sie konnten sich genug Zeit zum Schreiben nehmen.«

»Mein erstes Buch ist eine Sammlung meiner Kolumnen aus der Zeitung. Kein neues Material.«

»Und wenn Sie sich eine Auszeit genommen haben?«, überlegt Rosario laut.

»Drei Jahre?«

»Sind Sie vielleicht verreist?«

Celia winkt resigniert ab. Rosario braucht keine weiteren sinnlosen Vermutungen anzustellen.

»Ich wollte mich nur vergewissern, dass du mir nichts verheimlichst«, sagt sie. »Oder besser gesagt, ob Señora Paula dir verboten hat, mir zu erzählen, was passiert ist.«

VIERZEHN

Monets Garten in Giverny

»So schnell habe ich nicht mit dir gerechnet«, sagt Isabel. »Aber ich war mir sicher, dass du wiederkommen würdest.«

Nach der Siesta hat Celia mit Rosarios Hilfe geduscht, sich von ihr frisieren und schminken lassen, ein paar Minuten mit Charlie auf der Terrasse gesessen und die Wolken vorüberziehen sehen, die ihr wie eine Herde wilder Tiere erschienen, wie Büffel, die auf einer weiten, unsichtbaren Ebene weiden. Dann hat sie in Begleitung ihrer Hausangestellten ein Taxi nach Aluche genommen.

»Das ist Rosario.«

Isabel und Rosario begrüßen sich mit zwei Küssen auf die Wange.

»Wir haben zusammen deinen Vater besucht«, sagt Celia.

»Ich weiß«, sagt ihre Cousine nickend. »Hättest du mir was gesagt, wäre ich mitgekommen.«

»Es war eine spontane Entscheidung.«

»Was meinst du, wie geht es ihm?«

Celia wägt ihre Antwort sorgfältig ab.

»Ich beneide ihn um sein gutes Gedächtnis«, sagt sie.

»Glaub das ja nicht, manchmal kann er sich nicht mal daran erinnern, was er am Tag zuvor gegessen hat.«

»Aber er erinnert sich an die wichtigen Dinge im Leben.«

Isabel versteht, was ihre Cousine damit sagen will, und erwidert nichts. Sie entschuldigt sich und geht etwas zu trinken holen. Rosario nutzt die Gelegenheit, sich umzusehen.

»Hier haben Sie also gewohnt, als Sie nach Madrid kamen?«

Celia folgt Rosarios Blick in den Flur.

»Mein Zimmer war die zweite Tür rechts, dort hinten«, erklärt sie und zeigt in die Richtung. »Gegenüber ist das Bad und direkt neben der Wohnungstür die Küche. Hier stand der Fernseher, vor dem wir alle im Halbkreis gesessen haben. Dort stand der Wohnzimmertisch. Wir mussten täglich zweimal die Polstergarnitur verrücken, damit wir ihn ausziehen und zum Mittag- und zum Abendessen die Stühle aufstellen konnten.«

Celia tritt an ein Regal neben dem Sofa. Sie zieht ein Buch heraus und schlägt es auf.

»Hier standen zwei Enzyklopädien, eine der Weltgeschichte und eine der Geschichte Spaniens. Mein Onkel las oft darin. Er saß da, wo du jetzt stehst, weil im Frühjahr und im Herbst nachmittags die Sonne auf diese Stelle fällt.«

»Die Bücher hat Carlos«, sagt Isabel, als sie mit einem Tablett ins Wohnzimmer zurückkehrt.

Celia schenkt ihrer Cousine ein Lächeln. Endlich sieht sie wieder aus wie als junge Frau, und nicht wie ihre Mutter.

»Ich meine die Enzyklopädien«, erklärt Isabel, während sie die Getränke auf den Tisch stellt. »Als wir die Wohnung renoviert haben, hat Carlos sie mitgenommen. Er interessiert sich ebenfalls sehr für Geschichte. Das Buch, das du in der Hand hältst, ist von dir.«

Es handelt sich um *Der dritte Tag*.

»Es hat keine Widmung«, sagt Celia.

»Das muss dich nicht wundern«, erwidert Isabel. »Ich habe dir doch erzählt, dass du völlig vergessen hattest, wo wir wohnen. Du warst zu erfolgreich, um dich an uns zu erinnern.«

Celia stellt das Buch zurück und sieht Rosario an.

»Das ist komisch«, spricht sie ihren Gedanken laut aus. »Denn diese Wohnung war das Erste, woran ich gedacht habe, als ich im Krankenhaus aus dem Koma erwacht bin.«

Isabel setzt sich und öffnet zwei Dosen.

»Wenn ich mich richtig erinnere«, sagt sie, als sie Limonade und Bier mischt, »ist das – oder zumindest war das – eines deiner Lieblingsgetränke.«

Sie reicht ihrer Cousine ein schäumendes Glas. Celia trinkt einen Schluck und nickt.

»Dein Vater hat mir von einem Bildband erzählt, in dem ich sonntagnachmittags immer geblättert habe, wenn er im Radio Fußball hörte«, sagt sie.

Isabel geht zum Bücherregal.

»Du meinst wohl den hier«, sagt sie und bückt sich. »Es ist einer der wenigen, die Carlos nicht mitgenommen hat.«

Sie zieht einen dicken Kunstband heraus, der wahrscheinlich genau deshalb noch dort steht, und legt ihn ihrer Cousine vorsichtig auf den Schoß. Celia hält den Atem an, als sie ihn aufschlägt. Sie verspürt einen leichten Schwindel, als stünde sie auf einer Klippe vor einem still daliegenden Meer.

»Es ist ein Bildband über die Impressionisten«, sagt Isabel.

Neugierig nimmt Rosario neben ihrer Señorita Platz. Um ihr zu helfen, stützt sie mit der einen Hand den Buchdeckel und blättert mit der anderen die Seiten um, auf denen Gemälde von blühenden Gärten, Flüsse mit Booten, Bahnhöfe und Brücken, Boulevards voller Menschen sowie Szenen beim Pferderennen und mit Tänzerinnen auf der Bühne zu sehen sind. Weitere Bilder zeigen Bars, Weinkeller, Selbstporträts, Damen mit Sonnenschirmchen, Tanzszenen, belebte Volksfeste, Terrassen und Strände mit Holzstühlen am Meer.

»Erinnerst du dich daran?«

Isabel schaut ihrer Cousine über die Schulter. Celia schlägt die Hand vor den Mund.

»Ich begreife nicht, wie ich das vergessen konnte«, murmelt sie und blättert weiter. »Das hier war meine Zuflucht, der Ort, an dem ich mich verkroch, wenn ich der Gegenwart entkommen wollte.«

Rosario nickt stumm. Sie findet es logisch, dass eine Journalistin hin und wieder der Gegenwart entfliehen muss.

»Das ist Monets *Garten in Giverny*«, sagt Celia und zeigt auf ein Bild. »Manchmal hat er ihn gemalt, andere Male sein Freund Manet. Wenn ich deprimiert war, habe ich dieses Bild angeschaut, als könnte ich dadurch den Garten betreten und mich zu diesen Blumen gesellen.«

»Deshalb bist du nach Paris gegangen«, sagt Isabel.

Celia dreht sich zu ihr um.

»Ich dachte, ich sei nach Paris gegangen, um mein Französisch zu verbessern.«

»Du wolltest all diese Landschaften mit eigenen Augen sehen«, erwidert Isabel. »Das hast du oft gesagt.«

Celia trinkt einen Schluck. Ihre Kehle ist staubtrocken, als hätte die Beschäftigung mit der Vergangenheit sie ausgedörrt.

»Das wundert mich nicht«, sagt sie schließlich. »Auf den Bildern der Impressionisten ist immer Frühling, und niemand muss arbeiten. Die Leute gehen spazieren und plaudern, sie hören Musik, tanzen, trinken, genießen die Landschaft, machen Flussfahrten und setzen sich zum Lesen an den Strand.«

Celia scheint in eine hypnotische Trance versunken zu sein. Tonlos murmelnd, den Blick starr auf das Buch gerichtet, versucht sie, sich die Worte zu merken, die ihr die Gemälde einflüstern. Es sind so viele, dass sie schon in ihre Tasche greifen und das Notizbuch herausholen will, um sie schnell festzuhalten, bevor sie sie wieder vergisst.

»Ich habe ein Problem.«

»Was ist los?«

»Meine Kühe geben keine Milch, und meine Schweine werden nicht fett.«

»Fütterst du sie regelmäßig?«

»Na ja«, sagt Celia und seufzt. »In letzter Zeit war ich hauptsächlich damit beschäftigt, Leute zu besuchen, und muss gestehen, dass ich meine Pflichten auf der Farm ein wenig vernachlässigt habe.«

Alba schnalzt missbilligend mit der Zunge.

»Erfolg ist die Summe der täglichen Bemühungen«, sagt sie dann.

»Was für ein Satz, mein Kind.«

»Das hat meine Sozialkundelehrerin gesagt. Am besten wird sein, du verkaufst so viel du kannst und kaufst dir von dem Erlös zwei neue Kühe.«

Celia legt auf und bewahrt noch eine kleine Weile ein Lächeln auf den Lippen. Ihre Enkelin kann anderen Menschen den Tag versüßen, genau wie ihr Großvater Fran.

Als sie in Aluche aufbrachen, hat Isabel ihnen einen Regenschirm leihen müssen. Aus der Büffelherde am Himmel war ein Spätsommergewitter geworden.

»Wir essen heute Abend Cremesuppe und einen Nachtisch, was meinen Sie?«

Rosario kommt aus der Küche und trocknet sich die Hände an der Schürze ab. Celia sieht auf und nickt.

»Was ist so lustig?«

»Ich habe mit meiner Enkelin telefoniert.«

»Hat sie Ihnen wieder was auf der Gitarre vorgespielt?«

Noch immer lächelnd schüttelt Celia den Kopf.

»Sie hat gesagt, Erfolg ist die Summe der täglichen Bemühungen.«

»Sowas sagt doch kein achtjähriges Mädchen«, entgegnet Rosario. »Vielleicht hat sie das von ihrer Mutter, oder Sie haben das mal gesagt.«

»So etwas würde ich nie sagen.« Entrüstet weist Celia eine derartige Vorstellung von sich. »Das hat sie aus der Schule.«

Da es spät ist und es draußen noch immer nieselt, decken sie den Tisch in der Küche. Charlie legt sich unmutig schnaubend in den Flur, weil sein Frauchen in der Küche isst, wo es für ihn keinen Platz gibt.

»Ihre Cousine hat Ihnen wirklich ein schönes Geschenk gemacht.«

Rosario stellt zwei dampfende Teller auf den Tisch und holt zwei Joghurt aus dem Kühlschrank, während Celia vier Löffel dazulegt.

»Dieses Buch ist wirklich etwas Besonderes. Ich habe nicht damit gerechnet, dass sie es mir schenkt«, sagt Celia, als sie den Löffel in die Suppe taucht.

»Wieso nicht?«

»Wenn sie es wieder ins Bücherregal gestellt hätte, wäre ich öfter zu ihr gefahren, um darin zu blättern.«

Sie verstummt und überlegt. Vielleicht war das der Grund, warum Isabel es ihr geschenkt hat.

»Hat es Ihrem Gedächtnis auf die Sprünge geholfen?«

Celia zeigt mit ihrem Löffel auf den Joghurt.

»Das Gedächtnis hat auch ein Verfallsdatum.«

»Es gibt Dinge, die vergisst man nie«, protestiert Rosario.

»Nur wenige«, widerspricht Celia. »Normalerweise vergessen wir den größten Teil unseres Lebens. Aus diesem Grund schreiben wir doch Tagebücher, machen Fotos und treffen uns mit alten Freunden. Ich frage mich ständig, wie viel ich auch ohne den Schlaganfall vergessen hätte.«

»Diese Frage ist sinnlos. Wichtig ist, sich an das zu erinnern, was Sie ohne den Anfall nicht vergessen hätten.«

»Wie das Passwort zu meinen Dateien?«

»Genau.«

»Ich habe eine Liste mit über fünfzig neuen Wörtern, die ich noch ausprobieren muss.«

»Soll ich Ihnen dabei helfen?«

»Du musst mit Charlie Gassi gehen. Es hat aufgehört zu regnen, und der Arme muss raus. Und ich möchte früh ins Bett. Ich bin sehr müde.«

Rosario räumt den Tisch ab und stellt die Spülmaschine an. Dann verlässt sie mit Charlie die Wohnung. Celia geht mit ihrem Notizbuch ins Arbeitszimmer, schaltet den Computer ein und beginnt, die Worte einzugeben, die ihr zu ihrer Kindheit in Zaragoza, ihrer Jugend in Madrid und den Landschaften der Impressionisten, bei denen sie so oft Zuflucht gesucht hatte, eingefallen sind. Sie tut es wenig überzeugt, als vollzöge sie ein Ritual, an das sie nicht mehr glaubt. Insgeheim ist sie davon überzeugt, das Passwort zu erkennen, wenn sie es hört oder sieht. Aber keines der Wörter, die sie eingibt, sagt ihr etwas.

Kurze Zeit später trottet Charlie ins Arbeitszimmer und setzt sich neben sie. Celia krault ihm den Kopf gegen den Strich. Wie oft hat der Hund ihr inzwischen schon bei der Suche nach dem richtigen Passwort zugesehen, fragt sie sich.

»Wenn du nur reden könntest«, sagt sie seufzend.

Charlie schnaubt und steht auf. Celia schaut auf die Uhr, klappt das Notizbuch zu und schaltet den Computer aus.

»Du hast recht. Es ist schon spät.«

Sie bittet Rosario um das nächste Fotoalbum und wünscht ihr eine gute Nacht. Dann legt sie sich ins Bett und sieht sich eine gute halbe Stunde die Fotos von Fran und ihren Kindern an. Sie sind verblasst und wirken älter als die in den früheren Alben. Farbbilder altern schlechter als Schwarz-Weiß-Fotos. Bei dem Gedanken muss sie lächeln. Es klingt, als hätte sie soeben eine unbestreitbare Maxime aufgestellt.

Sie legt das Fotoalbum auf den Nachttisch, krault Charlie am Kinn, wie man es mit braven Kindern macht, und nimmt ihre Medikamente. Ihr Gehirn braucht dringend eine Pause.

FÜNFZEHN

Das Gute daran, wenn man sich schlecht fühlt

In der Nacht wacht Celia dreimal auf, was ihr schon lange nicht mehr passiert ist. Am Morgen wird sie von einem Ziehen im Bauch wach. Sie richtet sich auf und schaut auf die Uhr. Es ist erst Viertel nach acht, sogar Charlie schläft noch.

Sie legt sich wieder hin, kann aber nicht mehr einschlafen. Zunächst hält sie das Ziehen für eine Magenverstimmung, Sodbrennen oder Blähungen, vielleicht auch nur Hunger, doch dann wird sie gewahr, dass es sich anders anfühlt, irgendwie bekannt, wie ein inneres, wenn auch schwaches Feuer, das in ihren Eingeweiden glimmt.

Sie dreht sich um und stellt fest, dass das Unbehagen nachlässt, wenn sie auf dem Bauch liegt und die Hände gegen den Magen drückt. Es ist, als gäbe es darin einen Welpen, der Angst vor der Dunkelheit hat und gestreichelt werden muss. Trotzdem kann sie nicht wieder einschlafen.

»Geht es Ihnen gut, Señorita?«

Rosario räumt gerade die Spülmaschine aus, als Celia in der Küche auftaucht.

»Ich habe schlecht geschlafen. Ich weiß nicht, was los ist.«

»Wieder ein Albtraum?«, fragt Rosario. »Wenn ja, denken Sie daran, ihn aufzuschreiben und das Papier dann zu verbrennen.«

»Das ist es nicht.«

»Was dann?«

»Ich weiß es nicht, aber ich fühle mich schwach, als hätte ich nicht einmal genug Energie zum Atmen.«

Rosario legt den Lappen auf die Arbeitsplatte und holt ihr Mobiltelefon aus der Kitteltasche.

»Ich muss Señora Paula benachrichtigen«, sagt sie.

»Es hat nichts mit dem Schlaganfall zu tun«, beruhigt Celia sie und setzt sich an den Tisch.

»Woher wissen Sie das?«

»Weil ich mich daran erinnere, dieses Gefühl früher schon einmal gehabt zu haben.«

»Wann?«

»Keine Ahnung. Ich glaube, auch mein Körper findet langsam sein Gedächtnis wieder.«

Rosario öffnet den Kühlschrank.

»Sie frühstücken besser etwas Leichtes«, sagt sie. »Ich werde Ihnen ein paar Kiwis schälen und einen Kamillentee mit Anis und einem Löffel Honig machen. Was meinen Sie?«

Celia fehlt selbst die Kraft für eine Antwort.

»Anschließend machen wir einen langen Spaziergang mit Charlie. Oder haben Sie andere Pläne?«

Schweigend beugt sich Celia vor und stützt das Gesicht in die Hände. Charlie trottet zu ihr und beschnüffelt sie. Er weiß, dass etwas nicht stimmt, und legt seinem Frauchen tröstend den Kopf in den Schoß.

»Ich habe keinen Hunger«, sagt Celia, doch sie überwindet sich, isst eine Kiwi und trinkt in kleinen Schlucken den Kamillentee. Zusammen mit der Wärme, die Charlie auf ihre Beine überträgt, wirkt das belebend auf sie.

»Als ich klein war, haben wir uns mit einer Seife, die meine Mutter aus Küchenfett herstellte, im Fluss gewaschen«, plappert Rosario drauflos, während sie Celia mit der Hand beim Duschen stützt, wohlwissend, dass ihre Worte jetzt nötiger sind denn je. »Uns blieb nichts anderes übrig, denn in der Toilette gab es nur ein kleines Handwaschbecken. Und am Fluss konnten wir uns richtig waschen. Dort gab es einen Bereich für Mädchen und einen für Jungen, getrennt durch eine Brücke, die nie jemand benutzte. Die ganze Familie badete zusammen, jeder auf seiner Seite der Brücke, und wenn sich einer in den falschen Bereich verirrte, haben wir ihn so laut ausgepfiffen, dass er sich schleunigst wieder verzog.«

»Und im Winter?«, fragt Celia.

»Im Winter was?«

»Habt ihr euch im Winter auch im Fluss gewaschen?«

Rosario zieht eine Braue hoch und erwidert: »In Guatemala gibt es keinen Winter. Zumindest keinen richtigen wie hier in Madrid.«

Und obwohl es Rosario nicht gelingt, Celia zum Lachen zu bringen, helfen ihr die Worte, das Brennen im Magen auszublenden.

»Ich begreife nicht, was da vorhin mit mir los war«, wundert sich Celia, als sie auf dem Hocker vor dem Spiegel sitzt und Rosario ihr mit der elektrischen Bürste das Haar glättet.

»Vielleicht ist Ihnen etwas nicht bekommen.«

»Es war etwas hier drin«, sagt sie und muss sich bremsen, um nicht den Kopf zu schütteln. Sie tippt sich an die rechte Schläfe, im Spiegelbild ist es die linke. »Eine Art psychisches Unbehagen.«

Bei diesen Worten spürt sie, wie ihr ein Schauer über den Rücken läuft.

»Ist es vorbei?«, fragt Rosario.

»Zum Glück, ja.« Celia seufzt. »Ich bin wirklich erleichtert, es ist, als würde eine große Last von mir abfallen.«

»Das ist das Gute daran, wenn man sich schlecht fühlt.«

»Ich wusste gar nicht, dass das auch etwas Gutes hat.«

Rosario hält inne und sucht im Spiegel ihren Blick.

»Man kann sich nur gut fühlen, wenn man sich irgendwann schlecht gefühlt hat«, sagt sie ernst.

Celia verzieht den Mund zu einem schiefen Lächeln. Es ist,

als würden diese Worte bestätigen, was sie insgeheim befürchtet.

»Ist das etwa auch eine Weisheit von deinem Vater?«, scherzt sie.

»Das hat er immer gesagt, wenn wir krank waren.«

»Ach was.«

»Er sagte: Achtet darauf, wie schlecht ihr euch jetzt fühlt. Wenn die Krankheit erst vorbei ist, ist das Ungemach schnell vergessen, und ihr werdet es nicht vom Vergnügen unterscheiden können.«

In diesem Moment klingelt es, und Charlie bellt.

»Das ist Señora Luisa«, verkündet Rosario und öffnet die Tür.

»Ich wollte wissen, wie es dir geht.«

Da Luisa nicht weiß, ob sie ihre Freundin einfach so besuchen darf, verschanzt sie sich zum Gruß hinter einer Floskel. Die Frauen umarmen sich im Flur.

»Du bist aber hübsch heute«, sagt Luisa.

»Ich wurde gerade frisiert«, erklärt Celia.

Luisa lässt sich ihre Überraschung nicht anmerken. Ihre Freundin hat sich früher immer selbst um Kosmetik und Kleidung gekümmert.

»Ich werde auch geduscht, geschminkt und bekocht.«

»Du wirst wie eine Königin behandelt.«

Rosario erkundigt sich höflich, ob die beiden Frauen etwas trinken möchten, und verzieht sich dann zum Arbeiten in die Küche. Charlie folgt Celia und Luisa auf die Terrasse und legt sich in einiger Entfernung vom Tisch vor die Tür.

»Entschuldige, dass ich dich kürzlich nicht zurückgerufen habe«, sagt Celia, als sie sich setzen.

»Bist du sehr beschäftigt?«

»Mehr, als du dir vorstellen kannst.«

»Wie geht es mit dem Gedächtnis voran?«

»Was soll ich dir sagen«, antwortet Celia. »Ich glaube, mir

fällt vieles wieder ein, das ich vor dem Anfall bereits vergessen hatte.«

»Und das ist schlecht?«

»Mehr als schlecht, es ist nutzlos.«

»Du hast das Passwort also immer noch nicht gefunden.«

Celia schürzt die Lippen und nickt.

»Ich habe dir was mitgebracht«, sagt Luisa und holt zwei zusammengefaltete Blätter aus ihrer Handtasche.

»Was ist das?«

»Die hat mir Tobias mitgegeben, als ich ihm sagte, ich würde dich besuchen.«

Celia faltet die Seiten auseinander und überfliegt sie.

»Das ist die Wörterliste, die er mir versprochen hat«, sagt sie.

»Hoffentlich hilft sie dir weiter.«

»Ich werde sie nachher in den Computer eingeben.« Celia legt die Blätter auf den Tisch. »Und wie geht es dir?«

»Ich habe auch viel zu tun«, sagt Luisa. »Wie immer.«

Celia geht nicht darauf ein. Sie ruft nach Charlie, damit er sich neben sie legt.

»Ich habe das Gefühl, dass unsere Freundschaft früher inniger war«, sagt Luisa.

»Kann sein.«

»Warum ist das so?«

»Ich weiß es nicht. Vielleicht vertraue ich dir nicht mehr. Du verschweigst mir etwas, weil du es Paula versprochen hast.«

Luisa zieht eine Zigarette aus der Schachtel und zündet sie an. Sie nimmt einen tiefen Zug, bläst den Rauch aus und sagt: »Du hast dich sehr verändert.«

»Das würdest du auch, wenn du dich nur noch an die Hälfte deines Lebens erinnern könntest.«

Celia verspürt Lust, nach der Schachtel zu greifen und sich auch eine Zigarette anzuzünden. Stattdessen steht sie auf, lehnt sich mit dem Rücken an die Brüstung und lässt sich die Haare ins Gesicht wehen.

»Erinnerst du dich an meine Cousine Isabel?«, fragt sie.

»Sehr gut sogar.«

»Sie hat mir gerade erst zu verstehen gegeben, dass mein Schriftstellerinnen-Ego dazu geführt hat, dass ich mich von der Familie abgewendet habe.«

Schweigend nimmt Luisa einen weiteren Zug.

»Hat sie recht?«, hakt Celia nach.

»Alle Schriftsteller sind doch ein wenig egozentrisch, oder etwa nicht?«, erwidert Luisa und lächelt versöhnlich.

Celia nimmt wieder Platz.

»Ich mache mir große Sorgen um meine Kinder.«

Luisa drückt die Zigarette in einem Blumentopf aus.

»Erzähl mir davon«, sagt sie, nun wieder ganz in der Rolle einer Vertrauten.

»Du weißt vermutlich von Paula und Jose.«

»Ja, aber ich glaube, es ist nur vorübergehend.«

»Albas Kindheit geht auch vorüber. Und sie braucht ihre Eltern.«

»Übertreib mal nicht.«

»Vielleicht weißt du ja mehr als ich.« Celia lehnt sich zurück. »Paula erzählt mir nichts, weil sie glaubt, dass ich einen zweiten Schlaganfall erleide, wenn ich die Wahrheit erfahre. Wenn etwas übertrieben ist, dann das.«

»In letzter Zeit lief es nicht so gut mit den beiden. Das geschieht doch überall. Die Leute stürzen sich mit Leib und Seele in die Arbeit und verbringen zu wenig Zeit miteinander. Sie haben nichts mehr, was sie verbindet.«

»Sie haben Alba.«

»Du hattest auch zwei Kinder und hast dich von Fran getrennt.«

Celia sagt nichts. Sie hat keine Ahnung, ob Luisa das von Fran und ihrer Schwester weiß.

»Na, siehst du«, sagt ihre Freundin. »Niemand verheimlicht dir etwas.«

»Ich mache mir auch Sorgen um Emilio.«

»Was ist mit ihm?«

»Ich habe kein einziges Foto von ihm gesehen, seit ich aus dem Koma erwacht bin.«

»Paula hat mir gesagt, sie hätte dir deine Fotoalben zurückgegeben.«

»Darin sind Fotos von Paula und Emilio als Kinder und das eine oder andere aus ihrer Jugend, aber ich habe kein einziges Bild von ihm als erwachsenem Mann gefunden.«

Luisa beugt sich vor.

»Dafür gibt es eine ganz einfache Erklärung«, sagt sie kopfschüttelnd.

Celia fixiert die Freundin mit zusammengekniffenen Augen.

»Das ist der Fluch der Digitalfotografie«, erläutert Luisa. »Kein Mensch lässt mehr Abzüge machen, Celia. Ich weiß nicht, ob du dich daran erinnerst, wie rasant die Welt der Fotografie sich verändert hat, als die Digitalkameras aufkamen. Der Rollfilm wurde durch eine Speicherkarte ersetzt, und analoge Fotoapparate verschwinden langsam.«

»Ich weiß nicht, wovon du redest.«

Luisa holt ihr Smartphone aus der Handtasche.

»Inzwischen verschwinden sogar schon die Digitalkameras«, erklärt sie weiter. »Die meisten Leute machen ihre Fotos nur noch mit dem Smartphone. Jetzt sag bloß nicht, dass du noch kein Foto damit gemacht hast, seit du aus dem Koma erwacht bist?!«

»Doch, eins.«

»Und, hast du es ausgedruckt und in ein Album geklebt?«

Celia schüttelt den Kopf und wirft einen Blick auf ihre Armbanduhr. Auch Luisa schaut auf ihrem Smartphone nach der Uhrzeit.

»Störe ich dich?«, fragt sie. »Hast du noch etwas vor?«

»Ich habe nur nachgerechnet, wie spät es jetzt wohl in Buenos Aires ist.«

SECHZEHN

In Sicherheit vor allem

Als Luisa fort ist, geht Celia eine halbe Stunde lang Tobias'
Liste durch. Sie spricht jedes einzelne Wort laut aus und konzentriert sich auf seine Bedeutung, als hätte sie einen Lücken-
text vor sich, dessen Code nur sie knacken kann. Dann ruft sie
ihren Sohn an.

In Buenos Aires ist es neun Uhr morgens. Emilio ist gerade
erst in der Redaktion eingetroffen und hat viel zu tun, weshalb
er nur ein paar Minuten Zeit für sie hat.

Da der Wind aus der Sierra nachgelassen hat, beschließt
Rosario, den Tisch auf der Terrasse zu decken. Celia freut sich
darüber. Frische Luft bekommt ihr gut, sie mag sich nicht in
der Wohnung verkriechen. Während es sich Charlie zu ihren
Füßen gemütlich macht, lassen sich die beiden Frauen Reis mit
Pilzen und Seehecht-Medaillons mit Zitronensaft schmecken.

»Ich habe meinen Sohn gebeten, ein Selfie zu machen und
es mir zu schicken«, sagt Celia, als sie nach dem Essen die Serviette zusammenfaltet und auf den Tisch legt.

»Wozu?«

»Ich möchte sehen, wie er heute aussieht.«

»Gibt es denn kein Foto von ihm in den Alben, die wir von
Señora Paula mitgenommen haben?«

Celia schüttelt den Kopf und hebt ratlos die Hände.

»Luisa hat mir erklärt, dass man heute keine Fotos mehr
abziehen lässt«, sagt sie. »Jetzt werden sie auf speziellen Karten
gespeichert wie Computerdateien.«

Celia hat sich damit abgefunden, mit Überraschungen konfrontiert zu werden. Manchmal hat sie das Gefühl, eine Zeitreisende zu sein, die in der Zukunft gelandet ist.

»Heutzutage hat man die Fotos meist auf dem Smartphone, Señorita«, sagt Rosario.

»Und in Zeitungen.«

»Was sind das für Zettel?«

Celia faltet die Wörterliste von Tobias wieder auseinander.

»Mein Agent versucht mir zu helfen, das Passwort zu finden.«

»Und, ist es gelungen?«

»Ich weiß es nicht«, sagt sie mit skeptischem Blick. »Ich habe sie noch nicht ausprobiert, aber ich glaube, nicht. Keines der Wörter kommt mir bekannt vor. Seltsamerweise hat er auch französische Wörter aufgelistet.«

»Er ist doch Ausländer, oder?«

Celia nickt.

»Ja, Deutscher«, sagt sie. »Aber er lebt schon über dreißig Jahre in Spanien.«

»Hat er keine deutschen Wörter aufgeschrieben?«

Celia zeigt ihr die Blätter, damit sie sieht, dass dem nicht so ist.

»Sprechen Sie Französisch?«, fragt Rosario.

»Früher einmal.«

»Ich hatte in der Schule auch Französisch«, sagt Rosario.

»Und ich habe ein Jahr in Frankreich verbracht, als Au-pair bei einer Familie. Die Kinder hießen Eugène und Charlotte. Er war acht Jahre alt und sie fünf. Sie waren ganz schöne Wildfänge.«

»Und was haben Sie mit ihnen gemacht?«

»Ich musste sie zur Schule bringen und wieder abholen, ihnen bei den Hausaufgaben helfen, und bei schönem Wetter bin ich mit ihnen auf den Spielplatz gegangen. Wenn es regnete, blieben wir zu Hause und haben mit ihrer Katze oder zusammen mit einem sehr gut aussehenden Nachbarn von ihnen etwas gespielt. In meinem Leben hat nie wieder etwas so viel Spaß gemacht.«

»Und Ihr Agent weiß das?«

Celia nickt.

»Offensichtlich schon«, antwortet sie mit Blick auf die Liste.

»Welche Wörter hat er aufgeschrieben?«

»*Cliché, couture, forêt, bonheur, décamper, caoutchouc, plongeon, arabesque, silhouette,* Jacqueline, Jemmapes, Saint-Martin, George Lefèvre, Argenteuil, Louveciennes …«

»Haben sie eine Bedeutung für Sie?«, fragt Rosario nachdenklich.

»Ich kann es nicht sagen«, erwidert Celia. »Ich weiß nicht, ob er sie wegen ihrer Bedeutung oder ihres Klangs aufgelistet hat. Es sind Substantive, Verben, Eigennamen und Ortsbezeichnungen. Und viele spanische Wörter.«

»Was für ein Aufwand.«

»Vielleicht hätte Tobias' Psychoanalytiker etwas dazu zu sagen. Ich sollte die Liste kopieren und sie ihm schicken.«

Rosario steht auf und beginnt, den Tisch abzuräumen. Celia geht ihr zur Hand und trägt die Wasserflasche und die beiden ineinandergestellten Gläser in die Küche. Dann zieht sie sich in ihr Schlafzimmer zurück und hält auf dem gemachten Bett wie gewohnt ein Nickerchen, bei dem sie von einer verspielten, sandfarben-getigerten Katze träumt, die an ihren Rücken geschmiegt ebenfalls schläft.

»Wann ist Albas Unterricht zu Ende?«

Nach dem Aufwachen hat Celia das Bedürfnis, mit ihrer Enkelin zu sprechen. Rosario liegt auf dem Zweiersofa im Wohnzimmer und schaut fern.

»Sie können Sie ruhig anrufen, wenn Sie möchten«, antwortet sie, ohne den Blick vom Bildschirm abzuwenden. »Die Schule ist seit einer Viertelstunde aus.«

Celia wählt Albas Nummer.

»Schätzchen, ich brauche deine Hilfe«, sagt sie. »Ich kann meine Tiere nicht füttern.«

»Warum nicht? Hast du kein Getreide mehr?«

»Das ist es nicht. Ich habe Weizen, Mais und Soja. Und einen Haufen Viehfutter in der Mühle.«

»Also?«

»Ich kann nicht ernten. Meine Scheune ist voll bis oben hin, und es ist unmöglich, das Viehfutter direkt in die Ställe zu transportieren.«

Am anderen Ende der Leitung ist ein Seufzer zu vernehmen.

»So sind die Spielregeln, Oma«, sagt das Mädchen. »Es muss erst alles in die Scheune.«

»Wozu?«, protestiert Celia. »Doch nicht etwa, weil eine Qualitätskontrolle oder sowas gemacht werden muss, oder?«

Alba schweigt, weshalb Celia im Hintergrund Kinderstimmen hören kann.

»Ich weiß es nicht«, sagt sie schließlich. »Ich weiß nur, dass das Spiel so funktioniert.«

»Und was soll ich jetzt machen?«

»Du musst deine Scheune leer machen.«

»Aber wie?«

Das Mädchen überlegt einen Augenblick.

»Hast du die Bestellungen vom Markt schon bearbeitet?«, fragt sie.

»Selbstverständlich«, antwortet ihre Großmutter. »Der gelbe Lieferwagen fährt schon den ganzen Tag Bestellungen aus.«

»Dann musst du auf der Farm einen Laden eröffnen.«

»Und wie geht das?«

Wieder sind die Stimmen der anderen Kinder zu hören.

»Das kann ich dir am Telefon nicht erklären«, sagt Alba. »Ich bin gleich zu Hause.«

»Ich kann heute Abend vorbeikommen«, schlägt Celia vor.

»In der Woche erlaubt mir Mama nicht, mich mit meinen Freundinnen zu treffen.«

»Ich bin aber keine deiner Freundinnen, Schätzchen«, protestiert Celia schmunzelnd. »Ich bin deine Oma.«

Sie legt auf und bricht in schallendes Gelächter aus, woraufhin Charlie leise bellt und aus dem Wohnzimmer eilige Schritte näher kommen.

»Was ist los?«

Rosario ist nicht einmal in ihre weißen Clogs geschlüpft, die sie normalerweise in der Wohnung trägt.

»Nichts«, erwidert Celia überrascht und zugleich irritiert. »Ich habe nur laut gelacht.«

Charlie schaut abwechselnd sein Frauchen und Rosario an.

»Ist es so merkwürdig, wenn ich mal lache?«

Celia lässt sich auf ihren Stuhl sinken. Charlie schnüffelt neugierig und winselt.

»Verzeihen Sie, Señorita«, sagt Rosario und zieht ihren Pferdeschwanz fest. »Ich habe mich nur erschrocken.«

»Warum?«

»Weil ich dachte, es sei etwas passiert.«

»Es ist nur so, dass meine Enkelin eine Freundin in mir sieht«, sagt Celia. »Und das ist in meinem Alter, ob mit oder ohne Gedächtnis, Grund genug, um herzlich zu lachen.«

Mehr gibt es nicht zu sagen. Rosario kehrt zu ihrer Telenovela zurück, Charlie verzieht sich in seine Ecke, und Celia kümmert sich wieder um ihre virtuelle Farm.

Am späten Nachmittag machen die drei einen Spaziergang. Celia führt Charlie, und Rosario Celia. Sie schlendern bis zur Calle de Fernando el Católico, wobei sie fast den ganzen Bürgersteig für sich beanspruchen.

»Ich bin mit den Hausaufgaben schon fertig«, ruft Alba, als sie die Fahrstuhltür öffnet und Charlie streichelt.

»Das ist aber schön, mein Schatz.«

»Und dir habe ich eine Schüssel mit Wasser auf den Balkon

gestellt«, flüstert das Mädchen dem Hund ins Ohr. »Mit dem dicken Fell ist dir bestimmt sehr warm.«

»Ist deine Mutter nicht da?«

»Hier bin ich.«

Paula kommt aus der Küche und nimmt die Schürze ab.

»Ich habe schon mit dem Abendessen angefangen«, sagt sie, nachdem sie erst ihre Mutter und dann Rosario begrüßt hat.

»Lassen Sie mich Ihnen helfen, Señora.«

»Danke, ist nicht nötig. Du kochst doch schon für meine Mutter. Setz dich mit uns ins Wohnzimmer, und wir plaudern ein wenig.«

Rosario zieht ihre Jacke aus und hängt sie wie selbstverständlich an die Garderobe im Flur, als wäre sie zu Hause.

»Ich möchte meiner kleinen Prinzessin Pfannkuchen backen«, sagt sie und drückt Alba einen Kuss auf die Stirn.

Dann verschwindet sie mit Paula in der Küche.

»Gib mir mal dein Handy.«

Im Wohnzimmer setzt sich Alba ihrer Großmutter gegenüber.

»Hast du Geld?«, fragt sie. »Ich meine im Spiel. Wenn wir einen Laden aufmachen wollen, brauchen wir ziemlich viel Geld.«

Celia kratzt sich an der Stirn. Sie findet es lustig, dass sie nicht weiß, ob sie Geld hat oder nicht.

»Du hast viel Geld. Das ist also kein Problem. Schau mal.« Sie zeigt mit dem Zeigefinger auf eine Stelle im Display.

»Hier hast du Gebäude, die zu kaufen sind. Du kannst eine zweite Mühle kaufen, um mehr Viehfutter zu produzieren, oder einen Backofen zum Kuchenbacken oder einen Laden eröffnen, um deine Produkte zu verkaufen, siehst du?«

»Was kostet das?«

»Fünftausendachthundert Münzen, aber du hast über achttausend. Also kein Problem. Wo sollen wir ihn hinstellen?«

Celia setzt beim Nachdenken ihre Brille auf.

»Hier nicht«, sagt sie und zeigt auf eine Stelle neben dem Weg. »Ich habe gestern einen Apfelbaum gekauft und möchte Platz haben, um noch andere Obstbäume zu pflanzen.«

»Dann besser auf die andere Seite«, entscheidet Alba und zieht das Gebäude an besagte Stelle.

»Und jetzt?«

»Jetzt gehst du in die Scheune und ziehst die Produkte, die du verkaufen willst, in den Laden. Dann hast du in der Scheune wieder Platz für das Viehfutter.«

Celia klatscht zufrieden in die Hände.

»Du bist aber schlau«, sagt sie und nimmt ihrer Enkelin das Smartphone aus der Hand. »Lass mich mal.«

»Nein, nicht so«, rät Alba ab. »Hol die Eier noch nicht. Zuerst das Viehfutter, dann die Eier, und am Ende musst du die Hühner füttern. Wenn du wenig Platz in der Scheune hast und zuerst die Eier holst, bleibt dir kein Platz mehr für das Futter, dann kannst du sie nicht füttern und wirst keine Eier bekommen.«

»Ach, Mist.«

Celia hat nicht gewusst, dass dieses harmlose Spiel geradezu strategisch aufgebaut ist.

»Soll ich dir meine Farm zeigen?«, fragt das Mädchen.

Sie öffnet die App in ihrem Mobiltelefon und zeigt ihrer Großmutter stolz das Ergebnis ihrer Beharrlichkeit. Celia ist sprachlos. Einige der Gebäude kennt sie bereits, doch der Ideenreichtum der Programmierer des Spiels überrascht sie.

Es gibt Teiche mit Schwänen, Gärten mit blühenden Pflanzen, quietschbunte Vögel, Schmetterlinge, Weiden mit galoppierenden Pferden, bunte Zäune, sogar einen kleinen klassischen Tempel mit vier Säulen und einem Kuppeldach.

»Gefällt sie dir?«

»Ich bin begeistert. Die vielen Blumen. Wo hast du die her?«

»Die Blumen werden aktiviert, wenn du Level einundzwanzig erreicht hast.«

»Und der Tempel mit den Säulen?«

»Auf Level dreißig.«

Celia ist verblüfft.

»Seit wann bist du denn schon Farmerin?«, fragt sie.

»Seit über einem Jahr.«

Das Mädchen versteht die Aufregung ihrer Oma.

»Wenn du jeden Tag spielst und die Aufgaben auf dem Feld und bei der Tierhaltung in der richtigen Reihenfolge ausführst, kannst auch du schon bald eine solche Farm haben«, erklärt sie und legt Celia die Hand auf die Schulter.

Celia genießt den Körperkontakt mit ihrer Enkelin. Sie empfindet das Gewicht und die Wärme dieser kleinen Hand wie ein unverhofftes Geschenk. In ihr spürt sie die unbändige Energie der Jugend.

»Rosario hat was ganz Leckeres für dich in der Küche.«

Paula kommt ins Wohnzimmer und setzt sich neben ihre Mutter auf die Armlehne des Sofas.

»Ich bin begeistert von diesem Spiel«, sagt die und zeigt auf das Display des Handys. »Du ahnst nicht, wie mich das ablenkt und beruhigt.«

Paula holt tief Luft, um nicht vor Ungeduld zu hyperventilieren. Dann fragt sie ihre Mutter besorgt: »Ein Kinderspiel beruhigt dich?«

»Ich fühle mich beim Spielen wie ein kleines Mädchen, in Sicherheit vor der Welt der Erwachsenen. In Sicherheit vor allem.«

Mutter und Tochter wechseln einen vielsagenden Blick.

»Du solltest es auch mal versuchen«, fährt Celia fort und macht eine einladende Geste. »Alba kann dir das Spiel runterladen und dir die ersten Schritte erklären.«

Aus der Küche ist das jubilierende Lachen der Kleinen und Charlies Gebell zu vernehmen.

»Ich habe deinen Bruder gebeten, mir ein Foto von sich zu schicken«, fügt sie hinzu.

»Ein Foto«, wiederholt Paula.

»Ich möchte wissen, wie er jetzt aussieht. In den Alben, die du mir gegeben hast, gibt es kein einziges Foto von ihm. Hast du vielleicht ein aktuelles?«

Paula winkt seufzend ab.

»Lass mich jetzt bitte nicht nach Fotos suchen«, sagt sie.

Celia kennt ihre Tochter. Sie weiß, dass sie sich nicht um zwei Dinge gleichzeitig kümmern kann.

»Hast du dich inzwischen mit Jose getroffen?«, fragt sie leise.

»Ja, gestern.«

»Habt ihr geredet?«

Paula schüttelt langsam den Kopf.

»Nur kurz«, sagt sie. »Wir standen vor der Schule. Er war gekommen, um Alba zu sehen.«

»Werdet ihr euch bemühen, die Sache zu klären?«

»Ich weiß es nicht.«

»Hat er eine andere?«

»Das weiß ich auch nicht. Aber deshalb haben wir uns nicht getrennt.«

Celia nickt mehrmals, sie will sie nicht weiter ausfragen. Aber es stört sie, dass das Glück ihrer Tochter von einem anderen Menschen abhängt.

»Ich mache mir Sorgen, dass Alba ohne ihren Vater aufwachsen könnte«, sagt Paula. »Ich möchte nicht, dass sie eine unglückliche Kindheit hat.«

»Das ist Blödsinn«, erwidert Celia und muss sich zügeln.

»Die Psychologen sagen aber was anderes«, sagt Paula.

»Welche Psychologen?«

»Die im selben Krankenhaus arbeiten wie ich.«

Ihre Mutter macht eine wegwerfende Handbewegung.

»Darüber machst du dir Sorgen? Das Einzige, was Alba braucht, sind regelmäßige Spaziergänge mit Charlie.«

»Mit Charlie?« Paula ist kurz davor, die Geduld zu verlieren.

»Ich meine es ernst. Alba braucht ihren Vater, nicht deinen Hund.«

»Mein Hund ist auch männlichen Geschlechts«, sagt Celia gedehnt. »Genau wie ihr Vater.«

»Mama, bitte.«

Celia hebt ihre rechte Hand.

»Ich habe mit einem Mann und einem Rüden zusammengelebt und kann dir versichern, dass sie viel gemein haben.«

Paula hört aufmerksam zu. Sie ist sich nicht sicher, ob ihre Mutter nun endgültig den Verstand verloren hat oder nur scherzt.

»Beide sind unbesonnen und ungestüm. Sie können ihr Temperament nicht zügeln und sind leicht reizbar. Sie spielen gern, obwohl sie mit allem und jedem konkurrieren müssen und übertrieben auf ihr Selbstwertgefühl achten. Sie müssen sich jeden Tag körperlich betätigen und hassen es, Entscheidungen treffen zu müssen, können aber erfreulich folgsam und nachsichtig sein. Sie wenden bei körperlichem Einsatz viel mehr Kraft auf als nötig, weshalb sie Sicherheit und Vertrauen vermitteln. Sie können das, was sie betrachten, verschönern. Sie sind hinter jedem weiblichen Wesen her, können überall schlafen, schnarchen und haben zumeist einen schlechten Atem.«

Paula kann nicht an sich halten, sie muss lachen. Die Auflistung ihrer Mutter klingt wie der Monolog eines TV-Comedians.

»Bring mich nicht zum Lachen«, sagt sie.

»Warum nicht? Empfehlen dir deine Psychologen-Kollegen etwa nicht zu lachen?«

»Sie empfehlen mir zu verreisen.«

»Wohin?«

»Wohin auch immer. In einer Krise ist es das Beste, mit der Routine zu brechen.«

Celia wird ernst.

»Keine schlechte Idee«, sagt sie. »Alba kann zu Rosario und mir kommen. Und zu Charlie.«

Paula hat diese Möglichkeit bereits erwogen und verworfen.

»Ich glaube nicht, dass ich sie im Augenblick allein lassen sollte.«

»Dann nimm sie mit.«

»Das Schuljahr hat gerade erst begonnen, das ist eine schwierige Zeit. Ich möchte nicht, dass ihre Mitschülerinnen Freundschaften schließen und sie ausgeschlossen wird.«

Celia nickt, das Argument klingt vernünftig.

»In dem Fall wäre es das Beste, du suchst dir einen neuen Partner«, sagt sie mit einem ironischen Lächeln. »Wenn möglich, einen unbesonnenen und ungestümen Mann.«

Plötzlich steht Charlie in der Wohnzimmertür, vielleicht, weil im Laufe des Gesprächs mehrfach sein Name gefallen ist. Er setzt sich auf die Hinterpfoten und starrt zur Wohnungstür.

»Das ist gar nicht so einfach«, sagt Paula leise. Noch mehr Scherze kann sie nicht ertragen. »Ein Mann ist das Letzte, was ich im Augenblick gebrauchen kann.«

SIEBZEHN

Ein Wort aus einer anderen Sprache

»Mal abgesehen vom Bart, sieht er Ihnen ähnlich«, sagt Rosario, als Celia und sie nach dem Abendessen in der Küche sitzen bleiben und das Foto in Celias Smartphone betrachten. »Er ist ein attraktiver Mann, obwohl er verärgert wirkt.«

»So hat er schon immer ausgesehen.« Celia vergrößert das Bild mit zwei Fingern, wie Alba es ihr gezeigt hat. »Schon als Baby, als er noch nicht einmal sprechen konnte, war Emilio mit aller Welt über Kreuz.«

Rosario nickt verständnisvoll.

»Bei meinem Bruder Maynor ist das auch so«, sagt sie. »Er wirkt immer grimmig, außer wenn er wirklich verärgert ist.«

Celia blickt auf.

»Dann wirkt er irgendwie verloren«, erklärt Rosario. »Als wäre er unfähig, seinen Ärger rauszulassen. Als er klein war, sagte mein Vater zu ihm, wenn er schon den ganzen Tag grimmig dreinschaue, solle er doch wenigstens lächeln, wenn er wirklich verärgert ist, dann wüssten wir, woran wir sind. Auch wenn er es andersherum macht als alle anderen. Aber mein Bruder hat nie auf ihn gehört. Er war immer ein Eigenbrötler.«

Celia betrachtet wieder das Foto ihres Sohnes, das sie bekommen hat, als sie mit Rosario und Charlie auf dem Heimweg war.

»Emilio ist auch eigen«, sagt sie. »Introvertiert und fordernd, hochintelligent, aber ohne jedes Gespür für andere Menschen.

Das macht das Zusammenleben mit ihm ziemlich schwierig. Zumindest soweit ich mich erinnern kann.«

»Vielleicht hat er sich inzwischen geändert. Ich weiß nicht, ob Sie bei Ihren Telefonaten etwas gemerkt haben.«

Celia schüttelt den Kopf.

»Am Telefon habe ich nicht einmal seine Stimme wiedererkannt«, sagt sie, den Blick auf das Foto ihres Sohnes geheftet. »Der erwachsene Emilio ist ein Fremder für mich.«

»Er bekommt schon graue Haare«, sagt Rosario und zeigt auf das Display.

»Sein Vater war in seinem Alter auch schon grau«, sagt Celia. »Nur diesen Vollbart hatte er nicht.«

»Das ist jetzt modern.«

Celia wirkt irritiert.

»Ist mir auch schon aufgefallen«, sagt sie mit gerunzelter Stirn. »Man sieht jetzt überall junge Männer mit Vollbärten. Selbst mein Neurologe, der nicht mehr ganz so jung ist, trägt einen Vollbart bis zum Hals. In den Siebzigerjahren gab es das schon einmal, aber damals trugen die jungen Männer zum Bart auch langes Haar. Was soll das bloß?«

»Es ist eine importierte Modeerscheinung«, erklärt Rosario. »Jetzt trägt der moderne junge Mann eben Vollbart, dazu eng geschnittene Anzüge, Hornbrillen und die eine oder andere Tätowierung.«

»Woher weißt du das?«

»Ich bin Friseurin, erinnern Sie sich? Ich habe mich immer für Mode interessiert und besonders für neue Trends bei Frisuren.«

Celia steckt ihr Handy ein und steht auf. Sie sucht nach Worten, mit denen sie ihr Befremden erklären könnte.

»Die Fußballer haben vor ein paar Jahren damit angefangen«, fügt Rosario hinzu.

»Ich erinnere mich an Zeiten, als Liedermacher die Mode vorgaben«, antwortet Celia und geht in ihr Arbeitszimmer.

Dort probiert sie eine Reihe von Passwörtern aus, die eines nach dem anderen systematisch abgelehnt werden. Es überrascht sie nicht. Sie weiß, dass sie das richtige Wort noch nicht gefunden hat, und wäre erstaunt gewesen, wenn der Computer einen Kandidaten akzeptiert hätte, der ihr vorher nicht ins Auge gesprungen ist.

Wenn sie in ihrem Arbeitszimmer sitzt, fühlt sie sich manchmal abhängig. Es ist, als wäre sie ihrem Computer etwas schuldig, als wären die Passwörter, die sie eingibt, eine Art Abbitte dafür, dass sie noch am Leben ist. Der Rechner erscheint ihr dann wie ein Orakel, von dem ihre ganze Existenz abhängt. Und wieder hat sie ein elektronisches Aleph vor sich.

Dann nimmt sie ihre Medikamente ein und lauscht bis zum Einschlafen auf die regelmäßige Atmung Charlies, der sich neben ihre Hausschuhe vor das Bett gelegt hat. In der Nacht wacht sie mehrmals auf. Der bekannte Albtraum vom Regen, der in ihr Schlafzimmer einzudringen droht, plagt sie, doch diesmal bangt sie nicht um ihr Leben. Emilio ist bei ihr. Er liegt wie Charlie auf dem Boden, sodass sie diesmal um das Leben ihres Sohnes fürchtet. Sie erwacht unausgeschlafen und unruhig und kann die erholsamen Minuten des morgendlichen Reckens und Streckens nicht genießen.

»Warum stehen so viele französische Wörter auf der Liste, die du mir geschickt hast?«

Nachdem sie ohne Appetit gefrühstückt hat, sitzt sie auf dem Wohnzimmersofa und telefoniert mit Tobias.

»Es sind deine Lieblingswörter in dieser Sprache«, antwortet der Agent. »Das hast du mir einmal verraten.«

»Es sind auch Eigennamen darunter.«

»Ja, die von Menschen und Orten, von denen du mir erzählt hast. Ich musste lange nachdenken und ein paar deiner Artikel querlesen, um die Liste anfertigen zu können.«

»Ich danke dir.«

»Ist das Schlüsselwort dabei?«

»Ich glaube nicht.«

Celia hört ein Geräusch am anderen Ende der Leitung, das klingt wie Donnergrollen. Tobias kann sich einen tiefen Stoßseufzer nicht verkneifen.

»Hör zu, Celia …«, setzt er an.

»Ich weiß schon, was du sagen willst, aber ich brauche noch etwas Zeit.«

»Wozu? Du hast doch schon jede Menge möglicher Wörter ausprobiert. Akzeptier einfach, dass es extrem schwierig ist, was du dir vorgenommen hast. Du solltest endlich begreifen, dass wir die Fristen des Verlags einhalten müssen.«

»Ich habe eine Entscheidung getroffen.«

»Und die wäre?«

»Ich verreise.«

Mehr verrät sie nicht, nicht einmal, wohin die Reise gehen soll, sodass sich Tobias letztlich nicht sicher ist, ob sie es wörtlich oder metaphorisch meint.

»Was gibt es zu essen?«, fragt Celia Rosario, nachdem sie aufgelegt hat.

»Ich dachte, ich könnte Langusten-Ceviche mit gebackenen Bananen machen«, antwortet die. »Das ist ein typisches Gericht aus Guatemala, und ich sollte doch Gerichte aus meiner Heimat kochen …«

Celia nickt und zieht Rosario zu sich heran, damit sie sich neben sie setzt.

»Wenn du für die Zubereitung viel Zeit brauchst, musst du etwas anderes kochen«, sagt sie.

»Warum?«

»Weil ich möchte, dass du zwei Flugtickets kaufst.«

Rosario fasst sich ans Herz.

»Ich weiß, wohin wir fliegen«, sagt sie.

»Wohin?«

»Nach Buenos Aires.«

Celia schüttelt lächelnd den Kopf.

»Nein, so weit nicht«, sagt sie.

Während Celia weitere Telefonate erledigt, holt Rosario das Tablet und sucht eine gute Stunde lang nach der besten Flugverbindung und dem besten Preis. Dann bucht sie zwei Flüge für den nächsten Tag mit Rückflug am Montag.

»Ist das für Sie in Ordnung?«

Rosario zeigt ihr die Bestätigungsmail mit den Abflugzeiten und dem Preis.

»Ich mache jetzt einen Spaziergang mit Charlie«, erwidert Celia, ohne weiter darauf einzugehen. »Du brauchst nicht mitzugehen. Ich bin zum Aperitif auf der Plaza verabredet.«

Rosario zögert unsicher. Sie ist es nicht mehr gewöhnt, dass ihre Señorita derartig selbstständig handelt.

»Du kannst inzwischen das Essen zubereiten«, fügt Celia hinzu. »Aber vorher musst du mich noch frisieren.«

»Dein Anruf kam wirklich überraschend für mich.«

Jose sitzt bei einem Bier auf der Terrasse desselben Lokals, in dem Celia und Rosario gelegentlich essen, wenn auch nicht am selben Tisch. Charlie begrüßt ihn ohne große Begeisterung.

»Es tut mir sehr leid, was passiert ist.«

»Mach dir keine Sorgen, mir geht's gut.«

Celia hat sich damit abgefunden, Kommentare über ihre Krankheit und ihre Genesung zu hören. Sie bestellt ein alkoholfreies Bier, gefüllte Oliven und ein Schüsselchen Wasser für Charlie.

»Ich will schon seit Tagen mit dir sprechen«, beginnt sie förmlich. »Mir ist klar, dass ich mich in Dinge einmische, die mich nichts angehen, aber bitte sag Paula nicht, dass wir uns getroffen haben.«

»Kein Problem.«

»Paula und ich verreisen für ein paar Tage.«

Jose zeigt keine Reaktion.

»Ich wollte dich bitten, dich um Charlie zu kümmern«, fügt Celia hinzu.

Der Hund stellt ein Ohr auf, als er seinen Namen hört.

»Soll ich ihn mit zu mir nehmen?«, fragt Jose.

»Mir wäre lieber, wenn du bei mir vorbeischaust und abwechselnd mit meiner Hausangestellten mit ihm spazieren gehst. Er muss drei Mal täglich raus.«

Jose trinkt sein Bier in einem Zug und wischt sich die Lippen mit einer Papierserviette ab.

»Celia«, sagt er mit verständnisvollem Lächeln. »Du musst mich nicht an meine Pflichten gegenüber Alba erinnern. Ich sehe sie fast täglich nach der Schule, und wir telefonieren regelmäßig.«

Celia hat etwas in der Art erwartet.

»Darum geht es nicht«, sagt sie geduldig. »Meine Tochter und ich verreisen, meine Enkelin wird bei meiner Hausangestellten bleiben, und ich brauche jemanden, der ihr mit dem Hund hilft. Deshalb wende ich mich an dich. Was spricht dagegen?«

»Glaubst du, dass Paula damit einverstanden ist?«

»Warum nicht?«

»Ich weiß nicht. Wir reden nicht viel.«

»Das solltet ihr aber.«

»Aus dem Grund bin ich ja ausgezogen.« Jose bemüht sich vergeblich, gelassen zu wirken. »Wir haben nie über die wichtigen Dinge gesprochen.«

Celia schnalzt hörbar mit der Zunge.

»Aha«, sagt sie. »Hast du eine andere Frau?«

Jose rutscht auf seinem Stuhl herum.

»Ich weiß, es geht mich nichts an«, fügt Celia hinzu und macht eine beschwichtigende Handbewegung. »Ich frage nur, weil ich mir Sorgen um Alba mache. Du musst nicht mehr der Mann meiner Tochter sein, aber du wirst immer der Vater meiner Enkelin bleiben.«

»Ich habe mich nicht wegen einer anderen Frau von Paula getrennt«, erklärt Jose.

»Dann glaubst du also, dass es noch möglich ist, wieder zueinanderzufinden?«

Jose antwortet nicht, zumindest nicht gleich. Er bestellt lediglich ein weiteres Bier.

»Ich habe keine Ahnung«, räumt er schließlich ein. »Ich habe den Glauben an die Familie verloren.«

»Die Familie«, wiederholt Celia.

»Verzeih mir meine Aufrichtigkeit.« Jose faltet die Hände. »Ich weiß nicht, ob du dich daran erinnerst, aber du selbst hast jede Menge Artikel über dieses Thema geschrieben.«

»Über welches Thema?«

»Über das Geflecht aus Fallen, Vorwürfen und emotionaler Erpressung, die das Zusammenleben mit einem Menschen des anderen Geschlechts mit sich bringt.«

Celia kann sich nicht daran erinnern, so etwas geschrieben zu haben, auch wenn es sie nicht wundert.

»Und ich habe festgestellt, dass ich lieber allein lebe«, erklärt Jose.

Celia holt tief Luft. Ihr ist heiß, und sie hat Durst. Am liebsten würde sie aufstehen.

»Alba weiß nichts von Vorwürfen und emotionaler Erpressung«, sagt sie.

»Natürlich nicht.«

»Lange ist sie nicht mehr Kind. In drei oder vier Jahren kommt sie in die Pubertät, und es ist zu spät für euch.«

Jose zieht es vor, nichts zu erwidern. Auf Celia wirkt sein Schweigen verkrampft. Vielleicht hat auch er von Paula Anweisung erhalten, ihr nicht zu widersprechen.

»Paula hat mir gesagt, dass du ein Freund von Emilio bist.«

»Erinnerst du dich nicht daran?«

Celia unterdrückt ein Kopfschütteln.

»Wir haben uns beim Kampfsport kennengelernt«, spricht

Jose weiter. »In einem Fitnessstudio. Wir haben jede Woche trainiert und sind später an den Wochenenden zusammen ausgegangen. Irgendwann waren wir eine ganze Clique, und dann hat Emilio Paula mitgebracht.«

Charlie spürt, dass Celia ihn braucht. Er setzt sich hin und schnüffelt an ihr.

»Sprichst du manchmal mit ihm?«, fragt Celia.

»Ja, wir telefonieren oft.«

»Wie geht es ihm deiner Meinung nach?«

Jose räuspert sich verlegen.

»Wie immer«, sagt er.

»Glaubst du, dass er glücklich ist?«

»Warum sollte er nicht?«

Celia schaut ihren Schwiegersohn von oben herab an.

»Wenn du wirklich sein Freund wärst, dann wüsstest du, wie schwer es ihm immer gefallen ist, glücklich zu sein.«

In Joses Gesicht rührt sich kein Muskel.

»Ich glaube, Emilio ist so glücklich, wie er eben sein kann«, sagt er schließlich.

Celia nickt. Damit ihr nicht schwindlig wird, stützt sie sich vorsichtig mit beiden Händen am Tisch ab und steht langsam auf.

»Es ist schon spät«, sagt sie zum Abschied.

Jose hebt die Hand und bittet um die Rechnung.

»Darf ich fragen, wohin ihr verreist?«

»Nach Paris.«

Auch wenn Jose gern wüsste, warum, wagt er nicht, danach zu fragen.

»Ich zähle auf dich«, sagt Celia.

Dann geht sie nach Hause, wo Rosario bereits mit dem Essen wartet. Mit einem gequälten Lächeln setzt sie sich an den Tisch, stumm und ohne Appetit. Sie versteht nicht, warum das Treffen mit Jose ihr die Kraft zum Sprechen geraubt hat. Trotzdem lobt sie das Langusten-Ceviche mit seinem erfrischenden

Geschmackskontrast, weil sie nicht möchte, dass Rosario sie für undankbar hält. Und auch nicht, dass sie denkt, das Treffen mit einem Freund ihres Sohnes hätte ihr den Appetit verdorben.

Sie ist wie erschlagen. Nur mit Mühe isst sie auf und schläft danach ein paar Stunden tief und fest. Ihr Gehirn hat seine Selbstständigkeit aufgebraucht wie der Akku ihres Mobiltelefons, der jeden Tag schneller leer ist und ständig geladen werden muss.

»Ich brauche einen Stadtplan von Paris«, sagt sie zu Rosario, als sie ins Wohnzimmer kommt, wo diese in Gesellschaft von Charlie fernsieht. »Vermutlich gibt es einen in meinem Arbeitszimmer.«

»Machen Sie Google Maps auf«, erwidert sie. »Das ist der beste Plan, den ich kenne. Damit findet man sich in jeder Stadt der Welt zurecht.«

Celia hört sie, rührt sich aber nicht. Sie wirkt orientierungslos.

»Holen Sie mal das Tablet«, sagt Rosario. »Ich helfe Ihnen.« Dann sitzen sie auf dem Sofa und bummeln eine ganze Weile virtuell durch Paris und seine Vorstädte. Rosario zeigt Celia, wie sie sich orientieren kann, indem sie auf der Suche nach einer bestimmten Adresse etwas heranzoomt, und wie sie mit Hilfe eines gelben Männchens, wie sie es nennt, Street View nutzen kann. Celia passt genau auf, um alles zu verstehen. Bei dem hohen Grad an grafischer Genauigkeit des Programms fragt sie sich, ob es überhaupt die Mühe lohnt, diese Reise zu machen.

»Mit euch habe ich nicht gerechnet«, sagt Paula, als sie die Tür öffnet.

»Können wir reinkommen?«

Alba kommt mit der Gitarre aus ihrem Zimmer gelaufen. Sie legt sie auf den Boden, um erst ihre Oma und dann deren Begleitung zu begrüßen, genau wie am Abend zuvor.

»Wir müssen reden.«

Nachdem sie ihre Enkelin umarmt hat, geht Celia, gefolgt von ihrer Tochter, ins Wohnzimmer. Rosario begleitet Alba in ihr Zimmer, und Charlie legt sich vor die Wohnungstür, als wollte er gleich wieder gehen.

»Flieg mit mir nach Paris«, sagt Celia, kaum, dass sie sich gesetzt haben.

»Nach Paris?«, wiederholt Paula.

»Ich muss nach Paris.«

»Warum?«

»Ich habe immer geglaubt, das Passwort, das ich suche, sei ein spanisches Wort«, erklärt Celia. »Jetzt ist mir klar geworden, dass es auch ein Wort aus einer anderen Sprache sein könnte: ein französisches zum Beispiel. Ich möchte Jacqueline und ihre Kinder besuchen. Und an den Ort zurückkehren, an dem ich ein Jahr gelebt habe.«

Paula fährt sich mit der Hand über die Stirn.

»Tut mir leid«, sagt sie leise. »Aber ich glaube nicht, dass du in deinem Zustand fliegen solltest.«

»Die Druckverhältnisse in Flugzeugkabinen sind heutzutage sehr gut«, antwortet Celia mit hochgezogenen Augenbrauen. »Du musst dir keine Sorgen machen.«

»Lass die Scherze«, sagt Paula. »Du kannst mir ruhig glauben, wenn ich dir sage, dass du nicht einfach so in ein Flugzeug steigen kannst.«

»Deshalb bitte ich dich, mich zu begleiten«, sagt Celia mit einer ausladenden Handbewegung. »Du bist Ärztin, und ich bin davon überzeugt, dass du dich sehr gut um deine Mutter kümmern wirst.«

»Du weißt ganz genau, dass ich Kinderärztin bin.«

»Ältere Leute sind wie Kinder.«

»Ich kann jetzt nicht verreisen.«

»Warum nicht? Du hast gestern selbst gesagt, dass du mal hier rausmusst. Das ist die Gelegenheit. Um Alba brauchst du dir keine Sorgen zu machen, Rosario kann sich um sie kümmern. Es ist ja nicht das erste Mal, erinnerst du dich? Und Charlie legt sich als Wachhund vor die Wohnungstür.«

Paula verschränkt die Arme.

»Ich weiß nicht, ob ich Urlaub nehmen kann«, sagt sie.

»Du hast gesagt, du hättest noch Urlaubstage«, erinnert Celia sie lächelnd, froh, ihr gutes Gedächtnis unter Beweis stellen zu können.

Paula springt auf. Der Gedanke, in eine andere Stadt zu reisen, ist zu verlockend. Aber dann setzt sie sich wieder.

»Wann wolltest du denn fliegen?«

»Morgen Nachmittag.«

»Bist du verrückt geworden?«

Celia räuspert sich.

»Ich würde eher sagen, dass der Schlaganfall Teile meines Gedächtnisses gelöscht und mich ein wenig verändert hat«, antwortet sie.

»Entschuldige, ich habe es nicht so gemeint.«

»Ich habe die Tickets schon.«

Paula zögert. Sie fühlt sich in die Enge getrieben. Sie war nie ein impulsiver Mensch und hasst es, wenn andere über sie verfügen.

»Pack einen kleinen Koffer mit dem Allernötigsten«, schlägt Celia vor. »Wenn du etwas brauchst, kannst du es auch dort besorgen.«

Paula starrt ins Leere.

»Wie hast du denn die Tickets gekauft?«, fragt sie, als sie in die Wirklichkeit zurückkehrt.

»Das hat Rosario gemacht.«

»Und wie hat sie sie bezahlt?«

Celia antwortet wie selbstverständlich: »Mit einer meiner Kreditkarten aus dem Nachttisch.«

Schweigen.

»Und die Zugangsdaten?«, fragt Paula.

»Die steckten in einem Umschlag von der Bank, der bei der Karte lag.«

Kopfschüttelnd schließt Paula die Augen und kratzt sich an einer Augenbraue. Sie seufzt.

»Ich verstehe nicht, wie du so vertrauensselig sein kannst«, murmelt sie schließlich.

»Wie meinst du das?«

»Du hast Rosario die Daten deiner Kreditkarte gegeben. Damit kann sie sonst was kaufen, Geld in ihr Land überweisen oder an einem Automaten abheben …«

Da stützt sich Celia schwer auf die Armlehne und hievt sich hoch.

»Darüber brauchst du dir wirklich keine Sorgen zu machen«, sagt sie ernst. »Rosario ist eine ehrliche und grundanständige Frau, die nur Biografien großer Frauen und Bücher über Heilige liest. Wir fliegen um halb fünf.«

ACHTZEHN

Das räumliche Gedächtnis

»Du musst mir verzeihen«, sagt Celia nach dem Abendessen zu Rosario.

»Erst wollte ich mit dir nach Paris. Aber dann wurde mir klar, dass ich Paula mitnehmen muss. Es geht ihr schlecht.«

»Sie müssen sich nicht entschuldigen, Señorita«, antwortet Rosario. »Ich habe das Ticket problemlos umbuchen können.«

»Sie muss aus ihrem Alltagstrott raus, und wenn es nur für ein paar Tage ist.«

Rosario steht auf.

»Ich kümmere mich gern um Alba«, sagt sie verständnisvoll. »Wir sind gute Freundinnen. Wir frisieren und schminken uns gern gegenseitig oder singen zusammen zur Gitarre.«

Celia bleibt am Tisch sitzen.

»Albas Vater wird euch mit Charlie helfen«, sagt sie.

Rosario erwidert nichts. Unter normalen Umständen wäre Celias Vorschlag geradezu lächerlich, aber sie wird ihre Gründe dafür haben.

»Soll ich Ihnen beim Kofferpacken helfen?«

»Ja, bitte.«

Celia genießt es, Rosario zwischen Schrank und Koffer, der aufgeklappt auf dem Bett liegt, hin und her wandern zu sehen. Sie muss unweigerlich wieder an Tante Paulina denken. Wie Rosario verfügte ihre Tante über das Talent, alles, was sie machte, mit Würde zu tun. Ob sie nun pürierte Tomaten, gekochte Bohnen oder Obstkompott einweckte, häkelte oder die

Gardinen zum Waschen abnahm, Tante Paulina erledigte die Hausarbeit auf bewundernswerte Weise, wie eine Diva, die auf der Bühne die Rolle ihres Lebens spielt.

Rosarios Hantieren löst ein tiefes Glücksgefühl in ihr aus. Es gibt in diesem Moment nichts Wichtigeres, als die richtige Reisebekleidung auszuwählen, zusammenzulegen oder einzurollen, um sie in sämtliche Winkel des Koffers zu verstauen.

Rosario spürt Celias bewundernde Blicke und erläutert jeden ihrer Handgriffe, womit sie für kurze Zeit zur Chronistin ihrer selbst wird. Sie kann nicht wissen, dass Tante Paulina auch das genauso gemacht hat.

In der Nacht schläft Charlie wieder neben Celias Hausschuhen. Er weiß nicht, wohin die Reise seines Frauchens geht, weil Hunde Orten keinen Namen geben, aber er weiß, dass sie verreisen wird. Und dass sie ihn nicht mitnimmt. Deshalb ist er träge und lustlos, er hat keinen Appetit und wirkt deprimiert. Celia ruft ihn zu sich ans Bett, um ihn zu kraulen, und fragt sich dabei, ob Hunde ihre Halter mit ihren hängenden Ohren und ihrem tieftraurigen Blick emotional erpressen können.

Am Morgen machen es sich Frauchen und Hund zum Abschied auf der Terrasse gemütlich, sie in ihrem Stuhl und er zu ihren Füßen. Celia schließt die Augen und hält das Gesicht in die Sonne. Sie lauscht dem Konzert aus Vogelgezwitscher und Verkehrslärm. Es klingt, als würde eine Flotte Fischerboote in Begleitung eines aufgeregten Möwenschwarms in den Hafen einlaufen. Sie wird schon bald ins Ausland reisen, ist aber längst nicht so aufgeregt wie sonst. Stattdessen empfindet sie regelrecht Erleichterung, als würde die Tatsache, dass sie mit ihrer Tochter verreist, sie von einer alten Sünde freisprechen, an die sie sich nicht erinnern kann.

Charlie rekelt sich und döst mit einem aufgestellten Ohr, während sein Frauchen Tobias am Telefon nochmals für seine Wörterliste dankt und ihn um ein paar weitere Gefallen bittet. Sie weiß, dass sie sich auf ihn verlassen kann. Anschließend ruft sie Fran an und berichtet ihm von ihren Reiseplänen, aber der weiß es schon von Paula.

Kurze Zeit später trifft ihre Tochter ein. Sie wirkt nervös und fahrig und redet ohne Unterlass, was Celia daran erinnert, wie Paula als Kind war. Sie hat nur eine kleine Tasche dabei und hält einen Zettel in der Hand, den sie Rosario aushändigt.

»Ich habe eine Liste geschrieben, damit du nichts vergisst«, sagt sie. »Albas Schule beginnt um neun Uhr. Du musst sie eine Stunde vorher wecken, und wenn sie sich das Haar waschen muss, eine Viertelstunde früher. Achte darauf, dass sie ein paar Kekse und einen Saft für die Pause mitnimmt. Montags muss sie um halb sieben los, weil sie Gitarrenunterricht hat. Wenn sie unter der Woche zu einem Geburtstag eingeladen ist oder irgendeine andere Veranstaltung hat, sagt sie dir Bescheid …«

»Keine Sorge«, unterbricht Rosario sie. »Ich habe Alba schon öfter von der Schule abgeholt.«

»Achte darauf, dass sie gleich nach der Schule ihre Hausaufgaben macht, sie verzettelt sich sonst. Ich habe Fleisch und Fisch gekauft. Ist alles in der Kühltruhe. Wo ist dein Gepäck?«

Letzteres ist an ihre Mutter gerichtet.

»Und deins?«

»Im Taxi, das mich hergebracht hat. Es wartet unten, also beeil dich.«

Rosario holt den Rollkoffer aus dem Schlafzimmer ihrer Señorita, während Charlie zurück auf die Terrasse trottet. Celia schüttelt lächelnd den Kopf, als könnten sich Kopf und Mund nicht einigen. Es ist eindeutig: Hunde erpressen ihre Halter emotional.

»Geh runter und gib dem Taxifahrer Bescheid, dass ich noch fünf Minuten brauche«, sagt sie zu Paula.

Dann geht sie noch einmal auf die Terrasse. Offenbar muss sie mit Charlie ebenso viel Geduld aufbringen wie früher mit Emilio, wenn er sich schlecht gelaunt in sein Zimmer einschloss und darauf wartete, dass ihn jemand liebevoll herauslockte.

»Kümmere dich gut um ihn«, bittet sie Rosario.

»Nun gehen Sie schon, sonst kostet Sie das Taxi ein Vermögen.«

Die Hallen und Abfertigungsschalter am Flughafen erkennt Celia nicht wieder, wohl aber das beklemmende Gefühl drangvoller Enge. Es wird durch den Anblick des sich verjüngenden Flugzeugrumpfs noch verstärkt, als sie auf der Gangway zur Hecktür des Flugzeugs hinaufsteigt.

»Wenn du Angst hast, kann ich dir ein Beruhigungsmittel geben«, sagt Paula, als sie ihre Plätze eingenommen haben.

»Es ist gleich vorbei«, erwidert Celia und fächelt sich mit der Hand Luft zu. »Wie lange bin ich nicht mehr geflogen?«

»Das weiß ich nicht.«

»Muss schon lange her sein.«

»Warum?«

»Weil es kein Gefühl ist, das ich erst kürzlich hatte.«

»Kannst du deine Empfindungen zeitlich einordnen?«, fragt Paula verwundert.

»Mehr oder weniger«, antwortet Celia. »Bei manchen Dingen spüre ich, dass sie aus der jüngeren Vergangenheit stammen müssen, als hätte ich sie erst kürzlich vergessen. Andere Gefühle hingegen sind so fern, dass sie wie neu wirken.«

»Vielleicht sind sie neu.«

»Neu?« Celia zieht eine Grimasse. »Ich möchte dich daran erinnern, dass ich vierundsechzig bin.«

Paula muss lächeln.

»Wie dem auch sei«, sagt sie. »Das musst du Ignacio bei eurem nächsten Termin erzählen. Vielleicht ist es ein gutes Zeichen. Wo werden wir wohnen?«

»In einem kleinen Hotel in der Rue Bichat, ganz in der Nähe von Jacquelines Wohnung.«

»Hat das auch Rosario reserviert?«

»Das hat Tobias gemacht.«

»Hast du zu Jacqueline Kontakt aufgenommen?«

Celia antwortet nicht.

»Du weißt nicht einmal, ob sie noch lebt, stimmt's?«

»Tobias wird es herausfinden.«

Paula verdreht die Augen.

»Wäre es nicht besser gewesen, das vor der Reise zu klären?«, fragt sie ungeduldig.

»Ich möchte vor allem ihre Kinder sehen«, erwidert Celia.

»Wie alt sind sie jetzt?«

»Eugène achtundvierzig und Charlotte fünfundvierzig.«

»Gibt es noch jemanden, den du besuchen willst?«

Celia nickt entschlossen.

»Jacqueline hatte einen Nachbarn«, sagt sie und schaut Paula an.

»Ach ja?«

»Einen sehr gut aussehenden Jungen. Er war jünger als ich.«

»Du hast mir nie von ihm erzählt.«

»Ich weiß nicht mal mehr seinen Namen.«

Paula legt den Kopf zurück und starrt auf die Knöpfe und Lichter über ihrem Sitz. So sehr sie sich auch bemüht, sie weiß einfach nicht, was ihre Mutter in Paris will. Geht es ihr darum, das verlorene Passwort zu finden oder ihre Jugend heraufzubeschwören? Will sie ein wenig die Touristin spielen, oder ist das alles nur ein Vorwand, damit sie beide fernab des wahren Lebens ein paar gemeinsame Tage verbringen können?

Celia verschläft den größten Teil des Fluges. Als die Maschine an Höhe verliert, wird sie vom Druck in ihren Ohren geweckt. Es ist ein unangenehmes, aber tröstliches Gefühl, an das sie sich erinnern kann. Neben ihr liest Paula in einer Zeitschrift. Celia schaut auf die Uhr. Alles läuft wie geplant. Sobald sie ihr Gepäck haben, werden sie ein Taxi nehmen und in das Hotel fahren, in dem Tobias für sie reserviert hat. Dann werden sie einen Spaziergang entlang des Quai de Jemmapes machen.

Sie erinnert sich nicht an den Namen des gut aussehenden

Nachbarsjungen von Jacqueline, aber sie weiß noch, dass sie an einem Spätnachmittag gemeinsam am Canal Saint-Martin spazieren gingen. Deshalb will sie dorthin. Seit sie aus dem Koma erwacht ist, hat sie gelernt, ihre Erinnerungen Orten zuzuordnen. Ihr Gedächtnis ist räumlicher geworden, und sie fühlt sich außerstande, neue Eindrücke festzuhalten oder alte heraufzubeschwören, wenn sie diese nicht mit einem bestimmten Ort verknüpfen kann.

»Ich hatte schon befürchtet, kein Französisch mehr zu können.«

Nachdem sie ein paar Worte mit dem Taxifahrer gewechselt hat, schaut Celia ihre Tochter zufrieden an.

»Warum solltest du es nicht mehr können?«, wundert sich Paula. »Du kannst doch auch noch Spanisch.«

»Ich dachte, Sprachen hätten etwas mit dem Gedächtnis zu tun.«

Paula denkt einen Augenblick nach.

»Vielleicht das Vokabular. Alles andere nicht«, behauptet sie leichthin und wirft einen Blick auf ihr Handy. »Hast du schon eine SMS vom französischen Provider bekommen?«

Celia holt ihr Smartphone aus der Tasche.

»Ja.«

»Dann kannst du es jetzt benutzen«, erklärt Paula. »Zumindest telefonieren. Wenn du ins Internet willst, wartest du besser, bis wir WLAN-Anschluss haben. Ich rufe Alba an.«

Celia hört Paula zu und versucht ihre Worte im Geiste ins Französische zu übersetzen. Sie möchte üben und will herausfinden, inwieweit das Beherrschen einer Sprache tatsächlich vom Gedächtnis abhängt.

»Ich bin kaum weitergekommen«, gesteht sie ihrer Enkelin, als Paula ihr das Telefon reicht. »Ich habe Probleme mit meinen Bestellungen.«

»Was ist los?«, fragt Alba.

»Ich habe Bestellungen für Hackbraten, aber zu wenig Weizen. Wenn ich den Weizen mahle, um den Mantel für den Hackbraten zuzubereiten, habe ich kein Futter für die Tiere mehr und dann auch kein Fleisch.«

»Du musst mehr Weizen säen.«

»Ich weiß nicht, wo. Alle meine Felder sind voll, mit Soja, Mais, Karotten, Kartoffeln und Kürbis. Und ich kann nicht ernten, weil ich keinen Platz in der Scheune habe.«

»Dann musst du die Scheune vergrößern.«

»Und wie geht das?«

»Dazu brauchst du Holzbretter, Nägel und einen Hammer.«

»Holz habe ich zwar, aber keine Nägel und keinen Hammer.«

»Ich schicke sie dir später.«

Celia legt zufrieden auf und gibt Paula das Telefon zurück. Sie fühlt sich wie eine Unternehmerin, die ein ernstes Organisationsproblem gelöst hat.

»Du bist schlimmer als ein Kind«, sagt Paula.

»Ich bin ein Kind, das mit seiner Ärztin verreist.«

Tobias hat im Hotel Saint-Martin an Kanalufer ein Doppelzimmer auf ihren Namen reservieren lassen. Ohne zu protestieren, unterschreibt Celia das Formular, das ihr die Frau an der Rezeption vorlegt, obwohl sie lieber ein Einzelzimmer gehabt hätte, vor allem, um nicht das Badezimmer mit Paula teilen zu müssen. Sie weiß nicht, warum, aber sie empfindet eine unerklärliche Scham gegenüber ihrer Tochter, vielleicht, weil sie sich nur an das kleine Mädchen erinnert und Paula jetzt eine ernsthafte erwachsene Frau ist, die sich um sie kümmert.

Es handelt sich um ein Zimmer mit Balkon, von dem aus man Blick auf die Kreuzung der Rue Alibert mit der Rue Bichat und einer dritten Straße hat. Die Gebäude an den Straßeneinmündungen haben schmale Fassaden, sie wirken wie die Bugs großer Überseeschiffe, die alle am selben Pier liegen. Es fehlen nur die Möwen.

»Warst du schon mal in Paris?«, fragt Celia, als Mutter und Tochter am Abend in einem Café gegenüber dem Haupteingang des Hospitals de Saint-Louis ein Sandwich essen.

»Wir haben unsere Hochzeitsreise nach Paris gemacht«, antwortet Paula.

»Entschuldige. Das habe ich vergessen.«

»Wir sind wegen dir hier. Als ich klein war, hast du mir oft von Paris erzählt.«

»Was denn?«

»Dass du hier das schönste Jahr deines Lebens hattest.«

»Habe ich dir auch mal von Paris Saint-Germain erzählt?«

»Dem Fußballclub? Ja, oft. Du hast gesagt, dass du nachmittags öfter beim Training zugeschaut hast.«

Celia hält inne und stützt die Ellenbogen auf. Sie starrt durch Paula hindurch ins Lokal.

»Daran erinnerst du dich nicht, stimmt's?«, fragt diese.

»Ich verstehe nicht, wie das Gedächtnis funktioniert.«

Paula macht eine unbestimmte Handbewegung.

»Das versteht niemand«, sagt sie. »Das ist selbst für Neurologen und Psychologen ein Mysterium.«

»Ich würde ja verstehen, wenn ich ein …« Sie zögert. »Ich weiß nicht, wie ich es nennen soll … Wenn ich einen bestimmten Teil von Erinnerungen verloren hätte, etwas Konkretes. Zum Beispiel meine gesamte Kindheit oder Jugend oder eine bestimmte Phase meines Lebens. Oder alle witzigen Erinnerungen. Oder die langweiligen. Oder die Beziehungen zu anderen Menschen.«

»Warum sollte das so sein?«, fragt Paula.

»Das Gedächtnis hat etwas methodisch Geordnetes, und mich wundert, dass das Vergessen so flüchtig ist.«

»Du solltest mal das Pflegepersonal hören, das sich um Alzheimer-Patienten kümmert. Die können sich daran erinnern, was sie als Kinder in der Schule gelernt haben, aber nicht an ihren Namen oder ihr Geburtsdatum.«

»Hm.«

»Ich nehme an, Ignacio hat dir schon gesagt, dass man bei Erinnerungen keinerlei Logik erwarten kann.«

»Er hat gesagt, sie kämen nur allmählich und vollkommen chaotisch zurück.«

Im Anschluss an die Sandwichs bestellen sie einen koffeinfreien Milchkaffee sowie einen Beruhigungstee.

»Warum warst du beim Training von Paris Saint-Germain?«, kommt Paula auf das Thema zurück, das ihre Neugier geweckt hat.

Celia muss ihre Niederlage eingestehen.

»Das finden wir bald heraus«, sagt sie schnaubend. »Jetzt machen wir erst einmal einen Spaziergang am Quai de Jemmapes.«

NEUNZEHN

Goldene Sternbilder

Das Wasser im Kanal ist dunkel, und die Lichter der Stadt funkeln darauf wie Stroboskopblitze. Celia telefoniert mit Emilio und gibt das Handy anschließend Paula, damit auch sie ein paar Worte mit ihrem Bruder wechseln kann. Um allein mit ihm sprechen zu können, geht Paula ein paar Schritte voraus. Sie hat noch nie besonders gern im Beisein ihrer Mutter telefoniert.

»Versteht ihr euch gut?«, fragt Celia, als sie Paula einholt und die ihr das Handy zurückgibt.

Paula hängt sich bei ihr ein, und sie gehen weiter.

»Warum fragst du?«

»Tja, dein Bruder ist ein schwieriger Mensch«, antwortet Celia. »Daran erinnere ich mich noch sehr gut. Als Kind fiel es ihm nicht leicht, Freundschaften zu schließen. Ständig kam er zornig aus der Schule, weil er sich mit jemandem gestritten hatte. Er hat nicht begriffen, dass es sein Problem war und nicht das der anderen.«

»Ich bin nicht eine seiner Freundinnen, Mama. Ich bin seine Schwester.«

Celia empfindet diese Worte, auch wenn sie nur das Offenkundige betonen, als tröstlich.

»Hast du ihn mal in Buenos Aires besucht?«, fragt sie.

Paula schüttelt energisch den Kopf.

»Das ist zu weit weg«, sagt sie.

»Aber du bist seine Schwester«, beharrt Celia. »Du hättest

im Sommer hinfliegen und einen schönen Urlaub dort verbringen können.«

»Darf ich dich daran erinnern, dass in Buenos Aires Winter ist, wenn wir Sommer haben?«

»Du hast recht. Im Winter hinzufliegen wäre besser. Ich bin mir sicher, dass Alba gern mitkäme. Und ich auch.«

Paula tätschelt ihrer Mutter die Hand.

»Ich weiß nicht, ob es sehr klug ist, in deinem Zustand eine so lange Reise zu machen«, sagt sie und schlägt diesmal bewusst den Tonfall einer Ärztin an.

Celia bleibt vor einer Kanalbrücke stehen. Über die Schleuse gegenüber wölbt sich eine Fußgängertreppe. Sie schließt die Augen und erinnert sich, dass sie diese Treppe von einem Gemälde aus dem Bildband über die Impressionisten kennt.

»Wenn ich das nächste Mal mit ihm spreche, werde ich ihm sagen, dass er diesen Winter nach Spanien kommen soll«, sagt sie und öffnet die Augen. »Wenn er Urlaub hat. Ich habe große Lust, ihn zu sehen.«

»Erinnerst du dich an diesen Ort?«

Sie haben den Square des Récollets erreicht, wo der Kanal unter üppigen Baumwipfeln weiterführt.

»Ich habe viele ähnliche Orte vor Augen«, antwortet Celia. »Aber ich weiß nicht, ob es daran liegt, dass ich dort war, oder weil ich mir stundenlang diese impressionistischen Gemälde angesehen habe.«

Celia löst sich aus dem Arm ihrer Tochter.

»Keine Stadt auf der ganzen Welt ist malerischer als Paris«, fügt sie hinzu.

»An welche Orte erinnerst du dich denn?«

»An die Grenouillère, den Moulin de la Galette, den Boulevard de Montmartre, den Bahnhof von Saint-Lazare, die Europabrücke …«

Paula ist überrascht.

»Weißt du nicht mehr? Ich habe doch erst kürzlich den

Bildband der Impressionisten wieder durchgeblättert«, erklärt ihre Mutter.

Paula nickt erst, dann schüttelt sie den Kopf.

»Wieso kannst du dich daran erinnern, aber den Namen von diesem gut aussehenden Nachbarn von Jacqueline vergessen?«

»Ich verstehe es auch nicht«, räumt Celia ein. »Manchmal glaube ich, mein Gehirn versucht, mich zu beschützen.«

»Wovor?«

»Ich weiß es nicht. Ich kann dir nur sagen, dass ich an diesen Orten großen inneren Frieden empfunden habe.«

»Deine Bücher handeln oft vom inneren Frieden.«

»Und was genau sage ich da?«

»Da heißt es zum Beispiel, dass der innere Frieden das wahre Ziel des Lebens ist«, zitiert Paula und zieht bedeutungsvoll die Augenbrauen hoch.

»Warum liest du meine Bücher noch einmal?«, fragt Celia.

»Warum liest du sie nicht noch einmal?«

Diese Frage hat sich Paula schon oft gestellt.

»Wie ist es möglich, dass du keinerlei Neugier auf das verspürst, was du geschrieben hast?«, insistiert sie.

»Ich habe dir schon gesagt, warum.« Celia tippt sich an die Schläfe. »Mein Kopf versucht mich vor jeglichem Schmerz zu bewahren.«

»Mir ist kalt«, sagt Paula und schlingt die Arme um die Brust.

Sie kehren um und gehen schweigend ins Hotel zurück, wobei ihre Absätze im Takt einer Uhr auf dem Pflaster klappern. Kaum liegt Paula im Bett, schläft sie auch schon ein. Celia nicht. Sie hat Angst zu schnarchen, im Schlaf zu sprechen oder zu pupsen, Angst, sich ihrer Tochter als gewöhnliches menschliches Wesen zu zeigen. Sie schläft erst ein, als die Schlaftablette endlich wirkt.

Am Morgen frühstücken sie in einem kleinen Bistro neben dem Hotel. Auf jedem Tisch stehen ein Körbchen mit zwei Croissants und zwei Brötchen, eine Auswahl an Teegebäck sowie eine Butterschale und kleine Schälchen mit Marmelade in unterschiedlichen Farben.

»Was haben wir heute vor?«, fragt Paula.

»Wir sind mit Charlotte verabredet.«

Paula schaut ihre Mutter mit schweren Lidern an.

»Tobias hat mir eine SMS geschickt«, erläutert Celia. »Er hat sie ausfindig gemacht.«

»Das hätte ich auch tun können.«

»Mach dir darüber mal keine Gedanken. Du hast ja keine Ahnung, was ein Literaturagent alles für seine Schriftsteller zu tun bereit ist.«

»Daran erinnerst du dich noch?«

»Um an das Manuskript meines letzten Buches zu kommen, würde Tobias mir jeden Wunsch erfüllen.« Celia blickt zum Fenster hinaus. »Er glaubt, das Schlüsselwort müsste hier in Paris zu finden sein. Deshalb hat er Charlotte ausfindig gemacht und bezahlt uns sogar das Hotel.«

»Und wenn du das Passwort doch nicht findest?«

Celia seufzt laut, als wollte sie einer großen Enttäuschung zuvorkommen.

»In dem Fall werde ich ihm die Datei einfach zuschicken, damit ein Computer-Crack sie öffnen kann und Tobias endlich sein Manuskript bekommt.«

»Das würdest du tun?«

»Ja, aber sag es ihm bitte nicht.«

Es ist früh am Tag und noch kühl, aber der hellblaue Himmel ist wolkenlos und kündigt einen warmen Tag an. Paula nimmt einen Rucksack mit, in dem noch Platz für ihre Jacken ist, sollten sie sie ausziehen müssen. Ein Taxi bringt sie zu einer Metrostation in die Rue Saint-Lazare. Celia freut sich darauf, das aktuelle Paris mit der Stadt in ihrem lückenhaften Gedächtnis zu vergleichen. Auf den Straßen herrscht reger Verkehr, und es wimmelt nur so vor Menschen, Parisern und Touristen, alle durcheinander.

Paula ruft zu Hause an, um erst mit ihrer Tochter und dann mit Rosario zu sprechen.

»Abgesehen von herzlichen Grüßen, die ich dir ausrichten soll, hat mich deine Hausangestellte gefragt, ob du ordentlich frisiert bist«, sagt sie zu ihrer Mutter, als sie das Telefonat beendet hat. »Warum wolltest du ausgerechnet hierher?«

»Ich erinnere mich an diese Straßen, obwohl sie jetzt anders aussehen«, sagt Celia. »Ich weiß nicht, woran es liegt. Wahrscheinlich sind die Fassaden anders gestrichen. Alles wirkt sehr viel sauberer als früher.«

»Was möchtest du machen?«

»Ich möchte spazieren gehen und meiner Enkelin in der Passage du Havre ein hübsches Kleid und irgendwas dazu Passendes kaufen. Und einen Fan-Schal von Paris Saint-Germain. Dann noch zum Boulevard Haussmann und zur Oper.«

Beeindruckt von der Vitalität, die ihre Mutter an den Tag legt, versucht Paula, sich die Ziele zu merken.

»Und was machen wir da?«, fragt sie.

»Einen Kaffee trinken.«

Paula stimmt zu und bietet ihrer Mutter wieder ihren Arm an. Sie schlendern die Rue Saint-Lazare bis zur Sainte-Trinité-Kirche hinunter, wo sie in die Rue de la Chaussée-d'Antin abbiegen. Dort erstehen sie in einem Geschäft ein zweiteiliges Kleid aus einem taillierten, horizontal gestreiften T-Shirt und einem Rock mit vier Volants, von denen die beiden inneren aus Tüll sind. Paula gefällt es nicht. Sie findet es zwar schick und originell, aber zu auffällig für ein kleines Mädchen wie Alba. Sie sagt jedoch nichts, weil sie ihrer Mutter die Freude nicht verderben möchte. So hat sie sie schon lange nicht mehr erlebt.

Am Boulevard Haussmann erstehen sie in den Galeries Lafayette eine Haarschleife, die farblich zu dem gestreiften Oberteil des Kleides passt. Dann setzen sie sich unter die Kuppel, die eher zu einem Theater passen würde als zu einem Kaufhaus, damit Celia eine Verschnaufpause einlegen kann. Paula nutzt die Gelegenheit, um zur Toilette zu gehen.

»Hat es zu lange gedauert?«, fragt sie bei ihrer Rückkehr.

»Im Gegenteil. Wir können noch nicht weitergehen.«

»Bist du sehr erschöpft?«

Celia hat sich in ihre virtuelle Farm eingeloggt und schüttelt den Kopf, ohne den Blick vom Display abzuwenden.

»Ich brauche Kürbis, um einen Kuchen zu backen«, sagt sie. »Sonst kann ich eine wichtige Bestellung nicht bearbeiten.«

Seufzend bleibt Paula vor ihrer Mutter stehen.

»Damit verdiene ich vierhundertfünfundsiebzig Münzen und bekomme zwei Sterne zur Belohnung«, fügt Celia hinzu. »So steige ich auf Level neun.«

Paula verkneift sich, was ihr auf der Zunge liegt. Ihre Mutter, eine respektierte und von Tausenden Menschen gelesene Autorin, benimmt sich, als wäre sie ein kleines Mädchen wie Alba. Und wie ihre Tochter ist sie mal launisch und egoistisch, mal angeberisch und mal verspielt, als wäre sie gar nicht krank.

Mit einem nachsichtigen Seufzen stützt sie sich auf das Geländer und schaut auf den Einkaufstrubel hinab. Sie ist nicht die Einzige. Es gibt noch andere Zaungäste, die von unterschiedlichen Etagen aus das Schauspiel beobachten, als säßen sie in einer Theaterloge und verfolgten aufmerksam das Geschehen auf einer Bühne aus Marmor und Plexiglas, mit Scheinwerfern, deren heller Lichtstrahl sich multipliziert und somit einen Atlas aus goldenen Sternbildern formt. Sie kann sich des Gefühls nicht erwehren, eine Zeitreise gemacht zu haben und sich in einer ungewissen Zukunft wiederzufinden, über deren Gestaltung sich selbst die Science-Fiction-Szene noch nicht einig ist.

»Fertig«, sagt Celia und steht auf.

»Bist du jetzt auf Level neun?«

»Von nun an kann ich außer Hühnern, Schweinen und Kühen auch Ziegen halten, was bedeutet, dass ich andere Käsesorten herstellen kann. Wenn du heute Nachmittag Alba anrufst, gib sie mir kurz, damit ich es ihr erzählen kann.«

Beim Verlassen des Einkaufstempels müssen sie die Augen zusammenkneifen. Das Sonnenlicht blendet stärker als die goldenen Sternbilder. Obwohl sich Celia ein Weilchen ausgeruht hat, zeigt sie so deutliche Anzeichen von Schwäche, dass Paula absurderweise erwägt, mit dem Taxi zur Oper zu fahren.

»Hier entlang sind wir in fünf Minuten da«, schlägt Celia vor und macht sich auf den Weg.

Ihre Entschlossenheit beweist, dass sie den Pariser Stadtplan genau im Kopf hat, wie den von Madrid oder Zaragoza. Sie gehen die mit Bussen aus aller Herren Länder verstopfte Rue Halévy hinunter und bleiben dann stehen, um wie zwei Touristinnen die Fassade der Oper zu bewundern. Wieder hat Celia den Eindruck, dass die Fassade sauberer ist, dass sie heller wirkt als in ihrer Erinnerung. Sie spricht es nicht aus, fürchtet aber, dass es um sie herum immer heller werden könnte, bis das Pariser Licht so grell ist, dass es alles verschluckt.

Sie überqueren den Platz und gelangen zum Boulevard des Capucines, gehen weiter nach Westen und gelangen zur Terrasse eines kleinen Cafés. An einem Bistrotisch unter einer großen Markise sitzt eine Frau mittleren Alters mit Sonnenbrille, vor sich ein frisch gezapftes Bier und eine aufgeschlagene Zeitung, in die sie vertieft ist.

ZWANZIG

Spanischunterricht

»Charlotte?«

»Celia?«

Die Frau steht auf, nimmt die Sonnenbrille ab und lässt sich von Celia umarmen. Paula beobachtet sie aus einiger Entfernung, sie möchte die fragile Vertrautheit zweier Menschen, die sich seit vielen Jahren nicht gesehen haben, nicht stören. Beide Frauen sind gleich groß, Charlotte ist jedoch wesentlich jünger und hat eine beneidenswerte Figur, die mit der eng anliegenden Jeans, den Pumps und dem Pferdeschwanz schön zur Geltung kommt.

»Meine Mutter hat mir viel von dir erzählt«, sagt Paula, als Celia sie vorstellt. »Und von deiner Mutter und natürlich deinem Bruder.«

»Wir haben auch oft von Ihnen gesprochen, Celia.«

Der Name klingt etwas unsicher, als wüsste sie nicht genau, wie man ihn korrekt ausspricht.

»Ich muss gestehen, ich hätte dich nicht wiedererkannt«, sagt Celia. »Du hast zwar noch immer diesen kessen Blick, und die vollen Lippen, die Sommersprossen und die Gesichtsform sind noch die gleichen wie damals, aber du bist jetzt eine richtige Frau. In meiner Erinnerung bist du fünf Jahre alt.«

»Ich habe Sie gleich wiedererkannt«, sagt Charlotte.

»Nicht möglich.«

»Es gibt ein Fotoalbum aus der Zeit«, erklärt Charlotte. »Das habe ich mir vor unserem Treffen angesehen. Sie waren sehr jung, das stimmt, aber dennoch schon eine erwachsene Frau. Jetzt sind Sie einfach nur ein bisschen älter.«

Alle drei lachen, was den Kellner auf sie aufmerksam macht. Celia bestellt einen Eiskaffee und Paula eine Zitronenlimonade.

»Es ist ganz schön heiß«, sagt Celia.

»Ja, das Wetter ist wunderbar«, bestätigt Charlotte. »Wann sind Sie angekommen?«

»Gestern Abend.«

»Der Anruf Ihres Agenten hat mich ziemlich überrascht. Ich dachte zuerst, er wolle mir mitteilen, dass Sie gestorben sind.«

Lächelnd stützt Celia ihr Kinn in die Hand. Charlottes entwaffnende Offenheit hat etwas Liebenswürdiges.

»Wie geht es deiner Mutter?«, fragt Celia, nachdem sie einen Schluck von ihrem Frappé getrunken hat.

Charlotte bläst die Backen auf und seufzt.

»Meine Mutter«, sagt sie gedehnt, als rezitierte sie den Titel eines Gedichts. »Ihr geht's gut, wenn man das so nennen kann. Sie lebt auf dem Land, eine Stunde von Paris entfernt, in einem Heim für Alzheimer-Patienten.«

»Wie weit ist die Krankheit fortgeschritten?«, fragt Paula.

»Sie erkennt uns nicht mehr«, antwortet Charlotte. »Wenn mein Bruder Eugène sie besucht, glaubt sie, ihr Mann stünde vor ihr, unser Vater. Und dann ist sie überglücklich. Was mich anbelangt, denkt sie manchmal, dass ich für die Krankenversicherung arbeite, an anderen Tagen erkennt sie mich gar nicht, an wieder anderen umarmt sie mich stumm und verwechselt mich dann mit ihrer Nachbarin Denise, Luciens Mutter.«

Celia zuckt überrascht zusammen.

»Sie erinnern sich doch an Lucien?«, fragt Charlotte und neigt den Kopf.

»Lucien.«

Celia wiederholt den Namen und sieht Paula an.

»Natürlich, wie könnte ich ihn vergessen«, sagt sie und nickt. »Obwohl mir sein Name, ehrlich gesagt, entfallen war.«

Charlotte beugt sich über den Tisch.

»Tobias hat mir erzählt, was Ihnen passiert ist«, sagt sie leise.

Ein Anflug von Sorge huscht über Paulas Gesicht.

»Was hat er denn gesagt?«, fragt sie.

»Dass Sie sehr lange im Krankenhaus lagen und beim Aufwachen Gedächtnislücken hatten.«

Paula atmet erleichtert auf.

»Glauben Sie mir«, fährt Charlotte fort, »seit meine Mutter krank ist, verstehe ich sehr gut, was es bedeutet, Probleme mit dem Gedächtnis zu haben.«

Celia trinkt einen Schluck Kaffee. Sie ist dankbar für diese Bemerkung, sagt aber nichts. Paula hingegen ist neugierig geworden.

»Meine Mutter hat mir von Lucien erzählt«, sagt sie.

»Lucien Gagnier«, sagt Charlotte. »Was hat sie denn erzählt?«

»Dass er ein gut aussehender Junge war und nachmittags oft zu Ihnen kam.«

»Ja, er war tatsächlich ziemlich attraktiv«, bestätigt Charlotte. »Und ist es noch, zumindest, als ich ihn zum letzten Mal gesehen habe.«

»Hast du noch Kontakt zu ihm?«

»Wir haben uns seit Jahren nicht mehr gesehen.«

Paula schaut ihre Mutter an. Sie hält sie für imstande, ihren Agenten anzurufen und ihn zu bitten, den Aufenthaltsort von Lucien Gagnier herauszufinden.

»Ich wohne jetzt ganz in der Nähe, in Villiers«, erzählt Charlotte. »Er dagegen wohnt noch immer in der Wohnung seiner Eltern.«

»Wir sind im Hotel Saint-Martin untergekommen«, sagt Celia.

»Ich weiß«, erwidert Charlotte. »Ich selbst habe Tobias das Hotel empfohlen. Es sollte unbedingt ein Hotel in der Nähe der früheren Wohnung meiner Eltern sein, am Quai de Jemmapes.«

Der Name ist für sie spürbar mit guten Erinnerungen verbunden.

»Ich habe leider Luciens Telefonnummer nicht«, fügt sie hinzu, nachdem sie ihr Bier ausgetrunken hat. »Aber wenn Sie ihn sehen wollen, können Sie einfach bei ihm klingeln. Er wohnt im dritten Stock links.«

Paula notiert es sich.

»Und dein Bruder?«, fragt Celia. »Wo wohnt er?«

»Eugène lebt jetzt in London«, sagt Charlotte. »Seit fünf Jahren. Er hat eine Engländerin geheiratet, und sie haben drei Kinder.«

»Und du?«

»Ich habe einen Sohn. Er heißt Patrick, ist neunzehn Jahre alt und studiert Politikwissenschaft an der Sorbonne.«

»Bist du verheiratet, Charlotte?«, fragt Paula.

»Nein.«

Sie schüttelt den Kopf und zeigt auf die leeren Gläser.

»Wissen Sie schon, wo Sie essen wollen?«, fragt sie und lädt die beiden Frauen kurzerhand zu sich ein.

Ohne die Antwort abzuwarten, steht sie auf, bezahlt und geht mit ihren Gästen zur nächsten Metrostation. Zur Hauptverkehrszeit sei es sinnlos, ein Taxi zu nehmen, erklärt sie ihnen auf dem Weg. Mit der Linie 3 seien es nur drei Haltestellen bis Villiers. Celia folgt ihr bereitwillig. Sie nimmt alles um sich herum mit grenzenloser Neugier wahr.

Charlotte wohnt in einer Dachgeschosswohnung in der Rue de Monceau, in einem Gebäude mit schmiedeeisernen Balkonen, das auch in jeder Madrider Straße hätte stehen können, hätte es nicht die typischen Pariser Mansardenfenster. Und gäbe es nicht dieses kleine Kopfsteinpflaster auf der Straße.

»Machen Sie es sich bequem«, sagt sie und zeigt ins Wohnzimmer, das gleich neben der Wohnungstür liegt. »Ich muss nur eben ein wenig aufräumen. Ich habe nicht mit Besuch gerechnet.«

Celia geht auf die Toilette, während Paula sich in der gemütlichen Unordnung im Wohnzimmer umschaut. Auf einem der Sofas liegen zwei Zeitschriften für Raumausstattung, daneben eine Brille und Kopfhörer. Auf dem anderen Sofa liegen eine zusammengeknüllte Decke und drei Fernbedienungen.

»Bist du Innenarchitektin?«, fragt sie.

Charlotte hat mehrere Häppchen auf den Küchentresen gestellt. Es wirkt zwanglos, als hätte sie sowieso vorgehabt, sie zuzubereiten.

»Ich bin Architektin.«

Celia schaut sie anerkennend an.

»Ja, stimmt, du konntest sehr gut zeichnen«, sagt sie. »Du warst eine richtige Künstlerin.«

»Wo arbeitest du?«, fragt Paula.

»In einem großen Architekturbüro, das weltweit Bauprojekte durchführt.«

»Dann reist du viel?«

»Ja, ziemlich viel. Architektur ist heutzutage kein ortsgebundenes Geschäft mehr.«

»Warst du auch in Buenos Aires?«, fragt Celia.

»Nein, in Amerika habe ich noch nie gearbeitet«, sagt Charlotte. »Von Projekten in Frankreich und anderen europäischen Ländern wie Deutschland, Dänemark oder Finnland einmal abgesehen, habe ich einige Zeit in Abu Dhabi, Baku, Ningbo und Lagos verbracht.«

Celia und Paula hören interessiert zu.

»Wie Sie sich bestimmt vorstellen können, ist dieses Leben nicht mit dem einer traditionellen Familie vereinbar.« Charlotte macht eine entschuldigende Handbewegung. »Manchmal habe ich Patrick mitgenommen, andere Male habe ich ihn bei meiner Mutter gelassen und bin allein geflogen. Das hing meistens von der Jahreszeit ab. Und natürlich von der Schule, den Prüfungen, seinen Freunden und vielen anderen Faktoren.«

»Möglich, dass es nicht mit einem Familienleben zusammenpasst«, räumt Celia ein. »Aber es klingt sehr aufregend.«

»Patrick spricht vier Sprachen und kennt die Flughäfen und Bahnhöfe etlicher Weltstädte«, erklärt Charlotte. »Aber manchmal frage ich mich, ob es nicht besser gewesen wäre, ihn an einem kleinen, überschaubaren Ort großzuziehen, an den er notfalls immer zurückkehren kann.«

Celia wiederholt im Geiste die letzten Worte.

»Und jetzt?«, fragt Paula und blickt sich um.

Charlotte breitet die Arme aus, um ihre Gäste zum Essen aufzufordern. Für Paula sieht es allerdings aus wie ein Hilferuf. Ihre Gastgeberin mag keine Fragen mehr beantworten.

»Inzwischen lebe ich seit ein paar Jahren mit Patrick in dieser Dachwohnung und arbeite weniger. Ich habe genug verdient, um das Leben ruhiger angehen zu lassen. Es gefällt mir, jeden Tag zu Hause zu frühstücken und zu Abend zu essen. Manchmal machen wir einen Spaziergang durch den Park in der Nähe, oder wir verbringen die Zeit einfach gemütlich im Wohnzimmer, er geht seine Mitschriften durch, und ich lese. Oder wir schauen einen Film im Fernsehen.«

Auf dem Tresen stehen Streichkäse und ein paar Snacks zum Dippen, drei verschiedene Pasteten sowie ein Rucolasalat mit Spargel, Putenbruststreifen und feinen Kräutern.

»Sie haben aber auch ein aufregendes Leben«, sagt Charlotte an Celia gewandt und nimmt sich vom Salat. »Meine Mutter hat mich über Ihre Karriere als Journalistin immer auf dem Laufenden gehalten.«

Celia runzelt verblüfft die Stirn.

»Sie wissen doch, wie gern meine Mutter in Ihrer Sprache gelesen hat«, fügt Charlotte erklärend hinzu. »Sie hat mindestens einmal in der Woche eine spanische Zeitung gekauft und mir oft einen Ihrer Artikel vorgelesen.«

»Dann kennst du bestimmt auch eines ihrer Bücher«, unterbricht Paula sie mit erhobener Hand.

Jetzt ist es an Charlotte, überrascht zu sein.

»Ich wusste nicht, dass Sie auch Bücher geschrieben haben«, gesteht sie. »Doch worüber wundere ich mich eigentlich? Meine Mutter liest schon seit Jahren nicht mehr, und ich habe viel Zeit außerhalb Europas zugebracht. Ich werde mir eins Ihrer Bücher kaufen, versprochen. Auch ich lese hin und wieder gern etwas Spanisches. Wovon handeln sie denn?«

Celia streicht sich ein wenig Pastete auf das Toastbrot.

»Es sind die Artikel, die ich für die Zeitung geschrieben habe«, sagt sie. »Mehr kann ich dir nicht sagen. Ich erinnere mich nicht daran.«

»Ach?«

Celia schüttelt den Kopf.

»Aber Paula liest sie, du kannst sie fragen.«

Doch stattdessen wendet sich Charlotte an Paula und erkundigt sich: »Was machen Sie beruflich?«

»Ich bin Kinderärztin in einem Krankenhaus.«

Charlotte nickt und sieht Celia an.

»Haben Sie noch mehr Kinder?«

»Ich habe noch einen Sohn«, sagt Celia und holt ihr Handy aus der Tasche. »Er heißt Emilio. Er ist Journalist und arbeitet für die Nachrichtenagentur EFE in Buenos Aires.«

Dann zeigt sie ihr sein Foto. Charlotte setzt die Brille auf, die an einem Band vor ihrer Brust hängt, und betrachtet es eingehend.

»Glaubst du, Lucien kann sich an mich erinnern?«, fragt Celia, als sie das Handy wieder einsteckt.

»Er ist Spanischlehrer an einem Gymnasium«, antwortet Charlotte. »Oder zumindest war er das. Also vermutlich schon.«

Paula versteht die Logik dieser Antwort nicht.

»Glaubst du, er hat die Bücher meiner Mutter gelesen?«

»Ihre Mutter hat ihm Spanischunterricht gegeben«, erklärt Charlotte.

»Das weiß ich gar nicht mehr«, sagt Celia.

»Tatsächlich nicht? Lucien ist jeden Tag zu uns gekommen. Sie haben ihm Einzelstunden gegeben, während mein Bruder und ich unseren Mittagsschlaf machen mussten.«

Celia schließt die Augen, damit nichts ihre Bemühungen, sich zu erinnern, stören kann.

»Und dann ist er also Spanischlehrer geworden«, sagt sie, als sie die Augen wieder aufschlägt.

»Wie alt mag er jetzt sein?«, fragt Paula.

»Das ist vierzig Jahre her«, antwortet Celia. »Er müsste also an die sechzig sein. Aber wie kannst du dich bloß an all das erinnern?«

»Tue ich ja gar nicht«, erklärt Charlotte. »Meine Mutter hat mir davon erzählt, als ihr Gedächtnis noch intakt war.«

Celia muss lächeln. Sie hätte ihrer Tochter bestimmt auch mehr erzählt, wenn sie gewusst hätte, dass sie sich irgendwann nicht mehr erinnern kann.

»Ich würde Jacqueline so gern sehen«, sagt sie.

»Ich glaube nicht, dass sie Sie wiedererkennt«, erwidert Charlotte.

»Vielleicht geht es mir mit ihr genauso.«

Nachdenklich versinkt Charlotte für einen Moment in Schweigen.

»Möchten Sie Obst zum Nachtisch?«, fragt sie dann. »Ich habe Ananas, Bananen und Äpfel da.«

»Nein danke, ist nicht nötig.«

»Stört es Sie, wenn ich rauche?«

»Du bist doch hier zu Hause.«

»Rauchen Sie?«

Für einen Augenblick ist Celia versucht, die Zigarette anzunehmen, die Charlotte ihr anbietet, um gegen die aufsteigende Müdigkeit anzukämpfen.

»Charlotte, meine Liebe«, sagt sie dann jedoch, schiebt ihren Stuhl zurück und steht auf. »Du musst mir verzeihen, aber ich muss mich kurz hinlegen. Mein Kopf braucht eine Pause.«

Charlotte zeigt nach rechts zu ihrer Schlafzimmertür.

»Selbstverständlich«, sagt sie. »Sie können sich auf mein Bett legen.«

»Ich möchte nicht unhöflich sein«, widerspricht Celia. »Ich kann mich auch auf das Sofa legen.«

Charlotte schüttelt den Kopf und zeigt auf Paula.

»Im Wohnzimmer werden Ihre Tochter und ich gleich einen Tee trinken.«

EINUNDZWANZIG

Säugetiere

Sie wird von Stimmen geweckt. Das wirkt so wohltuend, dass Celia nicht sofort aufsteht. Stattdessen lauscht sie reglos und starrt zum unsichtbaren Firmament an der Decke hinauf. Genauso ist sie in den Sommern im Dorf oft aufgewacht, wenn sie Tante Paulina mit ihrer Mutter, einer Nachbarin oder dem Bäcker sprechen hörte, der täglich Brot, Magdalenas und Torten ausfuhr. Auch die Post brachte er mit. In den Ferien musste sie weder Hausaufgaben machen noch im Haushalt mithelfen. Sie musste gar nichts tun. Man ließ sie lange schlafen, je länger, desto besser, denn sowohl ihre Mutter als auch ihre Tante fanden, dass für ein Kind im Wachstum Schlaf das Beste sei.

Sie rekelt sich und gähnt. Charlies feuchte Schnauze und sein treuer, erwartungsvoller Blick fehlen ihr. Sie bewegt die Zehen eines Fußes, dann die des anderen, bevor sie aufsteht und ins Bad geht.

»Ich glaube, ich habe zu lange geschlafen«, sagt sie, als sie ins Wohnzimmer kommt.

Paula und Charlotte sitzen nebeneinander auf dem Sofa. Ihnen gegenüber sitzt ein junger Mann mit langem Haar und Vollbart.

»Das ist Patrick.«

Der junge Mann erhebt sich und geht auf Celia zu.

»Möchten Sie einen Kräutertee?«, fragt er, nachdem er sie zur Begrüßung auf die Wangen geküsst hat.

Sein Spanisch ist einfach, wie so häufig bei Leuten, die es in der Schule gelernt haben und nur gelegentlich sprechen, doch seine Aussprache ist gut.

»Ich mag keinen Kräutertee, danke«, sagt Celia und setzt sich. »Aber ich habe Hunger.«

Dann greift sie zu den Butterkeksen, die auf dem Tisch stehen.

»Wie spät ist es?«, fragt sie anschließend.

»Halb sechs.«

Patrick setzt sich neben sie.

»Du hast die Augen deiner Großmutter Jacqueline«, sagt Celia, als sie ihn genauer betrachtet. »Und ihr Haar. An einer so langen glatten Mähne wie deiner hätte Rosario bestimmt ihre helle Freude.«

»Wer ist Rosario?«, fragt der junge Mann.

»Eine Friseurin, die eine große Frau werden möchte«, erwidert Celia und wendet sich dem anderen Sofa zu.

»Worüber habt ihr gesprochen?«

Charlotte und Paula lächeln verlegen, als wäre es ihnen unangenehm, sich auch ohne sie gut unterhalten zu haben.

»Wir haben über Architektur gesprochen«, sagt Paula.

»Und über Kunst.«

»Und Kinder.«

»Und Männer.«

Ihr Grinsen wird breiter, sie können sich ein lautes Lachen kaum noch verkneifen. Charlotte kommt dem zuvor, indem sie aufsteht, um Paula und sich selbst noch etwas Tee nachzuschenken.

»Immer, wenn alte Erinnerungen wieder hochkommen, muss ich ein Weilchen ausruhen«, entschuldigt sich Celia für den langen Mittagsschlaf und langt noch einmal nach dem Keksteller. »Und wenn ich wieder aufwache, habe ich einen Bärenhunger und muss etwas Süßes essen.«

»Ich brauche nach dem Schlafen auch immer ein Stück

Schokolade«, sagt Charlotte und zeigt dabei auf eine Schale Pralinen, die neben den Keksen steht.

»Danke«, sagt Celia und bedient sich.

»Meine Mutter hat mir erzählt, dass Sie Journalistin sind«, sagt Patrick, als er seine Limonade auf den Tisch zurückstellt.

»Sie hat für eine der größten Zeitungen Spaniens geschrieben«, betont Charlotte.

»Stimmt, ich war Journalistin«, sagt Celia und schaut abwechselnd Charlotte und deren Sohn an. »Und ich habe für eine große Zeitung geschrieben.«

Sie macht eine kurze Pause, um ihre Gedanken zu ordnen.

»Es stimmt auch, dass ich ein paar Bücher geschrieben habe und viele Leser hatte, aber jetzt bin ich nur eine einfache Bäuerin.«

Charlotte und Patrick sehen sie gespannt an.

»Mama, bitte«, sagt Paula und wendet sich dann an ihre Gastgeberin. »Hört nicht auf sie. Sie meint damit eine App auf ihrem Mobiltelefon, denn sie spielt mit meiner Tochter dieses Farm-Spiel. Sie rufen sich ständig an und geben sich gegenseitig Tipps.«

»Ach, wirklich?«

»Ich weiß nicht, wer von beiden kindischer ist.«

Celia verzieht den Mund, als fände sie Paulas Bemerkung amüsant.

»Und du studierst Politikwissenschaft?«, sagt sie dann zu dem jungen Mann.

Patrick nickt schüchtern. So, wie er den Kopf einzieht und die Augen zusammenkneift, ähnelt er seiner Großmutter noch mehr.

»Und was willst du später machen?«

»Das weiß ich noch nicht«, antwortet er. »Vielleicht gehe ich in den diplomatischen Dienst.«

»Bist du denn bereit, im Ausland zu leben?«

Patrick blickt seine Mutter an.

»Ich habe mein halbes Leben im Ausland verbracht«, erklärt er.

»Und du sprichst zudem vier Sprachen«, fügt Celia hinzu.

»Dann wird es dir bestimmt gelingen. Du musst dir allerdings darüber im Klaren sein, dass du deine Mutter dann nicht mehr so oft sehen wirst.«

»Warum sagst du das?«

Paula findet die Bemerkung ihrer Mutter unhöflich.

»Ich habe einen Sohn, der in Buenos Aires lebt«, erklärt Celia an Patrick gewandt. »Und ich habe ihn nicht mehr gesehen, seit er vor vier Jahren dorthin gezogen ist. Und weil ich mich an meine jüngste Vergangenheit nicht erinnern kann, ist es, als hätte ich ihn eine Ewigkeit nicht mehr gesehen.«

Das folgende Schweigen hat diesmal etwas Solidarisches.

»Ich weiß noch, dass er ein schüchterner Junge war«, fährt Celia fort. »Unreif und unsicher, aber auch unangepasst und rebellisch. Und jetzt ist er ein erwachsener Mann. Ein völlig Unbekannter für mich.«

»Meine Mutter hat mich vergessen, ohne dafür einen Ozean überqueren zu müssen«, sagt Charlotte, die nicht umhinkann, auf die Parallele hinzuweisen. In ihrem Tonfall liegt ein Hauch von Befremden. Sie möchte nicht melodramatisch klingen. »Dabei wohnten wir im selben Haus. Und wenn sie mich jetzt mal erkennt, behandelt sie mich wie ein Kind.«

Celias Lächeln gefriert.

»Sie ist krank«, sagt sie.

»Das bist du auch«, betont Paula.

Das Schweigen, das darauf folgt, ist bedeutend ungemütlicher als zuvor.

»Warum besuchen Sie Ihren Sohn denn nicht?«, fragt Patrick.

»Paula glaubt, dass eine Schwerkranke wie ich keine so weite Reise machen darf«, erklärt Celia mit einem enttäuschten Seufzen. »Aber ich werde mein Möglichstes tun, damit er uns diesen Winter besuchen kommt. Vielleicht mag er ja auch einen Wochenendtrip nach Paris machen, dann könntet ihr ihn kennenlernen.«

»Das wäre wunderbar«, sagt Charlotte. »Wie lange werdet ihr dieses Mal bleiben?«

»Wir fliegen am Montagnachmittag zurück.«

»So bald schon?«

»Alba wartet auf uns«, sagt Paula.

Celia denkt, dass auf sie Charlie wartet, sagt aber nichts.

»Am Sonntagmorgen fahre ich nach Fontainebleau«, fährt Charlotte fort. »Dort ist die Seniorenresidenz, in der meine Mutter jetzt lebt. Wenn Sie Lust haben, können Sie mitfahren. Aber machen Sie sich bitte keine allzu großen Hoffnungen. Die Jacqueline, an die Sie sich erinnern, gibt es nicht mehr.«

Celia und Paula beherzigen Charlottes Rat, mit der Metro zum Hotel zurückzufahren. Sie müssen nur die Linie 3 nehmen, an der Station République aussteigen und den Kanal überqueren. Nahe der Metrostation steuern sie ein kleines Bistro in der Rue Beaurepaire an, um zu Abend zu essen. Sie nehmen vor einem großen Fenster an einem Tisch für zwei Personen Platz, auf dem eine Kerze brennt.

»Hast du mir gar nichts zu sagen?«, fragt Paula, als der Kellner ihre Bestellung aufgenommen hat.

»Ich weiß nicht, was du meinst«, antwortet Celia.

»Ich habe mit Alba gesprochen, und sie hat mir erzählt, dass sie Besuch von ihrem Vater bekommen hat.«

Celia gelingt es nicht, eine gleichgültige Miene aufzusetzen.

»Sie haben zusammen mit Charlie einen Spaziergang gemacht«, fährt Paula fort.

»Und wo ist das Problem?«

»Jose mag keine Hunde, er reagiert allergisch auf sie.«

Celia verwirft den Gedanken, Gleichgültigkeit vorzutäuschen.

»Ich wollte es Rosario nur ersparen, dreimal täglich mit Charlie rausgehen zu müssen«, sagt sie.

Paula verschränkt die Arme und lehnt sich zurück.

»Ich habe es nicht deinetwegen getan, ehrlich«, fügt Celia hinzu. »Ich habe nur an Alba und Jose gedacht.«

»Wie rücksichtsvoll.«

»Die Sache zwischen dir und Jose geht mich nichts an.«

Der Kellner bringt ein Glas Weißwein für Paula und ein alkoholfreies Bier für Celia.

»Ich kann mich genau daran erinnern, wie Papa und du euch getrennt habt«, sagt Paula und erwidert den Blick ihrer Mutter. »Du wolltest keinerlei Kontakt mehr mit ihm.«

»Ich war stinksauer«, erklärt Celia. »Bist du nicht wütend auf Jose?«

Paula schüttelt den Kopf.

»Ich bin enttäuscht.«

Der Kellner bringt das Essen. Paula hat frische Pasta mit Pilzen bestellt und Celia eine Spargelcremesuppe.

»Was habt ihr eigentlich auf eurer Hochzeitsreise in Paris gemacht?«, fragt Celia nach dem Essen.

Paula zögert.

»Tagsüber ein bisschen Tourismus«, sie stockt. »Und nachts im Hotel viel Sex.«

Celia muss lächeln. Ihre Tochter hat genauso reagiert, wie es ihr Vater getan hätte. Sie hat versucht, sie zur Strafe zum Erröten zu bringen, doch jetzt errötet Paula selbst.

»Entschuldige«, sagt sie leise.

»Ich hatte auf unserer Hochzeitsreise auch viel Sex mit deinem Vater«, sagt Celia. »Das muss dir nicht unangenehm sein.«

»Das lässt sich wohl kaum vermeiden.«

»Ich dachte, du hättest mehr davon profitiert, dass du auf einem der teuersten nicht konfessionellen Gymnasien von Madrid warst.«

Paula blickt sich um und schimpft mit ihrer Mutter, doch

bitte nicht so laut zu reden. Sie will nicht mit ihr streiten, schon gar nicht in einem kleinen Bistro in einer fremden Stadt. Der Kellner räumt den Tisch ab und bringt die Dessertkarte. Sie studieren sie schweigend. Paula bestellt ein Stück Schokoladenkuchen und Celia ein Tiramisu.

»Seit wann seid ihr verheiratet?«, fragt sie.

»Seit elf Jahren.«

»Hattest du damals schon deine Stelle?«

»Ja, ich habe sogar im Hospital gewohnt«, sagt Paula. »Jose hatte eine gute Anstellung. Wir wollten zusammenleben.«

»Das ist kein Grund zum Heiraten.«

»Wir wollten auch Kinder.«

»Warum das denn?«

Mühsam die Fassung bewahrend, holt Paula tief Luft.

»Aus demselben Grund, aus dem du Mutter werden wolltest«, antwortet sie sarkastisch.

Celia legt die Hände auf den Tisch. Sie wirkt, als wollte sie einen Schwur leisten.

»Ich verstehe die Notwendigkeit der Mutterschaft nicht«, sagt sie langsam und diesmal tatsächlich leise. »Auch nicht die der Vaterschaft.«

»Wieso?«

»Rosario ist von ihrem Mann verlassen worden, weil sie keine Kinder bekommen kann. Findest du das nicht absurd?«

»Wir sind Säugetiere, Mama«, kontert Paula. »Reproduktion ist eine unserer grundlegenden Aufgaben.«

»Wir sind Säugetiere, die andere Säugetiere in Arten eingeteilt haben«, sagt Celia, ohne die Hände von der Tischdecke zu nehmen. »Ohne unseren Verstand wäre kein Lebewesen auf diesem Planeten irgendwie klassifiziert.«

»Und was hat das alles damit zu tun, Mutter zu werden?«

»Mutter zu werden ist keine intelligente Idee.«

»Ich würde sagen, Mutter wird man aus Notwendigkeit oder aus Instinkt, nicht wegen einer Idee.«

Celia klatscht in die Hände.

»Das ist ja das Problem«, sagt sie nickend. »Wenn wir wirklich darüber nachdenken würden, welche Verpflichtungen und Opfer ein Kind mit sich bringt, bekämen wir keine.«

Paula schnaubt so heftig, dass sie fast die Kerze ausbläst. Aus Angst, ihre Stimme könnte zittern, wagt sie nicht, etwas zu sagen. Sie schluckt nur.

»Wenn man ein Kind verliert«, fährt Celia fort und fuchtelt mit der rechten Hand in der Luft herum, um ihre Worte zu unterstreichen, »verliert man alles, absolut alles. Hast du Charlotte nicht gesehen? Sie lebt nur für ihren Sohn. Sie hat sogar ihre Karriere für ihn aufgegeben. Wenn diesem Jungen etwas passieren würde, wäre ihr Leben vorbei.«

Paula erhebt sich wie in Zeitlupe. Sie bemüht sich, jedes Geräusch zu vermeiden, denn sie möchte nicht die Aufmerksamkeit der anderen Gäste erregen. Doch die Mischung aus Zynismus und Grausamkeit, die in den Worten ihrer Mutter liegt, kann sie nicht eine Minute länger ertragen.

ZWEIUNDZWANZIG

Tout va bien

»Ich gehe noch ein bisschen spazieren«, murmelt Celia vor sich hin, als würde sie ein Mantra aufsagen.

»Wo willst du denn hin?«

Schweigend überqueren sie den Kanal. Sie wagen es weder, das Gespräch fortzusetzen, noch, das Thema zu wechseln. An der Einmündung der Straße, die zum Hotel führt, bleiben sie stehen.

»Ich muss etwas herausfinden.«

Paula macht zögerlich einen Schritt zurück und bleibt dann stehen.

»Willst du zu Charlottes Elternhaus?«, fragt sie.

»Ich will zu Luciens Haus.«

Ein freies Taxi fährt vorüber.

»Ich begleite dich.«

»Ich möchte lieber allein gehen.«

Unter anderen Umständen hätte Paula ihre Mutter auf keinen Fall allein durch eine fremde Stadt spazieren lassen, aber an diesem Abend widerspricht sie nicht. Ihr reicht es. Vielleicht hat Celia mit ihrer Bissigkeit genau das beabsichtigt: ihre Tochter so zu ärgern, dass sie allein ins Hotel zurückkehrt.

»Ich warte hier auf dich«, sagt Paula schließlich. »Bleib nicht so lange, und lass das Handy an.«

Celia hat sich selbst ausgetrickst. Seit sie in Charlottes Wohnung aufgewacht ist, hat sie darüber nachgedacht, Lucien aufzusuchen. Aber den Entschluss dazu fasst sie erst beim Überqueren des Canal Saint-Martin, als es zu spät ist für Reue. Es ist, als markierte der Kanal eine Grenze. Es gibt kein Zurück.

Aufmerksam mustert sie die Haustüren, wie eine Briefträgerin, Kurierfahrerin oder Immobilienmaklerin auf der Suche nach einer Hausnummer. Oder, in Anbetracht der späten Stunde, wie einer dieser Nachtwächter, die in ihrer Jugend durch die Straßen patrouillierten. Sie erinnert sich nicht an die Nummer, aber sie weiß, dass das Haus nicht weit vom Square de Récollets entfernt ist und eine doppelflügelige verzierte Eingangstür aus Holz hat. Gleich darauf findet sie sie. Es ist die größte Tür in der Straße und reich verziert. Sie bleibt stehen und schaut an der Fassade hoch. Wie vor vierzig Jahren, als sie das erste Mal hier war.

Sie klingelt im dritten Stock links, aber niemand öffnet. Schließlich macht sie kehrt und geht zu ihrer Tochter zurück, die auf einem Geländer am Kanal sitzen geblieben ist.

Im Hotel holt Celia als Erstes ihr Handy aus der Tasche. Paula glaubt, sie wolle sich in ihre virtuelle Farm einloggen, doch sie irrt sich. Celia ruft Emilio an und hinterlässt ihm eine Nachricht auf der Mailbox. Sie bittet ihn, sich Urlaub zu nehmen und sie zu besuchen, da seine Schwester behaupte, sie könne keinen derart langen Flug durchstehen. Es gehe also nicht anders.

Dann geht sie mit der Gewissheit zu Bett, dass sie nach der langen Siesta in Charlottes Wohnung so schnell nicht wieder einschlafen kann. Mit offenen Augen liegt sie da und konzentriert sich auf die zuckenden Lichter, die die Scheinwerfer der Autos an die Decke werfen.

Sie versteht nicht, warum sie Lucien sehen will. Beim Gedanken an ihn empfindet sie nichts. Sie weiß ja nicht einmal, ob er allein, verheiratet oder krank ist, ob ihr Besuch ihm Unannehmlichkeiten bereiten oder irgendwie unpassend erscheinen könnte, zumal um diese Uhrzeit. Nichts weiß sie. Es gibt keinen Grund für ihre wachsende Neugier, über der sie aber trotz allem schließlich einschläft.

Als sie aufwacht, liegt Paula nicht mehr neben ihr, und im Badezimmer brennt kein Licht. Vielleicht macht ihre Tochter einen Spaziergang, oder sie hatte Hunger und ist ohne Celia frühstücken gegangen, um sie für ihre bissigen Worte beim Abendessen zu bestrafen.

Sie bewegt die Zehen und steht auf.

»Du hast doch nicht etwa allein geduscht?«

Die Zimmertür ist mit einem Quietschen aufgegangen.

»Nein«, antwortet Celia.

»Mach das bloß nicht, wenn ich nicht da bin.«

»Wo warst du?«

Paula posiert wie ein Model, um ihrer Mutter ihr sportliches Outfit vorzuführen.

»Joggst du etwa auch?«, fragt Celia.

»Das heißt jetzt *running*.«

Celia runzelt die Stirn. Bis jetzt ist ihr noch gar nicht in den Sinn gekommen, dass auch ein englisches Wort das Passwort sein könnte.

»Und wo ist der Unterschied?«

»Es gibt keinen.«

»Und warum nennt man es dann jetzt anders?«

»Weiß ich nicht. Wer duscht zuerst?«

Paula hat die Dusche nötiger, also ist sie die Erste. Anschließend stützt sie, ins Handtuch gewickelt, ihre Mutter, damit die sich mit einer Hand waschen kann.

Sie frühstücken im selben Bistro wie am Vortag.

»Was hast du heute Morgen vor?«, fragt Celia ihre Tochter, ohne aufzublicken, während sie ein Zuckertütchen in ihren Milchkaffee schüttet.

»Was willst du denn machen?«, fragt Paula zurück.

»Ich will noch einmal bei Lucien vorbeischauen.«

Paula tupft sich den Mund mit der Serviette ab.

»Du wusstest doch nicht mal mehr seinen Namen«, sagt sie vorwurfsvoll.

»Genau deshalb möchte ich ihn sehen.«

»Das verstehe ich nicht.«

Celia wühlt in ihrer Handtasche, als sie erwidert: »Warum nicht? Ist es denn nicht logisch, dass ich neugierig bin auf Menschen, an die ich mich nicht erinnere?«

Sie legt ein paar Geldscheine auf den Tisch, zeigt darauf und sagt: »Du kannst ja inzwischen einen Spaziergang machen. Oder ins Museum gehen. Ich rufe dich später an, und wir verabreden uns zum Mittagessen.«

Resigniert willigt Paula ein. Offenkundig ist ihre Mutter auf dem besten Weg, wieder die aktive und unabhängige Frau zu werden, die sie früher war. Wenn das ein Zeichen ihrer Genesung ist, stört es sie nicht, etwas allein zu unternehmen.

Nachdem Celia sich ein wenig geschminkt hat, bummelt sie am Kanal entlang zu der verzierten Haustür. Es ist zehn Uhr morgens. Sie klingelt in der dritten Etage links und wartet. Nichts. Noch einmal klingeln möchte sie nicht, weiß aber auch nicht, was sie tun soll. Vielleicht kann Charlotte Luciens Telefonnummer besorgen. Oder vielleicht sollte sie ins Hotel zurückgehen und selbst im Telefonbuch nachsehen. Ihn in den sozialen Netzwerken zu suchen, ist zwecklos, weil sie das ohne Albas Hilfe nicht kann.

Sie überquert die Straße in Richtung Kanal. Als sie sich gerade auf das Geländer stützt, sieht sie, wie die verzierte Holztür sich öffnet und ein Pekinese, gefolgt von einer alten Frau mit Stock, auftaucht. Wie ärgerlich. Wäre sie vor der Tür stehen geblieben, hätte sie in dem Moment das Gebäude betreten können. Also beschließt sie, zurückzugehen und neben der Tür zu warten.

Auf der anderen Straßenseite holt sie ihr Mobiltelefon heraus und loggt sich in das Farm-Spiel ein. Am Morgen hat sie bereits Ställe und Gehege gesäubert, jetzt muss sie noch die neu eingegangenen Bestellungen sichten.

»*Bonjour.*«

Eine dunkelhaarige Frau mit zwei großen Einkauftaschen ist vor ihr stehen geblieben. Sie stellt die Taschen ab, holt einen Schlüsselbund heraus und schließt die Tür auf. Celia steckt rasch ihr Handy ein und nutzt die Gelegenheit, hinter ihr ins Haus zu schlüpfen. Beide Frauen warten schweigend auf den Fahrstuhl. Celia hält der Frau, deren Taschen nicht viel zu wiegen scheinen, aber groß sind, die Tür auf.

»*Quel étage?*«

Beide fahren in den dritten Stock. Celia versucht sich zu erinnern, wie viele Türen es auf jeder Etage gab. Es sind jeweils zwei, wie sie gleich darauf feststellt, eine rechts und eine links. Und schon wieder bleiben die beiden Frauen vor derselben Tür stehen.

»*Qui cherchez-vous?*«

»Lucien Gagnier.«

Die Frau nickt. Das ist die richtige Tür. Sie holt wieder den Schlüsselbund heraus, schließt auf und betritt den schmalen Korridor, eine Tasche vor, eine hinter sich.

»Monsieur Gagnier?«, ruft sie.

Celia rührt sich nicht. Sie steht in der offenen Tür und überlegt, ob sie wieder in den Fahrstuhl steigen und verschwinden soll. Gleich darauf hört sie eine Tür quietschen und die Stimme eines Mannes, der beim Reden hustet.

Die Frau streckt ihren Kopf aus einer Tür heraus und fragt: »*Qui êtes-vous?*«

»Celia«, antwortet sie. Und weil die Frau nicht reagiert, fügt sie hinzu: »Ich bin eine alte Freundin von Monsieur Gagnier.«

Wieder ist ein trockenes Husten zu vernehmen. Die Frau verschwindet, und stattdessen taucht im Flur ein Mann in einem Morgenmantel auf.

»*Que voulez-vous?*«

Er spricht mit der kehligen Stimme eines starken Rauchers.

»Lucien?«

Er ist ein großer, kräftiger Mann mit langem, ergrautem Haar, das er zum Pferdeschwanz gebunden hat. Der Morgenmantel verleiht ihm ein wildes, fast kampfeslustiges Aussehen. Er wirkt wie ein Tempelritter, der gerade von einem Kreuzzug zurückkehrt.

»*Oui*«, sagt er und kneift die Augen zusammen, um Celia zu mustern. »*Qui êtes-vous?*«

»Ich bin Celia.«

Er starrt sie unverwandt an.

»Celia Ruiz Álvarez«, fügt sie hinzu. »Ich habe als Au-pair bei Jacqueline Boissieu gewohnt und auf ihre Kinder Charlotte und Eugène aufgepasst, als sie klein waren.«

In seinem Gesicht regt sich kein Muskel, er scheint nicht einmal zu atmen. Das erlaubt es Celia, in seinen Zügen nach Bekanntem zu forschen.

»Selia?«, sagt er stirnrunzelnd.

»Ja, Celia.«

»*Ce n'est pas possible!*«, entfährt es ihm, und er reißt verblüfft die Augen auf. »Celia«, wiederholt er diesmal korrekt. »Was machst du denn hier?«

Hinter Lucien taucht die dunkelhaarige Frau auf, der die Neugier ins Gesicht geschrieben steht. Er verscheucht sie mit einer Handbewegung.

»*Tout va bien*«, sagt er. »Alles in Ordnung.«

Die Frau verschwindet, und Lucien mustert Celia erneut, aber diesmal lächelt er.

»Celia«, wiederholt er noch einmal. »Ich kann es nicht glauben.«

Sie entspannt sich und lacht ebenfalls.

»Deine Klingel funktioniert nicht«, sagt sie.

Er nickt und verdreht entschuldigend die Augen.

»Was machst du denn hier?«, fragt er.

»Ich wollte dich sehen.«

Das ist so offenkundig, dass es absurd wirkt. Sie müssen abermals lachen.

»Komm doch rein.«

Er macht einen Schritt zur Seite, damit Celia eintreten kann. In der Wohnung riecht es nach Weihrauch und Weichspüler. Lucien führt sie in einen Raum auf der linken Seite. Während sie ihm folgt, fällt ihr Blick auf seinen graumelierten Pferdeschwanz, der so dünn ist wie der Aschestrang einer Zigarette.

»Du musst mich kurz entschuldigen.«

Celia nimmt in einen Drehstuhl Platz. Erst jetzt bemerkt sie, dass ihre Beine zittern. Sie atmet mehrmals tief durch und blickt sich um. Sie sitzt vor einem alten Schreibtisch, daneben stehen ein kleines Sofa und ein Tischchen voll mit Büchern. Auf dem Schreibtisch liegt ein Stapel Blätter, von denen immer drei zusammengeheftet sind.

»*Voulez-vous boire quelque chose?*«

Die dunkelhaarige Frau steht in der Tür und bietet ihr etwas zu trinken an.

»*Non, merci.*«

»Monsieur Gagnier ist gleich wieder da«, sagt sie noch und geht. Ihre Schritte hallen im Flur nach.

Celia steht auf, um aus dem Fenster zu schauen. Sie erwartet, auf die Straße oder zumindest auf eine Terrasse voller Blumentöpfe zu blicken, aber dem ist nicht so. Es gibt nichts zu sehen außer einem schmalen Lichthof, durch den unterschiedlich große Rohre führen.

»Celia.«

Noch bevor Luciens Stimme zu hören ist, kündigt eine Wolke seines Eau de Toilette sein Kommen an. Er trägt eine Jeans und ein langärmeliges T-Shirt, als er im Arbeitszimmer erscheint. Sein Haar ist feucht und offen. Er wirkt wie ein junger Mann, wären da nicht die für die Jugend untypischen Altersflecken im Gesicht.

»Möchtest du was trinken?«

Celia schüttelt den Kopf und zeigt zur Tür.

»Die Señora hat mir schon etwas angeboten«, sagt sie.

»Yamina«, sagt Lucien. »Sie ist meine Haushälterin. Sie kommt jeden Samstagmorgen und hilft mir, die Wohnung einigermaßen in Ordnung zu halten.«

Sie mustern sich schweigend.

»Du hast zugenommen«, bemerkt Celia.

»Und du abgenommen.«

Celia runzelt überrascht die Stirn. Es stimmt, dass sie abgenommen hat, aber zu der Zeit, als sie in Paris lebte, war sie noch schlanker.

»Ich habe ein paar deiner Bücher«, erklärt Lucien.

»Du bist Lehrer?«

»Ja, Spanischlehrer an einem Gymnasium«, sagt er und zeigt auf den Schreibtisch. »Schau, ich muss gerade einen Haufen Arbeiten korrigieren.«

Celia nimmt ein Heft zur Hand.

»Ich habe ein paar deiner Artikel im Unterricht benutzt«, fügt Lucien hinzu.

»Ach, wirklich?«

»Die Schüler waren sehr beeindruckt, als ich ihnen erzählte, dass wir uns in jungen Jahren kannten.«

Celia legt das Heft zurück und grinst schief.

»In jungen Jahren«, wiederholt sie, als könnte sie es nicht fassen. »Und du wohnst noch immer in derselben Wohnung.«

Lucien schürzt die Lippen, dass es aussieht, als wollte er pfeifen. Dann streicht er seufzend eine graue Strähne zurück, die ihm in die Stirn gefallen ist.

»Ich habe nicht immer hier gewohnt«, sagt er.

Celia nimmt auf dem Sofa Platz.

»Ich habe eine Zeitlang in Chartres und in Rouen unterrichtet. Später in Argenteuil. Als ich dann eine Stelle in Paris bekam und meine Mutter starb, bin ich wieder in diese Wohnung gezogen. Erinnerst du dich an meine Mutter?«

Celia nickt wenig überzeugt. Sie erinnert sich nur an einen Schatten, der manchmal hinter Lucien auftauchte.

»Hast du Familie?«, fragt sie.

»Zwei Söhne«, bestätigt Lucien. »Sie sind schon erwachsen.«

Celia sieht ihn fragend an.

»Max arbeitet in Brüssel, weshalb ich ihn nicht oft sehe, aber wir skypen hin und wieder. Victor lebt mit seiner Freundin in meiner früheren Wohnung in Argenteuil.«

»Und deine Frau?«, fragt Celia.

»Ist vor sieben Jahren gestorben.«

»Wie hieß sie?«

»Renée.«

Lucien setzt sich in seinen Drehstuhl.

»Und du?«, fragt er und nickt ihr mit dem Kinn zu.

DREIUNDZWANZIG

Ein Bild von diesem Ort

»Hast du Hunger?«

»Wenn ich ehrlich bin, ja.«

Lucien wirft einen Blick auf seine Schreibtischuhr. Es ist inzwischen Mittag. Celia hat ihm von ihren Kindern und ihrem Hund erzählt. Von Alba und Rosario. Sogar von Fran. Und von dem, was passiert ist, ihrem Schlaganfall, dem Koma und ihrem lückenhaften Gedächtnis.

»Warte einen Moment.«

Lucien geht hinaus, wechselt ein paar Worte mit seiner Haushälterin und kehrt dann mit einer Sonnenbrille und dem Schlüssel in der Hand zurück. Er lädt Celia ein, ein Stück am Kanal entlang spazieren zu gehen. Auf der anderen Kanalseite gibt es mehrere Restaurants. Zielstrebig steuert er ein Lokal mit ausladender Markise an.

»Ich esse fast jeden Samstag und oft auch sonntags hier«, erklärt er und wählt einen Tisch in einer Ecke. »Ich koche nicht gern.«

»Macht das nicht deine Haushälterin für dich?«

»Sie putzt und nimmt die Wäsche mit, die bringt sie am nächsten Samstag gewaschen wieder mit.«

»Du solltest mal Rosarios Enchiladas probieren.«

Plötzlich stutzt Lucien.

»Hattest du vielleicht vor, mit deiner Tochter zu Mittag zu essen?«, fragt er.

»Wir haben nichts ausgemacht.«

»Wo ist sie?«

»Im Museum.«

»Willst du sie nicht anrufen?«

Celia studiert die Karte, die der Kellner gebracht hat, und antwortet nicht. Beide bestellen ein alkoholfreies Bier.

»Trinkst du keinen Wein?«, fragt Lucien.

»Ich darf keinen Alkohol trinken.«

»Ich auch nicht.«

»Bist du krank?«

»Ich trinke seit drei Jahren nicht mehr.«

Als der Kellner kommt, um die Bestellung aufzunehmen, wählt Celia einen Feldsalat mit kandierter Entenbrust und Lucien Rinderbraten mit Gemüse.

»Ich habe auch getrunken«, sagt Celia, als sie wieder allein sind.

»Wann?«

»Vor dem Schlaganfall.«

»Warum?«

Celia schweigt nachdenklich.

»Ich frage, weil es immer einen Grund gibt«, fügt Lucien hinzu. »Man kann grundlos viel Blödsinn anstellen, aber wenn man trinkt, steckt immer etwas dahinter.«

Wie hypnotisiert beobachtet Celia die aufsteigenden Bläschen in ihrem Bier.

»Ja, gut möglich«, sagt sie schließlich. »Aber ich kann mich nicht daran erinnern.«

Lucien stützt das Kinn auf. Er hat Mühe, sich in jemanden hineinzuversetzen, der sich an den Grund seines Unglücks nicht erinnern kann.

»Renée war schwerkrank«, sagt er leise. »Und ihr Leiden hat sich lange hingezogen. Anfangs hat mir der Alkohol die nötige Kraft gegeben, um für sie da zu sein. Später habe ich nur noch getrunken, um alles zu vergessen.«

Celia nickt verständnisvoll, obwohl ihr eher danach ist, heftig den Kopf zu schütteln. Sie fühlt sich plötzlich deprimiert und verloren.

»Was ist mit dir?«

»Ich vermisse Charlie, meinen Hund. Er weiß immer ganz genau, wann ich ein wenig Zuspruch brauche.«

»Erinnerst du dich an die schöne Zeit, die wir zusammen verbracht haben?«

Dass Lucien das Thema auf die Vergangenheit bringt, empfindet Celia als tröstlich.

»Ich erinnere mich an einzelne Begebenheiten«, sagt sie. »Aber nicht an alles. Es ist vierzig Jahre her.«

»So lange?«

Sie nickt resigniert. Es ist tatsächlich eine Ewigkeit her.

»Du hast mir die ersten Spanischstunden gegeben«, sagt Lucien. »Weißt du noch? Immer nach dem Essen, wenn die Kinder von Madame Boissieu ihren Mittagsschlaf hielten. Ich kam runter, und wir haben uns in dein Zimmer zurückgezogen.«

»War ich eine gute Lehrerin?«

»Du warst anspruchsvoll und hast mir sogar Hausaufgaben gegeben. Du warst eine so gute Lehrerin, dass ich später beschloss, deine Sprache zu studieren.«

Der Kellner bringt das Essen. Celia starrt irritiert auf ihren Teller.

»Was ist?«, fragt Lucien. »Magst du es nicht?«

Sie versucht sich zusammenzureißen und trinkt einen Schluck Bier.

»Nein, das ist es nicht«, sagt sie. »Ich kann nur nicht glauben, dass ich so großen Einfluss auf dein Leben gehabt haben soll.«

Lucien beginnt zu essen und lächelt.

»Ich mochte die spanische Sprache schon, bevor ich dich kennenlernte«, beruhigt er sie. »Ich hatte bereits im Gymnasium Spanischunterricht. Dann habe ich den Büchern Adieu gesagt und mich ganz auf den Fußball konzentriert. Aber später, als meine Fußballerkarriere zu Ende war, beschloss ich, Spanisch zu studieren.«

Celia versucht sich zu erinnern.

»Hast du bei Paris Saint-Germain gespielt?«, fragt sie.

»Ja genau, das war mein Club«, bestätigt er. »Ich sehe, du erinnerst dich, das freut mich, aber glaub ja nicht, dass ich ein Star war oder sowas. In dem Jahr, das du in Paris verbracht hast, habe ich zum letzten Mal in der Jugendliga gespielt. Damals war der Club noch längst nicht so groß wie heute. Er war ganz neu, ich weiß nicht einmal, ob er schon in die erste Liga aufgestiegen war.«

Celia hebt ihr Glas, damit der Kellner ihr ein neues Bier bringt.

»Später habe ich bei anderen Clubs der Ligue Nationale gespielt«, fährt Lucien fort. »Bis ich mir das linke Knie gebrochen habe, damit war meine Karriere zu Ende. *C'est fini.*«

Während er erzählt, sieht er forschend in Celias Gesicht.

»Du warst ein paar Mal da, um mich spielen zu sehen«, fügt er hinzu.

»Das weiß ich nicht mehr.«

»Einer meiner Kumpel hat uns im Auto mitgenommen. Wir haben im Wald bei Saint-Germain-en-Laye gespielt, weit weg vom Quai de Jemmapes.«

»Ich mochte Fußball noch nie.«

»Ich weiß«, sagt Lucien. »Deshalb war es ja so schmeichelhaft für mich.«

Als der Kellner die Teller abräumt, bitten sie um die Eiskarte.

»Ich konnte mich nicht an deinen Namen erinnern«, gesteht Celia. Sie will ihm nichts vormachen. Er hat noch alle Einzelheiten präsent, und sie nicht.

»Ist das so?«

»Es tut mir leid.«

»Und vor dem Schlaganfall?«, fragt er ganz ernst. »Hast du da manchmal an mich gedacht?«

Die Frage ist so absurd, dass Celia verblüfft große Augen macht. Erst dann sieht sie den Schalk in Luciens Augen.

»Bestimmt«, antwortet sie.

Wieder bedauert sie, nicht Tagebuch geschrieben zu haben. Hätte sie es getan, wüsste sie jetzt, ob sie manchmal an ihn gedacht oder ihn vollkommen vergessen hatte. Und nicht nur das. Sie wüsste auch, warum sie getrunken und so stark zugenommen hat.

Lucien schaut aus dem Fenster und legt seine Serviette auf den Tisch, als hätte er eine Idee.

»Lass uns das Eis und den Kaffee woanders zu uns nehmen«, sagt er und steht mit einer geradezu jugendlichen Entschlossenheit auf. »Es ist ein wunderschöner Tag.«

Celia nimmt ihre Tasche und folgt ihm. Sie schlendern am Ufer des Kanals entlang und nehmen auf der Terrasse eines Bistros Platz. Der Kellner serviert beiden eine große Kugel Joghurteis mit rotem Fruchtsirup, und dann einen Milchkaffee für sie und einen Espresso für ihn.

»Daran bist auch du schuld«, sagt Lucien, als ihm gleich darauf ein Glas mit Eiswürfeln gebracht wird. »In Frankreich trinkt man Eiscafé nicht so.«

»Ich weiß.«

»Wenn ich zum Spanischlernen zu Madame Boissieu runterkam, hast du mich immer auf einen Kaffee mit Eiswürfeln eingeladen.«

»Und auf eine Zigarette.«

Lucien holt eine Schachtel hervor.

»Genau«, sagt er. »Möchtest du?«

Celia schüttelt zwar den Kopf, streckt aber die Hand nach einer Zigarette aus. Sie weiß nicht, was stärker ist, die Rücksicht auf ihre Gesundheit oder der Drang, in Erinnerungen an ihre Jugend zu schwelgen.

»Ich weiß nicht, wie lange ich schon keine Zigarette mehr geraucht habe«, sagt sie, als Lucien ihr Feuer gibt.

Dann nimmt sie ganz vorsichtig einen Zug, als befürchtete sie, husten zu müssen, aber der Rauch strömt mit unerwarteter Leichtigkeit in ihre Lungen. Offenbar hat sie vor nicht allzu langer Zeit noch geraucht. Wahrscheinlich in ihrem Wagen, in dem Álex sie nur Minuten nach dem Schlaganfall gefunden hat.

»Was machst du heute Nachmittag?«, fragt Lucien.

»Ich habe noch nichts vor.«

Celia lächelt und schließt die Augen. Der Geschmack der Zigarette in der Mittagssonne weckt in ihr ein unwiderstehliches Bedürfnis nach Schlaf.

»Soll ich dich an irgendeinen Ort bringen, an dem wir früher waren?«

Da erinnert Celia sich plötzlich an ein Bild von Monet, das einen See zeigt.

»Aber ich muss mich erst ein bisschen hinlegen«, antwortet sie mit geschlossenen Augen. »Ich kann nichts dagegen tun. Mein Kopf muss sich von der Realität immer wieder erholen.«

Lucien wirft einen Blick auf seine Armbanduhr.

»Du kannst im Auto schlafen«, sagt er und rechnet im Geiste nach. »Und ich fahre.«

»Wohin?«

»Raus aus der Stadt. Du hast eine Dreiviertelstunde zum Schlafen. Reicht das?«

Celia nickt kraftlos.

»Ich muss Paula noch anrufen«, sagt sie.

»Vielleicht will sie mitkommen?«, schlägt Lucien vor. »Wir können sie abholen.«

Celia drückt die Zigarette aus, ihr ist schwindlig. Lucien ist bereits aufgestanden und bezahlt.

»Oder soll ich dich lieber ins Hotel bringen, und wir verabreden uns für später?«

»Nicht nötig.«

»Dann warte hier auf mich, ich hole das Auto.«

Celia zieht ihr Smartphone aus der Handtasche und ruft Paula an. Sie erwartet einen Vorwurf, doch Paula klingt ganz aufgeräumt.

»Ich mache gerade einen langen Spaziergang«, sagt sie. »Vorher war ich im Museum, und jetzt habe ich Hunger, werde also gleich was essen gehen.«

»Geht's dir gut?«

Paula entfährt ein tiefer Seufzer.

»Ja, keine Sorge«, antwortet sie. »Hast du deinen gut aussehenden früheren Schüler angetroffen?«

»Ja. Wir waren zusammen essen und machen jetzt einen Ausflug mit dem Auto. Ich wollte dich fragen, ob du mitkommen möchtest.«

Paula lehnt ab.

»Wir sehen uns zum Abendessen«, sagt sie. »Benimm dich.«

Das hätte Celia auch zu ihr sagen können.

»Noch was«, fügt Paula hinzu. »Alba lässt dir ausrichten, dass du sie anrufen sollst. Sie meint, es sei dringend, sie will dich aber nicht hetzen. Es hat was mit deiner Farm zu tun.«

»Meine Farm«, wiederholt Celia.

Sie hat ihre Tiere schon eine ganze Weile vernachlässigt. Sie könnte sich einloggen und nach ihnen sehen, aber ihr fallen die Augen zu, und sie hat nur noch die Kraft, zu Lucien ins Auto zu steigen. Als sie den Kopf zurücklehnt, ist sie bereits eingeschlafen. Lucien legt ihr den Sicherheitsgurt an, bevor er das Radio ausschaltet und bedächtig losfährt, um sie nicht zu wecken.

Der ohnehin schon mäßige Verkehr dünnt sich noch mehr aus, als sie den Boulevard Périphérique verlassen und an der Seine entlang Richtung Nanterre fahren. Lucien schaut auf die Uhr im Armaturenbrett. Sie haben nur vierzig Minuten gebraucht. Er parkt im Schatten einer Pappelreihe und steigt aus, um eine Zigarette zu rauchen, während er darauf wartet, dass seine Beifahrerin aufwacht.

»Wo sind wir?«, fragt Celia kaum fünf Minuten später.

»Rate mal«, erwidert Lucien, als er den Kopf zum Fenster hineinstreckt.

Überall stehen Bäume, aber in einem Wald befinden sie sich nicht. Es riecht nach lehmiger Erde, und die Steine auf dem Boden sind abgerundet, wie Celia beim Aussteigen feststellt.

»Wir sind in der Nähe eines Flusses«, sagt sie.

»Ich würde sagen, wir sind an einem Fluss«, erwidert Lucien.

Celia denkt nach. Rätsel liebte sie schon immer.

»Sind wir auf einer Insel?«

»Zwischen Croissy und Bougival«, bestätigt Lucien. »In der Grenouillère.«

Celia runzelt die Stirn und versucht angestrengt, sich an den Grund für diesen Ausflug zu erinnern.

»Habe ich dir von meiner Vorliebe für die Impressionisten erzählt?«, fragt sie.

»Ständig.«

»Wie kannst du dich nach vierzig Jahren noch daran erinnern?«

»Du hast dich vor deinem Schlaganfall auch daran erinnert. Da bin ich mir sicher.«

Celia kann ihm nicht in die Augen blicken. Er hat die Sonne im Rücken, und sie sieht ihn nur im Gegenlicht.

»Ich weiß nicht, wie du dir so sicher sein kannst«, sagt sie.

»Weil wir oft herausgefahren sind und etwas weiter unten eng umschlungen am Ufer gesessen haben.«

Celia schaut zu der Stelle, auf die Lucien zeigt. Ihre Neugier ist lächerlich, als würde sie dort eine Leuchtschrift oder ein Hinweisschild vorfinden: Hier haben sich Celia und Lucien umarmt. Vielleicht rührt ihre Überraschung daher, dass zum ersten Mal einer von ihnen ausgesprochen hat, was damals zwischen ihnen war.

Mit einem stillen Lächeln steigt sie in den Wagen. Irritiert tritt Lucien seine Zigarette aus. Er versteht nicht, was sie verstimmt haben könnte.

»Zeig mir, wo genau das war«, bittet ihn Celia, als sie einen Augenblick später wieder aussteigt.

Sie ist nicht verstimmt. Sie hat sich lediglich mit den Fingern das Haar gerichtet und die Lippen nachgezogen. Lucien schließt den Wagen ab und geht voran zum Fluss.

»Hier?«, fragt sie, als sie das Wasser erblicken.

»Genau hier.«

Celia starrt auf das zwischen dem Grün der Bäume glitzernde Wasser.

»Du erinnerst dich nicht«, sagt er. »Stimmt's?«

»Nein.«

»Es war spätnachmittags. Wir kamen aus dem Stade Georges Lefèvre, nicht weit von hier, wo ich jeden Tag trainiert habe und am Wochenende zwei Spiele hatte. Einmal habe ich ein Kopfballtor gemacht und es dir gewidmet. Danach hast du mich zum Dank zum ersten Mal geküsst, genau hier, wo wir jetzt stehen.«

Celia hadert mit ihrem Schicksal und fragt sich, wie es möglich ist, dass sie so etwas vergessen konnte.

»Waren wir noch woanders?«, fragt sie und schaut Lucien an.

»Du wolltest alle Landschaften sehen, die du von den Bildern der Impressionisten kanntest.«

»Alle?«, wiederholt sie.

Lucien nickt überzeugt.

»Vermutlich war es das, was dich in Wahrheit nach Paris geführt hat«, sagt er. »Die meisten Ausländer kommen, weil sie die Sprache lernen wollen, aber du warst hier, um diese Orte mit eigenen Augen zu sehen. Du kanntest sie alle. Du hattest diese Bilder von Monet, Pissaro, Manet und Renoir so oft angeschaut, dass du all die Szenen im Kopf hattest. Wir waren in Moulin de la Galatte, in Neuilly-sur-Seine und in Louveciennes. Wir sind die berühmtesten Boulevards der Stadt abgelaufen und hatten sogar vor, in die Bretagne zu fahren, aber dazu kam es nicht mehr.«

»Warum nicht?«

»Weil deine Freundin Carmen kam, um dich nach Spanien zurückzuholen.«

Celia nickt mit hochgezogenen Augenbrauen.

»Ja, daran erinnere ich mich«, sagt sie. »Carmen hat ein paar Tage in meinem Zimmer bei Madame Boissieu gewohnt. Sie kam zum Ende des Jahres, kurz bevor ich zurückkehrte.«

»Wenn sie dich nicht abgeholt hätte«, sagt Lucien langsam, seine Worte abwägend, »wärst du vielleicht nicht zurückgegangen.«

Celia sieht ihn nicht an. Ihr Blick folgt der Bewegung des Wassers, doch sie ist wie gelähmt, wie es häufig geschieht, wenn man etwas vor sich sieht, das hätte sein können.

»Mir ist, als könnte ich immer noch die Mietboote und die Badenden sehen«, sagt sie und denkt dabei an ein Bild von Monet. »Und die Bäume, die sich im Wasser spiegeln. Und das Glücksgefühl, das diese Szenerie auslöst. Ich erinnere mich nicht, wann ich das erste Mal hier war, aber ich erinnere mich daran, wann ich zum ersten Mal ein Bild von diesem Ort gesehen habe.«

Lucien tritt näher.

»Das ist absurd«, sagt er. »Gehen wir.«

»Wohin?«

»Ich möchte dir erklären, wie es zu diesem Kopfballtor gekommen ist.«

Sie gehen zum Auto zurück und fahren am Fluss entlang Richtung Norden. Celia nutzt die Gelegenheit, um ihre Enkelin anzurufen.

»Sag mir nicht, dass meine Tiere tot sind«, sagt sie besorgt.

»Sie sind nicht tot, weil das nur ein Spiel ist«, antwortet Alba. »Aber im echten Leben hättest du jetzt ein Problem. Du hast sie seit Stunden nicht gefüttert.«

»Ich war sehr beschäftigt.«

»Du hast aber Verantwortung.«

»Ich weiß, mein Schatz.«

Celia ringt um Fassung. Ein breites Lächeln liegt auf ihren Lippen, und sie fürchtet, das Kind könnte es merken.

»Ich kann mich um deine Farm kümmern«, sagt Alba. »Ich wollte es nur nicht ohne deine Erlaubnis tun, aber du weißt ja, dass ich deinen Nutzernamen und dein Passwort kenne.«

»Danke«, sagt Celia. »Das mache ich lieber selbst. Es wird nicht wieder vorkommen, versprochen.«

Sie steckt das Handy wieder ein und schenkt Lucien, ohne eine weitere Erklärung, ein komplizenhaftes Lächeln. Die Straße ist zu beiden Seiten von hoch aufragenden Bäumen gesäumt, sie führt auf eine große Waldlichtung. Dort befinden sich mehrere Fußballfelder und andere Sportanlagen.

»Es sieht noch genauso aus wie früher«, sagt Lucien verblüfft, als er aussteigt. »Ich war seit Jahren nicht hier und dachte, es hätte sich alles verändert.«

Sie hören Keuchen, Jubelrufe und wütende Schreie, lautes Pfeifen und Applaus, untrügliche Zeichen dafür, dass hier mehrere Teams trainieren. Es ist ein abgeschlossenes Areal, umgeben von einem Metallzaun und mit einem Wachmann in einer Pförtnerloge. Lucien spricht mit ihm. Etwas pathetisch stellt er sich als ehemaliger Spieler des Clubs vor und erreicht damit, dass sie eingelassen werden.

Sie gehen zum Platz auf der rechten Seite.

»Du hast ungefähr hier gesessen«, erklärt Lucien, als sie vor der ersten Bankreihe auf der kleinen Tribüne stehen. »In der ersten Halbzeit habe ich auf der anderen Seite gespielt und in der zweiten auf dieser. Ich bin zigmal an dir vorbeigelaufen. *Le match était à égalité.* Unentschieden. Wenige Minuten vor dem Abpfiff bekam ich den Ball ungefähr dort, auf der Höhe des Mittelkreises, und lief auf den Flügel. Ich bediente den Außenstürmer mit einem langen Pass und rannte zum Elfmeterpunkt.

Er flankte, und ich machte einen Hechtsprung und erzielte mit einem Kopfball das Siegtor. *Ce fut un moment incroyable.* Unglaublich. Ich stand auf, und noch bevor mich meine Mitspieler umarmen konnten, sah ich zu dir hinüber und zeigte auf dich. Das Tor war für dich.«

VIERUNDZWANZIG

Alles Unvergessliche

Es irritiert Celia zunehmend, wie gut sich Lucien erinnern kann. Während er ihr nach und nach erzählt, was sie zusammen erlebt haben, hat es ihr buchstäblich die Sprache verschlagen. Sie fühlt sich wie eine Schülerin, die sich zwar sehr angestrengt hat, die Prüfung aber trotzdem nicht besteht. Auf der Rückfahrt in die Stadt schläft sie wieder ein.

Vor dem Hotel verabschieden sie sich.

»Seine Augen sind braun«, sagt Celia, als sie wenig später auf ihrem Bett liegt und an die Zimmerdecke starrt. »Aber im Sonnenlicht wechseln sie die Farbe und wirken heller, wie bei einem Chamäleon.«

»Dann ist er immer noch attraktiv?«

»Die Schatten unter seinen Augen sind dunkler, seine wenigen Haare lässt er einfach wachsen, und er hat einiges zugelegt, aber ja, er sieht noch immer gut aus.«

»Ich würde ihn gern kennenlernen.«

»Ich habe ihm vorgeschlagen, morgen mit uns nach Fontainebleau zu fahren.«

»Hast du Charlotte Bescheid gesagt?«

Celia schüttelt den Kopf, aber das sieht Paula, die ebenfalls auf dem Bett liegt und an die Decke starrt, nicht.

»Ich rufe sie nachher an. Ich glaube nicht, dass sie was dagegen hat. Lucien hat mir gesagt, dass sie sich gelegentlich über den Weg gelaufen sind.«

Paula dreht den Kopf und sieht zu ihrer Mutter hinüber.

»Was habt ihr heute gemacht?«

»Wir waren an der Seine und haben uns einen Fußballplatz angeschaut.«

»Habt ihr ein Spiel gesehen?«

»Ein Spiel, das vor vierzig Jahren stattgefunden hat. Er hat mir geschildert, wie es zu dem Tor kam, das er mir damals gewidmet hat.«

Celia wendet sich ihrerseits ihrer Tochter zu.

»Habe ich dir davon schon mal erzählt?«, fragt sie. »Von Paris, Charlotte, Jacqueline oder Lucien?«

Paula richtet sich auf und stützt den Kopf in die Hand.

»Du hast von den Impressionisten erzählt«, erwidert sie. »Sehr oft sogar und mit großer Leidenschaft. Du hast mich sogar dazu ermuntert, deine Lieblingsmotive abzumalen.«

Celia versucht, sich an diese Bilder zu erinnern. Sie stellt sie sich in einem Heft vor, möglicherweise mit Transparentpapier abgepaust und anschließend koloriert.

»Ich habe dich sagen hören, dass du ein wunderbares Jahr als Au-pair in Paris verbracht hast«, fügt Paula hinzu. »Aber die Namen der Leute kannte ich nicht.«

Celia fühlt sich auf dem Bett schwerelos. Alle Müdigkeit ist von ihr abgefallen.

»Warum fragst du?«, sagt Paula und legt ihren Kopf aufs Kissen.

»Weil ich es nicht begreife«, antwortet Celia. »Ich kann mich an so viele unwichtige Dinge erinnern, aber nicht an die wirklich wichtigen.«

»Wie an den gut aussehenden Jungen, der dir ein Tor gewidmet hat?«

»Genau«, sagt Celia und reckt sich.

»Warum kann ich mich genau an den Tag erinnern, an dem Carmen nach Paris kam, aber nicht an das, was ich mit Lucien erlebt habe?«

Paula zögert kurz. Dann räuspert sie sich.

»Ist das eine rhetorische Frage oder dein Ernst?«

»Ich weiß es nicht.«

»Ich auch nicht. Dein Neurologe meint, dass es nichts mit dem Faktor Zeit oder mit irgendwelchen Umständen zu tun hat, warum du etwas vergessen hast und dich an anderes erinnerst. Bei dir scheint es eher eine Reaktion auf eine vorübergehende Konfusion zu sein.«

Celia schüttelt vehement den Kopf.

»Das glaube ich nicht«, sagt sie.

»Warum nicht?«

Celia dreht sich mühsam zu ihrer Tochter um.

»Es gibt keine Zufälle«, sagt sie.

»Was für Zufälle?«

»Paula, du weißt doch ganz genau, dass mir 1999 etwas Schreckliches passiert sein muss.«

»Bitte, fang nicht wieder damit an.«

Paula schnaubt in Richtung Decke.

»Ich kann mich nicht daran erinnern«, fährt Celia fort. »Aber da muss etwas gewesen sein. Anders kann ich es mir nicht erklären, dass ich meine Arbeit aufgegeben und drei Jahre lang nichts getan habe. Ich bin weder gereist, noch habe ich für die Zeitung oder an einem Buch geschrieben. Ich finde auch keine andere Erklärung dafür, warum ich derart zugenommen habe, und so viel getrunken, bis ich jederzeit eingeschlafen bin, wo auch immer ich gerade war.«

Celia streicht über die Tagesdecke, als wäre sie Charlies Fell.

»Heute habe ich erfahren, dass ich ein Techtelmechtel mit Lucien hatte, einem großen, attraktiven und athletischen jungen Mann, der meine Begeisterung für die Impressionisten teilte, meine Sprache lernen wollte und mir seine sportlichen Triumphe widmete.«

»Ich kann keinen Zufall darin erkennen«, sagt Paula.

»Mein Gedächtnis hat alles gelöscht, was eigentlich unvergesslich ist. Sowohl das Gute als auch das Schlechte. Alles.«

Paula wagt kein Wort zu sagen.

»Offensichtlich kann ich mich nur an das erinnern, was nichts mit meinen Gefühlen zu tun hatte«, fügt Celia hinzu. »Alles andere hat mein Geist gelöscht, um mich zu schützen.«

»Du redest von deinem Gedächtnis, als wäre es die Festplatte eines Computers.«

»Ist es das etwa nicht?«

Paula schaut ihre Mutter an und zuckt die Schultern.

»Das musst du Ignacio fragen«, sagt sie.

Celia erwidert ihren Blick. Sie ist davon überzeugt, dass Paula mit dem Arzt reden wird, sobald sie die Gelegenheit dazu hat.

»Und was hast du heute gemacht?«, fragt sie, um das Thema zu wechseln.

»Ich bin herumspaziert und habe nachgedacht«, sagt Paula.

»Fühlst du dich wohl?«

»Warum fragst du?«

»Du siehst schlecht aus.«

»Ich habe eine Apotheke mit Notdienst gesucht«, sagt Paula resigniert.

»Rosario hat eine ganze Tasche voll mit Medikamenten in meinen Koffer gepackt«, erwidert Celia und blickt zum Nachttisch.

Paula scheint den winzigen Bruchteil einer Sekunde zu zögern, als würde sie schon eine Zeitlang damit ringen, ob sie die folgenden Worte aussprechen soll oder nicht.

»Ich glaube nicht, dass diese Tasche mir irgendwie nützlich ist«, sagt sie schließlich.

»Warum nicht? Was hast du denn gebraucht?«

»Einen Schwangerschaftstest.«

Celia seufzt ungeduldig. Sie übertreibt bewusst, damit ihre Tochter versteht, dass ihr nicht nach Scherzen zumute ist.

»Er liegt im Badezimmer«, faucht Paula. »Du kannst ja nachsehen, wenn du willst.«

»Was willst du damit sagen?«

»Dass ich schwanger bin.«

Celia stöhnt auf. Als sie tief Luft holt, klingt es so alarmierend, dass Paula aufsteht und sich zu ihrer Mutter aufs Bett setzt.

»Es ist nichts, keine Bange«, beeilt sich Celia zu sagen und legt sich die Hand auf die Brust. »Das war nur der Schreck. Ich habe nicht damit gerechnet, dass du schwanger werden könntest, nachdem du dich von Jose getrennt hast.«

Paula beugt sich vor und stützt den Kopf in die Hände, während Celia sich aufrichtet und an das Kopfende des Bettes lehnt.

»Denn es ist doch von Jose, oder?«

Paula nickt stumm, ohne den Kopf zu heben. Celia begreift nicht, wie das passieren konnte, wagt aber nicht, zu fragen.

»Wir waren zum Reden in einer Bar verabredet. Nicht weit von zu Hause, du verstehst schon.«

Paula starrt auf den Boden.

»Es war schon ziemlich spät, wir hatten Hunger und bestellten ein paar Tapas und Wein. Vielleicht war es zu viel Wein. Wir haben lange geredet. Wir haben mehr geredet als früher, mehr als je zuvor. Dann hat mich Jose nach Hause begleitet und ist mit raufgekommen, um Alba gute Nacht zu sagen. Bevor er ging, habe ich ihm einen Kaffee angeboten, und wir haben uns ins Wohnzimmer gesetzt, er auf seinen Platz und ich auf meinen, wie früher.«

Keine von beiden sucht den Blick der anderen.

»Ich weiß nicht, wie es dazu gekommen ist, verdammt«, entfährt es Paula. »Vielleicht brauchten wir eine körperliche Bestätigung, dass wir das Richtige tun.«

Celia schließt die Augen und schüttelt den Kopf.

»Es tut mir leid, dass ich dich den ganzen Tag allein gelassen habe«, sagt sie und legt Paula die Hand auf die Schulter.

»Mach dir keine Vorwürfe«, erwidert Paula und sieht endlich auf. »Genau das habe ich gebraucht.«

In der folgenden Nacht träumt Celia wieder von der überschwemmten Straße, aber diesmal ist sie überzeugt, dass es mit der Nähe des Canal Saint-Martin zu tun hat, der nur wenige Meter von ihrem Hotel entfernt verläuft. Das Wasser ist über die Ufer getreten und bis in die erste Etage angestiegen. Auf der Suche nach einem Fluchtweg beugt sich Celia aus dem Fenster. Das Wasser bildet wilde Strudel. Es gibt keine Möglichkeit, sich hineinzustürzen. Auch nicht, von einem Boot aus dem Gemälde *Badende in La Grenouillère* gerettet zu werden. Ihre einzige Chance ist, eine Etage höher zu gehen oder gleich aufs Dach, aber es gibt noch ein anderes Problem: Die Zimmertür ist abgeschlossen.

»Im Allgemeinen glauben wir Mediziner nicht, dass Träume eine Bedeutung haben«, erklärt Paula ihrer Mutter beim Frühstück. »Aber bei dir beginne selbst ich zu zweifeln. Du hast so oft dasselbe geträumt, dass ich langsam denke, wir irren uns.«

»Habe ich dir vor dem Schlaganfall schon einmal von diesem Traum erzählt?«

»Kann sein.«

Celia lächelt. Sie kann nicht verstehen, warum sie so lange gezögert hat, diese Frage zu stellen, aber sie wäre erleichtert, wenn sie den Traum auch schon vor dem Gedächtnisverlust gehabt hätte. Sie kann nicht erklären, warum, aber es wäre für sie ein Zeichen von Identität, ein unumstößlicher Beweis, dass sie noch immer sie selbst ist.

»Wann treffen wir uns?«, fragt Paula.

»Um zehn vor Luciens Haus.«

Paula wirft einen Blick auf ihr Mobiltelefon.

»Dann haben wir noch Zeit«, sagt sie.

»Nicht so viel, wie du glaubst«, erwidert Celia. »Weiß es Jose schon?«

Am Abend zuvor mochte Paula nicht weiter über ihre Schwangerschaft reden. Unvermittelt löschte sie das Licht und verstummte.

»Nein.«

»Wann wirst du es ihm sagen?«

Paula stellt die Tasse auf den Unterteller, tupft sich in aller Ruhe mit der Serviette die Lippen ab und sieht ihre Mutter an.

»Ich weiß nicht, ob ich es ihm überhaupt sage.«

Celia trinkt ihren Kaffee aus.

»Er hat ein Recht darauf, zu erfahren, dass er Vater wird.«

»Genau deshalb ja«, erwidert Paula. »Ich habe noch nicht entschieden, ob er Vater wird. Oder nicht.«

Sie steht auf und verschwindet grußlos. Celia denkt nicht daran, ihr zu folgen. Sie kennt ihre Tochter gut und weiß, dass es nicht der richtige Zeitpunkt ist, um das Gespräch fortzusetzen. Sie geht in ihr Zimmer, putzt sich die Zähne und schminkt sich. Ohne die Hilfe ihrer Hausangestellten oder ihrer Tochter weiß sie nicht, was sie mit ihrem Haar machen soll, und steckt es schließlich zu einem Dutt hoch.

Um Punkt zehn Uhr lehnt sie mit verschränkten Armen an der Brüstung des Kanals, nachdem sie zuvor an der verzierten Holztür vorbei zum Jardin Villemin spaziert ist. Sie möchte nicht ungeduldig wirken, wünscht sich aber seit dem Aufwachen nichts sehnlicher, als Lucien wiederzusehen.

Niemand verlässt das Haus oder geht hinein. Es vergehen fünf Minuten. Sieben, acht. Nachdem sie sich davon überzeugt hat, sich weder in der Uhrzeit noch im Treffpunkt geirrt zu haben, fühlt sie sich schutzlos. Sie überlegt, ob sie bei Luciens Nachbarn klingeln soll.

»Guten Morgen.«

Lucien kommt von der Seite auf sie zu. Er trägt eine Jeans, ein T-Shirt und eine Leinenjacke. Das Haar ist offen, und in der Hand hat er einen Blumenstrauß.

»Die habe ich für Madame Boissieu gekauft«, sagt er und hält den Strauß hoch. »Sie mochte Blumen immer sehr.«

»Du siehst sehr gut aus.«

Lucien schaut mit hochgezogener Augenbraue an seiner Jacke herunter.

»Ich meine dein Haar«, erklärt Celia. »Wenn du es offen trägst.«

»Du hast deins heute hochgesteckt.«

»Ich würde eher sagen aufgetürmt«, sagt sie. »Ich habe kein Händchen dafür, mich zu frisieren, und weiß auch nicht, ob ich es vor dem Schlaganfall konnte oder nicht.«

Lucien schaut an ihr vorbei.

»Ist das deine Tochter?«

Celia dreht sich um und erblickt Paula.

»Genau«, sagt sie. »Darf ich dir Lucien vorstellen?«

Sie geben sich zur Begrüßung die Hand.

»Ich habe für Jacqueline Gebäck gekauft«, sagt Paula und zeigt ihnen die Geschenkpackung.

Ein Auto hält neben ihnen. Charlotte lässt das Fenster herunter und fordert sie auf einzusteigen. Auch wenn es Sonntag ist und wenig Verkehr herrscht, gilt es, auf dem einspurigen Quai de Jemmapes keine Zeit zu verlieren. Patrick steigt aus und setzt sich nach hinten. Paula nimmt rechts daneben Platz, Celia links. Lucien macht es sich neben Charlotte auf dem Beifahrersitz bequem.

»*Bonjour.* Ich freue mich, dich wiederzusehen«, begrüßt er sie.

»Entschuldigt die Verspätung«, sagt Charlotte. »Ich habe kurz angehalten, um meiner Mutter Pralinen zu kaufen, und es waren ziemlich viele Leute in der Konditorei.«

»Wenn wir unterwegs liegenbleiben«, sagt Lucien, »werden wir jedenfalls nicht verhungern.«

Charlotte wirft ihm einen verwunderten Blick zu, während sie sich auf die Auffahrt zur Autoroute du Soleil einfädelt.

»Wir haben Gebäck und Pralinen«, erklärt Lucien. »Und zur Not können wir auch diese appetitlichen Blumen verspeisen.«

Als Celia Paulas unbeschwertes Lachen hört, kommt es ihr

ungewöhnlich laut vor, als wollte ihre Tochter den Sonntagsausflug nutzen, um all ihre Probleme zu vergessen.

»Meine Mutter hat mir erzählt, dass du Spanischlehrer bist«, sagt Paula zu Lucien.

»So ist es«, antwortet er. »Ich unterrichte an einem Gymnasium.«

»Hast du viele Schüler?«

»Mehr als meine Kollegen, die Deutsch unterrichten.«

Paula wirkt überrascht.

»Viele Schüler lernen lieber eine Sprache, die nicht nur in Europa gesprochen wird, sondern in ganz Südamerika.«

»Einschließlich Mittelamerika«, präzisiert Celia.

»Ich war einer davon«, sagt Patrick und zeigt mit dem Finger auf sich.

Celia schaut ihn neugierig an.

»Dein langes Haar sieht immer so gepflegt aus, wie machst du das?«, fragt sie ihn.

Charlotte schnaubt ungehalten, und Patrick zuckt resigniert mit den Schultern.

»Meine Mutter mag mein langes Haar nicht«, sagt er.

»Es ist nicht nur das Haar«, wirft Charlotte ein. »Auch der Vollbart ist zu lang.«

Patrick grinst zufrieden.

»Vergiss nicht, dass du die Wette verloren hast, *maman*«, sagt er.

Charlotte schüttelt energisch den Kopf, sie ist es leid, immer wieder daran erinnert zu werden.

»Was für eine Wette?«, fragt Lucien.

»Als ich meine Großmutter zum ersten Mal im Heim besucht habe«, erzählt Patrick, »hat mich meine Mutter gebeten, mir das Haar und den Bart zu schneiden. Sie meinte, meiner Großmutter würde es nicht gefallen, mich so zu sehen.«

»Ich wollte nicht, dass sie sich erschrickt«, erklärt Charlotte. »Sie mochte langhaarige Männer noch nie.«

»Aber ich habe mich geweigert«, fährt Patrick fort. »Wir hatten einen heftigen Streit.«

»Einen sehr heftigen.«

»Schließlich haben wir uns darauf verständigt, dass Großmutter die Entscheidung fällen sollte. Wenn ihr mein Haar und mein Bart gefielen, könnte ich beides behalten. Wenn nicht, würde ich gleich bei meiner Rückkehr nach Paris zum Friseur gehen.«

»Und es hat ihr gefallen?«, fragt Paula.

»Nicht nur das«, antwortet Charlotte. »Als sie ihn sah, war sie regelrecht aus dem Häuschen.«

»Sie hat mir die Hände geküsst.«

»Und das Gesicht.«

»Und ist fast auf die Knie vor mir gegangen.«

»Wieso das?«, fragt Paula.

»Meine Großmutter ist sehr religiös, und mein langes Haar und der Vollbart erinnerten sie an Jesus«, antwortet Patrick. »Sie meinte, ich sehe ihm sehr ähnlich, also musste ich nicht zum Friseur.«

Celia kann ihr Notizbuch nicht aus der Tasche holen, weil die hinter ihr auf der Ablage liegt, nimmt sich aber vor, diese Anekdote aufzuschreiben, um sie Rosario erzählen zu können.

»Da sagst du was«, wirft Lucien ein. »Wenn deine Großmutter dich jungen Mann mit deinem dunklen Haar und dem rötlichen Bart mit Jesus Christus verwechselt, für wen wird sie dann mich halten? Ich habe auch einen Bart und langes, wenngleich ziemlich ergrautes Haar.«

Schweigen breitet sich angesichts dieses ungelösten Rätsels im Wagen aus.

»Vielleicht für den Schöpfer des Universums, weil du Patrick begleitest und wie sein Vater wirkst«, sagt Celia, ohne eine Miene zu verziehen.

Dann breitet sie die Arme so weit aus, wie es ihr der spärliche Platz erlaubt.

FÜNFUNDZWANZIG

Benutze ein Synonym

Celia kann nicht fassen, dass sie noch einmal Großmutter werden soll. Daran, wie sie beim ersten Mal reagierte, als Paula ihr sagte, dass sie mit Alba schwanger sei, erinnert sie sich nicht. Auch nicht, ob sie bei der Gelegenheit mit ihrer Tochter allein oder ob auch Jose anwesend war. Manchmal fühlt sie sich wie eine Gefangene ihres verlorenen Gedächtnisses und weiß nicht, wie sie auf bestimmte Ereignisse reagieren soll, weil sie sie nicht einzuordnen vermag.

Sie schaut immer wieder zu ihrer Tochter hinüber, aber Paula erwidert ihren Blick nicht, als würde sie das verschwörerische Verhalten ihrer Mutter ablehnen. Und so verliert Celia das Interesse an ihr und konzentriert sich stattdessen auf Lucien, der sich angeregt mit Charlotte unterhält.

Sie fahren durch einen Tannenwald, dessen dunkelgrüne Bäume fast schwarz, wie verbrannt wirken. Charlotte biegt nach links in eine schmale Straße ein, die vor einem schmiedeeisernen Tor endet. Sie parkt den Wagen und geht ihnen voraus zu einer Treppe, die in das Gebäude führt.

Am Fuß der Treppe holt Paula Charlotte ein.

»Vielleicht gehst du besser erst mal allein rein und kündigst ihr unseren Besuch an«, sagt sie leise.

Charlotte zögert einen Moment und wirft Patrick einen fragenden Blick zu. Dann schütteln beide den Kopf.

»Wir wissen nie, wie sie reagieren wird«, erklärt sie achselzuckend. »An manchen Tagen ist sie sehr lebhaft und gesprächig, und an anderen ist sie deprimiert und abwesend. Besser, wir gehen alle zusammen hinein. Um diese Zeit ist sie im Hof. Wir können uns auf eine Bank setzen und mit ihr plaudern.«

Sie gehen einen Flur entlang, der glänzt, als wäre er frisch geputzt, und betreten durch eine der Türen den Innenhof. Dort sitzen, umgeben von Büschen und blühenden Blumen, alte Leute, die meisten in Rollstühlen, einige aber auch auf Bänken oder Klappstühlen, die wie aus einer anderen Zeit wirken, und genießen den Sonnenschein. Celia betrachtet die Szenerie, als stammte sie von einem Gemälde der Impressionisten.

»*Maman.*«

Charlotte ist vor einer alten Frau in die Hocke gegangen. Patrick bleibt neben seiner Mutter stehen.

»*Mamie*«, sagt er, als er die Hand seiner Großmutter ergreift.

Die alte Frau entzieht ihm ihre Hand und streicht ihm übers Haar, wobei sie zufrieden lächelt.

»Setzen wir uns auf die Bank dort«, schlägt Charlotte vor und zeigt in die Mitte des Innenhofes. »*Vous avez une visite très spéciale.* Du hast Besuch bekommen.«

Sie schiebt den Rollstuhl zu einer grünen Bank, die inmitten der Pflanzen kaum auffällt. Sie bedeutet Celia und Paula, sich in die Mitte zu setzen, und geht wieder vor ihrer Mutter in die Hocke.

»Erinnerst du dich an Celia Ruiz Álvarez?«, fragt sie und zeigt auf sie.

Als Jacqueline sie aufmerksam mustert, erkennt Celia ihre hellen Augen wieder. Und ihre spitze Nase. Aber sonst nichts, die übrigen Gesichtszüge haben sich vollkommen verändert.

»Vor vierzig Jahren hat sich Celia um Eugène und mich gekümmert«, sagt Charlotte. »Sie ist mit ihrer Tochter hier, um dich zu besuchen.«

Paula steht auf.

»Ich freue mich, Sie kennenzulernen«, sagt sie und legt Jacqueline das Gebäck auf den Schoß.

Die alte Frau starrt auf die Schachtel, ergreift sie mit beiden Händen und schüttelt sie. Dann schaut sie nach links, wo ihr Enkel steht, und dreht anschließend den Kopf, weil sie spürt, dass hinter ihr noch jemand ist.

»Lucien ist auch zu Besuch gekommen«, sagt Charlotte, als er sich vor Jacqueline hinstellt. »*Vous souvenez-vous de Lucien?* Er wohnte über uns, im dritten Stock links.«

Jacqueline schließt die Augen, als würde sie nachdenken.

»Ist deine Mutter schon gestorben?«, fragt sie.

Charlotte sieht Lucien entschuldigend an.

»Erinnerst du dich an Denise?«, fragt sie ihre Mutter.

»Sie hatte Locken, große dunkle Augen und die glatteste Haut, die ich je in meinem Leben gesehen habe«, antwortet Jacqueline. »Darum habe ich sie immer beneidet.«

Lucien geht ebenfalls in die Hocke, um mit ihr auf Augenhöhe zu sein.

»Meine Mutter ist schon seit vielen Jahren tot«, sagt er.

»Dann sind die Blumen für sie?«

Jacqueline zeigt auf den Blumenstrauß in Luciens Hand.

»Die sind für Sie.«

»Ich bin aber noch nicht gestorben.«

»Sie können sie in Ihrem Zimmer in eine Vase stellen«, sagt Lucien. »Dafür habe ich sie mitgebracht.«

»Mir wäre es lieber, du bringst sie deiner Mutter.«

Lucien nickt und richtet sich auf. Jacquelines Blick wandert abwechselnd von Celia zu Paula, sie erforscht ihre Gesichter, als suchte sie in ihrem Gedächtnis nach ihnen.

»Wer hat dir diese Frisur gemacht?«, fragt sie Celia.

Die greift sich an den Dutt.

»Das war ich selbst«, sagt sie seufzend. »Aber leider bin ich in solchen Dingen nicht sehr geschickt.«

Jacqueline holt einen Kamm aus der Tasche ihres Morgenmantels.

»Komm mal her«, sagt sie und zeigt auf ihre Füße.

Lucien stellt einen Klappstuhl vor die alte Frau. Celia setzt sich mit dem Rücken zu ihr.

»Als ich jung war, habe ich meiner Schwester immer das Haar gebürstet«, erzählt Jacqueline und löst Celias Dutt mit den Händen. »Dann habe ich geheiratet und habe meinem Mann das Haar gekämmt. Und später meinen Kindern.«

»Wie viele Kinder haben Sie?«, fragt Paula.

»*Cela dépend.* An manchen Tagen keines und an anderen eins oder zwei.«

»Wie viele hast du heute?«, fragt Charlotte ihre Mutter.

Die schaut alle an und sagt dann: »Heute fünf.«

Paula und ihre Mutter wechseln einen irritierten, vielleicht auch amüsierten Blick.

»Ich bin mit meiner Tochter Paula aus Madrid gekommen, um Sie zu besuchen«, sagt Celia.

»Wozu?«

»Ich wollte Sie wiedersehen.«

»Und wo ist meine Tochter Charlotte?«

»Hier«, antwortet die.

»Unsinn, du bist meine Schwester Claude«, erwidert Jacqueline und winkt ab. »Eine Närrin, die einen Mann heiraten will, der überhaupt nicht zu ihr passt.«

Charlotte lächelt, um ihre Überraschung zu kaschieren.

»Meinst du Onkel Gautier?«, fragt sie.

»Der setzt dir Hörner auf, wenn du nicht aufpasst.«

»Woher weißt du das?«

»Weil er mit mir flirtet, seit er mich zum ersten Mal gesehen hat.«

Charlotte legt die Hand vor den Mund, um nicht laut aufzulachen.

»Wenn ich deine Schwester bin, wer ist dann das?«, fragt sie und zeigt auf ihren Sohn.

»*Voici Patrick*«, antwortet Jacqueline. »Er kommt oft vorbei, meistens zum Essen. Manchmal stibitzt er eine oder zwei Kroketten von meinem Teller. Er glaubt, ich merke es nicht, aber das stimmt nicht.«

Patrick nimmt die Anschuldigung amüsiert zur Kenntnis.

»Das ist dein Enkel, *Maman*«, sagt Charlotte. »Und ich bin deine jüngste Tochter.«

»Meine jüngste Tochter ist ein zwölfjähriges Mädchen. Und Sie sind eine erwachsene Frau, also reden Sie keinen Unsinn.«

Jacqueline zieht beim Kämmen so energisch an Celias Haar, als wollte sie es verlängern.

»Warum bist du gekommen?«, fragt sie und beugt sich zu ihr vor.

Celia will sich nicht umdrehen.

»Um Sie wiederzusehen«, sagt sie und schaut Paula in die Augen.

»Wozu?«

»Ich habe mein Gedächtnis verloren.«

»Das geht mir an manchen Tagen auch so«, sagt Jacqueline. »Aber normalerweise ist es am nächsten Tag wieder da, zumindest für ein Weilchen.«

»Bei mir kommt es nur langsam zurück.«

Die alte Frau hält inne.

»Wie machst du das?«, fragt sie.

»Indem ich Menschen besuche, denen ich in meinem Leben begegnet bin.«

»Und wenn sie tot sind?«

»Dann besuche ich eben die, die noch leben.«

In das irritierte Schweigen, das daraufhin entsteht, mischt sich Vogelgezwitscher.

»Manchmal glaube ich, dass ich gestorben bin«, sagt die alte Frau. »Das passiert mir immer öfter, besonders morgens beim Aufwachen. Es ist schrecklich. Einen Moment lang habe ich große Angst. So sehr, dass ich mir schnell etwas vorstellen muss, irgendwas, eine verschneite Gebirgslandschaft, ein Segelboot auf dem Meer, einen großen, starken Mann, der mit mir spazieren geht, oder auch ein böses Monster, das mich töten will. So überzeuge ich mich davon, dass ich noch lebe.«

Celia muss wieder an Rosario denken. Und an ihr Notizbuch. Ein lautes Klingeln übertönt das Vogelgezwitscher. Das Heimpersonal strömt aus sämtlichen Türen in den Innenhof, und die Rollstühle setzen sich in Bewegung.

Jacqueline steckt den Kamm wieder ein und schaut Lucien an.

»Seid ihr zum Ball gekommen?«, fragt sie ihn.

»*Bien sûr*«, antwortet Lucien, ohne zu zögern. »Natürlich.«

»Dann sehen wir uns gleich.«

Ein junger Pfleger kommt zu Charlotte und wechselt ein paar Worte mit ihr, bevor er Jacqueline mitnimmt.

»Es ist Essenszeit«, erklärt Charlotte Celia und ihrer Tochter. »Ich kann verstehen, wenn es etwas früh für euch ist, aber ich habe ihm gesagt, dass wir alle zusammen mit meiner Mutter essen.«

Paula schaut auf ihre Armbanduhr.

»Ich hoffe, wir stören nicht.«

»Natürlich nicht«, erwidert Charlotte. »Heute ist ein ganz normaler Sonntag, und es sind nicht viele Besucher da. Schwieriger wäre es an einem Feiertag.«

»Was war das mit dem Ball?«

»Sonntagnachmittags wird zur Aufmunterung der Bewohner Musik gespielt«, erklärt Charlotte. »Das ist alles. Es können nur noch einige wenige von ihnen tanzen, die anderen im Rollstuhl klatschen oder wippen mit dem Kopf im Takt.«

Der junge Pfleger, der Jacqueline hineingeschoben hat, erwartet sie an einer Tür und führt sie dann in einen hellen Speisesaal mit großen Fenstern. Lucien wählt einen Fensterplatz. Celia setzt sich neben ihn, und Patrick nimmt gegenüber von Paula und Charlotte Platz. Das Kopfende des Tisches ist noch frei, das ist Jacquelines Platz.

Patrick beugt sich zu Celia.

»Geben Sie mir einen Rat.«

»Verzeihung?«

»Einen Rat von einer großen Journalistin wie Sie für einen jungen Studenten der Politikwissenschaft.«

Celia schweigt. Sie sieht sich weder als große Journalistin, noch hat sie eine solche Bitte erwartet. Sie hat das Gefühl, noch nie in ihrem Leben jemandem einen Rat gegeben zu haben. Der junge Mann schaut sie erwartungsvoll an. Er sieht aus, als würde er gleich einen Kugelschreiber zücken und sich Notizen machen, obwohl es genauso gut sein kann, dass er nur das Schweigen am Tisch brechen möchte.

»Ich weiß nicht, was ich dir sagen soll.«

Patrick zeigt mit dem Finger auf sie.

»Sie haben die großen sozialen Fortschritte miterlebt, die auf die Studentenunruhen achtundsechzig folgten«, sagt er. »Sie haben gesehen, wie die europäische Mittelschicht gewachsen ist. Sie haben mehrere Wirtschaftskrisen überstanden, die Mauer in Berlin fallen sehen, erlebt, wie sich die Welt durch das Internet verändert hat.«

Celia ist sich bewusst, all das miterlebt zu haben, und kann sich an einiges davon sogar erinnern, aber es ist in ihrem Gedächtnis gespeichert wie etwas Fremdes. Etwas Fernes. Als hätte sie es nicht erlebt, sondern es in einer Fernsehdokumentation über das letzte Viertel des zwanzigsten Jahrhunderts gesehen.

Sie nickt und schaut abwechselnd ihre Tochter und Charlotte an. Ohne es zu wollen, erregt sie damit deren Aufmerksamkeit, weshalb jetzt alle am Tisch auf eine Antwort warten.

»Ist ja gut. Ich habe tatsächlich einen wichtigen Rat für dich«, sagt Celia schließlich zu Patrick. Sie macht eine Pause und fügt hinzu: »Schütze nie alle deine Dateien mit nur einem einzigen Passwort.«

»Wie bitte?«, fragt Patrick nach, der glaubt, Celia meine es im übertragenen Sinn.

»Wenn du dir ein Passwort zur Sicherung der Dateien ausdenkst, die deine Kolumnen, deine Vorträge, deine Gedanken oder deine akademischen Arbeiten enthalten«, sagt Celia und bewegt die Finger, als würde sie etwas tippen, »dann benutze nie dasselbe Wort. Im Gegenteil, denk dir verschiedene Kombinationen aus Wörtern aus und notiere sie dir irgendwo, oder überlege dir eine Eselsbrücke. Ansonsten riskierst du, alles zu verlieren.«

Patrick nickt wenig überzeugt. Diese Art von Rat hat er offensichtlich nicht erwartet.

»Ist dir das passiert?«, fragt Lucien.

Celia und Paula nicken unisono.

»Du hast das Passwort für alle deine Dateien vergessen?«

Lucien hat die Stimme gesenkt. Wie es scheint, ist ihm der Ernst der Sache bewusst.

»Ich habe schon zig Kombinationen ausprobiert«, erklärt Celia. »Sowohl aus Wörtern als auch aus Wörtern und Zahlen, es hat nichts genützt.«

In dem Moment verstummen die Gespräche im Speisesaal, weil die Bewohner kommen, einige gehen mit Stock, andere werden in ihrem Rollstuhl vom Personal hereingefahren. Jacqueline trägt andere Kleidung und hat Lippenstift aufgetragen. Charlotte steht auf, um ihren Rollstuhl an das Kopfende des Tisches zu schieben.

»*Maman*«, sagt sie, als sie sich wieder gesetzt hat. »Celia sucht nach einem Wort, das sie vergessen hat.«

Die alte Frau nickt. Sie wirkt nicht im Mindesten überrascht, als wäre sie es gewohnt, jeden Tag Wörter zu verlieren.

»Und warum suchst du es?«, fragt sie.

»Es ist ein besonderes Wort.«

Die alte Frau denkt einen Augenblick nach.

»Benutze ein Synonym«, sagt sie dann.

»Das geht nicht«, antwortet Celia. »Ich suche ein bestimmtes Wort mit all seinen Buchstaben.«

»In welcher Sprache?«

Celia freut sich über Jacquelines klaren Verstand.

»Ich weiß es nicht«, gesteht sie seufzend. »Bevor ich nach Paris gekommen bin, habe ich ein spanisches Wort gesucht, aber jetzt bin ich mir nicht mehr sicher. Vielleicht ist es ja französisch.«

Jacqueline starrt sie an.

»Erinnerst du dich an Couscous?«, fragt sie.

»Den Kater?«

»Du hast so gern mit ihm gespielt. Und du kannst nicht bestreiten, dass es ein origineller Name ist.«

Charlotte hebt die Hand.

»Den habe ich ihm gegeben«, sagt sie lächelnd. »Denn als er klein war und sich zum Schlafen einrollte, sah er aus wie eine Handvoll Couscous.«

»Das notiere ich mir«, sagt Celia.

Einer der Angestellten der Seniorenresidenz kommt mit einem Servierwagen an ihren Tisch und stellt vor jeden Gast ein Schüsselchen Suppe.

»Du hast auch sehr gern Karten gespielt«, fährt Jacqueline fort. »Deine Lieblingskarte war die Pik-Dame.«

Charlotte ist sichtlich überrascht. Sie hat nicht erwartet, dass Celias Besuch so stimulierend auf ihre Mutter wirken würde.

»Dass das meine Lieblingskarte war, weiß ich nicht mehr«, erwidert Celia.

»Du hast gesagt, sie ähnelt deiner Tante Balduina.«

»Paulina.«

Jacqueline erinnert sich an noch mehr. Sie rührt mit dem Löffel in der Gemüsecremesuppe, als könnte sie so ihrem Gedächtnis auf die Sprünge helfen.

»Fußball mochtest du auch«, sagt sie. »Vielleicht ist dein verlorenes Wort der Name eines Fußballers. Du hattest einen Freund, der jedes Wochenende gespielt hat.«

»Das war ich«, sagt Lucien.

Jacqueline schaut ihn an und schüttelt den Kopf.

»Das war ein junger Mann«, erwidert sie mit einem unerschütterlichen Lächeln. »Und Sie, würde ich sagen, sind ein älterer Mann. Zu alt jedenfalls, um das Haar so lang zu tragen.«

Charlotte legt ihrer Mutter eine Hand auf den Unterarm und drückt ihn sanft.

»*Maman*«, sagt sie.

»Gefällt Ihnen mein Haar nicht?«, fragt Lucien, der sich die Gelegenheit nicht entgehen lassen möchte, ein wenig mit Jacqueline zu scherzen.

Ihr aufrichtiges Kopfschütteln hat nichts Beleidigendes, weil sie wie ein kleines Mädchen wirkt, das die Gebote der Höflichkeit noch nicht kennt.

»Und was sagen Sie zu Patrick?«, fährt Lucien fort und zeigt auf ihren Enkel.

Jacqueline betrachtet ihn neugierig.

»Mir wurde erzählt, dass Ihnen sein Haar und sein Bart sehr gut gefallen.«

»Wer hat das gesagt?«

Lucien zeigt auf sein Gegenüber.

»Ihre Tochter Charlotte«, sagt er.

»Das ist meine Schwester Claude.«

»Als Sie ihn zum ersten Mal gesehen haben, sagten Sie, er sähe aus wie Jesus Christus.«

Jacqueline blinzelt irritiert.

»Er ähnelt tatsächlich unserem Herrn Jesus Christus«, sagt sie.

Lucien deutet mit der Hand auf sich selbst.

»Und ich nicht?«, fragt er und schüttelt den Kopf, um sein langes Haar zur Geltung zu bringen.

Die alte Frau sieht ihn stirnrunzelnd an, als läge ihr ein Tadel auf der Zunge.

»Wie alt sind Sie?«

»Fast sechzig«, sagt Lucien.

Nickend wendet sich Jacqueline an die übrigen Tischge-
nossen.

»Jesus Christus starb mit dreiunddreißig Jahren«, sagt sie. »Da
war er gerade mal erwachsen. Deswegen können Sie nur jemandem ähneln, der sich irgendwo tief im Innern ein wenig
Jugend bewahrt hat.«

SECHSUNDZWANZIG

Die Nixe am Strand

Nach dem Mittagessen werden die Bewohner für ein kurzes Mittagsschläfchen in ihre Zimmer gebracht. Auch Celia muss sich ein wenig ausruhen, doch sie hält Charlotte davon ab, nachzufragen, ob es einen Raum gibt, in dem sie sich hinlegen kann. Sie möchte lieber in den Hof.

Als sie bald darauf wieder erwacht, sagt sie zu ihrer Tochter: »Danke, dass du mir als Kissen gedient hast. Ich weiß nicht, was die in das Mittagessen gemischt haben.«

»Ist es dir nicht bekommen?«

»Das meine ich nicht, ich habe nur so wild geträumt.«

»Du hast nicht mal eine halbe Stunde geschlafen«, erwidert Paula.

»Deshalb bin ich ja so überrascht.«

»Ich wüsste nicht, was man einer Gemüsecremesuppe und gebratenem Fisch beimischen könnte.«

»Vielleicht liegt es daran, dass ich im Freien geschlafen habe wie eine Obdachlose.«

Sie sitzen auf einer Bank im Schatten einer Rosskastanie, die noch ihr Blätterkleid trägt. Paula hat die Beine ausgestreckt, und Celia liegt mit dem Kopf in ihrem Schoß.

»Und die anderen?«, fragt sie, als sie sich aufsetzt.

»Machen einen Spaziergang im Wald.«

»Hattest du keine Lust, mitzugehen?«

»Ich bin müde.«

»Möchtest du dich jetzt mal hinlegen?«

Paula schüttelt den Kopf. Das würde ihrer Müdigkeit auch nicht abhelfen.

»Mir geht es jedenfalls viel besser«, sagt Celia.

»Schlaf ist eine gute Medizin.«

»Das habe ich nicht gemeint.« Sie tippt sich an den Kopf. »Ich meine, dass ich mich gut von dem Schlaganfall erhole.«

Paula starrt auf den Finger ihrer Mutter.

»Irgendwie muss es sich ja bemerkbar machen«, fügt Celia hinzu. »Sonst hättest du mir bestimmt nichts von deiner Schwangerschaft erzählt.«

»Was meinst du damit?«, erwidert Paula. »Theoretisch ist es doch eine gute Nachricht.«

»Genau, eben nur theoretisch.«

Paula überlegt. Es stimmt, es wird ihr guttun, mit jemandem darüber zu sprechen, aber sie will nicht die Gesundheit ihrer Mutter aufs Spiel setzen.

»Wenn ich ein Kind von Jose bekomme, muss ich wieder mit ihm zusammenleben«, sagt sie schließlich.

»Alba wird dir dankbar dafür sein.«

Paula schüttelt missbilligend den Kopf.

»Ich kann mich nicht dazu zwingen, zu einem Menschen zurückzukehren, mit dem ich nicht zusammenleben will«, sagt sie.

»Dann tu es nicht«, antwortet Celia.

»Genau darüber denke ich gerade nach.«

»Worüber? Ich wollte damit nur sagen, dass du Joses Kind bekommen und trotzdem leben kannst, wie du willst.«

Paula sieht ihre Mutter erstaunt an.

»Und wie soll ich das Alba erklären?«

Celia steht auf, streicht ihren Rock glatt und wirft Paula einen herausfordernden Blick zu.

»Und wie würdest du ihr erklären, dass sie beinahe ein Geschwisterchen bekommen hätte?«

»Ich muss gar nichts erklären«, erwidert Paula und steht ebenfalls auf. »Es weiß ja niemand, dass ich schwanger bin.«

»Ich weiß es.«

»Du weißt gar nichts.«

Paula hat sich wieder gesetzt.

»Was weiß ich nicht?«, fragt Celia.

Paula schweigt. Sie bekommt Skrupel, da ihr nur zu bewusst ist, dass sie nicht in dem Ton mit ihrer Mutter reden sollte.

»Du weißt nicht, was es bedeutet, mit einem Menschen zusammenzuleben, in dessen Gesellschaft du zu einer missmutigen, pessimistischen, nachtragenden Person wirst, die du selbst nicht erträgst.«

Während Celia nach einer geeigneten Antwort sucht, schaut sie ihre Tochter gebannt an. So kennt sie sie gar nicht.

»Vergiss es«, erklärt Paula und verschränkt die Arme vor der Brust.

In der Seniorenresidenz ertönt wieder die Glocke mit ihrem dumpfen Klang.

»Was meinst du wohl, warum dein Vater und ich uns getrennt haben?«, fragt Celia.

Dann macht sie sich auf den Weg in das Gebäude, ohne auf ihre Tochter zu warten. Sie geht auf die Toilette, um sich frisch zu machen und die Lippen nachzuziehen. Danach ruft sie Alba an.

»Hast du deine Tiere gefüttert?«, fragt die Kleine als Erstes.

»Alles unter Kontrolle«, beruhigt Celia sie. »Ich habe genug Getreide in der Scheune und gerade neue Saat ausgebracht.«

»Prima.«

»Aber jetzt bekomme ich Aufträge für Stoffe und Kleidung.«

»Weil du das nächste Level erreicht hast. Du musst dir einen Webstuhl kaufen und die Kleidung aus der Wolle deiner Schafe und der Baumwolle von deinen Feldern herstellen.«

Celia wundert sich, wie viel man bei diesem einfachen Spiel lernen kann.

»Und du?«, fragt sie, um das Thema zu wechseln. »Passt du gut auf Charlie auf?«

»Ich gehe dreimal am Tag mit ihm raus«, erzählt das Mädchen. »Morgens und abends mit Rosario und mittags mit Papa.«

»Dann geht es dir also gut?«

»Heute ja. Wir machen einen langen Spaziergang. Ich bin gerade mit Charlie und Papa in der Casa de Campo.«

»Und Rosario?«

»Der haben wir frei gegeben, damit sie ihre Schwester und ihre Nichten und Neffen besuchen kann. Und Mama und du? Amüsiert ihr euch?«

»Natürlich. Wir gehen gleich auf einen Ball.«

»Echt?«

Am anderen Ende des Flures sind Stimmen und Schritte sowie das Quietschen von Rollstuhlrädern zu hören. Celia verabschiedet sich von ihrer Enkelin und betritt einen länglichen Saal, in dem ein Fernseher und Lautsprecher sowie an drei Wänden Stühle aufgestellt sind.

»Wie war das Nickerchen?«

Lucien und Patrick trinken in einer Ecke des Raums Kaffee.

»Möchtest du auch einen?« Lucien zeigt auf die Wand ohne Stühle. »Auf dem Tisch da stehen Kaffeekannen.«

»Und Blätterteiggebäck mit Sahnefüllung«, fügt Patrick hinzu.

»Ich trinke einen Milchkaffee.«

»Wo ist Paula?«

»Kommt nach.«

Aus den Lautsprechern dringt ein unerträgliches Pfeifen, doch gleich darauf heißt ein Angestellter des Hauses, der einen karierten Anzug in knalligen Farben und eine Fliege trägt, die Anwesenden willkommen und kündigt das musikalische Nachmittagsprogramm an.

»Einen Zeremonienmeister in solchen Klamotten habe ich noch nie gesehen«, spöttelt Patrick, als er eine Tasse Kaffee vor Celia hinstellt.

»Er trägt das, um die Leute auf sich aufmerksam zu machen«, erklärt Celia. »Das machen Zauberer, Clowns und ein paar Frauen, die ich kenne, genauso.«

Blasmusik erklingt, eine Polka. Celia beobachtet, wie die Heimbewohner entsprechend ihrer motorischen Fähigkeiten dem Rhythmus der Musik folgen. Einige bewegen die Hände, andere die Füße, einer wiegt mit geschlossenen Augen den Kopf hin und her.

Charlotte steht neben Jacqueline an der Wand gegenüber dem Kaffeetisch. In der Mitte des Saales wird bereits getanzt: Frauen und Männer, Frauen miteinander, manche tanzen konzentriert und ernst mit den Angestellten und glauben vielleicht, sie befänden sich in einem Traum. Ein paar Bewohner sind trotz der lauten Musik eingeschlafen.

Paula kommt mit abwesendem Blick in den Saal. Sie grüßt Jacqueline und setzt sich zu ihr. Charlotte nutzt die Gelegenheit und steuert auf Lucien zu.

»Meine Mutter möchte, dass du mit ihr tanzt«, sagt sie.

Patrick und Celia wechseln lächelnd einen Blick.

»Meine Oma tanzt sehr gern.«

»Wie kann man denn im Rollstuhl tanzen?«, fragt Celia.

Lucien lässt sich nicht lange bitten. Er fährt sich mit beiden Händen durch das lange Haar, richtet die Aufschläge seiner Jacke und geht bedächtig auf Jacqueline zu. Nach einer Verbeugung, die eher komisch als galant aussieht, hebt er sie aus dem Rollstuhl, als wäre sie ein kleines Mädchen, und stellt ihre Füße mit Paulas Hilfe auf seine Schuhe.

Sofort vermisst Celia ihr Notizbuch. Wie gern würde sie die Worte aufschreiben, die ihr durch den Kopf gehen. Sie hat nicht erwartet, dass das Tanzen mit einer behinderten alten Frau so einfach sein kann. Aber das ist es, zumindest wirkt es so, als sie Lucien zusieht, der Jacqueline fest im Arm hält, kleine Schritte mit ihr macht und sie nach vorn und nach hinten beugt, ohne dabei sein Lächeln zu verlieren.

»Möchten Sie tanzen?«, fragt Patrick.

Ohne die Antwort abzuwarten, ergreift er einfach Celias Hand und führt sie auf die Tanzfläche zu den anderen Paaren.

»Ich dachte, den jungen Leuten heutzutage gefällt diese Art Musik nicht«, sagt Celia und versucht, ihr Unbehagen zu überspielen.

»Ich mag sie tatsächlich nicht«, erwidert Patrick und nickt mit dem Kinn zu dem anderen Paar. »Aber wenn meine Großmutter tanzt, möchte ich das auch.«

Celia glaubt nicht, dass Patrick mit Jacqueline tanzen könnte. Er verfügt weder über Luciens Kraft noch über dessen Geschicklichkeit. Und wie es um seine Geduld bestellt ist, steht in den Sternen. Rhythmusgefühl hat er jedenfalls keines. Er kann nicht tanzen und zugleich mit ihr sprechen, denn er tritt ihr zwei Mal auf die Füße.

Als die Musik verstummt, schiebt Charlotte den Rollstuhl heran, damit sich ihre Mutter wieder setzen kann. Lucien zieht seine Jacke aus, hängt sie über die Stuhllehne und fächelt sich mit der Hand Luft zu. Ihm ist warm geworden.

»Was ist das?«

Celia geht zu ihm und zeigt auf seinen linken Arm.

»Eine Tätowierung.«

Er spannt den Muskel an, damit sie die Nixe erkennen kann, die zwischen den Haaren auf seinem Unterarm an einem Strand ruht.

»Habe ich mir mal im Sommer in Marseille stechen lassen«, fügt er lächelnd hinzu. »Als ich siebzehn war.«

Celia greift sich an den Hals.

»Ich habe großen Durst«, flüstert sie.

»Ich hole dir eine Limonade.«

Lucien verschwindet, und Celia setzt sich auf den nächstbesten freien Stuhl neben einen alten Mann, der sein Hörgerät lauter stellt, um die Musik besser hören zu können. Sie kann ihre Hand nicht von der Kehle nehmen. Sie verspürt eine unerträgliche Hitze und hat das Gefühl zu ersticken, als befände sie sich in einem brennenden Käfig. Zu ihrem Glück plaudert Paula gerade mit Jacqueline und hat nichts bemerkt.

»Dein Gesicht ist ganz rot«, sagt Lucien, als er ihr die Limonade reicht. »Sollen wir rausgehen?«

Celia trinkt hastig. Die Limonade tropft ihr in den Ausschnitt.

»Erst vor Kurzem habe ich von einem Mann mit einer Tätowierung auf dem Arm geträumt«, sagt sie, als sie ein Taschentuch aus der Handtasche zieht.

Lucien setzt sich zu ihr.

»War ich das?«

»Ich glaube schon.«

»Dann bin ich also der Mann deiner Träume.«

Die Hitze in ihrer Kehle wandert in den Magen hinab, und Celias Durst lässt nach. Jetzt hat sie einen Bärenhunger.

»Lass uns tanzen«, sagt sie forsch und steht auf, womit sie sich einen besorgten Blick von Paula einhandelt. Lucien legt ihr seinen rechten Arm um die Taille und zieht sie an sich. Sie sind einander so nahe, dass Celia ihn nicht einmal scharf sehen kann.

»Ich kann mich nicht daran erinnern, ob wir schon miteinander getanzt haben«, flüstert sie.

Lucien schüttelt verwundert den Kopf.

»Wir haben oft getanzt«, antwortet er. »Meistens in Jacquelines Wohnung, wenn sie mit ihren Freundinnen zum Essen verabredet war.«

»Ach ja?«

»Du hast auf Charlotte und ihren Bruder aufgepasst, und ich bin mit meinem Plattenspieler und den wenigen Schallplatten, die ich damals besaß, runtergekommen und habe den Abend mit euch verbracht. Das weißt du nicht mehr?«

»Nein.«

»Die Kinder haben es geliebt.«

Luciens Nähe wirkt beruhigend auf das Rumoren in Celias Magen.

»Einmal haben wir auch auf einer Barkasse getanzt, die am Port de la Gare festgemacht hatte«, erzählt er weiter.

Dabei schaut er sie fest an, um sie zu ermuntern, sich zu erinnern, aber sie macht keine Anstalten, es zu versuchen. Sie hat es aufgegeben, weil sie weiß, dass ihre Erinnerungen zumeist überraschend, manchmal trügerisch zurückkommen, oftmals sogar im Traum. Es lohnt sich nicht, krampfhaft nach ihnen zu suchen.

»Dir hat es sehr gefallen, weil es wirkte, als würden wir im Moulin de la Galette tanzen«, fährt er fort.

»Es ist mir unbegreiflich, dass du dich an solche Einzelheiten erinnern kannst«, sagt Celia.

»Der Tag war einfach unvergesslich.«

»Was ist geschehen?«

»Es war dein letzter Tag in Paris.«

Der Moderator unterbricht die Musik, damit ein alter Mann das nächste Stück einer Pflegerin widmen kann. Der ganze Saal applaudiert. Celia weicht nicht von Luciens Seite vor lauter Angst, wieder dieses bohrende Brennen im Bauch zu spüren.

»Wenn es mein letzter Tag in Paris war«, sagt sie, »müsste Carmen auch dabei gewesen sein.«

»Ja, Carmen war auch da«, bestätigt Lucien. »Aber ihr hat es nicht sonderlich gefallen, uns tanzen zu sehen.«

»Warum nicht?«

Lucien zögert einen Moment. Er weiß nicht, ob er es aussprechen soll.

»Ich glaube, sie war eifersüchtig.«

Celia schüttelt den Kopf. Nicht nur, dass sie sich nicht daran erinnern kann, sie versteht es auch nicht.

»Glaubst du wirklich?«, ruft sie. »Ich bin mir nicht sicher, ob du ihr Typ warst.«

Lucien verzieht die Mundwinkel. Ihm ist nicht nach Lachen zumute.

»Ich war auch nicht ihr Typ«, sagt er dann. »Aber du schon.«

»Ich schon«, wiederholt Celia.

»Dann haben wir unsere letzte Nacht gemeinsam verbracht, und am nächsten Morgen seid ihr beide abgereist.«

»Wir haben die letzte Nacht zu dritt verbracht?«

Lucien sieht Celia von der Seite an.

»Carmen hat in Jacquelines Wohnung geschlafen«, antwortet er und schiebt sie nach vorn, damit sie eine Drehung machen kann. »Wir beide haben bei mir geschlafen. Wir mussten ganz leise sein, um meine Mutter nicht zu wecken, die im Nebenzimmer schlief.«

Ob es an Luciens Seitenblick, der plötzlichen Drehung oder der Anspielung auf Carmen liegt, jedenfalls wird Celia schwindlig, sie kann nicht weitertanzen. Um ihre Unsicherheit zu überspielen, wirft sie sich buchstäblich in Luciens Arme, als wäre sie gestolpert. Er merkt, dass etwas nicht stimmt, und führt sie zu ihrem Stuhl.

»Was ist mit dir?«

Celia schließt die Augen und reibt sich die Lider.

»Ich muss etwas essen.«

Lucien ist verwirrt. Erst musste er eine Limonade besorgen und jetzt etwas zu essen. Er geht zum Kaffeetisch und greift sich ein Tablett mit Profiteroles. Celia beißt gierig hinein, sie will spüren, wie das Gebäck in ihrem Mund zergeht.

»Ich weiß nicht, was mit mir los ist«, sagt sie, als sie sich mit der Serviette, die ihr Lucien reicht, die Mundwinkel abtupft.

»Soll ich deiner Tochter Bescheid sagen?«

Celia hat keine Kraft, um den Kopf zu schütteln.

»Nein, bitte nicht«, sagt sie und wedelt stattdessen mit dem Finger. »Bloß nicht.«

Lucien hebt beschwichtigend die Hände.

»Hast du Schmerzen?«

»Nein, nur so großen Hunger und Durst wie noch nie.«

»Vielleicht hätten wir doch nicht tanzen dürfen.«

»Es war nicht das Tanzen.«

»Was dann?«

Celia legt ihre Hand auf Luciens linken Arm und dreht ihn, damit sie die Tätowierung sehen kann.

»Ich habe die Nixe so lange nicht gesehen«, sagt sie seufzend.

SIEBENUNDZWANZIG

Ein Ort, der nicht existiert

»Geht's dir besser?«

Lucien und Celia haben sich auf eine Bank in den Hof gesetzt. Es hat aufgefrischt, und die kühle Brise wirkt ebenso stimulierend auf ihr Gesicht wie kaltes Wasser.

»Ich glaube, es war einfach zu heiß da drin«, sagt sie. »Außerdem hast du deine Jacke wieder angezogen, und die Nixe ist verschwunden.«

Lucien blickt auf seinen Arm.

»Ich warne dich, sie kann jeden Moment wiederauftauchen.«

»Ich weiß«, erwidert Celia mit angedeutetem Lächeln. »Ich verstehe bloß nicht, warum es mir so nahegeht, sie wiederzusehen.«

»Vielleicht weil du dich im Traum wieder an sie erinnert hast.«

Celia schüttelt energisch den Kopf.

»Es sind schon andere Erinnerungen wiedergekehrt, und nie ist etwas passiert.«

»Was ist es dann?«

»Bei ihrem Anblick habe ich eine ungeheure Energie in mir aufsteigen gespürt, als wäre ich zum Tode verurteilt und hätte doch unbändige Lust zu leben.«

Lucien versteht den Sinn ihrer Worte nicht gleich.

»Bist du krank?«, fragt er besorgt.

»Ich bin alt.«

»Jetzt übertreibst du aber.«

»Ich habe eben die Tatkraft der Jugend verspürt, und statt mich lebendig und dynamisch zu fühlen, wurde mir schwindlig, und ich fühlte mich kraftlos. Das ist wohl der unwiderlegbare Beweis dafür, dass ich wirklich alt bin.«

Die Tür zum Hof geht auf.

»Was ist passiert?«

Mit sorgenvoller Miene läuft Paula auf die beiden zu.

»Ihr war nur ein wenig schwindlig, das war meine Schuld«, erwidert Lucien und legt sich die Hand auf die Brust. »Ich habe sie zum Tanzen aufgefordert, und wir haben genauso flott getanzt wie vor vierzig Jahren.«

Paula zieht ungläubig eine Augenbraue hoch und geht in die Hocke, um ihrer Mutter ins Gesicht sehen zu können.

»Willst du mir mit der Taschenlampe in die Augen leuchten und meinen Puls fühlen, oder soll ich lieber die Zunge rausstrecken?«, fragt Celia, die dem Blick ihrer Tochter standhält.

»Du musst nicht gleich alles ins Lächerliche ziehen«, erwidert die.

»Und du musst mich nicht überallhin verfolgen.«

»Das tue ich doch gar nicht«, sagt Paula. »Ich habe Lucien gesucht. Jacqueline will noch einmal tanzen.«

Seufzend steht Lucien auf.

»Die Pflicht ruft.«

Paula reicht ihrer Mutter die Hand.

»Gehen wir auch wieder rein?«

»Wenn es euch nichts ausmacht, bleibe ich lieber noch ein paar Minuten hier sitzen.«

»Soll ich bei dir bleiben?«, fragt Paula.

»Nein danke, ich möchte lieber allein sein. Nur ein paar Minuten.«

Lucien macht Paula ein Zeichen, mit ihm hineinzugehen. Celia streckt die Beine aus, streift ihre Schuhe ab, stellt einen Fuß auf den anderen und überlässt sich der angenehmen Kühle des schattigen Gartens. Am liebsten würde sie mit den Pflanzen und Büschen verschmelzen. Sie möchte an nichts und niemanden denken, auch nicht an Carmen. Nur tief und regelmäßig atmen und ihre Mitte wiederfinden, bevor sie aufstehen kann.

Einen Moment später holt sie ihr Handy heraus und loggt sich in die Farm ein. Das wird ihr helfen, sich zu beruhigen. Sie kauft einen Webstuhl, schert ihre Schafe und sät ein drittes Baumwollfeld. Sie muss lächeln. Wenn sie das Spiel das nächste Mal aufruft, wird sie die nötigen Stoffe haben, um die bestellte Kleidung zu nähen.

Sie richtet sich auf, um wieder in ihre Schuhe zu schlüpfen. Bevor sie das Telefon einsteckt, wirft sie einen Blick auf die Uhrzeit. In Buenos Aires ist es jetzt Mittag. Ein kurzes Gespräch mit Emilio wäre jetzt genau das Richtige. Sie kann es sich nicht erklären, aber jedes Mal, wenn sie mit ihm spricht, empfindet sie eine nahezu körperliche Erleichterung, als würde eine schwere Last von ihr abfallen.

Sie wählt seine Nummer und wartet.

»Hallo?«

Eine Mädchenstimme.

»Emilio?«, fragt sie verblüfft.

»Oma!«, hört sie das Mädchen antworten.

»Alba?«

Mehr kann sie nicht sagen, denn das Gespräch wird unterbrochen, und es ist nur noch ein Piepen zu hören. Sie muss sich verwählt haben. Sie schaut sich die Nummer noch einmal an: Es ist Emilios Nummer. Sie hat sich nicht verwählt. Sie versucht es noch einmal, aber diesmal geht niemand mehr ran, nicht einmal eine automatische Ansage ist zu hören, dass diese Nummer nicht vergeben oder kein Empfang sei. Nichts.

Sie steht auf und überlegt, was passiert sein könnte. Vielleicht funktioniert ihr Handy nicht richtig, und sie hat versehentlich die Nummer des letzten registrierten Anrufs erwischt, die ihrer Enkelin Alba. Sie versucht es ein weiteres Mal, ohne Erfolg.

Vielleicht verbringt Emilio den Sonntag mit jemandem, mit einer Freundin oder einem Arbeitskollegen, der eine kleine Tochter hat, und die hat sie, als sie ihre Stimme hörte, mit ihrer Großmutter verwechselt. Die Stimme klang Albas sehr ähnlich, aber es könnte sich durchaus um ein anderes Mädchen handeln, schließlich ähneln sich alle Stimmen irgendwie, wenn sie mittels elektromagnetischer Wellen über den Ozean geschickt werden.

Gebannt starrt sie auf ihr Smartphone. Sie dreht es um, wiegt es in der Hand, betrachtet es von der Seite. Eigentlich erwartet sie, dass es klingelt, denn es wäre doch logisch, dass das Mädchen, wer auch immer sie sein mochte, Emilio erzählt hat, wer angerufen hat, und er sogleich zurückruft.

Doch das Telefon bleibt stumm. Also beschließt Celia, Alba anzurufen und sie zu fragen, ob sie vor fünf Minuten einen Anruf von ihr erhalten hat.

»Hast du mich mit Jacqueline tanzen sehen?«

Sie hat das Freizeichen gehört, aber niemand hat abgenommen. Daher hat Celia das Telefon eingesteckt und ist in den Saal zurückgekehrt. Um wieder warm zu werden, reibt sie sich die Arme. Lucien hingegen, dem sie dort gleich in die Arme läuft, hat seine Jacke wieder ausgezogen.

»Nein, tut mir leid.«

»Diesmal haben wir eine ganze Drehung gemacht, und das Publikum hat uns applaudiert.«

Lucien sieht, dass Celia vor Kälte schlottert. Er nimmt seine Jacke von der Stuhllehne und legt sie ihr über die Schultern.

»Hast du ein Handy?«, fragt sie ihn leise.

»Klar.« Lucien holt sein Mobiltelefon aus der Hosentasche. »Musst du jemanden anrufen?«

Celia nickt.

»Mein Handy funktioniert irgendwie nicht richtig.«

Ohne weitere Erklärungen geht sie wieder in den Hof und trifft dort auf ihre Tochter, die auf einer Bank sitzt.

»Was machst du hier?«, fragt sie.

»Ich wollte in Ruhe telefonieren«, antwortet Paula.

Celia fühlt sich ertappt. Sie hält in jeder Hand ein Handy, als wollte sie mit zwei Menschen gleichzeitig sprechen.

»Und wen willst du anrufen?«, fragt Paula.

»Deinen Bruder, aber er ist nicht zu erreichen.«

»Heute ist Sonntag.«

Celia runzelt irritiert die Stirn.

»Vielleicht hat er das Telefon ausgeschaltet, um für die Kollegen aus der Redaktion nicht erreichbar zu sein«, mutmaßt Paula.

»Ja, gut möglich«, räumt Celia ein. »Mit wem hast du telefoniert?«

»Mit Alba.«

»Mit ihr habe ich vorhin auch gesprochen.«

»Das hat sie mir erzählt.«

Celia setzt sich neben ihre Tochter.

»Was genau hat sie dir denn gesagt?«, fragt sie.

Paula spürt, dass etwas nicht stimmt.

»Dass du dir einen Webstuhl kaufen willst, um Kleidung herzustellen«, sagt sie mit verkrampftem Lächeln, als fühlte sie sich verhört. »Was denn sonst?«

Celia will ihr gerade das mit dem Anruf berichten, aber etwas lässt sie zurückschrecken.

»Ich habe ihr erzählt, dass wir auf einen Ball gehen«, sagt sie leichthin.

»Ich weiß. Sie hat mich gefragt, ob wir uns amüsiert haben«, erwidert sie. »Und ob wir viel getanzt hätten.«

»Du nicht. Das hast du ihr sicher gesagt.«

»Aber, dass du getanzt hast.«

Sie sehen sich tief in die Augen. Beide wissen, dass sie nicht die Wahrheit sagen. Die Saaltür geht auf, und Lucien streckt den Kopf heraus. Er zeigt auf sein linkes Handgelenk. Es ist schon spät, und es wird Zeit, sich von Jacqueline zu verabschieden. Nach dem ereignisreichen Tag ist die alte Frau müde, und im Seniorenheim wird früh zu Abend gegessen.

Mutter und Tochter gehen dicht nebeneinander durch den Hof, als wäre die eine der Schatten der anderen, und kehren in den Saal zurück. Der Ball ist vorbei. Einige Bewohner haben sich bereits in ihre Zimmer zurückgezogen. Andere wie Jacqueline verabschieden sich von ihren Besuchern.

Charlotte hat ihre Jacke angezogen und will ihre Mutter auf die Stirn küssen.

»Bitte hör auf mich«, sagt die alte Frau zu ihr. »Heirate diesen Mann nicht. Er passt nicht zu dir. Versuch es doch mit dem, den du heute mitgebracht hast. So ein großes, starkes Mannsbild, und er hat so schönes, langes Haar. Außerdem tanzt er sehr gut.«

Dabei zeigt sie auf Lucien.

»Ist deine Mutter schon tot?«, fragt sie ihn.

»Ja, das habe ich Ihnen vorhin gesagt«, antwortet er.

»Dann sag ihr, dass sie mich mal besuchen soll.«

Charlotte flüstert ihrer Mutter ins Ohr: »*Maman*, Madame Denise ist tot.«

»Ja und?«

»Sie kann dich nicht besuchen.«

»*Pourquoi pas?*«

Die alte Frau verzieht ihr Gesicht zu einem schelmischen Lächeln.

»Jede Nacht kommt mich ein Toter besuchen«, sagt sie. »Und ich würde Denise gern wiedersehen. Wir haben uns viel zu erzählen.«

»Keine Sorge«, antwortet Lucien ernst. »Wenn ich meine Mutter sehe, werde ich ihr sagen, dass sie Sie besuchen soll.«

Patrick küsst seine Großmutter, ebenso wie Paula und Celia.

»Bist du diejenige, die ein wichtiges Wort verloren hat?«, fragt sie Letztere und ergreift ihren Arm. »Weißt du, wo du es suchen musst?«

Jacqueline verstummt.

»Wo?«

»In der Kindheit.«

Celia nickt verblüfft. Die Kindheit ist so weit weg, wie ein Ort, der nicht mehr existiert.

»In der Kindheit«, wiederholt sie leise.

Die alte Frau sieht ihr in die Augen und lässt sie dann los.

»Wir lernen die meisten Worte in der Kindheit«, sagt sie. »Wo hast du deine verbracht?«

»In einem Dorf in der Provinz Zaragoza«, sagt Celia.

Als der Pfleger sie in den Flur hinausschiebt, zwinkert Jacqueline ihr noch einmal zu.

»Rauchen wir vor der Fahrt noch eine?«, fragt Lucien.

Patrick und Celia gehen mit ihm nach draußen. Celia will sich keinen Moment von ihm trennen. Sie muss seine Wärme und seine Nähe spüren, wenn sie nicht das Brennen im Magen riskieren will. Als Paula und Charlotte herauskommen, bittet sie ihre Tochter, sich auf den Beifahrersitz zu setzen, um selbst auf der Rückbank zwischen Patrick und Lucien Platz nehmen zu können.

»Vorn sitzt du bequemer«, protestiert Paula.

»Ich muss ein bisschen schlafen«, erwidert Celia. »Und dafür möchte ich mich an jemanden anlehnen.«

»Dann setze ich mich neben dich.«

»In deinem Schoß habe ich heute schon mal geschlafen«, sagt Celia. »Wenn es Lucien nichts ausmacht, lehne ich mich diesmal an seine Schulter.«

Lucien breitet einladend die Arme aus. Paula setzt sich nach vorn zu Charlotte, und Celia macht es sich zwischen den beiden Männern bequem. Sie legt den Kopf an Luciens Schulter, schließt die Augen und genießt das Schaukeln des Wagens und die Nähe des Mannes aus ihren Träumen.

Noch bevor sie den Wald von Fontainebleau verlassen, ist sie eingeschlafen.

ACHTUNDZWANZIG

Weit weg von der Gegenwart

»Ich glaube, deine Tochter ist verärgert, weil wir sie nicht gebeten haben, uns zu begleiten.«

Celia und Lucien haben es sich in seinem Wohnzimmer auf dem Sofa bequem gemacht.

»Ich bin auch sauer auf sie«, erwidert Celia.

»Warum?«

»Weil sie mir nicht die ganze Wahrheit sagt.«

Aber Lucien will im Moment nicht über Halbwahrheiten reden.

»Ich habe nicht erwartet, dass du deine letzte Nacht in Paris mit mir verbringen würdest«, sagt er, um das Thema zu wechseln. »Ich meine bei mir zu Hause.«

»Habe ich das vor vierzig Jahren nicht auch getan?«

»Du erinnerst dich daran?«

»Ich erinnere mich an gar nichts. Nur an das, was du mir erzählt hast. Mir war nicht einmal bewusst, dass Carmen etwas für mich empfunden hat.«

Lucien macht eine resolute Handbewegung.

»Das war nicht zu übersehen«, sagt er. »Zumindest nicht für mich.«

»Habe ich dir etwas über sie erzählt?«

»Du hast gesagt, sie sei deine beste Freundin.«

Celia zögert einen Moment.

»Glaubst du, dass ich etwas für Carmen empfunden habe?«, fragt sie dann. »Ich meine, mehr als Freundschaft.«

Lucien schüttelt langsam den Kopf.

»Ich glaube, du hast etwas für mich empfunden.«

Seine Antwort klingt aufrichtig, frei von Selbstüberschätzung. Er stellt nur eine Tatsache fest. Celia steht auf. Ob sie sich wirklich für die Fotos auf dem Sideboard interessiert oder von Lucien Abstand nehmen will, ist ihr selbst nicht klar.

»Eigentlich weiß ich noch nicht, ob ich hierbleiben oder zu Paula ins Hotel gehen soll«, sagt sie und zeigt dabei auf ein Foto. »Ist das deine Frau?«

Lucien nickt.

»Sie hatte kürzeres Haar als du«, sagt Celia.

»Sie war sehr schön.«

Celia dreht sich mit fragendem Blick um.

»Hast du ihr auch ein Tor gewidmet?«

Lucien verschränkt die Arme und sieht sie fragend an.

»Keine Ahnung.«

»Denk nach, und antworte mir.«

»Ich glaube nicht«, sagt er schließlich. »Als wir uns kennenlernten, habe ich nicht mehr Fußball gespielt.«

»Hattest du vor ihr eine Freundin?«, fragt Celia weiter.

»Ein paar, ja.«

»Hast du denen mal ein Tor gewidmet?«

Luciens Lächeln weicht einem Ausdruck der Ungeduld.

»Warum willst du das wissen?«

»Ich suche nach einem Grund, um bei dir zu bleiben.«

»Du brauchst einen Grund dafür?«

Celia atmet tief durch. Dann schaut sie auf, räuspert sich und sagt zu Lucien:

»Meiner Tochter geht es nicht gut«, erklärt sie. »Gar nicht gut. Und ich habe Schuldgefühle, weil ich sie allein gelassen habe.«

»Was ist mit ihr?«

»Sie ist schwanger.«

»Das ist doch nichts Schlimmes.«

Celia winkt ab.

»Sie hat sich gerade von ihrem Mann getrennt«, schiebt sie rasch hinterher. »Und das Kind ist von ihm.«

Es ist ein Totschlagargument. Lucien kann nur mit zusammengepressten Lippen nicken.

»Abgesehen von deinem, habe ich nur einmal jemandem ein Tor gewidmet«, sagt er und steht auf. »Und zwar meiner Mutter, als die ausnahmsweise mal auf dem Fußballplatz war.«

»Ich habe schon wieder Hunger«, sagt Celia und deutet in den Flur.

In der Küche nehmen sie an einem Holztisch ohne Tischdecke Platz und essen Kartoffelsalat und ein wenig Gemüse, das sie im Kühlschrank gefunden haben. Luciens Auswahl ist eher bescheiden, er ist daran gewöhnt, immer das Gleiche zu essen. Celia verteilt den Salat, während er eine Flasche Weißwein öffnet.

»Du hast doch gesagt, dass du seit drei Jahren keinen Alkohol mehr trinkst«, sagt sie.

»So ist es«, erwidert Lucien und schenkt zwei Gläser ein. »Aber heute ist ein besonderer Tag. Ein Glas Wein wird uns beiden nicht schaden.«

Er stellt die Flasche auf den Tisch.

»Auf die Erinnerung«, sagt er und hebt sein Glas.

»Und auf das Vergessen.«

Sie stoßen an und trinken einen Schluck. Celia konzentriert sich mit geschlossenen Augen auf Aroma, Temperatur und Fruchtgehalt des Weines.

»Schmeckt er dir?«

»Vielleicht brauche ich heute keine Schlaftablette.«

»So viel lasse ich dich bestimmt nicht trinken.«

»Ich will doch hoffen, dass du mir nachher eine Zigarette spendierst?«, sagt Celia und beginnt zu essen. »Wenn wir schon sämtliche ärztliche Ratschläge in den Wind schlagen, machen wir es aber richtig.«

Lucien zeigt mit dem Finger auf sie.

»Wie lange werden sie dich wohl noch wie eine Kranke behandeln?«

Sie zuckt mit den Schultern und grinst.

»Ich weiß es nicht«, sagt sie. »Das hängt von meinem Arzt ab. Oder meiner Tochter. Vielleicht für den Rest meines Lebens.«

Lucien tupft sich mit der Serviette den Mund ab und greift zu seinem Glas.

»Unmöglich«, sagt er nach einem Schluck.

»Meine Erinnerungen kehren nur langsam zurück, und zwar ziemlich chaotisch und beliebig.«

Lucien stellt das Glas auf den Tisch und sieht sie streng an.

»Erinnerungen sind längst nicht so wichtig, wie du denkst«, sagt er. »Glaubst du, dir fehlt etwas, um weiterleben zu können?«

Wortlos nippt Celia an ihrem Wein.

»Ich weiß nicht, ob es dir bewusst ist oder nicht«, fährt Lucien fort. »Aber seit wir zusammen sind, hast du noch kein einziges Mal von der Zukunft gesprochen. Du redest nur von der Vergangenheit.«

»Vergiss nicht, dass ich dringend mein verlorenes Passwort wiederfinden muss«, erwidert sie.

»Wozu?«

»Wie, wozu?« Celia ist überrascht. »Ich muss an meine Dateien kommen, damit mein nächstes Buch veröffentlicht werden kann. Du kannst dir nicht vorstellen, was mein Agent für einen Freudentanz aufführen wird, wenn es endlich so weit ist.«

»Und was dann?« Lucien sieht sie forschend an. »Welche Pläne hast du für die Zeit danach?«

Celia antwortet nicht. Ihre Zukunft ist viel näher als die Kindheit, aber sie existiert praktisch ebenfalls nicht. Lucien hat recht. Seit sie aus dem Koma erwacht ist, dreht sich alles um die Vergangenheit.

»Ich weiß, wie die Zukunft aussah, von der du vor vierzig Jahren geträumt hast.«

Beim Nachschenken wird Lucien bewusst, dass sich Celia daran nicht erinnern kann.

»Wie denn?«, fragt sie.

»Du wolltest für eine große nationale Tageszeitung schreiben.«

Celia nickt.

»Du wolltest weder heiraten noch Kinder, bevor du dreißig bist.«

»Ach, wirklich?«

»Du wolltest nach Afrika und Südamerika reisen.«

Celia wundert sich. Die eigenen Träume sind ihr fremd.

»Und du wolltest ein Haus am Meer«, fügt Lucien hinzu.

»Ja?«

»Du wolltest so viel Zeit wie möglich am Strand verbringen.«

Celia legt die Serviette auf den Tisch und steht auf. Sie verspürt eine innere Unruhe, die sie sich nicht erklären kann.

»Am Strand«, wiederholt sie.

»Mir fällt es schwer zu glauben, dass du das alles vergessen hast.«

»Mich wundert eher, dass du dich noch daran erinnerst.«

Lucien seufzt vernehmlich, geradezu ungeduldig.

»Natürlich erinnere ich mich daran, sehr gut sogar«, sagt er. »Es war in dieser Wohnung, genauer gesagt in meinem damaligen Zimmer, wir lagen nackt auf dem Bett und haben uns leise unterhalten.«

Celia lässt sich auf ihren Stuhl sinken.

»Paula sagt, dass ich ein Haus am Meer habe.«

»Du erinnerst dich nicht daran.«

»Nicht einmal, wann ich zum letzten Mal dort war.«

»Dann musst du hinfahren«, sagt Lucien.

Damit ist für ihn das Thema beendet. Er steht auf und räumt

den Tisch ab. Er fürchtet, Celia könnte zu ihrer Tochter ins Hotel zurückkehren, weil ihr die Erinnerungen zu viel werden.

»Möchtest du einen Nachtisch?«

Celia stemmt sich ebenfalls hoch, als wäre sie, nachdem das Gespräch auf ihre Zukunft gekommen ist, plötzlich eine alte Frau.

»Ich bin sehr müde«, sagt sie. »Es war ein langer Tag.«

»Was hast du vor?«

»Wo ist das Bad?«

Lucien zeigt in den Flur.

»Die erste Tür rechts«, sagt er.

»Und dein Schlafzimmer?«

»Die nächste Tür.«

»Ich warte dort auf dich.«

Als sie kurz darauf im Schlafzimmer steht, wagt Celia nicht, sich auszuziehen. Sie mag ihren Körper nicht und will ihn niemandem zeigen, erst recht nicht einem Mann wie Lucien. Sie zieht die Schuhe aus und legt sich angezogen aufs Bett. Dann schließt sie die Augen und wartet.

»Ich habe ganz vergessen, einen Fan-Schal von Paris Saint-Germain für meine Enkelin zu kaufen«, sagt sie, als Lucien ins Zimmer kommt.

»Ich habe mehrere«, sagt er. »Du kannst dir einen aussuchen.«

Da öffnet Celia die Augen.

»Willst du schlafen?«, fragt er.

»Nein, noch nicht. Komm, leg dich zu mir.«

Lucien legt sich neben sie.

»Habe ich dir hier meine Zukunftsträume verraten?«, fragt Celia.

»Das war früher das Schlafzimmer meiner Eltern«, antwortet Lucien und zeigt an die Wand. »Mein Zimmer war damals nebenan.«

Er schiebt einen Arm unter Celias Kopf hindurch und fährt ihr mit der Hand durchs Haar, was ihr eine Gänsehaut verursacht.

»Fühlst du dich wohl?«

Celia nickt irritiert.

»Alles gut«, sagt sie und rückt näher. »Ich glaube nur, dass ich schon seit Ewigkeiten nicht mehr mit einem Mann im Bett gelegen habe.«

»Hattest du nach deiner Scheidung keinen Freund?«

»Ich weiß es nicht, vermutlich schon, aber das muss lange her sein, denn es fühlt sich fremd an.«

Lucien streichelt ihr übers Haar.

»Ich weiß nicht, ob ich es dir schon gesagt habe«, fährt Celia fort, als wäre es ihr ein Bedürfnis weiterzusprechen. »Aber irgendwie kann ich Gefühle, die lange vergangen sind, von denen in der Gegenwart unterscheiden.«

»Obwohl du dich nicht daran erinnerst?«

»Genau. Und ich versichere dir, dass das, was ich jetzt spüre, weit weg von der Gegenwart ist.«

Sie sehen sich an und versuchen, ihren Atem in Einklang zu bringen. Dann schließen sie die Augen, schlagen sie wieder auf und finden einander wieder. Sie fassen sich bei den Händen und lassen sie wieder los, schlingen die Finger ineinander und kommen sich näher, bis sie sich schließlich umarmen.

»Hast du etwas, das ich anziehen könnte?«

Celia ist ein wenig von Lucien abgerückt.

»Möchtest du einen Pyjama?«

»Oder einen Morgenmantel.«

Lucien geht zum Schrank, stellt sich auf die Zehenspitzen und holt einen Karton herunter, in dem ein sorgfältig zusammengelegter Morgenmantel liegt.

»Gehörte er deiner Frau?«, fragt Celia.

Lucien schüttelt den Kopf.

»Meiner Mutter.«

Celia hätte lieber etwas von seiner Frau angezogen, sagt aber nichts. Lucien geht ins Bad. Celia nutzt die Gelegenheit, um sich rasch auszuziehen und in den Morgenmantel zu hüllen. Als er zurückkehrt, trägt er nur noch eine Pyjamahose.

Celia betrachtet seinen Oberkörper, ihr Blick schweift über seine Brustbehaarung, die bis zum Bauch reicht. Nachdem sie sich ausziehen konnte, ohne ihren vom Alkohol, vom mangelnden Sport und Gewichtsverlust gezeichneten Körper offenbaren zu müssen, fühlt sie sich schon sicherer.

»Ich hatte ganz vergessen, dass du so stark behaart bist.«

»Vor vierzig Jahren waren die Haare auf meiner Brust hell und kaum zu sehen«, sagt Lucien.

»Es würde keinen Unterschied machen, wenn sie dunkel gewesen wären.«

»Ich erinnere mich aber an deinen Körper«, sagt Lucien.

»Der hat sich sehr verändert«, sagt Celia voller Bedauern. »So sehr, dass ich ihn selbst nicht wiedererkenne.«

»Du hast noch dieselben Sommersprossen.«

Lucien ergreift ihre rechte Hand und legt sie sich auf die Brust. Celia zuckt zurück, als hätte sie einen Peitschenhieb erhalten. Doch dann wandert ihre Hand neugierig weiter, und sie lächelt. Einen Moment lang bildet sie sich ein, Charlies Fell zu streicheln, um das Unbehagen zu verscheuchen, das wieder in ihrem Magen rumort. Sie ist so hungrig, als hätte sie nichts zu Abend gegessen, als hätte sie seit Tagen nichts gegessen.

»Ich brauche ein Glas Wasser«, sagt sie und richtet sich auf.

Lucien setzt sich ebenfalls auf.

»Wenn du Durst hast, kann ich dir auch was anderes bringen«, erwidert er.

»Ich muss meine Medikamente einnehmen.«

NEUNUNDZWANZIG

Nichts zu sagen

Noch vor dem Morgengrauen wacht Celia auf. Das Licht der Straßenlaternen scheint ins Zimmer. Sie meint zwar, nicht besonders tief geschlafen zu haben, weiß aber, dass sie geträumt hat. An den Traum kann sie sich allerdings nicht erinnern, nur an die ihm innewohnende Kraft, die sie beim Aufwachen verspürte. Für einen Moment glaubt sie, ein anderer Mensch mit einem unbekannten, glücklichen Leben zu sein.

Sie dreht sich um und hat Luciens Rücken vor sich. Da fällt ihr ein, dass sie kurz nach Einnahme ihrer Medikamente ganz allmählich in seinen Armen eingeschlafen ist. Sie erinnert sich auch, noch einmal aufgewacht zu sein, als er ihren Morgenmantel beiseitegeschoben und begonnen hat, eine nach der anderen ihre Sommersprossen zu streicheln.

»Bist du schon wach?«

Lucien fährt sich mit der Hand durchs Haar, bevor er sich zu ihr umdreht.

»Vor einer Reise kann ich nie lange schlafen«, antwortet Celia.

Sie wechseln einen tiefen Blick.

»Du musst nicht fahren«, erwidert Lucien. »Diesmal holt dich niemand aus Paris ab.«

Celia verzieht die Mundwinkel zu einem fast schmerzlichen Lächeln.

»Ich kann Paula nicht allein zurückfliegen lassen«, sagt sie. »Nicht in ihrem Zustand.«

»Ihr wird schon nichts passieren.«

»Das weiß ich, aber ich muss auch zurück.«

»Wozu?«

»Ich muss etwas herausfinden.«

Lucien schnaubt und schließt die Augen.

»Du meinst damit aber nicht das Passwort, oder?«, fragt er.

»Natürlich nicht.«

»Was dann?«

»Ich muss herausfinden, wem eine bestimmte Telefonnummer gehört.«

Lucien kneift verständnislos die Augen zusammen.

»Du bist eine Frau voller Geheimnisse«, sagt er dann resigniert.

So ist es, denkt Celia. Wenn man sein Gedächtnis verliert, ist das Leben voller Geheimnisse, vielleicht, weil fehlende Gewissheiten oft von der Fantasie ersetzt werden.

»Meine Hausangestellte glaubt, dass die Vorstellungskraft einer der zehn Sinne des menschlichen Körpers ist«, sagt sie.

»Und die anderen vier?«

»Das Gleichgewicht, die Fähigkeit zu träumen, das Gedächtnis und das Vergessen.«

Lucien grübelt einen Moment darüber nach.

»Wenn das Gedächtnis ein Sinn ist und das Vergessen auch, sollte man dann nicht auch die Schlaflosigkeit und den Schwindel dazuzählen?«

Celia zuckt mit den Schultern. Es ist ja nicht ihre Theorie.

»Ich muss gehen«, sagt sie.

Lucien beugt sich über sie und küsst sie, während er mit einer Hand ihren Hals streichelt und mit der anderen den Morgenmantel öffnet. Sie lehnt sich zurück und entspannt sich. Der fahle Schein der Straßenlaternen verhüllt ihren Körper, als würde er ein Schattenkleid über ihn breiten. Das Einzige, was es braucht, um es abzustreifen, ist ein wenig Vorstellungskraft.

»Ich verstehe nicht, warum du böse auf mich bist.«

Im Hotel hat Celia rasch ihren Koffer gepackt und sich dann in die Eingangshalle gesetzt, um auf Paula zu warten.

»Das bin ich doch gar nicht«, entgegnet diese. »Ich habe nur einen Spaziergang gemacht.«

»Wenn du nicht böse wärst, hättest du angerufen, mich bei Lucien abgeholt und vielleicht sogar meinen Koffer gepackt.«

Paula verschränkt die Arme vor der Brust.

»Du legst eine Selbstständigkeit an den Tag, die ich dir nicht zugetraut habe«, sagt sie. »Deshalb glaube ich nicht, dass du für sowas Einfaches wie Kofferpacken Hilfe brauchst.«

»Willst du darauf anspielen, dass ich die Nacht mit ihm verbracht habe?«

Paula wendet sich ab, als wollte sie das Offensichtliche nicht bestätigen.

»Jetzt erzähl mir nicht, das stört dich«, insistiert Celia.

»Du hast diesen Mann über vierzig Jahre nicht mehr gesehen. Du konntest dich nicht mal an ihn erinnern.«

»Nur an seinen Namen nicht.«

»Du weißt überhaupt nichts über ihn.«

Celia steht auf, um ihren Worten mehr Gewicht zu geben.

»Ich weiß, dass ich die einzige Frau bin, der er ein Tor gewidmet hat.«

»Hast du deine Tabletten genommen?«, fragt Paula und sieht ihre Mutter forschend an.

»Unsere Rollen haben sich vertauscht«, erwidert Celia.

»Was meinst du damit?«

»Du behandelst mich schon eine ganze Weile wie eine Mutter, mein Kind.«

Paula entgeht der sarkastische Unterton nicht. Genervt fragt sie: »Hast du sie nun genommen oder nicht?«

»Ich gebe zu, dass ich sie fast vergessen hätte«, sagt Celia. »Aber kurz vorm Schlafengehen habe ich sie genommen.«

Paula nickt. Sie sieht hinaus auf die Straße.

»Wird er uns zum Flughafen bringen?«, fragt sie.

»Wer? Lucien?«

Paula antwortet nicht.

»Wir haben uns heute Morgen voneinander verabschiedet«, erklärt Celia. »Also müssen wir uns wohl ein Taxi bestellen.«

Da fällt ihr ein, dass sie den Schal von Paris Saint-Germain vergessen hat, sagt aber nichts. Tatsächlich sprechen beide nicht mehr als nötig, weder im Hotel noch im Taxi, auch nicht, als sie auf dem Flughafen einen Salat essen und einen Kaffee trinken. Nicht einmal, als sie darauf warten, an Bord gehen zu können.

Paula blättert in einer spanischen Tageszeitung, während ihre Mutter mit ihrem Smartphone spielt.

»Warum habt ihr euch getrennt, Papa und du?«, platzt Paula schließlich heraus.

Celia muss lächeln. Sie wusste, dass Paula früher oder später diese Frage stellen würde.

»Dein Vater hat mich betrogen«, sagt sie.

Auf Paulas Stirn bildet sich eine Falte, als sie die Zeitung zusammenlegt.

»Mit wem?«

Celia gibt ihr wortlos zu verstehen, dass die Frage unpassend ist.

»Mit Tante Alicia, stimmt's?«, bohrt Paula nach.

»Hat sie es dir erzählt?«

Paula zieht den Kopf ein.

»Es würde erklären, warum du jahrelang nicht mit deiner Schwester gesprochen hast.«

Celia nickt zuerst und schüttelt dann den Kopf.

»Wir haben niemandem etwas erzählt, damit deine Groß-mutter es nicht erfährt«, sagt sie. »Das hätte sie zu sehr auf-geregt.«

Paula nickt verständnisvoll.

»Ich nehme es deiner Tante nicht übel, weil sie mir im

Grunde einen Gefallen getan hat«, fährt Celia fort. »Unsere Ehe funktionierte schon eine Weile nicht mehr.«

»Und warum habt ihr dann aufgehört, miteinander zu reden, und jeden Kontakt abgebrochen?«

»Es war schlicht Dickköpfigkeit. Ich fand, sie schulde mir eine Erklärung, und sie hat wahrscheinlich gedacht, dass ich nie bereit wäre, irgendeine Rechtfertigung zu akzeptieren.«

»Wie hast du es herausgefunden?«, fragt Paula neugierig. »Oder erinnerst du dich nicht daran?«

»Ich will mich nicht daran erinnern«, antwortet ihre Mutter. »Ich riskiere doch nicht noch einen Schlaganfall.«

»Entschuldige«, sagt Paula kleinlaut.

»Ich erzähle es dir ein andermal. Jetzt bin ich zu nervös.«

Paula schaut ihr in die Augen.

»Was ist los?«, fragt sie und öffnet ihre Tasche. »Möchtest du ein Beruhigungsmittel, damit du während des Fluges schlafen kannst?«

»Das ist es nicht.«

»Was dann?«

»Als sich Lucien gestern neben mich legte, hatte ich das Gefühl, schon lange nicht mehr mit einem Mann im Bett gewesen zu sein.«

Paula senkt den Blick. Sie heißt weder Celias Verhalten gut noch die Freimütigkeit, mit der sie Themen anspricht, die zwischen Mutter und Tochter gewöhnlich nicht erörtert werden, aber letztlich wendet sie sich nicht ab. Es ist offensichtlich, dass sie mehr wissen will.

»Als ich heute Morgen aufgewacht bin«, fährt Celia fort, »war ich davon überzeugt, dass ich schon seit vielen Jahren nicht mehr mit einem Mann geschlafen habe.«

»Und deshalb bist du nervös?«, fragt Paula.

»Ja.«

»Ich verstehe nicht, warum. Du bist geschieden und hattest schon lange keine feste Beziehung mehr.«

Celia räuspert sich.

»Du hast dich auch getrennt«, kontert sie. »Und trotzdem bist du schwanger.«

Paula lächelt still vor sich hin. Ihr gefällt, mit welchem Elan ihre Mutter argumentiert, auch wenn sie natürlich nicht auf ihre Provokation eingeht. Als der Flug aufgerufen wird, müssen sie sich in die Schlange der Passagiere einreihen, die sich bereits gebildet hat.

Celia wählt den Fensterplatz, auch wenn sie nicht vorhat, hinauszuschauen. Sie will sich auch nicht weiter mit ihrer Tochter unterhalten. Sie möchte nur den Kopf zurücklehnen, die Augen schließen und den Flug zu einem Traum werden lassen.

»Wir haben die Pyrenäen schon hinter uns«, sagt Celia, als Paula aufwacht.

»In letzter Zeit schlafe ich überall ein«, sagt Paula und streckt sich. »Sag bloß, du hast die ganze Zeit rausgeschaut?«

»Mir war langweilig.«

»Im Flugzeug gibt es doch WLAN. Hast du dich nicht eingeloggt?«

»Das ist viel zu langsam. Ich konnte nicht mal das Spiel hochladen.«

»Alba holt uns vom Flughafen ab«, sagt Paula. »Zusammen mit ihrem Vater. So müssen wir kein Taxi nehmen.«

Celia nickt und steckt sich die Finger in die Ohren. Sie befinden sich im Anflug auf Madrid.

»Hast du mit Jose gesprochen?«, fragt sie.

»Nur kurz, um ihm unsere Flugnummer und Ankunftszeit durchzugeben.«

Paula weiß, dass sie die Frage ihrer Mutter nicht beantwortet hat.

»Ich freue mich so, Alba wiederzusehen«, sagt Celia.

»Ich auch.«

»Sie und Rosario und Charlie. Sonst niemanden.«

Paula sieht sie neugierig an.

»Und Luisa? Und Tobias? Deine Kollegen von der Zeitung? Freust du dich nicht, sie wiederzusehen?«

Celia überlegt kurz.

»Meine Welt ist viel kleiner geworden, seit ich im Krankenhaus aufgewacht bin«, sagt sie und zeigt eine Spanne mit Daumen und Zeigefinger. »Ich brauche nur euch, Emilio, dich, Alba, Rosario und Charlie.«

»Und deine Leser? Vermisst du sie nicht?«

»Ich kenne sie doch nicht.«

»Das wirst du, sobald dein neues Buch erscheint.«

Celia grinst erleichtert.

»Du irrst dich«, sagt sie leise. »Ich werde an keiner Literaturveranstaltung und auch an keiner Buchpräsentation mehr teilnehmen.«

»Das kannst du nicht machen.«

»Außerdem werde ich kein Buch mehr schreiben.«

Paula prustet verhalten.

»Darf ich wissen, warum?«

»Ganz einfach«, antwortet Celia. »Ich habe nichts zu sagen. Absolut gar nichts. Mehr noch, ich weiß nicht einmal, wovon mein neues Buch handelt, und es interessiert mich auch nicht.«

»Das verstehe ich nicht.«

»Da gibt es nichts zu verstehen. Meine Welt ist kleiner geworden, und ich brauche weniger Menschen, mit denen ich kommunizieren kann.«

Paula schließt die Augen, als hoffte sie, dem Thema so entkommen zu können.

»Wenn es dich beruhigt«, fährt Celia fort, »erkläre ich es Ignacio bei meinem nächsten Termin.«

Ein elektrisches Summen ist zu hören. Das Flugzeug setzt zur Landung an. Paula schlägt die Augen wieder auf und legt den Sicherheitsgurt an.

»Du hast das Passwort noch nicht gefunden, stimmt's?«

»Noch nicht«, erwidert Celia und zeigt auf ihre Tasche. »Ich habe eine Menge Wörter in mein Notizbuch geschrieben. Ich werde eines nach dem anderen ausprobieren, obwohl ich eigentlich nicht glaube, dass es dabei ist.«

»Wo hast du denn noch nicht gesucht?«, fragt Paula.

Celia hat sich diese Frage schon öfter gestellt, immer in der Befürchtung, sich am Ende der Strecke wiederzufinden, als würde sie mit dem Zug auf ein Abstellgleis fahren.

»Jacqueline hat mir empfohlen, in der Kindheit zu suchen«, flüstert sie. »Genauer gesagt, in dem Dorf, in dem ich meine Ferien verbracht habe.«

Paula beugt sich zu ihrer Mutter hinüber.

»In Daroca?«

DREISSIG

Eine Szene

Kaum hat Alba ihre Mutter und ihre Großmutter erblickt, rennt sie los. Paula stellt ihre Handtasche auf den Koffer, um ihre Tochter umarmen zu können. In einiger Entfernung wartet Jose, breitbeinig, die Hände auf dem Rücken.

»Hast du den Webstuhl bekommen?«, fragt das Mädchen, sobald sie neben ihrer Mutter auf den Rücksitz von Joses Wagen geschlüpft ist.

»Ich habe Stoffe aus Baumwolle, Leinen und Wolle«, antwortet Celia, die auf dem Beifahrersitz Platz nimmt. »Aber ich weiß nicht, was ich damit machen soll.«

»Du brauchst eine Schneiderei, da kannst du die Sachen nähen.«

»Ich komme mir eher vor wie eine Textilfabrikantin als wie eine Farmerin«, sagt Celia und dreht sich um. »Dann werde ich also eine Schneiderei einrichten und danach ein internationales Franchise-Modeunternehmen gründen.«

Sie kann ihre Enkelin nicht sehen, weil die hinter ihr sitzt. Sie sieht nur Paula, die hinter ihrem Mann sitzt und dem Gespräch von Großmutter und Enkelin keine Beachtung schenkt.

»Ich nähe Ballkleider, Kostüme, Blusen und Jeans«, sprudelt das Mädchen hervor. »Alles aus den Produkten meiner Farm.«

Celia würde gern Paulas Blick einfangen, um sie auf den didaktischen Nutzen des Spiels hinzuweisen.

»Wie geht es Charlie?«, fragt sie Jose und spürt im gleichen Atemzug, dass sie Lucien vermisst.

»Am ersten Tag war er ein wenig durcheinander«, antwortet Jose, ohne den Blick von der Straße abzuwenden. »Aber dann war er wieder ganz normal, stimmt's, Alba?«

»Heute ist er ziemlich nervös«, sagt die Kleine. »Er spürt, dass du nach Hause kommst. Als wir das Abendessen zubereitet haben, hat Rosario es ihm ständig erzählt.«

»Was habt ihr denn gekocht?«

»Gefüllte Tomaten mit Hackfleisch.«

»Und dafür habt ihr die Tomaten von deiner Farm verwendet, nehme ich an«, sagt Celia. »Und Fleisch von deinen Rindern, oder?«

Das Mädchen versteht den Scherz nicht. Ihre Farm ist nicht real und die ihrer Oma auch nicht. Außerdem beobachtet sie schon eine Weile das kühle Verhalten ihrer Eltern, die sich weder auf dem Flughafen zur Begrüßung geküsst noch seither einen Blick gewechselt haben, nicht einmal im Rückspiegel.

»Die Tomaten von meiner Farm werden an eine Fabrik verkauft, die Soßen herstellt«, erklärt Alba. »Zumindest steht das in der Bestellung.«

»Achtest du darauf, von wem die Bestellungen sind?«

»Du nicht?«

Celia weiß nicht, ob die Kleine das ernst meint.

»Ich liefere nicht an jeden«, erklärt Alba. »Wenn mir der Preis, die Menge oder der Liefertermin nicht passen, lehne ich ab.«

»Das geht?«

»Du musst sie nur in den Papierkorb schieben.«

Celia lächelt in sich hinein. Auch wenn sie sich nicht daran erinnert, ist und bleibt sie doch Schriftstellerin, und die Vorstellung, Dinge, die ihr nicht gefallen, in den Papierkorb zu werfen, klingt reizvoll.

»Señorita!«

Als sie zu Hause ankommen, öffnet Rosario die Fahrstuhltür und nimmt Celias Koffer. Charlie steht schwanzwedelnd neben ihr. Er wirkt weder sehnsüchtig noch zufrieden, eher überrascht. Vielleicht bellt er deswegen so laut, bevor er kehrtmacht und in die Wohnung zurücktrabt.

»Ich freue mich so, Sie wiederzusehen«, sagt Rosario.

»Was hast du denn mit deinem Haar gemacht?«

Celia folgt ihrer Hausangestellten in die Wohnung.

»Du hast es ihr nicht verraten?«

Rosario sieht Alba schelmisch an.

»Rosario hat mir beigebracht, wie man Haare färbt«, erklärt das Mädchen. »Das macht Spaß und ist nützlich. Jetzt sind meine Puppen nicht mehr blond.«

»Dafür ist meine Señorita Rosario jetzt blond!«, ruft Celia.

Die Hausangestellte schüttelt ihr langes Haar.

»Ich habe immer davon geträumt«, sagt sie lächelnd. »Und weil wir Sie überraschen wollten, hat mir Alba am Samstagabend das Haar karamellblond gefärbt.«

»Gefällt es dir?«, fragt die Kleine.

»Du bist ja eine richtige Friseurin«, antwortet ihre Großmutter. »Dann musst du mir bald auch die Haare färben.«

»Willst du auch blond werden?«

»Nein, ich habe immer davon geträumt, rote Haare zu haben.«

Paula ist ihnen voraus in die Wohnung gegangen, während sich Celia suchend umschaut, als hätte sie etwas verloren.

»Wo ist denn Charlie?«, fragt sie.

»Er hat den ganzen Tag auf der Terrasse gelegen.«

»Ist er krank?«

»Er hat auf Sie gewartet.«

Mit einem schuldbewussten Lächeln geht Celia auf die Terrasse.

»Hallo, mein Schatz.«

Der Hund liegt mit dem Rücken zur Balkontür. Celia setzt sich neben ihn auf den Boden und lehnt sich an die Brüstung.

»Ich habe dich sehr vermisst«, sagt sie und lässt ihn ihre Hand beschnuppern. »Und ich verstehe, dass du böse auf mich bist. Ich an deiner Stelle wäre das auch, aber keine Sorge. Wenn ich das nächste Mal verreise, nehme ich dich mit.«

Alba kommt heraus und setzt sich auf der anderen Seite neben Charlie.

»Er macht mir eine Szene«, sagt Celia.

»Eine Szene?«

»Ein Hund mag es nicht, wenn sein Frauchen ihn alleinlässt, wenn auch nur für wenige Tage.«

»Aber wir haben uns doch gut um ihn gekümmert«, protestiert Alba. »Wir haben ihm Futter gegeben, wir sind mit ihm spazieren gegangen und haben Ball mit ihm gespielt. Einmal hat er sogar am Fußende meines Bettes geschlafen.«

»Charlie ist keins von den Tieren deiner Farm auf dem Smartphone, Alba. Er ist aus Fleisch und Blut und hat Gefühle. Und jetzt will er mir zeigen, dass er unglücklich war.«

»Er war unglücklich?«

»Mehr, als du dir vorstellen kannst.«

»Wasch dir die Hände«, sagt Jose zu Alba, als er herauskommt. »Das Abendessen ist fertig.«

»Ich dachte, du seist schon weg«, wundert sich Celia.

»Ich habe nur den Wagen geparkt«, erklärt er. »Rosario hat mich zum Essen eingeladen. Ich hoffe, das stört dich nicht.«

Celia streckt ihm den Arm entgegen, damit er ihr aufhilft.

»Im Gegenteil«, sagt sie. »Ich will ohnehin etwas herausfinden.«

Jose nickt irritiert und wagt nicht, nachzufragen. Er weiß, dass sich alles, was er sagt oder tut, gegen ihn wenden kann. Also sollte er wohl besser ins Wohnzimmer gehen und sich brav an den Tisch setzen.

Rosario und Alba haben den Tisch festlich gedeckt. Die Servietten stecken in den Gläsern, und das Besteck ist mit einer rosa Schleife umwickelt. Über die Tischdecke verstreut liegen

Blütenblätter, goldene Sterne in verschiedenen Größen, Nüsse und Gummibärchen.

»Ich habe noch nie an einem so schön gedeckten Tisch gegessen«, sagt Paula und schaut ihre Tochter an.

»Rosario und ich haben in Internet-Foren nachgesehen, wie man einen Tisch deckt, wenn man Gäste erwartet«, erklärt Alba.

Celia sieht ihre Hausangestellte dankbar an, aber die ist damit beschäftigt, die Suppentassen zu füllen. Vielleicht liegt es an der neuen Haarfarbe, dass sie Celia an diesem Abend nicht an ihre Tante Paulina erinnert. An diesem Abend muss sie bei Rosarios Anblick an ihre Mutter denken.

»Wie geht es Charlie?«, fragt Paula und zeigt zur Terrasse.

»Es geht ihm gut«, antwortet Celia. »Er braucht nur ein wenig Zeit.«

»Er ist ein sehr sensibler Hund.«

»Er erinnert mich an deinen Bruder.«

»Vergleich doch bitte nicht meinen Bruder mit einem Hund.«

Paula ist ernst geworden. Celia hingegen lächelt.

»Warum nicht?«, fragt sie. »Emilio ist auch sehr sensibel. Als er klein war, hat er es gehasst, bei der Großmutter bleiben zu müssen, wenn ich verreiste. Und wenn ich ihn wieder abgeholt habe, hat er mir genauso desinteressiert die kalte Schulter gezeigt wie Charlie.«

Rosario hat die Suppe verteilt und setzt sich, Alba gegenüber, neben ihre Señorita.

»Erzählen Sie mir von Paris«, sagt sie. »Haben Sie die Kinder, die Sie früher betreut haben, getroffen?«

»Ja«, antwortet Celia. »Charlotte und ihren Sohn Patrick haben wir gesehen, aber Eugène nicht, er lebt in London. Dafür haben wir Jacqueline besucht. Sie wohnt jetzt in einer schönen Seniorenresidenz mitten im Wald.«

Sie sieht Alba an.

»Wart ihr wirklich auf einem Ball?«, fragt das Mädchen.

Paula zeigt mit dem Löffel auf ihre Mutter.

»Deine Oma hat mit einem alten Freund getanzt.«

»Was Sie nicht sagen!«, ruft Rosario.

Ein kurzes Lächeln umspielt Celias Lippen, aber die Erinnerung an den Nachmittag erfüllt sie gleich darauf mit Nostalgie. Kaum zu glauben, dass es erst vierundzwanzig Stunden her ist.

»Sie haben einen alten Freund getroffen?«, hakt Rosario nach.

»Ja, ich hatte Glück.«

Rosario fragt nicht weiter. Sie will nicht wie ein Klatschweib wirken. Wenn sie mit ihrer Señorita allein ist, wird sie sich von ihr die Fotos zeigen lassen, die sie gemacht hat.

»Und was ist mit dem Passwort?«, fragt Jose. »Hast du es gefunden?«

»Ich habe mehr als hundert Wörter in mein Notizbuch geschrieben«, sagt Celia. »Aber ich bin mir nicht sicher, ob es dabei ist.«

Rosario und Alba stehen auf, um Suppenschüsseln und Löffel abzuräumen und in die Küche zu bringen. Celia erhebt sich ebenfalls und entschuldigt sich, um ins Bad zu gehen. Paula starrt sie mit großen Augen an, als wollte sie sie bitten, sie nicht mit Jose allein zu lassen.

»Sie macht einen ziemlich entspannten Eindruck«, bricht der nach einem Moment das Schweigen und zeigt auf Celias verwaisten Stuhl.

»Ja, sie erholt sich wirklich sehr schnell«, erwidert Paula.

Jose sieht sie an.

»Und du? Wie geht es dir?«

»Warum fragst du?«

»Warum sollte ich nicht fragen?«

Paula unterstellt, ihre Mutter könnte dahinterstecken. Gut möglich, dass sie Jose angerufen und ihm von ihrer Schwangerschaft erzählt hat. Sie traut es ihr zu, ist aber nicht empört. Eher im Gegenteil, sie spürt, dass es eine Erleichterung für sie wäre, wenn sie es getan hätte.

»Mir geht's gut, danke.«

»Du siehst aber nicht gut aus«, bohrt Jose nach.

»Ich komme gerade von einer Reise zurück und muss nur ein wenig ausruhen.«

»Ich bringe dich gleich nach Hause.«

Paula will das Angebot schon ablehnen, da klingelt Joses Mobiltelefon in seiner Hosentasche.

»Entschuldige«, sagt er.

Er holt das Handy heraus und will den Anruf schon wegdrücken, hält aber plötzlich in der Bewegung inne. Das Handy wiegt schwer in seiner Hand, und er legt es auf den Tisch, als wäre es eine Bombe kurz vor der Explosion.

»Was ist los?«, fragt Paula. »Wer war das?«

Wortlos schiebt er das Telefon über den Tisch, damit sie den Namen auf dem Display lesen kann.

»Und hier sind die gefüllten Tomaten, von denen wir gesprochen haben.«

Alba kommt mit einem Glastablett ins Wohnzimmer. Rosario folgt ihr.

»Die sehen aber gut aus«, sagt Paula.

Jose nickt und steckt das Handy wieder ein.

»Wo ist Oma?«

»Sie ist kurz auf der Toilette.«

»Hier bin ich schon.«

Celia kommt mit zwei Tüten ins Wohnzimmer und stellt sie in eine Ecke. Dann setzt sie sich, ohne ihre Tochter oder ihren Schwiegersohn eines Blickes zu würdigen, wieder auf ihren Platz.

»Woher habt ihr denn das Rezept?«, fragt sie Alba und Rosario.

»Auch aus einem Internet-Forum«, antwortet das Mädchen. »Aber Rosario hat es noch etwas aufgepeppt.«

»Ich habe das Fleisch doch bloß mit gekochtem Rote-Bete-Saft und einem Schuss Essig gewürzt«, erklärt Rosario. »Dann schmeckt es wie in meiner Heimat.«

Celia wendet sich an ihre Enkelin und sagt: »Ich habe dir was mitgebracht.«

»Was denn?«

»Ein Kleid und eine Schleife.« Celia deutet in die Ecke. »Dort in der Tüte. Wenn du mit dem Essen fertig bist, kannst du es dir anschauen.«

Jose und Paula sind verstummt. Mehrfach wechseln sie besorgte Blicke. Paula ist nervös und fast so in sich gekehrt wie Charlie. Sie hat kaum etwas gegessen. Ihr ist der Appetit vergangen.

»Haben Ihnen die gefüllten Tomaten nicht geschmeckt?«, fragt Rosario.

»Ihr müsst mich entschuldigen«, sagt Paula. »Aber ich fühle mich nicht wohl.«

»Ist dir schlecht vom Fliegen?«

Paula beantwortet die Frage ihrer Tochter mit einem gezwungenen Lächeln.

»Das wird es wohl sein.«

»Ich bin fertig, Oma.«

Alba zeigt auf ihren leeren Teller, und Celia nickt ihr aufmunternd zu, dass sie jetzt aufstehen und ihr Geschenk holen kann.

»Bring alles her«, sagt sie.

Das Mädchen holt die beiden Plastiktüten.

»Sie hätten mir nichts mitbringen müssen, Señorita«, sagt Rosario, als sie ihr Geschenk entgegennimmt.

Celia nickt schmunzelnd.

»Genau deshalb habe ich dir ja was mitgebracht«, erwidert sie.

Alba öffnet das größte Paket, nimmt das Kleid heraus und hält es sich vor den Körper.

»Wie hübsch du bist«, sagt ihre Mutter.

Jose juckt es in den Fingern, ein Foto von seiner Tochter zu machen, aber er wagt es nicht, das Smartphone herauszuholen.

»Und noch viel hübscher wirst du sein, wenn ich dich mit all diesen Dingen geschminkt und frisiert habe.«

Rosario hat ihr Geschenk ausgepackt und geht zu Celia, um ihr zum Dank zwei Küsse auf die Wangen zu schmatzen.

»Und Sie werde ich auch ganz besonders schminken, Señorita«, flüstert sie ihr ins Ohr. Dann wendet sie sich an das Mädchen, das sich die Schleife ins Haar gesteckt hat. »Alba, wir müssen noch mal im Internet surfen.«

Die Kleine nickt. Der Trubel um die Geschenke hat Charlies Neugier geweckt. Er kommt ins Esszimmer und beschnüffelt die Anwesenden. Dann trottet er in den Flur.

»Charlie muss raus«, verkündet Alba.

»Ich gehe eine Runde mit ihm«, sagt Jose und will schon aufstehen.

»Du bleibst sitzen«, gebietet ihm Celia mit erhobener Hand Einhalt.

»Rosario, Alba«, fügt sie gleich darauf hinzu, »würde es euch was ausmachen, mit Charlie rauszugehen?«

Die Hausangestellte steht auf.

»Was ist mit dem Nachtisch?«, fragt sie. »Es gibt Ananas und Kokoseis.«

»Den essen wir später«, erwidert Celia und blickt auffordernd in den Flur. »Ich will nicht, dass Charlie warten muss. Der Arme hat schon genug gelitten.«

»Darf ich mit meiner neuen Schleife rausgehen?«

Alba sieht fragend ihre Mutter an.

»Natürlich«, antwortet Celia an deren Stelle.

Rosario holt ihre Jacke und Charlies Leine. Ihre Señorita will offensichtlich mit ihrer Tochter und ihrem Schwiegersohn allein sein. Vielleicht hat sie eine Idee, wie sie deren Ehekrise lösen kann. Sie nimmt Alba an die Hand und führt sie in den Flur, wo Charlie schon ungeduldig wartet.

»Wir sind gleich zurück.«

Die Tür fällt ins Schloss, dann ist der gedämpfte Hall der Stimmen aus dem Treppenhaus zu hören. Paula wagt es nicht, Jose oder ihre Mutter anzublicken. Sie bleibt reglos sitzen, starrt auf die Tischdecke und denkt, dass sie unter anderen Umständen den Tisch abgeräumt und Kaffee gekocht hätte.

Celia atmet tief durch. Sie spürt ganz deutlich ihren Pulsschlag an der rechten Schläfe, als wären die Organe nicht mehr an ihrem angestammten Platz. Wortlos holt sie ihr Handy aus der Hosentasche, öffnet mit dem Zeigefinger ihre Kontaktliste und wählt eine Nummer. Es vergehen ein, zwei, drei, vielleicht vier Sekunden, dann klingelt Joses Telefon.

»Leg dein Handy auf den Tisch«, sagt Celia.

»Hör zu, Celia.«

»Bitte.«

Jose wirft Paula einen raschen Blick zu. Sie muss doch verstehen, dass er machtlos ist. Er kann das Unvermeidliche nicht abwenden, solange sein Telefon klingelt. Schließlich legt er es ganz vorsichtig auf den Tisch, als wäre es zerbrechlich.

»Lass sehen«, sagt Celia.

Jose dreht es um. Celia beugt sich vor. Im Display steht ihr Name.

EINUNDDREISSIG

Worte mit argentinischem Akzent

»Was hat das zu bedeuten?«

Celia verschränkt die Arme vor der Brust, während Jose und Paula sich eine ewige Sekunde lang anstarren.

»Hör zu, Mama ...«

Celia bringt ihre Tochter mit einer Handbewegung zum Schweigen.

»Wieso klingelt dein Telefon, wenn ich Emilio anrufe?«, fragt sie ihren Schwiegersohn.

Jose weicht ihrem Blick aus.

»Wo ist Emilio?«, insistiert Celia.

»Das ist eine lange Geschichte«, sagt Paula.

Celia schüttelt den Kopf, erst langsam, dann mit kurzen, ruckartigen Bewegungen, als hätte sie einen nervösen Tick.

»Das glaube ich nicht«, presst sie hervor.

Paula hat sich diese Situation schon oft vorgestellt. Ihr war immer klar, dass dies früher oder später passieren würde, auch wenn sie nicht so schnell damit gerechnet hat. Seit ihre Mutter aus dem Koma erwacht ist, hat sie hin und her überlegt, wie sie es ihr erklären soll, ob ganz direkt oder verbrämt, aber im Augenblick fällt ihr keine der bereits durchgespielten Alternativen mehr ein.

Celia erträgt das lastende Schweigen nicht. Sie stützt sich auf dem Tisch ab, holt tief Luft und reckt entschlossen das Kinn.

»Wie ist er gestorben?«, fragt sie mit einer tiefen Stimme, die nicht ihr zu gehören scheint.

Paula muss husten und verschluckt sich.

»Celia.«

Jose streckt die Arme nach ihr aus.

»Wie ist er gestorben?«, wiederholt Celia scharf.

Paula schlägt die Hände vor das Gesicht, weint aber nicht.

»Ich weiß, dass er 1999 gestorben ist«, fährt Celia fort. »Aber ich weiß nicht, wie.«

»Er ist ertrunken«, sagt Jose.

Celia entfährt ein lauter Seufzer. Sie wirkt wie ein bedrohtes Tier. Mit hängendem Kopf kneift sie die Augen zusammen in der Hoffnung, sie an einem fernen Ort und zu einer anderen Zeit wieder öffnen zu können.

»Wo ist es passiert?«

»Im Meer.«

»In welchem Meer?«

»Im Mittelmeer.«

»Wo genau?«

»Im Süden von Cambrils.«

Celia reibt sich die Augen. Ihr Herz schlägt heftiger, fast meint sie, es hören zu können. Das Licht im Zimmer flackert. Die Lampe über dem Tisch scheint sich kaum wahrnehmbar zu bewegen. Würde sich doch in dem Moment die Erde auftun.

»Willst du damit sagen, dass er in meinem Haus am Meer war?«

Jose hält ihrem Blick stand, als er nickt.

»Er ist oft dort gewesen. Er mochte dieses Haus.«

Celias Hände legen sich um ihren Hals.

»Es ist doch nicht möglich, dass ich mich an nichts davon erinnern kann«, zischt sie.

»Das ist nicht verwunderlich. Emilio war nie im Haus, wenn du dort warst.«

»Jose!«

Paula wirft ihm einen warnenden Blick zu.

»Aber es stimmt doch«, protestiert er. »Emilio war am liebsten allein im Haus, ganz allein.«

»Warum fuhr er nicht hin, wenn ich dort war?«, fragt Celia.

Jose hält es nicht mehr auf seinem Stuhl.

»Ihr habt euch nicht gut verstanden«, sagt er.

Dann sieht er Paula an. Die Stunde der Wahrheit ist gekommen.

»Wir haben uns nicht gut verstanden«, murmelt Celia langsam, als suchte sie eine verborgene Botschaft in diesem Satz. »Warum nicht?«

Jose lehnt sich an die Wand und starrt auf seine Schuhe.

»Warum haben wir uns nicht verstanden?«, insistiert Celia.

»Er hat doch auch Journalismus studiert.«

»Was soll das heißen?«, fragt Paula.

»Ich nehme an, er hat es mir zuliebe getan.«

Jose nickt zustimmend.

»Er hat dich sehr bewundert«, sagt er.

»Warum dann?«

Celias Blick wandert zwischen den beiden hin und her. Sie hebt abwehrend die Hände, als ihr klar wird, was offensichtlich ist.

»Du hast dich sehr verändert, Mama«, sagt Paula.

»Was meinst du damit?«

»Dass du dich nicht daran erinnerst, wie du früher warst.«

Mit einer brüsken Bewegung dreht sich Celia zu ihrem Schwiegersohn um.

»Sag mir, wie ich war.«

»Du hast hohe Ansprüche gestellt.«

Die Worte ihrer Cousine Isabel fallen ihr ebenso ein wie das defensiv-angriffslustige Verhalten ihres Onkels Augusto, als sie ihn in Zaragoza besuchte.

»Und was hat das mit Emilio zu tun?«

»Er wollte deine Anerkennung«, erklärt Jose. »Aber du hast

die Messlatte zu hoch gelegt. Nichts, was er tat, fand deine Zustimmung. Nichts war dir gut genug.«

Paula wendet sich entschlossen an ihren Mann: »Es reicht, Jose! Meine Mutter ist noch nicht wieder gesund.«

Celia hebt den Kopf und schaut zur Terrassentür, als suchte sie nach der Weite der Unendlichkeit.

»Er war ein besonderer Mensch«, sagt sie, an mehr kann sie sich nicht erinnern.

»Und deshalb musste man ihn auch besonders behandeln«, ergänzt Jose. »Sonst konnte man es sich leicht mit ihm verscherzen.«

»Willst du damit andeuten, dass ich nicht wusste, wie man mit ihm umgehen sollte?«

Jose spürt Paulas Blick wie eine sengende Flamme.

»Ich will gar nichts andeuten«, sagt er und geht im Zimmer auf und ab. »Ich beschränke mich lediglich auf die Tatsachen.«

»Welche Tatsachen?«

»Emilio war alkohol-, drogen- und tablettensüchtig ... Ich nehme an, das ist dir auch entfallen.«

Celia ballt die Fäuste und beißt die Zähne zusammen.

»Wenn er von einer Sache loskam, war er gleich von der nächsten anhängig.«

»Du weißt ja, dass er nicht nur mein Schwager, sondern auch mein Freund war«, fügt er mit einer schmerzverzerrten Miene hinzu. »Vielleicht der beste Freund, den ich je hatte.«

Celia sieht ihn mit großen Augen an. Die kleine Welt, die sie sich seit ihrem Krankenhausaufenthalt Tag für Tag zurückerobert hat, scheint sich wie ein Truggebilde aufzulösen. Selbst ihr Schwiegersohn wirkt jetzt wie ein anderer.

»Warum hast du mir das nicht gesagt?«, wendet sie sich an ihre Tochter.

Paula schlägt die Augen nieder.

»Als du aus dem Koma erwacht bist, warst du sehr schwach«, antwortet sie. »Wir durften es dir nicht gleich sagen.«

»Und wie konntet ihr euch sicher sein, dass ich es vergessen habe?«, fragt Celia.

»Weil das Erste, was du nach dem Aufwachen gesagt hast, sein Name war. Du hast nach ihm gefragt und darum gebeten, dass er kommen soll.«

Celias Augen finden keinen Punkt, der ihnen Halt geben könnte.

»Wir mussten uns einen guten Grund ausdenken, wieso er nicht kam.«

»Warum Buenos Aires?«

»Paula hat mich um Hilfe gebeten«, antwortet Jose.

»Ich wusste nicht, an wen ich mich wenden sollte.«

»Emilio und ich haben immer von einer Reise nach Argentinien geträumt. Wir wollten durch die Pampa und über die Gletscher Patagoniens wandern, uns den Bauch mit gegrilltem Fleisch vollschlagen und in La Bombonera ein Spiel der *Boca Juniors* sehen. Warum sollte er also nicht dort eine Stelle als Korrespondent bekommen haben?«

Celia lächelt ihren Schwiegersohn flüchtig an.

»Ich habe gern mit dir telefoniert, auch, weil du manche Worte mit argentinischem Akzent ausgesprochen hast«, sagt sie. »Es hat mir Frieden gegeben.«

Dann verstummt sie unvermittelt und hebt ihre Hände, als führe sie Krallen aus.

»Aber ihr habt mich belogen!«

»Wir haben dich beschützt«, entgegnet Paula.

»Eines Tages hätte ich so oder so alles herausgefunden.«

Jose setzt sich wieder hin. Er schenkt sich Wasser nach und trinkt einen Schluck, bevor er sagt: »Laut deinen Ärzten wirst du mit jedem Tag stabiler. Ein neuerlicher Schlaganfall scheint immer unwahrscheinlicher, also war es wohl nur eine Frage der Zeit.«

»Und Tobias? Und Luisa? Und dein Vater? Und meine Kollegen aus der Redaktion? Wissen die alle von der Lüge?«

Paula streckt die Arme nach ihrer Mutter aus.

»Es ist keine Lüge, wir konnten nicht anders«, sagt sie zerknirscht. »Alle wussten, wie wichtig ihre Mithilfe ist.«

»Luisa ist meine beste Freundin.«

»Deshalb hat sie ja mitgezogen und sich bereit erklärt, deinen Agenten und deine Kollegen einzuweihen.«

»Und meine Schwester?«

»Die auch. Sie hat mit deiner Cousine Isabel und deinem Cousin Carlos gesprochen.«

»Und Rosario?«

»Hat keine Ahnung, ebenso wenig wie Alba.«

Paula steht zögerlich auf. Sie tastet in der Hosentasche nach ihrem Handy, falls sie doch noch einen Notarzt rufen muss. Celia wirft einen Blick auf ihre Armbanduhr. Sie weiß, dass Rosario, Alba und Charlie gleich zurückkommen.

»Was habe ich eigentlich in der Zeit gemacht, als ich nicht geschrieben habe?«, fragt sie.

»Mama.«

»Ich habe drei Jahre lang nichts getan«, konstatiert Celia und formuliert ihre Frage anders: »Wo war ich?«

»Du warst in deinem Haus am Meer«, antwortet Jose.

»Und was habe ich da getan?«

»Beruhigungsmittel geschluckt und Alkohol getrunken.«

Paula stockt der Atem, sie fürchtet, dass ihre Mutter das nicht so schnell verarbeiten kann.

»Jose, bitte …«, setzt sie an.

Sie kennt das Risiko und weiß, dass das Gespräch jetzt beendet werden sollte.

»Lass ihn, Paula«, sagt Celia und hebt die Hand. »Es ist besser so.«

Sie beugt sich vor und stützt den Kopf auf.

»Und dann?«, fragt sie mit heiserer Stimme. »Was passierte dann?«

Paula runzelt die Stirn und seufzt.

»Tobias hat deine besten Artikel zusammengestellt und mit ihnen dein erstes Buch veröffentlicht.«

»Bin ich dann nach Madrid zurückgekehrt?«

Paula nickt.

»Und du hast angefangen, ein einigermaßen normales Leben zu führen.«

»Aber du hast weiter getrunken«, fügt Jose hinzu.

Paula schlägt auf den Tisch. Sie ist mit ihrer Geduld am Ende.

»Wenn du so weitermachst, muss ich dich bitten zu gehen«, sagt sie und zeigt in den Flur.

»Was habe ich denn gesagt?«

»Warum reitest du ständig auf dem Alkohol herum?«

Jose breitet entschuldigend die Arme aus.

»Weil ich möchte, dass sie endlich begreift, warum es so weit gekommen ist.«

Er starrt vor sich hin.

»Hättest du nicht so viel getrunken, dann hättest du keinen Schlaganfall erlitten und auch nicht vergessen, was mit Emilio passiert ist.«

Celia schaut ihn mit distanziertem Blick an. Sie denkt angestrengt nach.

»Vermutlich habe ich so viel getrunken, um Emilio zu vergessen«, sagt sie schließlich. »Also habe ich am Ende, wenn auch indirekt, mein Ziel erreicht, findest du nicht?«

Als hätte sie einen Preis für die spitzeste Zunge gewonnen, ertönt in diesem Moment die Klingel. Rosario, Charlie und Alba sind zurück. Jose geht zur Tür, um ihnen zu öffnen. Celia legt ihren Kopf auf die Arme, als wollte sie schlafen.

»Soll ich dich in dein Zimmer bringen?«, fragt Paula.

Celia rührt sich nicht.

»Die Kleine kommt«, sagt sie dann leise.

»Ich werde Jose bitten, sie mitzunehmen. Dann kann ich heute Nacht bei Rosario und dir bleiben.«

Celia sieht sie mit zusammengekniffenen Augen an.

»Wenn du mir wirklich helfen willst, gehst du besser«, sagt sie.

Paula legt die Hand vor die Augen, als wollte sie nichts mehr sehen und nicht gesehen werden. Celia hört ihren hektischen Atem und ein unterdrücktes Schluchzen, das von Rosarios und Albas fröhlichen Stimmen übertönt wird.

»Charlie versteht jetzt die Ampel.«

Paula tritt in dem Moment hinaus auf die Terrasse, als Alba ins Wohnzimmer stürmt.

»Wirklich?«

Celia setzt sich aufrecht und bemüht sich um Haltung.

»Wenn das Männchen rot wird, setzt er sich hin, und wenn es blinkt, steht er auf.«

»Er ist eben ein sehr schlauer Hund.«

Charlie reckt die Nase und schnüffelt, als hätte das Gespräch im Wohnzimmer Spuren hinterlassen. Dann trabt er zu Celia und legt seinen großen Kopf in ihren Schoß.

»Er hat dir verziehen«, sagt Alba.

Celia streichelt ihn mit beiden Händen und empfindet die Berührung seiner Ohren, seiner feuchten Schnauze und seines warmen Atems als ausgesprochen wohltuend. Sogar seinen Geruch nach feuchter Wäsche.

»Wir müssen los«, sagt Paula.

»Und der Nachtisch?«, fragt Rosario. »Wollen Sie nicht noch einen kleinen Nachtisch und ein Tässchen Kaffee?«

»Tut mir leid, es ist schon spät. Und Alba muss ins Bett.«

Jose verlässt das Wohnzimmer. Als er an Celia vorbeigeht, will er ihr die Hand auf die Schulter legen, um ihr sein Mitgefühl und Verständnis auszudrücken, streicht dann aber nur über Charlies Rücken.

»Pack deine Sachen.«

Rosario geht mit Alba in die Küche.

»Mama.«

Paula bleibt vor ihrer Mutter stehen, aber die rührt sich nicht. Sie schaut sie nicht einmal an.

»Wir konnten es dir nicht früher sagen. Das musst du verstehen.«

Celia blinzelt zustimmend.

»Versprich mir, dass du mich anrufst, wenn es dir schlecht geht«, bittet Paula.

Ihre Stimme klingt anders, nasaler und gebrochen wie die eines ängstlichen Kindes. Celia bleibt mit Charlie allein zurück und hört, wie ihre Tochter im Flur Rosario Anweisungen erteilt.

»Danke für das Kleid und die Schleife«, sagt Alba, als sie sich verabschiedet. »Wenn ich dich das nächste Mal besuchen komme, werde ich es anziehen.«

Celia umarmt und küsst ihre Enkelin.

»Danke, dass du Charlie so gut versorgt hast.«

Die Tür fällt wieder ins Schloss, gefolgt von einem schwachen Echo im Treppenhaus. Dann hört sie, wie Rosario eiligen Schrittes ins Wohnzimmer kommt.

»Was war hier los?«

Sie zieht sich einen Stuhl heran und setzt sich neben Celia, doch die zögert mit der Antwort. Wie um es ungeschehen zu machen, wagt sie nicht auszusprechen, was gewesen ist. Sie weiß, dass die Wahrheit aus Worten besteht. Und um nichts auf der Welt möchte sie, dass das Geschehene wahr wird.

»Señora Paula hat gesagt, dass ich Sie heute Nacht nicht allein lassen darf«, sagt Rosario.

»Mein Sohn Emilio war ein ausgezeichneter Schwimmer«, sagt Celia.

Charlie spitzt die Ohren.

»Was meinen Sie?«

»Er war jahrelang im Schwimmverein.«

ZWEIUNDDREISSIG

Geschichten von extremer Kälte

Rosario und Celia schlafen in einem Bett, Charlie liegt auf dem Bettvorleger. Es war nicht Celias Idee. Doch auch wenn sie es nicht für nötig hielt, hat sie weder protestiert noch Einwände vorgebracht. Immerhin ist ihr Bett breit genug, damit beide Frauen bequem darin schlafen können.

Nachdem sie noch ein Weilchen miteinander geredet haben, ist Rosario vor einer guten Stunde eingeschlafen. Jetzt atmet sie im Einklang mit Charlie. Manchmal holen beide gleichzeitig Luft und atmen wieder aus. Celia lauscht den wechselnden Geräuschen, als wäre sie eine leblose Maschine, ein Mikrofon, ein Aufnahmegerät oder ein datensammelnder Computer. Sie wartet darauf, dass die Schlaftablette sie endlich von der Gegenwart erlöst.

Beim Aufwachen liegt sie auf dem Bauch und trägt nur ihre Unterwäsche. Sie kann sich nicht daran erinnern, geträumt zu haben, weiß aber, dass es ihr zu heiß war. Sie hat den Pyjama ausziehen müssen, und hätte Rosario nicht neben ihr gelegen, hätte sie sich zu Charlie auf den Boden gelegt. Sie presst die Hände auf den Bauch, in dem sie wieder das unerträgliche Brennen verspürt.

Sie dreht sich zur Seite, streckt die Hand aus und tastet nach ihrem Hund, vergeblich. Rosario liegt auch nicht mehr neben ihr. Und plötzlich ist da die Gewissheit: Es ist vorbei, ihr Gedächtnis ist wieder da, und sie erinnert sich daran, was vorgefallen ist. Sie liegt in dem Wagen, in dem sie den Schlaganfall erlitten hat. Sie holt tief Luft und schlägt die Augen auf. Es dauert nicht lange, bis sie begreift, dass sie sich geirrt hat. Sie ist einer Sinnestäuschung erlegen, ausgelöst von Paulas und Joses Geständnis. Das muss es sein, denn neben ein paar anderen Dingen kann sie sich immer noch nicht an das Passwort erinnern, mit dem sie ihre Dateien geschützt hat.

Sie klopft mit der rechten Hand auf die Stelle der Matratze, wo Rosario gelegen hat. Sie vermisst sie. Sie erinnert sich daran, wie sie am Abend zuvor mit ihr geredet hat, den Blick zur Decke gerichtet, als würde sie mit sich selbst sprechen. Sie hat ihr alles über Emilio erzählt, an das sie sich erinnern kann.

»Ich habe Ihnen Eierkuchen gemacht und Ananasstückchen daraufgelegt«, verkündet Rosario, als sie von ihrem Spaziergang mit Charlie zurückkommt. »Sie müssen gegessen werden, denn sie sind von gestern.«

»Ich habe keinen Hunger.«

Rosario hat während des Spaziergangs nachgedacht. Seit sie erfahren hat, was passiert ist, weiß sie nicht, ob sie zu ihrer Señorita noch herzlicher und verständnisvoller sein oder aus Respekt vor ihrem Schmerz auf Distanz gehen soll.

»Möchten Sie vielleicht lieber etwas anderes zum Frühstück?«, fragt sie.

»Hat jemand angerufen?«

»Ihre Tochter Paula, Señorito Tobias und Ihre Freundin Luisa.«

Celia setzt sich an den Küchentisch.

»Ich esse ein bisschen Ananas.«

Rosario beschließt, sie nicht anders zu behandeln.

»Ich habe auf dem Heimweg beim Fischhändler Rotzunge gekauft«, sagt sie und zeigt auf eine Tüte neben der Spüle. »Ich werde sie in Maismehl wenden, und dann essen wir sie mit etwas Zitronensaft und gerösteten gehackten Mandeln.«

Celia probiert ein Stück Ananas.

»Wir essen heute nicht zu Hause«, sagt sie.

Rosario dreht sich zu ihr um.

»Sie wollen essen gehen?«

»Wir werden wegfahren.«

»Wohin?«

»In mein Haus am Meer.«

Rosario schüttelt fast unmerklich den Kopf.

»In dem Fall muss ich Señora Paula anrufen.«

Celia reagiert nicht.

»Ruf besser meinen Exmann an«, sagt sie schließlich.

Rosario setzt sich zu ihr und legt ihr die Hand auf den Arm.

»Hören Sie, Señorita …«, setzt sie an, ohne sie anzublicken.

Celia schiebt ihre Hand nicht weg, will aber die mitfühlenden Worte nicht hören.

»Bitte ruf Fran an.«

»Wozu?«

»Ich weiß nur, dass mein Haus südlich von Cambrils steht«, antwortet Celia. »Frag ihn nach der genauen Adresse, such den Schlüssel, pack die Koffer und ruf ein Taxi.«

»Soll ich das wirklich machen?«

»Und denk dran, dass es ein Taxi sein muss, das auch Tiere mitnimmt.«

Celia fällt es schwer, sich zu artikulieren. Es ist, als wäre ihr Vorrat an Worten bald aufgebraucht. Deshalb streitet sie nicht mit Rosario, als diese sich windet, protestiert und wieder Señora Paula vorschiebt. Sie setzt sich einfach auf die Terrasse, Charlie und die Stadt zu ihren Füßen.

Wenig später ist Paula da.

»Rosario hat mir gesagt, dass du ans Meer fahren willst«, sagt sie, als sie ihrer Mutter gegenüber Platz nimmt.

Celia schaut sie mit leerem Blick an.

»Du kannst jetzt nicht weg. Ich habe morgen einen Termin bei Ignacio für dich gemacht«, fügt Paula hinzu. »Er besteht darauf, dich zu sehen.«

»Ich fahre.«

»Mama!«

Celia streckt den Arm nach Charlie aus.

»Wir fahren«, korrigiert sie sich.

Rosario steht in der Terrassentür, als wartete sie auf Anweisungen.

»Papa hat mich angerufen«, sagt Paula. »Rosario hat ihm gesagt, dass ihr mit dem Taxi fahren wollt.«

Celia starrt weiter an ihr vorbei in die Ferne.

»Wenn du wirklich ins Haus willst, kann ich euch am Wochenende hinbringen«, fährt Paula fort. »Dann müsst ihr kein Taxi bezahlen.«

»Ich will heute fahren.«

»Warum?«

»Weil ich nicht hierbleiben möchte.«

Paula streicht sich über die Wangen und schüttelt den Kopf.

»Du darfst nicht so weit wegfahren«, sagt sie. »Du bist noch nicht vollständig auf dem Damm und brauchst ärztliche Betreuung. Wir fragen Ignacio morgen, was er meint. Vielleicht kann er dich davon überzeugen, hierzubleiben. Sobald er dich für gesund erklärt, kannst du machen, wonach dir der Sinn steht.«

Celia bittet Rosario um ein Glas Wasser.

»Aber das ist es nicht allein«, fügt Paula leise hinzu. »Ich brauche dich hier. Genauso wie Alba. Heute Morgen hat sie gesagt, dass sie dich nach der Schule besuchen will.«

Rosario stellt eine Karaffe Wasser und zwei Gläser auf den Tisch. Celia beugt sich vor, um einzuschenken und Paula ein Glas hinüberzuschieben.

»Sag ihr, es tut mir leid.«

Sie wirkt derart lustlos, als wäre sie krank.

»Emilio war nicht nur dein Sohn«, sagt Paula.

Zum ersten Mal sieht Celia ihrer Tochter in die Augen.

»Er war auch mein Bruder.«

Paulas Blick schweift über einen unsichtbaren Horizont,

während sie dem Rauschen des Verkehrs, den fernen Stimmen der Passanten und dem Gezwitscher der Vögel lauscht. Sie würde ihre Mutter gern umarmen, damit die ihr mit der Hand das Haar zerzaust, wie sie es mit Charlie immer macht. Stattdessen steht sie auf, seufzt niedergeschlagen und verlässt grußlos die Wohnung.

Da ihr niemand etwas Gegenteiliges gesagt hat, beginnt Rosario für ihre Señorita und sich selbst die Koffer zu packen. Die Schuhe in eine Sporttasche. Charlies Dinge in die Einkaufstasche und die Medikamente und Waschutensilien in einen Kulturbeutel. Dann paniert sie die Rotzungen mit Maismehl und ruft bei drei Taxiunternehmen an, um den besten Preis auszuhandeln.

»Wir fahren um zwei«, verkündet sie, als sie auf der Terrasse den Tisch deckt. »Die Fahrt dauert ungefähr fünfeinhalb Stunden, plus ein halbe Stunde Pause, also könnten wir gegen acht am Meer sein.«

Celia zwinkert ihr dankbar zu.

»Sie haben fünfhundertfünfzig Euro verlangt, aber ich habe sie auf vierhundertfünfundsiebzig plus Autobahngebühren heruntergehandelt«, erklärt Rosario.

Sie löst den Fisch mit Messer und Gabel von den Gräten und legt die Filets auf Celias Teller, um sie dann mit Zitronensaft zu beträufeln und die gerösteten Mandeln darüberzustreuen.

Charlie schnüffelt, bellt halblaut und legt sich neben seinen Napf in eine Ecke.

»Er mag den Geruch von Fisch nicht«, sagt Rosario.

Celia schaut zu ihrem Hund hinüber.

»Ich auch nicht«, sagt sie. »Hast du mein Ladekabel eingepackt?«

Rosario überlegt und nickt.

»Brauchen wir noch etwas?«, fragt sie.

»Ich weiß nicht. Hast du den Schlüssel gefunden?«

Rosario lächelt.

»Er lag in der Kommode im Flur«, sagt sie. »Ich habe ihn am Schlüsselanhänger erkannt, der hat die Form eines Delfins.«

Das Taxi ist um Viertel vor zwei da. Rosario bringt die Koffer hinunter und kehrt dann zurück, um Charlie die Leine anzulegen und die Wohnung abzuschließen. Celia stützt sich schwer auf Rosarios Arm. Sie fühlt sich plump und unbeholfen, als würde sie zum ersten Mal in ein Auto steigen. Charlie legt sich vor Celias Füße auf den Boden, und Rosario nimmt auf dem Beifahrersitz Platz.

»Wir können die A3 nach Valencia und dann die AP7 nehmen oder über Zaragoza auf die AP2 fahren«, sagt der Taxifahrer, als er die Calle Sagasta Richtung Calle Genova und Serrano entlangfährt.

»Fahren wir über Valencia«, sagt Rosario bestimmt.

»Über Zaragoza ist es aber kürzer«, entgegnet der Fahrer.

»Ich weiß. Ich habe in Google Maps nachgesehen, aber meine Señorita stammt aus Zaragoza und könnte nicht ohne anzuhalten durch ihre Stadt fahren.«

Celia streift ihre Schuhe ab, lehnt den Kopf an die Stütze und lässt sich vom Schaukeln des fahrenden Autos und der Unterhaltung des Taxifahrers mit Rosario in den Schlaf wiegen. Charlie legt seinen Kopf auf die Füße seines Frauchens. Beide fallen für eine gute Stunde in einen traumlosen Schlaf. Im Dämmern registriert Celia nur Bilder, die schnell vorüberziehen. Offenbar ist ihr Schlaf doch leichter als gedacht.

»Wollen Sie einen Schluck Wasser?«

Als sie aufwacht, reicht ihr Rosario eine kleine Wasserflasche nach hinten. Celia hat keinen Durst, trinkt aber in der Hoffnung, damit das Unwohlsein zu besänftigen, das sie abermals im Magen spürt.

»Wir haben gerade Tarancón hinter uns gelassen«, sagt Rosario. »Ramón kennt eine Tankstelle, da wollen wir eine halbe Stunde Pause einlegen.«

»Das ist kurz vor Valencia«, fügt der Fahrer hinzu. »Wir können auf die Toilette gehen und etwas essen.«

Die beiden reden mit einer Vertrautheit, als wären sie bei der einstündigen Autofahrt bereits Freunde geworden.

»Ramón stammt aus einem Dorf bei Guadalajara«, sagt Rosario und fordert Celia mit dem Blick auf, sich an ihrem Gespräch zu beteiligen.

»Woher genau?«, fragt die eher matt.

»Aus Molina de Aragón. Kennen Sie das?«

»Meine Eltern stammten aus Daroca«, bestätigt sie.

»Dann sind wir ja fast Nachbarn«, befindet Ramón und erklärt Rosario, wie nahe die beiden Dörfer beieinanderliegen und dass sie durch eine Landstraße verbunden sind, die nahe der Laguna de Gallocanta über eine Hochebene führt, wo es im Winter bitterkalt ist.

»Ich habe einmal nachts das Badezimmerfenster offen gelassen«, erzählt der Taxifahrer. »Am Morgen war alles gefroren, sogar das Deo.«

»Nicht möglich.«

Für Geschichten über extreme Kälte, Frost und Lawinen kann Rosario sich begeistern.

»Wird es in Daroca auch so kalt?«, fragt sie nach hinten.

Celia beugt sich nicht vor, als sie antwortet: »Ja, sehr.«

»In Molina überfrieren die Straßen, und die alten Leute können ihre Häuser nicht verlassen«, sagt Ramón.

Rosario fährt ein mitfühlender Schauer über den Rücken, während Ramón im Rückspiegel Celias Blick sucht, damit die etwas über Daroca erzählt. Aber Celia beteiligt sich nicht an der Unterhaltung. Sie ist damit beschäftigt, Autofahrten aus ihrer Kindheit nachzuspüren, als ihre Eltern ebenso banale Gespräche führten wie jetzt Ramón und Rosario, während ihre Schwester Alicia mit dem Kopf auf ihrem Schoß schlief.

Als sie zum Fenster hinausblickt, wird sie von der schnell vorbeirasenden Landschaft förmlich hypnotisiert. Ihre Hände wandern auf ihren Bauch. Sie möchte sich weder erinnern noch grübeln. Sie möchte nur den Kopf freibekommen, als würde sie mit offenen Augen schlafen und alles Erlebte wäre nur ein Traum.

So gelangen sie zu der Autobahnraststätte, die Ramón erwähnt hat, wo sie ein Bocadillo mit Thunfisch und Sardinen essen, das irrtümlich als vegetarisch ausgewiesen ist. Dann tanken sie und fahren weiter in Richtung AP7, wobei sie hin und wieder das Meer im Abendlicht funkeln sehen.

»Und was machen Sie, wenn wir ankommen?«

Obwohl sie schon seit drei Stunden plaudern, siezt Rosario Ramón noch immer.

»Ich werde schnell was essen und nach Madrid zurückfahren.«

»Wir können Sie zum Abendessen einladen, nicht wahr, Señorita?«

Rosario fürchtet den Augenblick, wenn sie im Haus ankommen, auch wenn sie nicht weiß, ob es an dem ihr unbekannten Ort liegt oder ob sie nicht mit Celia allein sein will.

»Vielen Dank, aber ich muss so schnell wie möglich zurück«, erwidert Ramón. »Wenn ich gegen neun in Cambrils losfahre, könnte ich zwischen Mitternacht und halb eins zu Hause sein.«

»So eilig haben Sie es?«

Ramón zuckt resigniert mit den Schultern.

»Ich teile mir das Taxi mit einem Partner«, sagt er. »Wenn ich in Madrid ankomme, übergebe ich den Wagen, und er fährt die Nachtschicht.«

Ohne den Blick vom Fenster abzuwenden, lauscht Celia weiter ihrer Unterhaltung, als verfolgte sie ein Hörspiel im Radio, in dem ein Taxifahrer und ihre Hausangestellte die Hauptrollen spielen. Charlie springt auf die Rückbank. Er hat genug von der Autofahrt. Er will nur bei seinem Frauchen sein. Deshalb legt er seinen Kopf auf ihren Schoß und schläft wieder ein.

Das bläuliche Licht

»Erinnern Sie sich an das Haus?«

Celia reagiert nicht, als Rosario sie anspricht. Sie sieht sich nur um. Ramón hat die Koffer hineingetragen und sogar den Sicherungskasten unter der Treppe gefunden. Dann hat er eine Quittung für die Fahrt ausgestellt, beide zum Abschied auf die Wangen geküsst, als wäre er ein Freund der Familie, der ihnen einen Gefallen getan hat, und ist nach Madrid zurückgefahren.

»Nur an die Terrasse.«

Rosario zieht die Gardinen und Jalousien vor der großen Schiebetür hinter dem Sofa auf, in der Hoffnung, dahinter die Terrasse vorzufinden, erblickt aber nur einen kleinen Steingarten mit Kakteen.

»Sie ist hier.«

Im oberen Stockwerk gibt es drei Schlafräume und ein Bad. Rosario betritt den großen Balkon eines der Schlafzimmer. Unter ihm befindet sich der Steingarten, dahinter das Meer. Celia stützt sich neben ihr auf die Brüstung.

»Es ist zu spät, um das Meer zu sehen«, sagt Rosario. »Aber nicht, um es zu hören.«

Das unsichtbare, ferne Meer atmet mit kurzen Unterbrechungen, als würde es tief schlafen.

»Mein Papa hat uns mal zur Mündung des Flusses Naranjo in den Ozean mitgenommen, aber vorher hat er im Kalender nachgeschaut, wann Vollmond ist.« Rosario blickt in den Himmel. »Sonst hätten wir nichts gesehen.«

Celia mag eigentlich nicht reden, aber Rosarios Erinnerung ist abstrus genug, um sie zu fragen: »Warum seid ihr denn nicht tagsüber hingefahren?«

»Mein Papa wollte, dass wir es bei Nacht sehen.«

»Aber nachts ist es dunkel.«

»Eben deshalb.«

Celia rührt sich nicht. Sie vermisst den Mondschein über der einsamen Schwärze vor ihnen. Rosario dreht sich um und zeigt ins Schlafzimmer.

»Was tun wir hier eigentlich?«, fragt sie dramatisch.

Celia rührt sich nicht.

»Willst du zurück?«, fragt sie.

»Darum geht es nicht.«

»Ich bin hier, weil ich immer am Meer leben wollte. Zumindest hat Lucien mir das erzählt.«

»Und woher wusste er das?«

»Weil ich es ihm erzählt habe.«

Ein Geräusch unter ihnen lässt beide Frauen aufmerken. Charlie steht im Steingarten und schaut zu ihnen hoch.

»Ich glaube, der Hund braucht Bewegung«, sagt Rosario.

»Geh du mit ihm, ich kann nicht.«

»Fühlen Sie sich nicht wohl?«

Celia tritt ein paar Schritte zurück.

»Ich bin nur müde«, sagt sie. »Hundemüde.«

Unsicher wankt sie ins Schlafzimmer und dann ins Bad. Rosario öffnet Celias Koffer und holt ihren Pyjama heraus. Sie legt ihn auf das Kopfkissen und die Tasche mit den Medikamenten auf den Nachttisch. Dann geht sie die Treppe hinunter.

»Es dauert nicht lange«, ruft sie noch.

Celia nimmt ihre Tabletten, schlüpft in den Pyjama und legt sich auf den Bauch, um der Leere zu entkommen, die sie in der Brust aufsteigen spürt. Sie schließt die Augen und erinnert sich an die Eindrücke während der Fahrt. Sie will nicht grübeln, sie will nur den Taumel der Geschwindigkeit spüren. Oder den des Stillstands. Erschöpft wartet sie darauf, dass der Schlaf sie hinwegträgt, so wie das Meer es tut, wenn sie am Strand liegt.

Sie erwacht in derselben Haltung und mit demselben Unwohlsein wie jeden Morgen. Sie verspürt den Drang, die Hand in die Kehle zu stecken, das erstbeste Organ zu ergreifen und ihr gesamtes Verdauungssystem zu erbrechen. Ihr Herz klopft rasend schnell. Es scheint ihr aus dem Hals springen zu wollen. Ihre Hände sind zu Fäusten geballt, die Beine verkrampft, und die Zehen hören nicht auf, zu zucken.

Dann hört sie die Haustür aufgehen und das Geräusch von Krallen auf den Treppenstufen. Charlie tappt mit hängender Zunge ans Bett.

»Wir waren lange draußen«, sagt Rosario, die hinter ihm aufgetaucht ist. »Dieser Ort ist perfekt zum Spazierengehen. Heute Nacht kam er mir nicht so schön vor, aber heute Morgen waren wir am Strand, das hat alles verändert.«

»Du bist nass«, sagt Celia zu ihrem Hund und krault ihn.

»Er hat die ganze Zeit in den Wellen herumgetobt. Wie ein kleiner Junge. Wir drei können später einen Spaziergang machen, aber vorher will ich noch das Essen vorbereiten.«

Celia setzt sich auf die Bettkante und tastet mit den Füßen nach ihren Hausschuhen.

»Wir müssen einkaufen gehen«, sagt sie.

»Das haben Charlie und ich schon erledigt«, erklärt Rosario. »Neben der Tankstelle, an der wir gestern vorbeigefahren sind, gibt es einen Supermarkt. Ich habe ihn schon gestern Abend gesehen, also sind wir vom Strand direkt hingelaufen. Er ist nicht sehr groß, aber das Nötigste ist vorhanden.«

»Das weiß ich gar nicht mehr.«

»Er erinnert mich an eine Bodega, die es nahe bei unserem Haus in Coatepeque gab. Da haben sie erst Wein und Likör verkauft und schließlich auch Waschpulver, Pflanzendünger, Werkzeuge, Tabakwaren, Süßigkeiten für die Kinder und Kosmetik für die Frauen.«

Rosario entdeckt die Hausschuhe unter dem Bett.

»Wir essen Kichererbsen-Salat und Fisch-Burger«, sagt sie. Ich habe eine Packung tiefgefrorenen Fisch gekauft. Es gab nichts anderes.«

Celia isst zum Frühstück Kekse mit Frischkäse und Kiwi-Scheiben. Sie weiß nicht, ob die Kiwis auch aus dem Supermarkt an der Tankstelle stammen oder ob Rosario sie aus Madrid mitgebracht hat. Und sie fragt auch nicht. Sie frühstückt an einem Marmortresen, der die Küche vom Wohnzimmer trennt, während Rosario den Fisch in der Mikrowelle auftaut und die vorgekochten Kichererbsen abgießt.

Dann geht sie wieder nach oben, putzt sich die Zähne und räumt ihre Wäsche in den Einbauschrank, in dem sie einen bunten Florentinerhut, Strandkleidung und zwei Strickjacken entdeckt, die sie nicht kennt. Weder in diesem Schrank noch einem anderen des Hauses ist etwas von Emilio zu finden. Sie hat überall gesucht, denn sie hätte gern etwas von ihm, irgend etwas, einen Strohhut, Bermudas, ein Hemd oder eine schlichte Badehose.

Ihr Handy ist tot. Sie hat vergessen, über Nacht den Akku aufzuladen, also legt sie es mit dem Ladekabel auf den Nachttisch und geht auf den Balkon, doch das Meer blendet derart, dass sie ohne Sonnenbrille nichts erkennen kann. Vor dem Haus wird zweimal gehupt, als würde jemand ungeduldig in einem Auto warten. Das Geräusch ist so vertraut wie der Klang des Meeres.

Sie geht wieder hinunter und wühlt in der Kommode im Flur, wo sie in einer Schublade mehrere Sonnenbrillen für Männer und Frauen findet. Sie weiß nicht, ob eine davon Emilio gehört hat. Vielleicht sind sie von Fran oder Jose. Charlie wartet draußen auf sie, er liegt im langen Schatten eines Kaktus auf den Bodenfliesen, die um den Steingarten herumführen. Rosario ist mit ihren Essensvorbereitungen fertig und gesellt sich zu ihnen. Alle drei gehen durch den kleinen Pinienwald

voller spitzer Nadeln und gelangen zu einer maroden Strandpromenade, die sich nicht unbedingt geradlinig am Strand ent-
langwindet.

»Hier sollte mal eine große Anlage hin«, erzählt Rosario.
»Das Bauvorhaben umfasste mehrere Apartmentblocks, Ho-
tels mit Swimmingpool, Reihenhäuser, Gärten und Einkaufs-
zonen. Die Erschließung hat mit dem Ausbau der Kanalisation
und der Strandpromenade begonnen, aber dann haben die Än-
derung von was weiß ich welchem Gesetz und das Platzen der
Immobilienblase das Ganze zum Stillstand gebracht.«

Celia sieht sie fragend an.

»Das hat mir der Verkäufer im Supermarkt erzählt«, erklärt
Rosario. »Er war ebenfalls betroffen, denn er wollte in der Ein-
kaufsstraße einen großen Supermarkt eröffnen.«

»Ich weiß nicht, was eine Immobilienblase ist«, sagt Celia.
Manchmal hat sie den Eindruck, die wichtigsten Jahre ihres
Lebens verloren zu haben, und will gar nicht so genau wissen, was sie alles vergessen hat. Sie fürchtet zu erfahren, dass
sie glücklich war, und hat schreckliche Angst davor zu entdecken, dass sie es nicht war. Sie bleibt stehen. Das Gehen fällt ihr
schwer, vielleicht, weil sie die Pumps mit kleinem Absatz vom
Vortag trägt. Sie bückt sich, zieht die Schuhe aus und stellt sie
neben einen Busch, der in einer Asphaltritze gedeiht. Rosario
bietet ihr einen Arm an, und sie gehen ans Wasser. In den Dünen wachsen Kriechpflanzen mit weißen Blüten, von denen
sich einige bei genauerem Hinsehen als weiße Plastikbecher
entpuppen, die das Meer angespült hat.

Am Strand weht eine frische Brise, die zum Verweilen ein-
lädt. Sie lassen sich auf dem trockenen Sand nieder. Rosario
stützt sich auf einen Arm, Celia hat die Beine gekreuzt wie
eine Indianerin. Es sind nur wenige Menschen unterwegs. Ein
Paar spaziert stumm vorbei, zwischen ein paar Felsen klemmt
eine Angelrute, ein Stück weiter liegt ein Kleiderbündel von
einem Mann, der bis zu den Bojen hinausgeschwommen ist. Es

gibt weder Rettungshelfer noch Flaggen oder Toilettenhäuschen. Keine Sonnenschirme und auch keine Liegen. Nur das Meer, das wie das Herz eines lebendigen Wesens auf den Sand hämmert, und darüber die kreischenden Möwen.

»Es ist ein wilder Strand«, sagt Rosario.

»Magst du ihn?«

Rosario lässt ihren Blick im Bogen über den Sand schweifen, als würde sie lesen.

»Letztes Jahr war ich mit meiner Schwester und ihren Kindern an einem Strand«, erzählt sie und zeigt nach rechts. »Das war weiter südlich, ich weiß nicht mehr genau, wo. Er wirkte nicht wie ein Strand, sondern wie ein Vergnügungspark. Überall gab es Papierkörbe, Bars mit Terrassen und Strohdächern, Spielplätze mit Schaukeln, Liegen und Sonnenschirme, Volleyball-Netze und Fußballtore.« Sie macht eine Pause und fügt hinzu: »Hier gibt es nichts, und das gefällt mir viel besser.«

»Er hat nicht mal eine richtige Strandpromenade«, sagt Celia.

Rosario dreht sich um und blickt zurück.

»Doch, er hat eine, aber die muss einem Erdbeben, einer Bombardierung oder Ähnlichem zum Opfer gefallen sein.«

Genau deshalb gefällt sie Celia. Ihr Verfall macht sie zu einer Heldin mit stürmischer Vergangenheit. Wäre sie fein säuberlich gepflastert, wäre sie nur ein Spazierweg wie viele andere auch.

Charlie spielt in den Wellen und verfolgt sie, wenn sie heranrollen und sich zurückziehen. Danach schüttelt er sich kräftig und legt sich in den Sand, um sich von der Sonne trocknen zu lassen. Er sieht aus wie ein Bündel frisch gewaschener Wäsche. Seine Zunge lugt zwischen den Reißzähnen hervor, er atmet schwer, aber glücklich, denn ihm sind die Gerüche des Strandes, die Dünen mit ihrer Vegetation und die verfallene Strandpromenade vertraut.

Sie kehren ins Haus zurück, um früh zu Mittag zu essen. Anschließend macht Celia ihren Mittagsschlaf bei offener Balkontür, um die Brise zu spüren und das Schreien der Möwen zu hören. Fast zwei Stunden später erwacht sie verwirrt, ist aber erleichtert, als sie feststellt, dass sie sich an einem fernen Ort befindet, an dem es nichts gibt, was ihren Schmerz noch verstärkt.

Ihr Mobiltelefon ist aufgeladen. Sie setzt sich auf den Balkon und verbringt den Nachmittag mit ihrem bunten Farm-Spiel, wo sie sich ausschließlich darum kümmern muss, ihre Tiere zu füttern, ihre Felder zu bestellen und ihre kunsthandwerklichen Produkte herzustellen. Konzentriert und besonnen befolgt sie Albas Ratschläge, steigt zwei Levels auf und kann jetzt Pferde züchten.

Rosario nimmt derweil die Wohnzimmergardinen und Küchenstores ab und steckt sie in die Waschmaschine. Nachdem sie die Möbel abgestaubt und das Sofa abgebürstet hat, putzt sie die Fenster und hängt die Gardinen und Stores wieder auf. Dann geht sie nach oben, um nach ihrer Señorita zu sehen. Sie weiß, dass sie wach ist, und will sie zu einem weiteren Spaziergang animieren. Doch Celia ist so in ihre virtuelle Welt vertieft, dass sie sie nicht stören will. Charlie hingegen kommt nur zu gern mit nach draußen.

»Haben Sie mit Ihrer Tochter telefoniert?«

Sie sitzen an einem Ende des Wohnzimmertisches und essen zu Abend.

»Sie hat mir gesagt, sie hätte Sie mehrmals angerufen«, erklärt Rosario.

»Ja, das Handy hat geklingelt«, antwortet Celia.

Ihr scheint das Klingeln des Telefons ebenso unvermeidlich wie das Rauschen des Meeres.

»Auch Ihr Agent und Ihre Schwester Alicia haben es versucht.«

Celia blickt von dem Stück Kartoffeltortilla auf, das Rosario ihr gereicht hat.

»Als sie Sie nicht erreicht haben, haben Sie mich angerufen«, erklärt Rosario. »Sie wollten wissen, wie es uns geht, ob wir gut angekommen sind oder ob wir etwas brauchen.«

Celia schneidet ein Stück Tortilla ab.

»Ich habe nur mit Alba kommuniziert«, sagt sie.

»Hat sie auch angerufen?«

»Sie hat mir einen Ziegenkäse geschickt, den ich für eine Bestellung brauchte.«

Rosario überhört das geflissentlich.

»Sie wollen am Wochenende herkommen«, sagt sie.

»Ich will niemanden sehen«, entgegnet Celia.

»Nicht einmal Alba?«

»Das Kind kann nicht allein kommen.«

Rosario beschließt, das Thema zu wechseln, bevor das Schweigen, das auf diesen Kommentar folgt, das mäßige Interesse ihrer Señorita gänzlich schwinden lässt.

»Ich habe die Nachbarn kennengelernt«, berichtet sie. »Sie lassen Ihnen Grüße ausrichten.«

»Was sind das für Leute?«

»Ein Ehepaar, das den größten Teil des Jahres hier verbringt.«

Celia denkt kurz nach.

»Ich erinnere mich nicht an sie.«

»Wir könnten morgen bei ihnen vorbeischauen«, schlägt Rosario vor. »Sie wirken sympathisch und haben einen winzigen Hund, eine Art Yorkshire-Terrier. Trotz des Größenunterschieds haben Charlie und er sich angefreundet.«

Celia legt ihre Serviette auf den Tisch. Sie hat am Morgen, als sie das Hupen hörte, an die Nachbarn gedacht. Vielleicht könnten sie ihr sagen, wie lange Emilio sich in diesem Haus aufgehalten hat.

»Ich mag keine kleinen Hunde«, sagt sie mit Blick auf Charlie und steht auf.

»Sind Sie müde?«, fragt Rosario.

Celia schüttelt automatisch den Kopf.

»Ich habe einen langen Mittagsschlaf gemacht«, antwortet sie.

»Soll ich den Fernseher anschalten?«

»Schau ruhig deine Telenovela. Ich setze mich wieder auf den Balkon. Ich habe viel zu tun.«

»Was denn?«

Rosario weiß genau, was sie meint.

»Ich muss meine Kühe melken, den Hühnerstall ausmisten, die Schweine füttern, zwei Hackbraten zubereiten, etliche Baumwollkleider nähen und meine neuen Pferde striegeln.«

»Dann ziehen Sie sich besser eine Jacke über, damit Sie sich nicht erkälten.«

Celia geht nach oben. Charlie folgt ihr, aber als der Hund merkt, dass Rosario noch im Haus ist, tappt er gleich wieder hinunter. So viel Treppensteigen ist der arme Kerl nicht gewohnt. Er ist unruhig, weil er es nicht mag, wenn sich die beiden Menschen, bei denen er lebt, an unterschiedlichen Orten aufhalten. Und er hasst es, wenn sein Frauchen die ganze Zeit auf das bläuliche Licht in ihrem Schoß starrt, als würde sie mit offenen Augen schlafen.

Rosario wäre es auch lieber gewesen, wenn ihre Señorita mit ihr zusammen auf dem Sofa ferngesehen und einen heißen Tee getrunken hätte, statt Zeit und Sehkraft an einen Zeitvertreib zu verschwenden, der für gelangweilte Kinder gedacht ist. Als sie etwas später zu ihr hinaufgeht, behandelt sie sie genauso geduldig und liebevoll wie Alba.

»Es ist kalt und schon spät«, sagt sie. »Sie machen das Handy jetzt besser aus und kommen herein.«

»Warum?«

»Weil Sie Ihre Tabletten nehmen und ins Bett müssen.«

»Ich muss erst noch das Ladekabel anschließen.«

Im Zimmer setzt sich Celia aufs Bett und lässt sich von Rosario helfen, den Pyjama anzuziehen.

»Sie sollten nicht so lange mit diesem Ding spielen«, sagt sie.

»Warum nicht?«

»Weil es nicht gut für die Augen ist.«

Celia steht kurz auf, damit Rosario das Bett aufschlagen kann.

»Aber meine Tiere brauchen mich.«

»Ihre Tiere existieren nicht.«

»Existieren nicht«, murmelt Celia.

»Das sind nur bunte Bildchen, die sich auf Befehl eines Computerprogrammes über das Display bewegen. Es gibt sie nicht wirklich.«

Celia schüttelt den Kopf, um Rosario recht zu geben.

»Deshalb mag ich sie ja.«

»Sie mögen sie, weil sie nicht echt sind?«

»Ich mag sie, weil sie nicht sterben können.«

Let it go

Am nächsten Morgen wird sie von einem Hupen geweckt. Celia richtet sich im Bett auf und lauscht. Sie glaubt, Tante Paulina mit dem Bäcker reden zu hören, der mit seinem Lieferwagen vor der Tür steht. Sicher wird die Tante einen Zuckerkuchen, zwei Stangen Weißbrot und ein frisches Hefebrötchen für ihre Nichte kaufen, wie immer, wenn Celia ihre Sommerferien in Daroca verbringt. Doch stattdessen hört sie, wie Charlie gegen das ungeduldige Hupen anbellt und gleich darauf Rosarios Stimme, die beruhigend auf den Hund einredet.

»Komm her, mein Kleiner.«

Manchmal nennt sie ihn so. Andere Male nennt sie ihn mein Hübscher oder mein Krummbeinchen, als wäre sie in ihrer Heimat, wo putzige Kosenamen so beliebt sind. Diese Gedanken gehen Celia durch den Kopf, während sie reglos daliegt und die Arme fest um den Bauch schlingt, um gegen die morgendliche Leere anzukämpfen. Sie hat keine Lust aufzustehen, ist sich aber bewusst, dass sie Rückenschmerzen bekommt und ihre Beine einschlafen werden, wenn sie im Bett bleibt. Schon seit einer geraumen Weile bewegt sie die Zehen beim Aufwachen nicht mehr.

Bevor sie ins Bad geht, begrüßt sie Charlie, der nach oben gelaufen ist.

»Guten Morgen, Señorita.«

Rosario hat ihr das Frühstück auf den Tresen gestellt. Manchmal presst sie ihr einen Orangensaft, andere Male schneidet sie eine Kiwi oder einen Apfel klein, und es duftet immer nach Kaffee, dessen Aroma sich an einem Tag mit dem Duft des Bratens vermischt, den Rosario mit gedünsteten Zwiebeln und Paprika zubereitet, und an einem anderen mit dem Aroma des Gemüses, das langsam auf dem Herd köchelt.

»Heute essen wir Pasta mit Fisch und Garnelen. Und Bratapfel mit Zimt.«

Rosario plappert munter drauflos. Jeden Tag berichtet sie, was sie am frühen Morgen schon alles erlebt hat, dass sie die Nachbarn getroffen oder mit dem Supermarktbetreiber geplaudert habe. Mal ist jemand stehen geblieben und hat Charlie gekrault, mal ist das Meer aufgewühlt und schlägt große Wellen, oder es wirkt wie eine Lagune, in der sich die Wolken spiegeln. Charlie habe die Möwen aufgescheucht, die sich am Strand sonnten, ein Notfall-Hubschrauber sei über sie hinweggeflogen, oder der Himmel sehe nach Gewitter aus. Oder die Sonne sei so warm wie im Sommer.

»Heute Nacht hat es abgekühlt, und es ist sehr feucht, wir müssen uns nachher zum Spazierengehen eine Jacke überziehen.«

Am Vormittag schlendern sie eingehängt und mit angepassten Schritten die Strandpromenade entlang, als würden sie über einen Laufsteg spazieren. Oder durch eine gerade erst von einer Belagerung befreite Stadt. Dann setzen sie sich möglichst nah am Wasser in den trockenen Sand, während Charlie mit den Wellen spielt. Rosario holt die Biografie über Emily Brontë und ihre Brille aus der Tasche und fängt an zu lesen. Sie ist so gut wie fertig mit dem Buch. Celia setzt ihre Sonnenbrille auf und muss trotzdem die Augen zusammenkneifen, wenn sie aufs Meer blickt.

Sie hat entdeckt, dass die Wellen einem mathematischen Muster gehorchen. Sie folgen einander nicht zufällig, sondern in einem bestimmten Turnus, der sich Tag für Tag unabänderlich wiederholt, egal wie kräftig sie angerollt kommen, wie der

Wind steht oder ob das Meer an manchen Tagen marineblau ist, an anderen grau und wieder anderen smaragdgrün wie das Karibische Meer. Wenn sie es wollte, könnte sie diese Abfolge in ihrem Notizbuch festhalten und die dazugehörige Formel herausfinden.

Als Charlie es müde wird, im Wasser zu spielen, schüttelt er sich und hockt sich neben sie, wenn auch nicht zu nah, weil er weiß, dass er nass ist. So verharrt er einige Minuten mit heraushängender Zunge und lässt sich von der Sonne trocknen. Nicht weit entfernt liegen im Sand Hemd, Handtuch und Badeschlappen des Mannes, der jeden Tag bis zur Boje hinausschwimmt. Celia sieht ihn und versucht, sein Alter einzuschätzen. Ihr geht durch den Kopf, dass er Emilio kennen könnte. Vielleicht waren sie Freunde.

»An manchen Tagen glaube ich, Emilio kommt gleich aus dem Wasser und weckt mich, klitschnass wie er ist«, sagt sie, ohne Rosario anzusehen.

Die blickt von ihrem Buch auf, sagt aber nichts.

»Manchmal glaube ich, dass dieser Mann, der zur Boje schwimmt, Emilio ist«, fährt Celia fort und zeigt aufs Meer.

Die gelbe Badekappe des Mannes wirkt wie eine weitere Boje auf dem Wasser. Celia stellt sich vor, wie er am Strand liegt, leblos wie ein Ertrunkener, den die Wellen angespült haben.

»Wenn du einen Sohn hättest, wie hättest du ihn genannt?«

»Matías«, antwortet Rosario. »Nach meinem Vater.«

Celia schaut sie nachdenklich an, dann wendet sie den Blick ab. Sie spricht es nicht aus, aber im Grunde beneidet sie Rosario für ihr Unvermögen, Mutter zu werden.

»Ich wünschte, ich hätte nie Kinder bekommen«, flüstert sie.

»Sagen Sie nicht sowas, Señorita.«

»Warum nicht? Du hast auch keine und bist glücklicher als ich.«

Rosario legt den Finger auf die Lippen.

»Ich bin nicht glücklicher als Sie, weil ich keine Kinder habe«, sagt sie.

»Würdest du dich besser fühlen, wenn du ein Kind bekommen hättest, das du Matías genannt und dann verloren hättest?«

Rosario sieht sie ernst an. Celias Unverblümtheit stört sie, aber sie möchte jegliche Auseinandersetzung vermeiden. Sie weiß, dass aus den Worten ihrer Señorita der Schmerz spricht.

»Zumindest bliebe mir die Erinnerung an ihn«, erwidert sie.

Als sie hört, wie Celia kräftig durch die Nase schnaubt, als wollte sie über die perverse Ironie des Schicksals spotten, rückt sie näher und entschuldigt sich. Sie ist fest entschlossen, ihr für einen Moment nicht von der Seite zu weichen, als wären sie beide eine Skulptur aus Sand, die dazu verdammt ist, in der Brise langsam zu zerfallen.

Mittags essen sie immer am selben Ende des Wohnzimmertisches. Normalerweise schweigen sie oder reden über das Essen. Sie folgen einem Drehbuch, in dem die Unterhaltung dem Klappern des Geschirrs überlassen bleibt. Rosario weiß, dass es appetitanregend wirkt, über das Essen zu reden, und will, dass ihre Señorita vernünftig isst. Dann schaltet sie den Fernseher ein, während Celia in ihrem Zimmer einen Mittagsschlaf macht und Charlie von seinem Beschützerinstinkt getrieben wieder treppauf und treppab wandert.

Jeden Nachmittag ruft Paula an.

»Habe ich dich geweckt?«, fragt sie ihre Mutter. »Wie geht es dir?«

»Und dir?«

»Ich bin immer hundemüde.«

»Ich auch.«

Paula seufzt, was durch die Telefonleitung klingt wie Charlies Schnauben.

»Ignacio will dich untersuchen«, sagt sie.

»Mir geht's gut, ich brauche keine Untersuchung.«

»Nimmst du deine Tabletten?«

»Du weißt ganz genau, dass ich das tue.«

»Ist dir oft schwindlig?«

»Mach dir keine Sorgen. Rosario kümmert sich bestens um mich.«

Es entstehen immer wieder Pausen in ihren Telefonaten, einige dauern nur ein zwei, drei Sekunden, andere ziehen sich in die Länge.

»Alba schickt dir viele Küsse«, sagt Paula.

»Wir sind jeden Nachmittag in Kontakt.«

»Ich weiß.«

Trotz ihrer angeblichen Teilnahmslosigkeit findet Celia einen Weg, nach Jose zu fragen. Sie möchte wissen, ob Paula mit ihm gesprochen hat, erhält als Antwort aber nur ein langes Schweigen, auf das gewöhnlich der Abschied folgt. Celia starrt danach immer wie hypnotisiert auf das Handy-Display, bis es erlischt. Dann verbringt sie den restlichen Nachmittag auf dem Balkon, legt sich, wenn die Brise auffrischt, eine Decke über die Beine oder über die Schultern, und konzentriert sich mit allen Sinnen auf das unwiderstehliche Display, als würde in ihm das gesamte Universum stecken.

Sie hat inzwischen Level fünfundzwanzig erreicht, und ihre Farm hat sich in eine dieser impressionistischen Landschaften verwandelt, in denen sie früher Zuflucht suchte, wenn sie der Gegenwart entfliehen wollte. Sie hat eine Menge Münzen ausgegeben für den Kauf von Holzzäunen, Steinplatten, Blühpflanzen, Zierbüschen und Bäumen, damit ihre Farm wie ein mit feinen Pinselstrichen in Pastellfarben gemalter Garten wirkt. Einige Stellen erinnern sie an echte Bilder, die ihr im Gedächtnis geblieben sind, wie Monets japanischer Garten mit der Holzbrücke über dem Seerosenteich oder Pissarros sonnige Gartenlandschaften.

Oft vibriert oder klingelt ihr Telefon, wenn sie gerade damit beschäftigt ist, ihre virtuellen Ländereien zu bewirtschaften. Sie nimmt die Anrufe nicht entgegen, denn sie weiß, dass es weder

Paula noch Alba sind. Die Kleine benachrichtigt sie jedes Mal zuvor von der eigenen Farm aus, wenn sie mit ihr sprechen will.

»Heute habe ich ein Stück aus dem Film *Frozen* auf der Gitarre gelernt«, erzählt sie ihr. »Ich habe ein Video aufgenommen und es bei YouTube hochgeladen. Wenn du mir mal Rosario gibst, sage ich ihr den Titel. Dann könnt ihr es euch später ansehen.«

»Ich habe es lieber, wenn du mir am Telefon vorsingst.«

»Dann ist der Ton aber schlechter.«

»*Life* hört man immer schlechter, deshalb ist es auch aufregender.«

»Es heißt: *Let it go*.«

»Wie der Song von den Beatles?«

»Das ist *Let it be*, Oma.«

Das Mädchen singt auf Englisch und begleitet sich dazu auf der Gitarre. Celia drückt das Telefon an ein Ohr und hält sich das andere mit der Hand zu, um die Geräusche vom Strand auszublenden und sich mit geschlossenen Augen ganz auf die Musik zu konzentrieren. Mit einem Mal fühlt sie sich unangreifbar, in Sicherheit, als wäre die Stimme ihrer Enkelin ein Rettungsanker, der sie vor Einschränkungen, Leid oder Schmerz bewahrt.

Am Ende des Stücks kehren die Geräusche der Gegenwart zurück, und sie klatscht begeistert ins Telefon auf ihrem Schoß.

»Das war wunderbar«, sagt sie.

»Wenn du möchtest, schicke ich dir den Text«, sagt das Mädchen. »Dann kannst du mitsingen, wenn du dir das Video anschaust.«

»Ich singe nicht gern.«

Alba macht eine vielsagende Pause.

»Ich singe, wenn ich traurig bin«, erwidert sie. »Und dann bin ich es nicht mehr.«

Celia nickt, obwohl das am Telefon sinnlos ist. Sie weiß,

dass es Menschen gibt, die lächeln, weil sie glücklich sind, und Menschen, die lächeln, um glücklich zu sein.

»Sag Rosario, sie soll mit dir zusammen singen«, fügt Alba hinzu. »Sie singt toll.«

»Ich glaube nicht, dass Rosario auf Englisch singen kann«, sagt Celia.

»Natürlich kann sie das«, erwidert das Mädchen. »Das haben wir schon oft zusammen getan.«

Am späten Nachmittag wabern vertraute Gerüche durchs Haus, nach Bratkartoffeln, panierten Kürbis- und Auberginenscheiben, nach gebratenem Fisch, nach Essig und den Kräutern, mit denen Rosario die Salatmarinade zubereitet. Sie setzen sich nebeneinander an den Küchentresen, als befänden sie sich in einer Bar, aber nicht als Kellnerin und Gast.

Wie beim Frühstück erzählt Rosario ihr, was am Nachmittag so alles los war. Sie habe einen Spaziergang mit den Nachbarn gemacht, die jeden Tag sympathischer wirken und sich sehr für sie und Charlie interessieren. Sie würden sie gern treffen und haben sie beide am Wochenende zum Grillen eingeladen. Außerdem habe sie mit ihrer Schwester und einer Nichte oder einem Neffen telefoniert. Und mit Alicia und Luisa oder einem anderen Anrufer, der eigentlich mit Celia sprechen wollte und am Ende bei ihr gelandet sei.

»Heute hat Ihr Agent angerufen.«

»Was wollte er?«

»Was alle wollen«, sagt Rosario resigniert. »Sie besuchen.«

Celia blinzelt nur.

»Keine Sorge«, fügt Rosario hinzu. »Ich habe ihm erklärt, dass Sie niemanden sehen wollen.«

»Und, was hat er dazu gesagt?«

»Er hat gefragt, ob Sie den Computer mitgenommen haben.«

Celia kneift die Augen zusammen.

»Ich habe alle Ihre persönlichen Sachen eingepackt«, erklärt Rosario. »Natürlich auch den Laptop.«

»Was hat er noch gesagt?«

»Nichts weiter«, sagt Rosario. »Er hat geseufzt und aufgelegt.«

Celia denkt oft an das vergessene Passwort. Es geht ihr dabei nicht um Tobias oder ihre Leser, auch nicht um den Inhalt ihres Buches. Das Fehlen dieses Wortes gehört zu ihrem Leben, seit sie aus dem Koma erwacht ist, und sie weiß immer noch nicht, ob eines der Wörter aus Paris oder eines, das ihr am Strand eingefallen ist, das richtige sein könnte. Doch sie glaubt nicht daran.

Rosario geht nach oben, holt den Computer und schaltet ihn auf dem Wohnzimmertisch ein. Ihr ist jede Gelegenheit recht, um Celia zu beschäftigen. Alles, was einer Regel folgt oder ein Ziel hat, kann zum Spiel werden. Sie bittet Celia, ihr Notizbuch zu holen, und gibt selbst die Wörter ein.

»Lucien, Denise, Patrick, Paris Saint-Germain, Quai de Valmy, La Grenouillère, Galeries Lafayette«, diktiert Celia. »Jardin Villemin, Fontainebleau, Port de la Gare, Boulevard des Capucines, Square des Récollets. Und auch Tor, Kuss, Tätowierung, Nixe, Sommersprosse.«

Später bringen sie den Müll zu den Containern an der Straßenecke und setzen sich anschließend neben den Kaktus auf die kleine Gartenmauer, während Charlie ein Stück die Straße hinunterläuft wie ein Kind, das um seine Mutter herum das Terrain absteckt.

Celia verspürt öfter Lust, eine Zigarette zu rauchen, tut es aber nicht, vielleicht, weil Rosario nicht raucht und sie es nicht allein tun will. Sie sehen sich nicht an. Sie reden auch nicht miteinander. Es ist spät, und sie möchten die Nachbarn nicht stören. Schon wieder die Nachbarn. Celia würde gern mit ihnen sprechen. Sollten sie Emilio gekannt haben, würde sie sie gern fragen, ob Emilio Besuch bekam, ob er an den Strand ging oder ob er sich damit begnügte, vom Balkon aufs Meer zu blicken. Sie will wissen, ob er abends ausging, ob er gesellig war, ob er vielleicht genau hier auf der kleinen Gartenmauer gesessen und eine Zigarette geraucht hat.

Vielleicht sollte sie die Einladung zum Grillen am Wochenende annehmen, aber dafür müsste sie ihr hartnäckiges Schweigen brechen und riskieren, Dinge zu erfahren, an die sie lieber nicht erinnert werden möchte. Sie weiß nicht, was sie tun soll, also tut sie gar nichts, sondern verfolgt Charlies Kommen und Gehen, bis sie ins Haus zurückkehren und einander mit zwei Küssen gute Nacht wünschen.

»Ich habe nachgedacht«, sagt Celia. »Und ich glaube, dass du jetzt aufhören kannst, Biografien zu lesen.«

»Sagen Sie das, weil Sie wollen, dass ich Ihre Bücher lese?«

Erschrocken schüttelt Celia den Kopf.

»Nein, deshalb nicht.«

»Weshalb dann?«

»Ich sage das, weil du schon eine große Frau bist.«

Als sie sich ins Bett legt, steht ihr das Bild von Lucien vor Augen, sie vermisst seinen sauren Atem, seine großen Hände und seinen kecken Blick auf die Sommersprossen in ihrem Ausschnitt. Sie würde gern am nächsten Morgen in seinen Armen aufwachen, denn sie ist sich sicher, dass sie nicht genügend Kraft hat, um diese Leere in ihrem Innern zu füllen, die sie aufzufressen droht, bis von ihr nichts mehr übrig geblieben ist als ein massiver Klumpen, in dem ihr ganzes Wesen steckt, so wie ihr Handy das gesamte Universum enthält.

»Lucien Gagnier.«

Manchmal murmelt sie hilfesuchend seinen Namen vor sich hin, als könnte sie ihn allein damit herbeibeschwören. Dann dreht sie sich in der Hoffnung um, seine graue Mähne auf dem Kopfkissen liegen zu sehen, daneben die kleine Nixe auf seinem Unterarm. Gleich darauf setzt die Wirkung der Schlaftablette ein. Ihr Blick trübt sich, ihr Puls beruhigt sich, und ihr ganzer Körper konzentriert sich auf diesen Klumpen, der im Traum verschwindet.

Aufzählübung

Wieder wird sie von einem Hupen geweckt. Diesmal ist es jedoch weder ein dröhnender Vorwurf noch eine ungeduldige Klage, sondern der Gruß eines Überraschungsbesuchs. Gleich darauf sind Charlies Bellen und Rosarios Stimme zu hören, die mit jemandem spricht. Vielleicht ist es die Nachbarin, die ihnen einen morgendlichen Kurzbesuch abstatten möchte.

»Was machst du denn hier?«

Paula erscheint am oberen Ende der Treppe, gefolgt von Charlie.

»Und die Kleine?«, fragt Celia weiter.

»Alba ist bei Jose«, sagt Paula. »Ich bin gekommen, weil ich schlechte Nachrichten habe.«

Celia macht einen Schritt zurück und setzt sich auf das Bett.

»Onkel Augusto ist gestorben«, sagt Paula.

Celia nickt schweigend.

»Was ist passiert?«

Paula zeigt auf ihre Brust.

»Das Herz.«

Celia schließt langsam die Augen, als hätte sie damit bereits gerechnet.

»Deshalb hättest du nicht die lange Fahrt auf dich nehmen müssen«, sagt sie. »Das hättest du mir auch am Telefon sagen können.«

»Ich dachte, du willst vielleicht zur Beerdigung mitkommen. Sie ist morgen Vormittag.«

»Ich habe keine Lust, nach Zaragoza zu fahren.«

»Sie findet nicht in Zaragoza statt«, entgegnet Paula. »Onkel Augusto hat schriftlich verfügt, dass er an seinem Geburtsort begraben werden möchte.«

Celia schweigt.

»Ich bin mit dem Wagen da«, sagt Paula und zeigt über ihre Schulter. »Wir könnten losfahren, sobald du etwas gegessen und eine Tasche mit dem Notwendigsten für eine Nacht gepackt hast.«

»Eine Nacht«, murmelt Celia.

»Möchtest nicht mal wieder im Haus von Tante Paulina in Daroca übernachten? Ich habe mit Isabel gesprochen, sie wird auch kommen.«

»Und Rosario? Und Charlie?«

»Rosario wird sich um Charlie kümmern, keine Sorge. Ich kann dich morgen gleich nach der Beerdigung zurückbringen.«

Celia denkt an Jacqueline und das Seniorenheim. Und wie natürlich es wirkt, wenn ein alter Mensch wie Onkel Augusto stirbt. Es ist ein tröstlicher Gedanke, der ihr hilft, ihre Erstarrung zu überwinden. Sie steht auf und holt ihren Koffer aus dem Schrank. Dann geht sie in die Küche hinunter und frühstückt etwas mehr als üblich. Genug, um eine Weile keinen Hunger zu verspüren.

Rosario macht es nichts aus, mit Charlie im Haus am Meer zu bleiben. So wie Celia sie kennt, wird sie ihre Abwesenheit nutzen, um sämtliche Tagesdecken und selbst die Sofakissen zu waschen, aber sie irrt sich. Als Rosario erfährt, dass sie zwei Tage allein sein wird, ist ihr erster Gedanke, sich einen Kurzurlaub zu gönnen, fernzusehen, ausgedehnte Spaziergänge mit Charlie zu machen und sich der Gesellschaft der Nachbarn zu erfreuen.

»Sie haben nur eine dunkle Bluse«, sagt sie, als sie nach oben kommt, um Celias Koffer zu packen.

Celia schaut fragend ihre Tochter an.

»Trauerkleidung ist nicht nötig«, sagt die.

»Dann packe ich eine hellere ein.«

»Nimm auch warme Sachen mit«, sagt Paula. »Falls es kalt wird.«

»Wie lange war ich nicht in Daroca?«, fragt Celia ihre Tochter.

Paula denkt nach, während sie beobachtet, wie Rosario sorgfältig ein Paar Schuhe in eine Plastiktüte steckt, bevor sie sie in den Koffer legt.

»Ich habe keine Ahnung«, sagt sie dann. »Hast du das Gefühl, es ist schon lange her?«

»Ewig.«

Paula zuckt mit den Schultern. Es ist unnötig, nach etwas zu fragen, was man schon weiß.

»Wie lange warst du nicht mehr dort?«, fragt Celia.

Das hat sich Paula auch schon gefragt.

»Ich glaube, zum letzten Mal war ich zur Beerdigung von Tante Paulina da.«

Celia nickt.

»Erinnerst du dich, wie Tante Paulinas Haus aussieht?«, fragt sie weiter.

»Du nicht?«

»Doch, ganz genau.«

Paula sieht sie erwartungsvoll an.

»Vom Eingangsbereich gehen mehrere Türen ab«, sagt Celia. »Rechts liegt das große Wohnzimmer, daneben das Bad und die Küche, gegenüber die Treppe, die zu den Schlafzimmern führt. Von der Küche aus gelangt man in einen Wirtschaftsraum mit einer Feuerstelle und einer Speisekammer voller eingemachter Gläser. Dahinter gelangt man in den Garten, den Tante Paulina allerdings immer Hof nannte, weil dort früher Kaninchen, Hühner und Truthähne gehalten wurden. Oben gibt es drei Schlafzimmer, zwei mit Balkon zur Straße und eines nach hinten zum Hof. Darüber eine Mansarde, die als

Kornspeicher genutzt wurde und nach Äpfeln, Kartoffeln und Räucherschinken roch.«

Paula muss sich ein Lächeln verkneifen. Sie möchte sich nicht anmerken lassen, wie zufrieden sie ist. Wenn sie das tut, wird ihre Mutter in ihr die Ärztin sehen, die den Zustand ihrer Patientin einzuschätzen versucht.

»Manchmal roch es auch nicht so gut, weil Zwiebeln und Knoblauch darin gelagert wurden«, schließt Celia.

Rosario geht kurz hinaus und kehrt mit dem Köfferchen, das Celia ihr aus Paris mitgebracht hat, zurück. Charlie folgt ihr überallhin. Er hat begriffen, dass sein Frauchen trotz ihres Versprechens schon wieder ohne ihn verreisen wird.

»Wenn es Ihnen nichts ausmacht, würde ich Sie gern anständig frisieren«, sagt Rosario, als sie das Köfferchen öffnet.

Dann ergreift sie Paulas Hand, damit sie sich umdreht.

»Sie kann ich auch frisieren«, sagt sie so neutral wie möglich.

Mit gerunzelter Stirn greift Paula zu ihrem Pferdeschwanz. Die unausgesprochene Botschaft hat sie verstimmt, doch sie sagt nichts. Rosario beginnt ihre Señorita zu kämmen, die über die Balkonbrüstung hinaus in die Ferne schaut.

»Alle Welt lässt dir Grüße ausrichten«, sagt Paula, als sie auf der AP2 Richtung Westen fahren.

»Wer ist alle Welt?«

»Luisa, Tobias, Papa, Ignacio und die Krankenschwestern aus dem Hospital«, zählt Paula auf.

»Und meine Schwester?«

»Tante Alicia wird mit Onkel Quique und ihren Kindern zur Beerdigung kommen. Sie haben es mir gerade mitgeteilt.«

Celia lehnt den Kopf zurück.

»Jetzt sind sie alle tot«, sagt sie und seufzt.

Paula wirft ihr einen Blick zu.

»Onkel Augusto war der Letzte dieser Generation, der noch lebte«, erklärt Celia.

»Was willst du damit sagen?«

»Dass ich jetzt in der Familie zum alten Eisen gehöre.«

Paula will diese übertriebene Feststellung schon mit einem Lachen quittieren, aber dann wird ihr bewusst, dass ihre Mutter recht hat.

»Deshalb darfst du bei der Beerdigung nicht fehlen«, sagt sie.

Celia erwidert nichts. Sie will nicht von der Gegenwart sprechen. Seit sie in den Wagen gestiegen ist, hat sie das dringende Bedürfnis, über Emilio zu reden, auch wenn sie nicht genau weiß, was. Über nichts Besonderes, über alles. Sie möchte wissen, wie ein derart guter Schwimmer im Meer ertrinken konnte, ob das Meer an jenem Tag besonders wild war oder ob Emilio zu viele Tabletten geschluckt hatte.

Dreimal öffnet sie den Mund, aber ihre Stimme verweigert ihr den Dienst. Sie wirkt wie ein Fisch, der in einem Aquarium auf Rädern bei hundertzwanzig Stundenkilometern dem Untergang entgegenrast. Paula merkt, dass ihre Mutter mit sich kämpft, und zieht es vor, sich auf die Landstraße zu konzentrieren.

Celia gibt schließlich auf, sie seufzt vernehmlich und schließt die Augen. Sie ist nicht erschöpft, auch nicht müde, sie will nur verschwinden, den Wagen irgendwie beschleunigen, um nicht jeden einzelnen Kilometer zurücklegen zu müssen. Schon bald ist sie eingeschlafen.

»Bist du nicht durch Zaragoza gefahren?«

Sie hat über eine Stunde geschlafen. Als sie aufwacht, schaut sie ein paar Minuten zum Fenster hinaus.

»Das war nicht nötig«, antwortet Paula. »Es gibt eine Umgehungsstraße.«

»Daran kann ich mich nicht erinnern.«

»Sie wurde für die EXPO 2008 gebaut. Jetzt kann man die Stadt ohne eine einzige Ampel umfahren.«

»Wie über den Boulevard Périphérique?«

»Genau.«

Paula ist dankbar, dass ihre Mutter die Sprache auf Paris bringt. Schon seit einiger Zeit will sie sie etwas fragen.

»Hast du etwas von Lucien gehört?«

Celia schüttelt den Kopf.

»Willst du es denn nicht?«, hakt Paula nach. »Du könntest ihm eine Mail schreiben, eine SMS schicken oder mit ihm skypen.«

»Denk dran, ich bin ein Kind des zwanzigsten Jahrhunderts«, erwidert Celia.

»Du kannst ihn auch anrufen.«

Celia schweigt. Sie misstraut Paulas Absichten. Ihr ist nicht klar, ob sie nach Lucien fragt, weil sie ihre Liebesbeziehung gutheißt oder eben nicht. Sie gibt acht, dass sie ja nicht den Eindruck vermittelt, etwas zu bejahen oder zu verneinen, und starrt weiter auf die vorbeirasende Landschaft.

»Das ist nicht die Landstraße, die ich kenne«, sagt sie ein paar Minuten später.

»Es ist eine Schnellstraße«, antwortet Paula.

»Und die alte Landstraße?«

»Ist da, wo sie immer war.«

»Und warum haben wir nicht die genommen?«

»Weil es hier schneller geht.«

Celia schaut auf die Uhr am Armaturenbrett. Sie versteht Paulas Eile nicht. Die Beerdigung ist doch erst am nächsten Tag. Eile verbindet sie mit einer Geburt, nicht mit einem Todesfall. Paula verlässt die Schnellstraße auf der Höhe von Cariñena, um an einer Tankstelle zu halten, und nutzt die Gelegenheit, eine Coca-Cola und ein Stück Tortilla zu sich zu nehmen. Celia hat keinen Hunger und trinkt nur einen Kaffee mit Eis.

Dann fahren sie weiter Richtung Süden, aber nicht mehr auf der Schnellstraße. Sie nehmen die alte Nacional 330, und die Landschaft verändert sich.

»In dieser Kurve bin ich mal liegen geblieben, weil das Kühlwasser alle war«, sagt Celia und zeigt nach rechts, als sie den Pass von Paniza überqueren. »Ich musste an der Stelle dort halten und darauf warten, dass ein Lastwagen vorbeikam, den ich um Hilfe bitten konnte.«

Paula kennt die Anekdote.

»Dieser Teil des Passes war oft verschneit«, fährt Celia fort. »Wir mussten mehr als einmal die Schneeketten aufziehen.«

»Ungefähr an dieser Stelle ist meinem Bruder immer schlecht geworden, und wir mussten anhalten, damit er Luft schnappen konnte«, sagt Paula darauf.

Celia zuckt überrascht zusammen. Sie hat nicht erwartet, dass Paula einfach so auf ihren Bruder zu sprechen kommt.

»Hätten wir die Schnellstraße genommen«, beeilt sie sich zu sagen, um ihre Überraschung zu überspielen, »könnten wir nicht in diesen Erinnerungen schwelgen.«

Sie fahren gerade auf einem Straßenabschnitt, der parallel zur Schnellstraße verläuft, bevor diese auf hohen Pfeilern weiterführt, die aussehen, als würde ein Riese durch eine Schlucht staksen. Beide Straßen, die alte und die neue, wirken wie zwei Versionen derselben Wirklichkeit. Zwei Arten, die Landschaft zu interpretieren.

Sie passieren Mainar und fahren dann immer geradeaus, was in Celia unvermeidlich Erinnerungen weckt. Als sie klein und mit ihren Eltern und ihrer Schwester Alicia im Auto unterwegs war, spürte sie jedes Mal genau an dieser Stelle, auf dieser meergleichen Ebene, wie nahe das Ziel war. Deshalb sitzt sie den restlichen Weg kerzengerade auf dem Beifahrersitz und wünscht sich nichts sehnlicher, als dass die Fahrt bald enden möge.

»Die Tankstelle, das Freibad, der Fußballplatz, das Restaurant Legido, die Stierkampfarena, das Bergwerk«, zählt sie erfreut auf, aus Nostalgie oder einfach, um ihrer Tochter zu demonstrieren, dass sie alles erkennt, was sie sieht.

»Die Puerta Alta.«

Sie haben das monumentale Tor der alten Stadtmauer mit

Schießscharten vor sich. Als sie langsam durch den mittelalterlichen Stadtkern fahren, können sie sich des Gefühls nicht erwehren, eine Zeitreise zu machen, jede auf ihre Weise: Paula mehrere Jahrhunderte zurück, Celia nicht ganz so viele.

»Das Piaristenkloster, die Holztore, die über die Balkone hängenden Holzjalousien, die Plaza de San Pedro, der Teich, die Metzgerei, die Konditorei, das Kino …«

»Verfluchtes Straßenpflaster«, schimpft Paula, als das Holpern des Autos Celia zum Schweigen bringt.

Sie hat sofort ein schlechtes Gewissen, weil sie ihre Mutter unterbrochen hat, dabei ist die aus einem anderen Grund verstummt. Celia ist einfach nicht in der Lage, all die Namen auszusprechen, die ihr durch den Kopf schießen. Es sind zu viele.

»Weißt du, wo es ist?«, fragt sie ihre Tochter.

Paula bejaht mit einem Klopfen auf das Lenkrad.

»Wir fahren nicht gleich zu Tante Paulinas Haus«, antwortet sie. »Vorher müssen wir noch zur Totenwache für Onkel Augusto.«

Die Hauptstraße verläuft leicht abschüssig über Pflastersteine, die wie ein Sturzbach inmitten einer betonierten Schlucht klingen, und endet hinter einem zweiten Tor der alten Stadtmauer.

»Die Puerta Baja«, sagt Celia.

Sie verlassen die Altstadt, als wäre die Zeitreise zu Ende, und biegen in eine Allee aus schattenspendenden hohen Bäumen ein, an deren Ende mehrere Autos auf dem Gehweg parken.

»Onkel Augusto hat verfügt, dass die Totenwache im Haus seiner Eltern stattfinden soll«, erklärt Paula, als sie den Sicherheitsgurt öffnet und mit dem Kinn in eine Gasse zeigt, die rechts von ihnen steil nach oben führt.

»Ich weiß, wo es ist«, erwidert Celia.

Paula öffnet die Beifahrertür und hält sie auf, während Celia langsam aussteigt. Zusammen gehen sie die Gasse hinauf, in der ihnen mehrere Personen entgegenkommen.

»Celia. Paula.«

Isabel kommt aus dem Haus, um sie zu begrüßen.

»Es tut uns sehr leid«, sagt Celia schwer atmend.

Die beiden Frauen umarmen sich.

»Danke, dass ihr gekommen seid.«

»Wo ist dein Bruder?«

»Drinnen.«

Isabel und Paula nehmen Celia in ihre Mitte. Gemeinsam betreten sie das düstere, muffig riechende Haus. Im Eingangsbereich ist Onkel Augusto in einem Sarg aufgebahrt, der Celia klein und schmal vorkommt, als wäre er für ein Kind angefertigt worden. Es sind nur wenige Trauergäste da, sechs, vielleicht sieben Personen. Die übrigen stehen draußen in der Gasse.

Paula geht auf den Cousin ihrer Mutter zu, der neben dem Sarg sitzt, und umarmt ihn. Celia sieht ihn an, erkennt ihn aber nicht wieder.

»Carlos.«

Erst als ihr bewusst wird, wie sehr er Onkel Augusto ähnelt, als der im selben Alter war, begrüßt sie ihn. Celia zaudert. Sie möchte nicht in den Sarg schauen, hat aber das Bedürfnis, ihren Onkel ein letztes Mal zu sehen. Sie verspürt Beklemmung und plötzliche Atemnot, weiß aber nicht, ob es an dem schlecht gelüfteten Raum oder der Enge des Sarges liegt. Sie muss raus.

»Ist dir nicht gut?«

Paula ist ihr gefolgt. Celia lehnt an der Wand neben der Haustür und sieht aus, als könnte sie sich nicht länger auf den Beinen halten.

»Es ist nichts«, sagt sie.

Eine der Frauen kommt näher und reicht Paula ihren Fächer.

»Danke«, sagt sie und fächelt ihrer Mutter Luft zu. Sie fragt sich ernsthaft, warum sie sich die Mühe gemacht hat, sie vom Haus am Meer abzuholen und herzubringen.

»Ist es besser?«

Celia nickt, nimmt ihr den Fächer aus der Hand und fächelt sich selbst Luft zu.

»Ihr fahrt besser zum Haus«, sagt Isabel, die zusammen mit ihrem Bruder herausgekommen ist. »Dort kann Celia etwas essen und sich ausruhen. Hier gibt es nichts zu tun.«

Paula nickt dankbar, dass sie ihre Mutter von hier wegbringen kann.

»Alicia ist vor Kurzem eingetroffen und hat schon alles vorbereitet«, fügt Isabel an ihre Cousine gewandt hinzu.

Celia schließt den Fächer und will ihn der Frau zurückgeben. Als diese daraufhin zum Dank lächelt, erkennt Celia sie. Es sind dieselben Augenbrauen, dieselben schmalen Augen. Sie ist eines der Mädchen auf dem Jugendfoto, diejenige, die neben Isabel an der Wand lehnt.

Sie sehen sich einen Augenblick an, lange genug für Celia, um diese Eindrücke einzuordnen, bevor sie sich umdreht und die Gasse hinuntergeht. Nun weiß sie sicher, dass sie sich seit damals nicht mehr gesehen haben, als sie ihre Ferien in diesen mittelalterlichen Gemäuern verbrachte.

Gestickte Initialen

Sie holpern über das Kopfsteinpflaster der Altstadt zurück, biegen auf halber Höhe der Straße links ab und halten vor einem weiß getünchten Haus, das im ersten Stock zwei Balkone und unter dem Holzdach zwei Gauben aufweist.

Paula drückt drei Mal auf die Hupe.

»Wo sind denn dein Mann und deine Kinder?«, fragt sie Alicia, als die herauskommt, um die beiden in Empfang zu nehmen.

»Die kommen morgen früh«, erklärt sie, als sie Celias Gepäck aus dem Kofferraum holt. »Es gibt nicht genug Betten.«

Als Celia das Haus betritt, spürt sie als Erstes die Kälte, dann den eigentümlich abgestandenen Geruch. Neugierig blickt sie sich um. In der Küche steht ein rechteckiger Tisch mit einer großblumigen Wachstuchtischdecke, auf dem ein Teller Magdalenas, ein weiterer mit Hefegebäck und ein dritter mit Schmalzgebäck stehen.

Sie setzt sich an den Tisch und starrt auf die Teller. Es kommt ihr vor, als würden sie schon ewig dort stehen, obwohl sie weiß, dass Alicia das Gebäck ganz frisch in der Dorfbäckerei gekauft hat. Dennoch sieht es genauso aus und riecht genauso wie in ihrer Erinnerung.

»Du bist aber gut frisiert«, sagt Alicia, als sie sich zu ihr setzt.

»Rosario kümmert sich darum, dass ich anständig aussehe.«

»Am Strand?«

»Dort gehen wir auf der maroden Promenade spazieren.«

Celia entdeckt, dass das Schmalzgebäck die Form von Sternen hat.

»Warum ist sie marode?«, fragt Alicia.

»Sie war Teil eines Bauvorhabens, das nicht realisiert wurde.«

Paula kommt mit einer dampfenden Espressokanne und füllt die drei Tassen, die Alicia auf den Tisch gestellt hat.

»Und in Paris?«, fragt sie weiter. »War es schön?«

Paula nickt.

»Sehr schön. Wir haben Jacqueline, ihre Tochter und ihren Enkel getroffen«, antwortet Celia.

»Und ihren früheren Nachbarn«, fügt Paula hinzu.

Doch Alicia weiß nicht, von wem die Rede ist.

»Hast du das verlorene Wort gefunden?«

Celia schüttelt den Kopf, nimmt sich ein Schmalzgebäck und bricht es in der Mitte durch. Es schmeckt genauso wie das, das sie als Kind hier gegessen hat. Vielleicht wurde die Bäckerei von den Kindern oder Enkeln übernommen. Oder die Alten haben das Geschäft mitsamt den Originalrezepten verkauft.

»Wie lange ist es her, dass wir beide hier waren?«

Alicia schaut ihre Schwester an.

»Keine Ahnung«, erwidert sie und trinkt einen Schluck Kaffee.

»Kommt irgendjemand ab und zu her?«

»Ich glaube nicht.«

»Wem gehört das Haus?«

»Uns vieren«, antwortet Alicia. »Dir, mir, Isabel und Carlos.«

Celia kann sich nicht daran erinnern, aber es ist logisch, weil Tante Paulina keine anderen Nachkommen hatte.

»Charlie würde es hier gefallen.« Sie blickt sich um. »Es gibt viel Platz, einen herrlichen Hof für die Siesta und Kiefernwälder, durch die man lange Spaziergänge machen kann.«

Paula sagt nichts. Sie möchte nicht, dass ihre Mutter merkt, wie sehr ihr die Vorstellung missfällt. Würde ihre Mutter hier leben, wäre sie zu weit weg von dem Krankenhaus, das sie regelmäßig aufsuchen muss.

»Ich möchte mich umsehen«, sagt Celia. Am liebsten wäre sie jetzt allein oder höchstens in Gesellschaft von Charlie.

»Fangen wir mit dem Garten an?«, fragt Alicia.

Paula begleitet die beiden nicht, sondern bringt das Gepäck ihrer Mutter nach oben. Alicia führt ihre Schwester in Tante Paulinas Vorratskammer und öffnet die Tür zum Garten, um Celia vorangehen zu lassen, aber die bleibt plötzlich wie angewurzelt stehen.

»Was ist?«

»Ich erinnere mich gerade an diese Serien, die wir damals zusammen mit Tante Paulina im Radio gehört haben, während sie nähte oder mit irgendeiner Handarbeit beschäftigt war«, sagt Celia und zeigt in eine Ecke des Raumes. »Ich saß genau dort neben dem Radio.«

»Wenn wir am ersten Ferientag nach Daroca kamen, hat uns Tante Paulina immer auf den neuesten Stand der Geschichte und Personen gebracht, damit wir leichter Anschluss fanden.«

»Das hat sie nicht für uns getan«, widerspricht Celia überzeugt.

»Wieso nicht?«

»Sie hat es für sich selbst getan, damit sie die Sendung jeden Nachmittag weiterhören konnte.«

»Manchmal war auch Mama ganz gefesselt«, sagt Alicia.

Celia fällt es schwer, sich ihre Mutter in diesem Haus vorzustellen.

»Was ist aus diesen Serien geworden?«, fragt sie.

Alicia macht eine abfällige Handbewegung.

»Die gibt es schon lange nicht mehr«, sagt sie. »Sie wurden durch die Seifenopern im Fernsehen ersetzt.«

Celia rührt sich immer noch nicht. Plötzlich vermisst sie ein Radio, aber nicht wegen der Hörspiele ihrer Kindheit. Ihr fehlt Carmens Stimme aus ihrem Transistorradio auf dem Nachttisch.

»Es ist alles in recht bedauerlichem Zustand«, sagt Alicia, als sie in den Garten geht.

Vielleicht will sie Celia davor warnen, nicht ihre Erinnerungen mit der Gegenwart zu vergleichen. Tante Paulinas Innenhof ist jetzt nur noch eine verödete rissige Fläche voller Unkraut, zwischen dem noch Reste von Rosenstöcken, ein riesengroßer Götterbaum und etliche Ligusterbüsche stehen, die zur Freude der Vögel wild verwuchert sind. Unter einem kleinen Vordach stehen ein altes Waschbecken und daneben mehrere Metallstangen, zwischen denen früher die Leinen gespannt waren, auf denen Tante Paulina die Bettwäsche trocknete. Celia hätte diesen Garten, mit der in der Sonne flatternden Bettwäsche und Kindern, die dahinter Verstecken spielen, gern in Öl auf Leinwand gesehen.

Alicia macht kehrt, um ihre Schwester nach oben zu führen. Im ersten Schlafzimmer rechts treffen sie auf Paula.

»Ich nehme an, du möchtest das Zimmer, in dem du früher immer geschlafen hast«, sagt sie zu ihrer Mutter.

Celia lässt den Blick durch den Raum wandern. Es sieht nicht mehr alles so aus wie in ihrer Erinnerung, aber das macht nichts. Es sind viele Jahre vergangen, und sie hat endlich das Gefühl, angekommen zu sein. Sie fühlt sich zu Hause.

»Schaut mal, was ich gefunden habe.«

Nebenan, in Tante Paulinas früherem Zimmer, hat Alicia eine Schublade der Kommode aufgezogen, die gegenüber dem Bett steht.

»Das ist Tante Paulinas Aussteuer.«

Sie zeigt auf die Tischdecken und dazugehörigen Stoffservietten sowie mehrere Bettwäschegarnituren mit eingestickten Initialen.

»PAG«, liest Celia.

»Paula Abad Garcés.«

Sie breiten die Wäsche auf dem Bett aus. Die Initialen sind mit buntem Garn gestickt, passend zur Farbe der Bettwäsche.

Celia fährt mit den Fingerspitzen darüber, als würde sie mit dem Namen ihrer Tante unterschreiben.

»Wie viel Arbeit da drinsteckt«, sagt sie seufzend. »Und das alles, um dann den Bräutigam im Krieg zu verlieren und nie heiraten zu können.«

Alicia setzt sich auf die Bettkante.

»Nicht, dass es ihr an Verehrern gefehlt hätte«, sagt sie.

Paula öffnet eine andere Kommodenschublade.

»Sie hatte noch andere Verehrer?«, fragt sie, während sie in deren Inhalt stöbert.

»Ja, mehrere«, bestätigt Alicia. »Sie hat alle abgewiesen und ist dem Andenken an ihren Bräutigam immer treu geblieben. Keine Ahnung, warum.«

»Vielleicht wollte sie ein Versprechen halten.«

Sie schweigen respektvoll und denken vielleicht darüber nach, welche absurden Auswüchse die Treue zu einer Erinnerung oder einem Versprechen annehmen kann.

»Kannst du dich an diesen Bäcker erinnern, der jeden Tag frisches Brot und Gebäck vorbeibrachte?«, fragt Alicia.

»Der mich morgens immer mit seiner Huperei geweckt hat?«

»Er war einer von Tante Paulinas Verehrern.«

Celia kann sich nicht daran erinnern, ob sie das vor dem Schlaganfall auch gewusst hat.

»Er hat ihr täglich das Brot ins Haus gebracht und ihr dabei jahrelang den Hof gemacht, selbst dann noch, als es nicht mehr üblich war, ins Haus zu liefern, bis er schließlich aufgegeben und eine andere geheiratet hat.«

Celia sehnt sich wieder nach Charlie. Sie hätte ihn jetzt gern in ihrer Nähe, sein Schnaufen fehlt ihr. Die Vorstellung, dass Tante Paulina ihr Glück dem Gedenken an einen gefallenen Bräutigam geopfert hat, geht ihr viel näher als gedacht. Es kommt ihr vor wie eine dieser Heldentaten, die dem Vergessen anheimfallen.

Alicia ahnt, was ihrer Schwester durch den Kopf geht, und steht auf. Sie kennt sie gut und weiß, dass sie sie jetzt lieber nicht ansprechen sollte.

»Und das hier?« Paula holt aus einer anderen Schublade eine Bettwäschegarnitur hervor. »Das sieht nach deiner Aussteuer aus, Tante Alicia.«

»Lass mal sehen.«

Alicia geht zu ihrer Nichte und liest ihre Initialen.

»Was hat das hier verloren?«, fragt Paula. »Warum hast du sie nicht mitgenommen, als du Onkel Quique geheiratet hast?«

»Ich weiß es nicht. Vermutlich hat man diese Baumwollbettwäsche zu der Zeit schon nicht mehr benutzt.«

»Und hier ist deine, Mama.«

Paula hält ein sorgfältig zusammengelegtes Leintuch in der Hand.

»Hier sind deine Initialen eingestickt, schau mal: CRA.«

»CRA«, wiederholt Celia.

»Das bist du«, sagt Paula lächelnd.

»Das bin ich«, murmelt Celia.

Sie schaut zur Balkontür, als bräuchte sie das Licht, um zu begreifen, dass sie gerade etwas von sich selbst entdeckt hat. Sie erinnert sich plötzlich daran, wie schwierig es war, die Schablonen für die Buchstaben zu bekommen, und wie oft sie sich beim Sticken unter Tante Paulinas Anleitung in den Finger gestochen hat.

»Ich muss mich ein bisschen hinlegen«, sagt sie tonlos.

Sie hat gerade noch genügend Kraft, in ihr Zimmer zu gehen, die Schuhe abzustreifen und aufs Bett zu sinken. Paula, die ihr gefolgt ist, holt eine Decke aus dem Schrank und legt sie ihr über die Beine. Bevor Celia in den dringend benötigten Schlaf abtaucht, steigt ihr noch der vertraute Geruch dieser Decke in die Nase.

Als sie aufwacht, ist sie allein im Zimmer, fühlt sich aber nicht einsam wegen der Stimmen, die von unten heraufdringen. Angesichts des lebhaften Geplauders käme niemand auf den Gedanken, dass sie zur Beerdigung eines Familienmitglieds hier sind. Sie hört Isabel, dann ihre Tochter und auch ihren Cousin Carlos, dazu noch eine andere weibliche Stimme, wahrscheinlich die seiner Frau. Vielleicht ist es auch eine Nachbarin.

Sie richtet sich vorsichtig auf, greift zu ihrem Mobiltelefon und loggt sich in ihre virtuelle Farm ein. Um nichts auf der Welt will sie Alba enttäuschen, weil sie ihre tägliche Arbeit vernachlässigt, erst recht nicht, nachdem sie so weit gekommen ist und eine hübsche, einträgliche Plantage besitzt.

»Geht es dir besser?«

Es ist ihr schwergefallen, die Treppe hinunterzugehen und sich zur Familie zu gesellen. Es liegt nicht daran, dass sie niemanden sehen mag, sie ist nur die Stille gewohnt. Sie hat sich in eine Einsiedlerin verwandelt.

»Wir machen gerade was zum Abendessen.«

Isabel und Alicia kochen. Paula unterhält sich mit ihrer Cousine Mercedes, Isabels Tochter, und mit Carlos' Frau, die am Kopfende des ausgezogenen Tisches sitzt. Die Küche ist erfüllt von einem Familienleben, das unwiederbringlich vergangen schien. Es fehlt nur Tante Paulina, die alles mit ihrer gewohnten Geschäftigkeit organisiert.

Celia setzt sich lächelnd an den Tisch. Sie vermisst weder ihren Sohn Emilio noch Carmen noch ihren Exmann. Sie ist keine berühmte Journalistin. Sie hat keine Zeitungskolumnen geschrieben und kein Buch damit veröffentlicht, auch wenn es stimmt, dass sie schon damals mit dem Gedanken gespielt hat, Journalismus zu studieren, vielleicht, weil sie so gern Radio hörte und ziemlich gut schreiben konnte. Zumindest wurde das in der Schule behauptet.

»Wir haben Tante Paulinas Aussteuer gefunden«, sagt Paula, als alle Platz genommen haben und sie das Abendessen aufträgt.

»Meine und die meiner Schwester auch«, fügt Alicia hinzu.

»Wir haben damals stundenlang im Hof gesessen und sticken gelernt«, erläutert Isabel. »Erinnert ihr euch daran?«

»Ich war ziemlich ungeschickt«, gesteht Alicia. »Und Tante Paulina hat ständig mit mir geschimpft. Du hingegen warst sehr geschickt.«

Celia zeigt ungläubig mit dem Finger auf sich.

»Tante Paulina war der Meinung, dass eine Frau nicht ohne Aussteuer heiraten könne«, sagt Carlos.

»Ich habe meine mitgenommen, als ich geheiratet habe«, sagt Isabel. »Und ich habe sie immer noch, auch die meiner Mutter habe ich aufgehoben.«

Am Ende des Satzes muss sie sich räuspern. Die Szene hat etwas Irreales, als wäre die Zeit noch gnadenloser als sonst. Nur noch das Klappern von Besteck auf Porzellan ist zu hören, bis Carlos' Frau das Schweigen bricht.

»Wir haben alle deine Bücher«, sagt sie zu Celia. »Du musst vorbeikommen und sie signieren.«

»Ich schulde euch wirklich einen Besuch.«

»Wann kommt das nächste Buch heraus?«

»Schon bald«, antwortet Celia.

»Wovon handelt es?«

»Keine Ahnung.«

Wieder entsteht ein unbehagliches Schweigen.

»Ich bin keine Publizistin mehr«, sagt Celia leichthin und winkt ab. Das Schweigen wird zu Befremden. Isabel schaut sie besorgt an.

»Warum sagst du das?«

»Weil mich die heutige Zeit nicht mehr interessiert. Ich gehe davon aus, dass ich keine gute Journalistin sein kann, wenn mich die Gegenwart nicht interessiert«, fügt Celia hinzu und wendet sich an Carlos, der neben ihr sitzt. »Glaubst du nicht auch?«

»Was willst du dann machen?«, fragt er.

»Ich weiß es nicht.«

»Was willst du arbeiten?«

»Ich muss nicht mehr arbeiten«, erklärt Celia. »Ich will nur noch mit meinem Hund und meiner Haushälterin Rosario spazieren gehen, mit meiner Enkelin auf dem Handy spielen und hören, was sie mir vorsingt.«

»Mehr nicht?«

»Außerdem lasse ich mich gern von Rosario frisieren.«

Isabel schaut ihren Bruder an.

»Ich weiß«, fügt Celia hinzu, als sie merkt, dass niemand etwas zu sagen wagt. »Ich habe mich sehr verändert.«

Paula sieht sie mit einem wachsamen Blick an, als hätte sie eine ihrer Patientinnen vor sich.

»Es ist lange her«, fährt Celia fort und legt wie zum Schwur eine Hand auf die Brust. »Aber ich bin noch immer dasselbe kleine Mädchen, das sich zum Frühstück an diesen Tisch gesetzt und das Hefebrötchen gegessen hat, das Tante Paulina mir morgens hinstellte. Vermutlich hat mich mein Beruf verändert und eine andere Frau aus mir gemacht, auch wenn ich nicht weiß, wie oder wann.«

Der Mühlstein

»Ich bin froh, dass ich nach Zaragoza gefahren bin und Onkel Augusto besucht habe.«

Celia sitzt mit ihrer Cousine und ihrem Cousin im Hof, wie sie es schon als Kinder in den Sommernächten taten. Die anderen haben sich in ihre Zimmer zurückgezogen.

»Ich bin auch froh, dass du ihn noch einmal gesehen hast«, sagt Isabel. »Es wäre schön gewesen, wenn du dich auch von meiner Mutter hättest verabschieden können. Sie hätte sich bestimmt gefreut, denn sie hat dich sehr geliebt und oft von dir gesprochen.«

Celia schüttelt den Kopf, sie hat sich damit abgefunden, dass ihr schlechtes Erinnerungsvermögen zu einer gewissen Gefühlsleere geführt hat. Isabel legt ihr beschwichtigend die Hand auf den Arm.

»Ihr wart meine Familie, als ich nach Madrid kam«, sagt Celia. »Das werde ich euch nie vergessen.«

Es herrscht eine besondere Vertrautheit zwischen den dreien, als wären sie wieder Kinder, die sich heimlich treffen und einander ihre Geheimnisse anvertrauen. Vielleicht verhält man sich nicht wie ein Erwachsener, wenn man mit Freunden aus der Kindheit an einem Ort, der eng mit früher verbunden ist, zusammentrifft, denkt Celia.

»Erinnert ihr euch an die alten Sagen, die Tante Paulina uns immer erzählt hat?«

Carlos zeichnet mit dem Finger einen Kreis in die Luft.

»Wir saßen hier draußen«, sagt er. »Und ihr beide hattet ziemlich große Angst.«

Celia konzentriert sich. Sie will es noch immer nicht hinnehmen, dass sich das Erinnerungsvermögen jeglicher Willenskraft entzieht.

»Ich erinnere mich nur an die vom Wunder der Korporale«, sagt sie schließlich.

Isabel schüttelt den Kopf.

»Das denkst du nur, weil es eine der bekanntesten ist«, sagt sie. »Aber die Sage, die dich wirklich in Angst versetzt hat, war die vom Mühlstein.«

»Vom Mühlstein?«

Celias zieht die Augenbrauen kraus.

»Du erinnerst dich nicht?«

»Ich weiß nicht einmal, was ein Mühlstein ist.«

»Das ist der Mahlstein einer Mühle«, erklärt Carlos.

Isabel kann nicht fassen, dass ihre Cousine diese Geschichte vergessen hat.

»Das weißt du doch bestimmt noch«, sagt sie. »Das ist die mit dem sintflutartigen Regen, der die Altstadt zu überschwemmen droht.«

In Celias Kopf dröhnt es, als wäre für einen Sekundenbruchteil ein Blitz in ihr Gedächtnis gefahren. Sie atmet tief durch und versucht ruhig zu bleiben, als sie sich daran erinnert, wie ihre Tante Paulina beim Reden mit der Zunge schnalzte.

»Der starke Regen blockierte die Puerta Baja«, erzählt Carlos. »Sie ließ sich nicht öffnen, und das Wasser staute sich, bis es die erste Etage der Häuser erreicht hatte.«

Celia schaut zum Dach hinauf, als suchte sie nach einer Möglichkeit, ihr Leben zu retten.

»Als schon alles verloren schien, löste sich der Mühlstein von seiner Achse, rollte die Calle Mayor hinunter und prallte so heftig gegen die Puerta Baja, dass das Holz barst und damit dem Wasser ermöglichte, in die Schlucht abzulaufen.«

Celia kann es förmlich hören.

»Erinnerst du dich jetzt?«, fragt Isabel.

Es fällt Celia schwer zu akzeptieren, dass der Traum, der sie seit ihrem Erwachen aus dem Koma verfolgt, seinen Ursprung in einer Sage aus ihrer Kindheit hat.

»Davon habe ich heute noch Albträume«, sagt sie gepresst.

Carlos reckt das Kinn.

»Du bist vorhin an der Stelle vorbeigekommen, wo der Mühlstein steht«, sagt er. »Heute ist er ein Denkmal, gleich hinter der Puerta Baja, am Anfang der Hauptstraße.«

Celia ist verwirrt. Zugleich fasziniert es sie, ihren Träumen einen festen Platz in ihrem Gedächtnis zuordnen zu können.

»Hast du ihn gesehen?«, fragt ihr Cousin.

»Ich habe nicht darauf geachtet.«

»Dann achte morgen darauf.«

»Diese Geschichte hat dich immer ziemlich mitgenommen«, erklärt Isabel. »Tante Paulina wollte sie nie erzählen, wenn du da warst, weil du dann im Morgengrauen zu ihr ins Bett gekrochen bist und sie nicht hast schlafen lassen.«

Celia schließt die Augen und versinkt in ihren Gedanken. Es überrascht sie nicht, dass ein Stein das Tor einer Stadt zerschmettern konnte, als sie nach einem Unwetter vom Hochwasser bedroht war. Es überrascht sie eher, dass dieser Stein einen so eigenwilligen Namen hat.

»Was ist?«

Isabel fürchtet, ihrer Cousine gehe es nicht gut, aber das ist es nicht. Celia muss lächeln, auch wenn sie nicht sagen könnte, ob aus Erleichterung oder Genugtuung. So etwas hat sie schon lange nicht mehr empfunden. Sie jubelt innerlich, als hätte die Nacht dem Gedenken der Toten einen Aufschub geschenkt. Was sie anbelangt, sind weder Onkel Augusto noch ihr Sohn Emilio tot. Und das werden sie bis zum Morgengrauen auch nicht sein.

Triumphierend genießt sie es, das Passwort gefunden zu haben, nach dem sie so lange gesucht hat. Sie muss ein paar Mal tief durchatmen. Noch fällt es ihr schwer, es richtig zu erfassen, vielleicht, weil sie im Grunde keine Hoffnung mehr hatte, dass dieser Moment einmal kommen würde. Und jetzt hat sie das unbezwingbare Bedürfnis, es den anderen mitzuteilen, es auszusprechen, um es selbst glauben zu können.

Sie möchte es Paula, Alba, Rosario, Charlie erzählen. Und natürlich Tobias. Und Luisa, Fran, Alicia. Ihrer Cousine und ihrem Cousin. Sie möchte allen erzählen, dass Jacqueline wie alle alten Menschen recht behalten hat: Das Wort, das sie suchte, war an einem Ort ihrer Kindheit verborgen, weshalb sie einfach dorthin zurückkehren musste, um zu sich selbst zu finden.

Als sie zu Bett geht, bedauert sie, dass ihre Tochter im Bett nebenan nicht mehr wach ist. Sie hätte vor dem Einschlafen gern mit ihr geredet und dabei an die Decke geschaut, wie im Hotel Saint-Martin. Sie möchte so schnell wie möglich einschlafen und hofft davon zu träumen, dass alles um sie herum in den Fluten versinkt. Seit sie seinen Ursprung kennt, macht ihr der Traum keine Angst mehr, aber sie ist so aufgewühlt von ihrer Entdeckung, dass sie die Augen nicht schließen kann.

Am Morgen spürt sie wieder die beängstigende Leere im Magen. Tante Paulinas Haus hat eine Menge Erinnerungen und Gefühle in ihr geweckt, aber ihren Schmerz konnte es nicht lindern. Auch nicht diese Leere, die einen lähmenden Schwindel in ihr auslöst, als stünde sie auf dem Dach eines Wolkenkratzers. Sie mag nicht nach unten gehen und frühstücken. Sie möchte im Bett liegen bleiben, bis Rosario und Charlie sie rufen, um einen Spaziergang über die rissige Strandpromenade zu machen. Sonst nichts.

»Was ist mit dir?«

Paula kommt herein, um zu sehen, ob sie schon wach ist.

»Wir frühstücken bereits«, fügt sie hinzu. »Die Beerdigung ist um zehn. Wir haben keine Zeit zu verlieren.«

Wortlos setzt Celia sich auf.

»Hast du was?«, fragt Paula.

»Gestern habe ich mich sehr gefreut«, sagt ihre Mutter. »Ich bin in dieses Haus zurückgekehrt, habe meine Cousine und meinen Cousin wiedergesehen, und wir haben ein Weilchen im Hof gesessen und geplaudert.«

»Ich habe noch auf dich gewartet, falls du etwas erzählen wolltest, aber am Ende hat mich der Schlaf überwältigt.«

Celia sieht sie verständnisvoll an.

»Ich bin mit dem Gefühl ins Bett gegangen, ein Mädchen im Alter von Alba zu sein«, sagt sie. »Als hätte ich noch das ganze Leben vor mir.«

»Mama.«

Paula setzt sich zu ihr auf die Bettkante.

»Und sieh mich an«, sagt Celia. »Ich bin die Großmutter des Mädchens, das ich zu sein glaubte.«

Paula winkt ab.

»Es ist noch zu früh für solch existenzielle Gedanken«, scherzt sie, bevor sie wieder ernst wird. »Und fast zu spät, um noch rechtzeitig zu Onkel Augustos Begräbnis zu kommen. Also komm jetzt.«

Sie will aufstehen, doch Celia hält sie zurück.

»Außerdem habe ich das verlorene Wort gefunden«, sagt sie.

»Wie bitte?«

»Das Passwort.«

»Im Ernst?«

Mit großen Augen starrt Paula ihre Mutter an und wartet, ob sie noch etwas hinzufügt. Doch Celia runzelt nur die Stirn, wie ein beleidigtes Kind.

»Und natürlich werde ich es dir nicht verraten.«

»Hast du es schon ausprobiert?«

»Nein. Ich rufe später Rosario an, sie soll es tun.«

Paula steht auf.

»Rosario willst du es sagen und mir nicht?«

Jetzt verhält sich Paula wie ein trotziges Mädchen.

»Sie ist wie eine Fortsetzung von mir«, erwidert Celia. »Es Rosario zu verraten ist, wie es niemandem zu verraten. Das musst du verstehen.«

»Klar«, sagt Paula. »Und außerdem lese ich keine Bücher über Heilige, nicht wahr?«

Auch wenn sie neugierig ist, will Paula das besagte Wort gar nicht wissen. Alles, was sie zu interessieren scheint, ist, die Erinnerung an Emilio von ihrer Mutter fernzuhalten. Vielleicht freut sie sich deshalb nicht darüber, dass diese glaubt, das richtige Wort gefunden zu haben. Sie hält es für möglich, dass der Computer es ebenso ablehnt wie alle anderen Kandidaten.

Sie öffnet den Schrank, um Celia bei der Kleiderwahl zu helfen. Dann begleitet sie sie nach unten und macht ihr einen Milchkaffee.

Vor Onkel Augustos Elternhaus stehen mehr Menschen als am Vortag. Celia begrüßt ihren Schwager Quique und ihre Nichten und Neffen, die ihr entgegenkommen, als sie aus dem Auto steigt. Auch sie sind plötzlich erwachsen geworden. Dann begrüßt sie Leute mit Handschlag und küsst alte Bekannte, die sie nicht wiedererkennt, als wäre an diesem Morgen alle Welt gealtert.

Der Trauerzug formiert sich hinter dem schwarzen Leichenwagen mit dem Sarg, der sich wie ein Schatten in der Dämmerung langsam in Bewegung setzt. Die Trauergäste folgen ihm schweigend, wie es im Ort üblich ist. Celia glaubt, ein paar Gesichter zu erkennen. Da ist der alte Mann mit dem gesenkten Kopf und der Baskenmütze in der Hand. Sie ist sich nicht ganz sicher, aber es könnte der Bäcker sein, der morgens immer hupte, wenn er frische Hefebrötchen brachte und Tante Paulina den Hof machte. Vielleicht war er ein Freund von Onkel Augusto. Oder er ist gekommen, weil er zur Familie gehören würde, wenn Tante Paulina ihn doch zum

Mann genommen hätte. Er trauert über das, was nicht sein durfte.

Celia hat dem Denkmal des Mühlsteins keine Beachtung geschenkt, als sie mit Paula durch die Puerta Baja gefahren ist, um ihr keinen Hinweis auf ihr Passwort zu geben. Aber jetzt ist sie von Menschen umringt und kann sich im Schutz des stummen Trauerzuges umschauen, ohne Verdacht zu erregen.

Als sie ihn erblickt, ist er ihr gleich wieder vertraut. Es ist tatsächlich ein runder Stein mit einem Loch in der Mitte, wie ein schweres, massives Rad. Eine steinerne Uhr, ein Planet, der um die Erinnerung kreist. Wie die Büste eines Helden steht er auf einem monolithischen Sockel inmitten schmiedeeiserner Verzierungen, die wie Rauchkringel aussehen, dabei handelt es sich hier um den Helden höchstpersönlich. Wie gern würde sie mit dem Smartphone ein Foto machen und es Rosario schicken.

Gleich darauf stellt sie beim Betreten der Colegial-Kirche fest, dass sie wohl schon lange keine Kirche mehr betreten hat. Es riecht intensiv nach brennendem Wachs und Asche, und alle Geräusche, selbst die unhörbaren, bewirken ein unendlich erscheinendes Echo, das nicht mit der Stille vereinbar ist. Im Dämmerlicht sind die Farben der Blumen auf dem Sarg kaum zu erkennen.

Paula setzt sich neben sie in die zweite Bankreihe hinter ihre Cousins und Cousinen. Celia kann den Blick nicht von dem Sarg abwenden. Er erscheint ihr immer noch zu klein für Onkel Augustos Körper. Sie versucht, ihn mit früheren Särgen zu vergleichen. Sie erinnert sich an die Beerdigung ihrer Mutter, aber nicht an die von Tante Paulina. Auch nicht an die von Carmen. Und an Emilios versucht sie sich gar nicht erst zu erinnern. Sie weiß nicht einmal, wo sie stattgefunden hat oder wo ihr Sohn begraben ist, und sie will es auch gar nicht wissen. Sie möchte weiterleben, als wäre alles, was mit Emilio zusammenhängt, ein Traum.

Sie könnte Paula fragen. Wahrscheinlich liegt er auf dem Almudena- oder dem San-Isidro-Friedhof in Madrid. Doch wenn er in Cambrils gestorben ist, könnte er auch dort begraben sein, in der Nähe des Meeres. Oder auf dem Torrero-Friedhof in Zaragoza. Sie schüttelt kaum merklich den Kopf. Sie möchte es nicht wissen. Sie wagt es nicht, das Echo des Unhörbaren heraufzubeschwören. Was sie anbelangt, ist ihr Sohn in ihrer Erinnerung begraben, in der Stille.

Paula verlässt die Kirche kurz vor Ende der Trauerfeier, um den Wagen zu holen, der noch vor Onkel Augustos Haus steht. Celia bleibt allein auf der Bank sitzen. Das ist beruhigender, als sie dachte, weil sie die Nähe des Onkels spüren kann. Sie beide allein: er mit seinem Transistorradio am Ohr, sie mit dem Bildband auf den Knien.

Der Friedhof von Daroca liegt in einiger Entfernung zur Altstadt an der Landstraße, die zur Schnellstraße führt. Der Priester betet ein Vaterunser, bevor der Sarg in die Mauernische geschoben wird, zusammen mit einem Strauß Blumen und etwas, in dem Celia kaum noch den Fan-Schal von Real Zaragoza erkennt. Sie löst sich aus dem Arm ihrer Tochter und macht einen Schritt nach vorn. Paula sagt nichts. Sie glaubt, ihre Mutter wolle zur Erinnerung eine Blume mitnehmen, aber Celia rührt sich nicht vom Fleck. Sie schaut in den Himmel und wird für einen Moment von der Sonne geblendet. Dann wandert ihr Blick an den spitzen Zypressenkronen hinter der Nischenwand entlang. Sie gehören alle zur selben Sorte und wurden sicher zur selben Zeit gepflanzt, trotzdem sind sie unterschiedlich hoch.

Es ist absurd. Einige Zypressen dürften auf fruchtbarerem Boden stehen und sind schneller gewachsen als andere. Das wird es sein. Doch was Celia viel mehr interessiert, ist, ob ihr das schon einmal aufgefallen ist, als sie ihren Sohn Emilio begraben musste. Dann wäre es wohl ein Versuch ihres Verstandes gewesen, vor der tiefen Trauer zu fliehen. Wenn es so war, hätte sie zumindest eine Erinnerung an den traurigsten Tag ihres Lebens.

»Was wolltest du aus der Grabnische nehmen?«

Die Beisetzung ist zu Ende. Paula tritt neben ihre Mutter, während die Trauergäste Isabel und Carlos ihr Beileid aussprechen.

»Den Schal von Real Zaragoza«, antwortet Celia. »Den habe ich ihm geschenkt, als wir ihn im Seniorenheim besuchten.«

»Und warum?«

»Weil ich nicht verstehe, warum sie ihn in die Grabnische gelegt haben«, sagt Celia. »Ich hätte ihn lieber auf der Seite der Lebenden behalten, um Onkel Augusto nicht zu vergessen.«

Sie sieht ihre Tochter an, als wollte sie sie daran erinnern, dass die Lebenden der Toten gedenken müssen. Und nicht umgekehrt. Paula fragt nicht weiter. Die meisten Trauergäste haben den Friedhof bereits verlassen, und ihr Atem beruhigt sich. Sie hat befürchtet, dass sich ihre Mutter an die Beerdigung ihres Bruders erinnern und sich damit ihr Gemütszustand verschlechtern könnte. Jetzt will sie nur noch verschwinden und sie dahin fahren, wohin auch immer sie möchte: ans Meer zu Rosario, in ihre Wohnung in Madrid, überallhin.

Isabel tritt zu ihnen.

»Möchtest du Tante Paulinas Grab sehen?«, fragt sie Celia.

Maisfelder

»Du hast aber lange geschlafen.«

Paula setzt sich auf die Bettkante, aber ihre Mutter reagiert nicht. Sie spielt mit ihrem Smartphone.

»Ich habe dich telefonieren hören«, fügt Paula hinzu. »Hast du Alba angerufen?«

»Ich habe mit Rosario gesprochen.«

Paula nickt automatisch, als hätte sie mit dieser Antwort gerechnet.

»Es sind fast alle weg«, sagt sie. »Onkel Quique, Tante Alicia, Carlos und seine Frau, alle außer Tante Isabel. Die schließt gerade das Haus ihres Vaters ab und verabschiedet sich von den Nachbarn.«

Celia schaut auf die Uhr ihres Handys. Sie ist so vertieft, dass sie anstelle der Zeit das Datum im Kalender antippt.

»Wir sollten uns auch auf den Weg machen«, sagt Paula. »Aber vorher würde ich gern wissen, wo ich dich hinbringen soll.«

Celia zögert. Seit ihrer Abfahrt vom Haus am Meer hat sie es bewusst vermieden, diese Frage zu beantworten.

»Wenn du deinen Urlaub verlängern willst, kann ich dich zurück nach Cambrils fahren«, sagt Paula, um es ihr leichter zu machen. »Aber irgendwann wirst du wieder in deine Wohnung in Madrid zurückkehren müssen.«

»Ich weiß nicht, ob ich nach Madrid zurückwill.«

Celia setzt sich auf und streckt die Beine aus.

»Du willst nicht mehr in die Calle San Mateo, Ecke Mejia Lequerica zurück?«

Celia starrt ihre Tochter überrascht an, als die ihre genaue Adresse nennt. Sie sitzt doch nicht in einem Taxi.

»Als ich dort gewohnt habe, war ich fest davon überzeugt, Emilio sei noch am Leben«, antwortet sie ernst. »Aber das war er nicht mehr.«

Paula erträgt den bohrenden Blick ihrer Mutter nicht.

»Noch ein Grund mehr zurückzukehren«, sagt sie.

Celia schenkt ihr keine Beachtung.

»Wo war ich, als ich erfuhr, dass dein Bruder tot ist?«

»Warum willst du das wissen?«, fragt Paula.

»Keine Ahnung.«

»Du warst in deiner Wohnung in Madrid.«

Celia schaut in das gleißende Licht, das vom Balkon hereinfällt. Sie verspürt den dringenden Wunsch, die Augen vor der Wirklichkeit zu verschließen.

»Also lauern dort doppelt so viele schlechte Erinnerungen auf mich«, flüstert sie.

Paula kocht innerlich, ohne es sich anmerken zu lassen.

»Wo willst du dann leben? Am Meer?«

Celia steht auf und geht zum Balkon. »Warum nicht?«, fragt sie zurück.

»Im Winter ist es dort kalt.«

»Nicht so kalt wie in Madrid.«

»Aber das Haus am Meer hat keine Heizung.«

»Es gibt einen Kamin.«

»Das ist nicht dasselbe.«

Paula kann nicht verstehen, warum ihre Mutter sich weigert, an einem Ort zu leben, an dem sie vom Tod ihres Sohnes erfuhr, und lieber an dem Ort leben will, an dem er starb.

»Vielleicht ziehe ich nach Paris«, sagt Celia und starrt nach draußen. »Ich habe dort etwas vergessen.«

»Hat es mit Lucien zu tun?«, fragt Paula.

Celia kneift die Augen zusammen und sieht sie an.

»Ich habe den Fan-Schal von Paris Saint-Germain vergessen.«

Paula steht auf.

»Ich verstehe deine plötzliche Leidenschaft für Fußball wirklich nicht«, sagt sie kopfschüttelnd.

»Hat dir schon mal jemand bei einem Fußballspiel ein Tor gewidmet?«, entgegnet Celia angriffslustig.

Paula fährt sich mit der Hand über die Stirn.

»Nein«, räumt sie ein. »Noch nie.«

»Dann kannst du das nicht verstehen.«

»Und wozu brauchst du einen Schal von Paris Saint-Germain?«

»Weil ich Alba versprochen habe, ihr einen zum Geburtstag zu schenken.«

Paula wankt und setzt sich wieder aufs Bett.

»Vielleicht täte es dir gut, ein bisschen Zeit in Paris zu verbringen«, sagt sie.

Unvermittelt greift sie sich an den Bauch und schlingt dann die Arme um den Körper. Es wirkt ganz natürlich, weshalb Celia nicht gleich begreift, dass es ihrer Tochter nicht gut geht.

»Was ist los?«

Paula legt sich auf die Seite.

»Es ist gleich vorbei«, presst sie zwischen den Zähnen hervor, weil ihr das Sprechen schwerfällt. Erschrocken starrt Celia auf den dunklen Fleck, der sich auf der Tagesdecke ausbreitet.

»Du hast Blutungen«, sagt sie.

Sie braucht ein paar Sekunden, bis sie erfasst, dass es sich um einen Notfall handelt. Sie geht zur Kommode, öffnet die Schublade mit ihrer Aussteuer und holt zwei Handtücher mit ihren Initialen heraus.

»Zieh die Hose aus und klemm dir die Handtücher zwischen die Beine«, sagt sie. »Ich rufe einen Krankenwagen.«

Sie holt ihr Handy heraus, weiß aber nicht, wen sie anrufen

soll. Die erste Nummer, die ihr einfällt, ist die von Rosario, aber das nützt jetzt nichts. Sie kann nicht ihre Haushälterin anrufen und sie nach der Notrufnummer fragen.

»Das Beste wird sein, nach Zaragoza zu fahren«, sagt Paula.

»Gibt es kein Krankenhaus in der Nähe, wo man dich versorgen kann?«

»In Zaragoza arbeiten Freunde von mir.«

Celia wägt das Pro und Kontra ab.

»Aber fahren kannst du in deinem Zustand nicht.«

Paula konnte die Blutung stoppen. Sie setzt sich auf das Handtuch, das ihre Mutter auf den Beifahrersitz gelegt hat, um den Bezug nicht zu beschmutzen. Celia startet den Wagen und rangiert vorsichtig ein Stück rückwärts, dann vorwärts. Erst langsam, dann schneller. Und sie entdeckt, dass Autofahren nichts mit dem Gedächtnis zu tun hat. Es ist eine erworbene Fähigkeit wie das Sprechen.

»Du willst doch nicht die alte Landstraße nehmen, oder?«, fragt Paula, als sie aus der Altstadt hinausfahren und Tankstelle und Freibad hinter sich lassen.

Celia wirft ihr einen Blick zu, als wäre diese Frage absurd.

»Natürlich nicht«, sagt sie und schaut wieder geradeaus.

Der Wagen lässt sich mit einer ihr unbekannten Präzision in die Kurven lenken und hat eine sehr gute Straßenlage. Sie versucht erst gar nicht, das Gefühl mit einem anderen zu vergleichen, denn sie weiß, dass sie zum ersten Mal in ihrem Leben ein Auto des einundzwanzigsten Jahrhunderts fährt. Paula hat sich inzwischen entspannt, sie lehnt den Kopf zurück und schließt sogar die Augen, weil ihre Mutter sicherer fährt, als sie erwartet hat.

»Du schläfst besser nicht ein«, sagt Celia.

»Ich habe doch kein Trauma erlitten«, erklärt Paula.

»Was meinst du, was passiert ist?«

»Ich weiß es nicht.«

Celia kann nicht still sein. Sie hat zu große Angst. Den Blick fest auf die Straße gerichtet, fragt sie weiter:

»Hattest du das schon mal?«

Paula schüttelt den Kopf.

»Hast du Schmerzen?«

Paula stört dieses Verhör. Es klingt wie die Einleitung zu der Frage, die ihre Mutter eigentlich stellen möchte, sich aber nicht zu stellen traut.

»Vielleicht habe ich es verloren«, sagt sie leise.

»Sag nicht sowas«, beschwört Celia sie erschrocken.

»Vielleicht wäre es besser so«, sagt Paula zu sich selbst.

»Hattest du dich für das Kind entschieden?«

Endlich findet Celia den Mut zu fragen. Sie räuspert sich.

»Ich hatte noch nichts entschieden«, erwidert Paula.

»Und mit Jose hast du auch noch nicht gesprochen, oder irre ich mich?«

Paula zögert kurz, bevor sie sagt:

»Ich habe Angst.«

Celia weiß nicht, ob ihre Tochter damit meint, das Kind zu verlieren, oder es zu bekommen, großzuziehen und womöglich dann zu verlieren. Sie schaut weiter geradeaus auf die Schnellstraße, ohne auf die Umgebung zu achten. Sie weiß, dass sie streckenweise parallel zur alten Landstraße verläuft, aber sie sieht keinen der vertrauten Bezugspunkte: das Schlagloch, die enge Kurve, die Steigung, bei der man in den zweiten Gang schalten muss, das Gefälle, Bezugspunkte, die Orientierung geben. Sie fühlt sich fremd, fast wie eine Reisende, die einen Ort zum ersten Mal aufsucht. Niemand würde auf die Idee kommen, dass sie in die Stadt fährt, in der sie geboren wurde.

»In welches Krankenhaus soll ich dich bringen?«

Sie gelangen aus südlicher Richtung in die Stadt, durch Straßen, die noch nicht erschlossen sind, eine Art urbane Wüste, die Celia völlig fremd ist.

»Ins Klinikum«, antwortet Paula. »Ich habe angerufen, wir

werden schon erwartet. Du musst bis zum Fernsehturm in der Vía Hispanidad fahren und dann geradeaus die Avenida de Gómez Laguna entlang.«

»Welcher Fernsehturm?«

Die Maisfelder hinter dem Klinikum, an die sie sich erinnert, sind riesigen Gebäuden gewichen, die von mehrspurigen Straßen getrennt werden. Sie muss an ihre virtuelle Farm denken. Je höher das Level ist, auf das sie steigt, desto größer ist die Wahrscheinlichkeit, dass auch ihr Land sich in eine ähnliche Wohngegend mit Häuserzeilen und einem großen Krankenhaus in der Mitte verwandelt. Gut möglich, dass ein Krankenhaus das Ende von allem ist, selbst bei einem Handy-Spiel.

Paulas Freunde erwarten sie vor der Notaufnahme. Celia lässt ihre Tochter aussteigen und sucht dann einen Parkplatz. Als sie die Notaufnahme betritt, ist Paula nirgendwo zu sehen.

»Es müssen ein paar Tests gemacht werden«, informiert sie der Pförtner. »Sie können sich in den Wartesaal setzen.«

»Gibt es keine Cafeteria?«

»Doch, aber auf der anderen Seite des Gebäudes«, antwortet der Mann und weist ihr die Richtung. »Sie müssen durch den Haupteingang.«

Im Wartesaal stehen Plastikstühle an den Wänden. Celia setzt sich neben eine alte Frau, die von ihrem Sohn begleitet wird. Ihr gegenüber warten ein Paar in ungefähr ihrem Alter sowie eine schwangere Frau, die sich mit einer Zeitschrift Luft zufächelt. Wenig später taucht der Mann der Schwangeren auf, auch er musste erst den Wagen parken. An einer Wand stehen zwei Automaten, dazwischen befindet sich die Tür zu den Toiletten. Celias Magen knurrt, sie muss etwas essen. Deshalb zieht sie einen entkoffeinierten Espresso und einen Schokoriegel am Automaten. Dann geht sie kurz nach draußen, um mit Rosario zu telefonieren, erwähnt aber nicht, was Paula passiert ist. Sie berichtet ihr nur, dass sie das Passwort gefunden hat.

Rosario holt den Laptop. Während sie ihn hochfährt, erzählt sie, dass Charlie und sie wohlauf seien, obwohl der Hund, der im Hintergrund ungeduldig bellt, im ganzen Haus nach ihr suche, als hätte sie sich nur versteckt. Aber er fresse und wirke nicht traurig, möglicherweise, weil er sich am Strand mit anderen Hunden angefreundet hat.

Vor dem Krankenhaus weht ein trockener, kalter Wind, der typisch für die Region ist. Celia ist nicht warm genug angezogen, also beendet sie das Gespräch und kehrt in den Wartesaal zurück. Dabei hat sie das Gefühl, schon einmal hier gewesen zu sein. Vielleicht war sie in Zaragoza einmal krank oder hat jemanden begleitet, ihren Sohn Emilio womöglich.

Sie nimmt auf demselben Stuhl Platz wie vorher und stellt fest, dass sie das Smartphone noch in der Hand hält. Sie könnte Tobias anrufen und ihn darüber informieren, was geschehen ist, als Rosario das Passwort ausprobiert hat, unterlässt es aber. Sie möchte hier nicht darüber reden. Und draußen ist es zu kalt. Es bleibt ihr nichts anderes übrig, als es sich bequem zu machen und ihre Farm zu bewirtschaften.

Durch einen Lautsprecher werden in dieser Reihenfolge die alte Frau, die Frau in ihrem Alter und die schwangere Frau aufgerufen. Die erste geht mit ihrem Sohn hinein, die zweite mit ihrem Mann, aber der Mann der Schwangeren bleibt im Wartesaal bei Celia. Sie plaudern miteinander, und Celia verrät ihm – sie weiß nicht, warum –, dass sie Großmutter wird. Sie beglückwünschen sich gegenseitig. Inzwischen hat sich der Raum mit anderen Patienten und ihren Begleitern gefüllt. Der junge Mann geht hinaus, um eine Zigarette zu rauchen.

Celia holt ihre Weizenernte ein. Sie bäckt Brot, produziert Zucker, Öl und Schafskäse, sie bäckt verschiedene Kuchen und näht Kleidungsstücke aus Wolle und Baumwolle. Dann beendet sie das Spiel und betrachtet das einzige Foto, das sie auf ihrem Smartphone hat. Sie vergrößert das Bild von Charlies Schädel und Rosarios schwarzen Augen mit den Fingern. Da piept das Handy zweimal, um ihr mitzuteilen, dass die Batterie gleich leer ist. Und sie keinen Zeitvertreib mehr hat. Sie geht wieder zum Automaten und zieht sich einen Müsliriegel. Wärend sie ihn im Stehen isst, starrt sie auf die Tür, als würde sie die Rückkehr des werdenden Vaters herbeisehnen, um nicht mit ihren Gedanken allein zu sein.

Sie hat das Warten satt und geht zum Informationstresen, um nach ihrer Tochter zu fragen. Sie hat es schon mehrfach versucht, aber keiner konnte ihr Auskunft geben. Sie hat sogar versucht, sie auf dem Handy zu erreichen, natürlich umsonst. Der werdende Vater kommt nicht zurück. Vielleicht ist das Kind inzwischen zur Welt gekommen, oder es war nur falscher Alarm.

Sie vermisst Alba. Wie gern würde sie ihr jetzt zuhören, wenn sie ihr eines ihrer Lieder am Telefon vorsingt. Hätte sie das Ladekabel dabei, könnte sie das Handy aufladen und sie anrufen. Aber sie haben Tante Paulinas Haus in aller Eile verlassen. Auch ihre Tabletten hat sie nicht eingenommen, obwohl ihr das egal ist. Es kann ihr nichts passieren. Sie befindet sich ja in einem Krankenhaus.

Eine Art Therapie

»Was ist denn nun eigentlich passiert?«, fragt Celia ihre Tochter, nachdem sie von einer der Stationsschwestern erfahren hat, in welchem Zimmer Paula liegt.

»Ich hatte eine starke Blutung«, sagt Paula.

Das kann alles und nichts bedeuten, aber Celia fragt nicht nach. Vielleicht will Paula ihr nur das medizinische Fachchinesisch ersparen. Celia möchte wissen, ob der Fötus keinen Schaden genommen hat, weiß aber nicht, wie sie die Frage stellen soll.

»Ich habe das Baby beinahe verloren«, fügt Paula schließlich hinzu. Sie spricht mit fester Stimme und sieht ernst aus, seufzt dann aber erleichtert auf.

»Es freut mich sehr, dass du es nicht verloren hast«, sagt Celia.

»Ich muss die ganze Nacht unter Beobachtung bleiben. Morgen machen sie einen Ultraschall, und wenn alles in Ordnung ist, entlassen sie mich vielleicht.«

Celia zieht sich einen Stuhl heran.

»Soll ich jemanden anrufen?«, fragt sie, nachdem sie sich gesetzt hat.

»Ich rufe Jose selbst an.«

»Ich frage nicht wegen ihm.«

Paula dreht warnend den Kopf zur Seite.

»Natürlich tust du das.«

»Jemand sollte ihm sagen, dass er Vater wird.«

»Das mache ich schon selbst, keine Sorge«, erwidert Paula. »Aber vorher muss ich überlegen, wie ich ihm beibringen kann, dass ich die Scheidung will.«

Celia räuspert sich.

»Hast du auch an Alba gedacht?«, fragt sie stirnrunzelnd.

»Ich habe an Alba und mein Kind gedacht«, antwortet Paula und legt die rechte Hand auf ihren Bauch.

»Sie brauchen ihren Vater.«

»Sie werden ihn sehen können, wann immer sie wollen.«

»Aber sie werden nicht mit ihm zusammenleben.«

»Wenn du damit andeuten willst, dass sie Kontakt zu einem Mann brauchen, dann reicht es, wenn du so oft wie möglich mit Charlie zu uns kommst«, sagt sie seufzend.

Celia faltet die Hände in ihrem Schoß.

»Paula, bitte«, sagt sie.

»Das hast du selbst gesagt.«

»Aber im Scherz.«

»Die meisten wichtigen Dinge sagt man im Scherz.«

Celia möchte nicht, dass Paula sich aufregt. Zumindest nicht, solange sie mit einer Kanüle im linken Arm in einem Krankenhausbett liegt.

»Ist gut«, sagt sie, um das Thema zu wechseln. »Wir reden später darüber. Soll ich sonst jemanden anrufen?«

»Wenn du es noch nicht getan hast, möchte ich, dass du Tante Isabel anrufst. Sag ihr, dass es nichts weiter war und dass es mir sehr leidtut, dass ich Tante Paulinas Matratze ruiniert habe.«

»Ich sage es ihr.«

»Aber bitte sag Alba nichts.«

»Ich habe es nicht mal Rosario erzählt«, erklärt Celia.

Paula blinzelt anerkennend.

»Hast du was gegessen?«, fragt sie.

»Einen Schokoriegel aus dem Automaten und dazu einen Kaffee.«

»Es ist bald Zeit zum Abendessen«, sagt Paula mit Blick auf ihre Armbanduhr, die auf dem Nachttisch liegt. »Versprich mir, dass du dir ein Lokal suchst und irgendetwas Leichtes und Gesundes bestellst. In der Umgebung des Krankenhauses gibt es jede Menge Cafeterias und Restaurants.«

Celias Blick schweift zum Fenster, als wollte sie das von ihrem Platz aus überprüfen.

»Wo wirst du heute Nacht schlafen?«, fragt Paula.

»In der Wohnung in der Calle Delicias.«

Paula ist verblüfft. Zugleich atmet sie erleichtert auf.

»In der Wohnung der Großeltern?«

Celia nickt. Es gibt keine andere Wohnung in der Calle Delicias, die sie damit gemeint haben könnte.

»Hast du den Schlüssel?«

»Alicia hat ihn in den Briefkasten geworfen.«

»Und der Schlüssel zum Briefkasten?«

»Der schließt nicht richtig, man kann ihn mit dem Finger öffnen.«

Sie wechseln einen vielsagenden Blick angesichts Alicias Vertrauensseligkeit und grinsen sich an.

»Deine Tante ist die reinste Katastrophe.«

»Hast du ihr verziehen?«, fragt Paula.

»Ich glaube schon.« Celia zögert. »Aber unbewusst.«

Paula grinst.

»Wie kann man jemandem unbewusst verzeihen?«

Celia überlegt einen Moment.

»Wie ich schon vermutet habe, hat mein Kopf die wichtigen Dinge in meinem Leben vergessen, sowohl die positiven als auch die negativen«, erklärt sie. »Ich erinnere mich weder an Emilios Tod noch an Carmens oder den von Tante Merche. Ich erinnere mich auch nicht daran, als Jugendliche mit Lucien geschlafen zu haben, auch nicht mit deinem Vater oder einem anderen Mann. Ich erinnere mich nicht daran, exzellente Artikel und Kolumnen geschrieben oder Bücher veröffentlicht zu haben. Doch ich weiß noch ganz genau, wie deine Tante Alicia auf deinem Vater lag, beide von der Hüfte abwärts nackt, als sie an einem Silvesterabend um halb sieben in meinem Ehebett miteinander gevögelt haben.«

Paula schlägt die Hand vor den Mund, doch Celia ist nicht klar, ob sie es aus Überraschung tut oder um ein Auflachen zu unterdrücken.

»Wäre es wirklich wichtig gewesen und hätte es mich sehr verletzt, hätte ich es vergessen, darauf kannst du Gift nehmen«, fügt Celia hinzu. »Aber das habe ich nicht. Ich kann mich daran erinnern, und deshalb bleibt mir nichts anderes übrig, als ihr zu verzeihen.«

»Ich hoffe, du erklärst ihr das mit anderen Worten, solltest du einmal mit ihr darüber sprechen«, sagt Paula.

Celia steht auf. Es wird Zeit zu gehen.

»Keine Sorge«, sagt sie. »Ich denke nicht daran, es ihr zu sagen.« Sie schiebt den Stuhl zurück, was ein unerträgliches Quietschen verursacht.

»Ich gehe jetzt was essen«, sagt sie mit Blick zu ihrer Tochter.

»Und dann geh nach Hause. Ich bin hier in guten Händen.«

Celia hatte nicht die Absicht, zurückzukommen.

»Wo hast du das Auto geparkt?«, fragt Paula.

»Gleich dort unten.« Celia zeigt zum Fenster. »Wenn sie dich morgen entlassen, hole ich dich ab und bringe dich nach Madrid zurück.«

»Einverstanden«, sagt Paula. »Aber ich fahre.«

»Kommt nicht infrage.«

»Wenn ich entlassen werde, bedeutet das doch, dass ich vollkommen in Ordnung bin und auch fahren kann, oder?«

»Ich sage das nicht wegen dir.« Celia tippt sich auf die Brust. »Sondern meinetwegen. Ich fahre gern Auto.«

»Wie bitte?«, fragt Paula ungläubig.

»Ich mag Kaffee und fahre gern Auto, ja.«

Für einen Moment ist Paula sprachlos.

»Und was machst du hinterher?«, fragt sie dann.

»Ich fahre ans Meer zurück.«

»Hast du dich entschieden, dort zu leben?«

Celia tritt an ihr Bett.

»Ich weiß noch nicht, wo ich leben will«, sagt sie und denkt an das Foto in ihrem Handy. »Aber zumindest weiß ich schon, mit wem.«

Dann legt sie ihre Hand auf die Decke und küsst ihre Tochter auf die Wange, wie sie es getan hat, als Paula noch so klein wie Alba war und sie ihr eine gute Nacht wünschte.

»Was ist mit dem Passwort?«, fragt Paula. »Hast du es ausprobiert?«

»Ja.«

»Und?«

»Ich fürchte, es hat nicht funktioniert.«

»Ach, wie lautet es denn?«

»Mühlstein.«

Paula zögert einen Moment.

»Der Stein aus der Sage?«

»Genau der.«

Paula nickt anerkennend. Es wäre wirklich das perfekte Passwort gewesen.

»Wir haben alle möglichen Kombinationen ausprobiert«, erklärt Celia. »Mit und ohne Artikel, in Groß- und Kleinbuchstaben, mit dem Namen Daroca und ohne. Tausend Varianten.«

Sie macht eine Pause und holt tief Luft.

»Es ist nicht das richtige.«

»Aber du hast es erkannt, nicht wahr?«

Celia verschränkt die Arme vor der Brust.

»Ich habe verstanden, woher meine Angst vor Gewittern und starken Regengüssen kommt«, sagt sie. »Mehr nicht. Ich glaubte, wenn der Stein es geschafft hat, die Tore von Daroca zu öffnen, könnte er auch helfen, meine Dateien zu öffnen.«

Für Paula klingt das vernünftig.

»Und was machst du jetzt?«

»Nichts.«

Celia wirkt nachdenklich, fast ein wenig abwesend.

»Ich werde morgen Tobias anrufen und ihm die Datei mit meinem Buch schicken, wie sie ist. Irgendjemand im Verlag wird sie öffnen können, und es wird fristgerecht veröffentlicht.«

Paula dreht ihrer Mutter den Kopf zu.

»Wirst du den Text noch einmal durchgehen?«

Celia schüttelt bedächtig den Kopf.

»Ich weiß doch nicht einmal, wovon das Buch handelt«, sagt sie und schaut ihre Tochter offen an.

»Es handelt von Emilio und davon, was es bedeutet, den Verlust eines Sohnes zu überleben«, antwortet Paula.

Celia erstarrt. Ihr Atem stockt. Sie weiß nicht, warum, aber sie sehnt sich danach, etwas Rhythmisches zu hören. Ihren Herzschlag, näherkommende Schritte oder das Ticken einer Wanduhr.

»Ich hätte es mir denken können«, sagt sie leise.

»Du hast es als eine Art Therapie geschrieben.«

Celia starrt stumm auf ihre Hände. Sie wird es nicht lesen. Für sie ist es nicht ihr Buch. Es wurde von einer anderen Frau geschrieben. Einer Unbekannten. Ein paar Minuten verharrt sie reglos, mit leerem Blick.

»Hast du schon überlegt, wie du das Baby nennen willst?«

Paula schluckt.

»Wenn es ein Junge wird, Emilio«, sagt sie.

Celia nickt. Daran hat sie auch schon gedacht.

»Obwohl ich ihn immer Émile nennen werde«, fügt Paula hinzu.

Ihre Mutter sieht sie fragend an.

»Émile?«

»Auf Französisch«, erklärt Paula. »Ich weiß, dass du dich nicht mehr daran erinnerst, aber so hast du meinen Bruder genannt, als er klein war.«

Celia schlägt die Hand vor den Mund und hält den Atem an.

»Émile«, wiederholt sie leise.

»Was ist?«, ruft Paula.

»Ich glaube, du hast das Passwort gefunden.«

Paula setzt sich vorsichtig auf, um sich nicht die Kanüle aus dem Arm zu reißen. Celia wühlt in ihrer Tasche.

»Ich werde Rosario anrufen, sie soll es gleich ausprobieren.«

»Das ist nicht nötig«, sagt ihre Tochter.

»Warum nicht?«

Paula schüttelt den Kopf.

»Weil es richtig ist«, sagt sie. »Émile ist dein Passwort.«

Es vergeht der Bruchteil einer Sekunde, bis Celia sich aus ihrer Erstarrung löst.

»Woher willst du das wissen?«, fragt sie. »Habe ich es dir irgendwann einmal gesagt, oder hast du doch einen Computerfachmann um Hilfe gebeten?«

Paula klopft auf die Bettkante, damit ihre Mutter sich hinsetzt.

»Du hast nie ein Passwort benutzt«, erklärt sie, als ihre Mutter endlich sitzt.

»Ich habe nie ein Passwort benutzt?«, wiederholt Celia ungläubig.

»Nein.« Paula seufzt laut. »*Ich* habe deine Dateien geschützt.«

Celia strafft den Rücken und rückt ein paar Zentimeter von ihrer Tochter ab.

»Warum hast du das getan?«

»Ich musste es tun, das musst du verstehen.«

»Aber ich verstehe es nicht.«

»Ich wollte dich schützen.«

Celia steht auf und weicht zurück, bis sie an die Fensterbank stößt.

»Wovor wolltest du mich schützen?«

»Vor der Wahrheit.«

Celia dreht sich um und blickt zum Fenster hinaus. Sie vermisst die Maisfelder.

»Du hast den Namen deines Bruders benutzt, um mich zu schützen?«

Paula nickt. Celia sieht ihr Spiegelbild im Fenster, dreht sich aber nicht um. Sie möchte nicht, dass ihre Tochter sieht, wie sie lächelt.

INHALT